KB234430

강의실 밖 문학 수업

강의실 밖 문학 수업

이병렬 지음

강의실에서 못다 한 이야기들

많은 사람들이 문학을 어렵게 생각한다. 그런가 하면 나 자신이 부끄러울 정도로 문학을 가볍게 여기는 사람들도 있다. 문학에는 우리네 삶이 담겨 있다. 그 삶을 보지 못하면 문학은 어려울 수밖에 없다. 반대로 삶을 하찮게 여기면 문학 역시 가벼운 것이 되고 만다.

문학을 어렵게 생각하는 대다수 사람들은 학창 시절 암기한 문학에 관한 지식으로 문학작품을 대하기 때문일 것이다. 밑줄 치고, 선생님이 칠판에 써준 내용을 암기하고, 자습서나 참고서를 보고, 인터넷 검색을 통해 머리나 지식으로 문학을 공부한 사람들은 문학작품 감상에 정해진 답이 있다고 생각해서 그 답을 찾으려고 애쓴다. 그러나 문학 감상에 정답은 없다. 작품을 읽으며 자신이 답을 만들어야 한다. 시 한 편을 읽고 감상을 적으면 읽은 사람 수만큼 감상이 나와야 하고, 그 모든 것이 정답이다. 즉 문학을 접하는 것은 자기 가슴에 그 작품의 느낌을 만들어가는 것이다. 그러니 독서는 답을 만들어가는 과정이라 할 수 있다. 이런 것을 알려주고 싶어 이 책을 준비했다.

이 책은 내가 블로그에 연재하던 글을 새롭게 정리한 것이다. 나는 원고지에 펜으로 글자를 메워가며 문학을 접한 세대지만 컴퓨터를 알고 인터넷을 익히면서 언제부터인가 글을 쓴 뒤 따로 저장해두었고,

문예지를 통해 발표된 것은 물론이요 그렇지 않은 것까지 혼자 보기 아까워 블로그에 올렸다. 대부분 교실이나 강의실에서 강의하기 전후, 특정 작품을 읽고 나서 정리한 것들이다. 때로는 강의실에서 하지 못한 이야기들이 많다. 이런 글들이 작품명이나 작가 이름 검색을 통해 유입된 네티즌에게 중·고교생의 수행 평가 자료로 활용되었고, 논술 공부를 위한 읽기 자료 혹은 대학생의 문학 관련 강좌 리포트 작성에 도움을 주기도 했다.

그러다가 내 블로그를 관심 있게 본 출판사의 연락을 받았다. 젊은 이들에게 교실이나 강의실을 벗어나 새롭게 문학을 알려주자고 했다. 나아가 학생뿐만 아니라 비전공자 혹은 비즈니스맨을 위한 '교양 문학 교과서'로 만들어보자고 했다. 내 글이 책으로 묶여 팔릴 정도로 좋은지 확신이 서지 않지만 출판사의 기획은 대학생을 포함한 일반 독서 대중을 위해 의미 있는 작업이라는 생각이 들었고, 기획팀이 이끄는 대로 글을 정리하면서 나 역시 '문학은 이런 것'이란 고민을 다시 하는 계기가 되었다.

전체 5부로 기획된 이 책은 1부에서 문학과 관련한 여러 명제를 나름대로 풀어내면서 문학이 무엇인지 생각하게 했다. 2부에서는 우리 문학을 좀더 깊게 들여다보도록 했다. 교과서를 암기한 내용이 아니라 그 속에 담긴 의미를 다시 한 번 생각하기 위해서다. 3부에서는 문학작품의 여러 가지 해석을 제시했는데, 이를 통해 문학을 해석하는 여러 가지 방법을 알게 될 것이다. 4부는 이 책의 기획에 단초를 제공한 부분이다. '우리 소설 속 명장면'이란 주제로 단일 책자를 구성할 수도 있었으나, 그렇게 할 경우 너무 단순해질 우려가 있어 내용을 압축하고 이를 중심으로 앞뒤에 문학 관련 글을 묶은 것으로 이해해주기 바란다. 5부에서는 가요와 일상 언어에 담긴 문학의 의미를 말했다. 어쩌면 문학

작품과 동떨어진 이야기가 될 수도 있으나, 문학이 곧 삶이란 명제로
보면 함께 생각해볼 수 있는 주제다.

　모두 살기가 참 어렵다고 말하는데, 지극히 주관적인 단상으로 치부
될 수도 있는 글의 가치를 인정해주고 책으로 묶어준 출판회사 유리창
우일문 대표가 참 고맙다. 나의 한계를 보완해준 기획팀의 아이디어에
도 박수를 보낸다.

　저자로서 문학을 접하는 학생들이, 일반 독서 대중이 이 책을 통해
보다 쉽고 친근하게 문학을 만날 수 있다면…… 하는 바람이다. 그들
의 공부 자료나 논술 읽기 자료 혹은 리포트 자료, 나아가 문학이라는
교양을 쌓은 데 도움을 줄 수 있기를 기대한다. 모쪼록 책이 많이 팔려
기획팀과 우 대표에게 마음의 빚이나마 갚을 수 있으면 더할 나위 없
을 것이다.

2012년 2월 富川의 寓居에서

이병렬

| 차례 |

책을 묶으면서 _
강의실에서 못다 한 이야기들 5

1부 | 문학이 뭐길래?

행갈이가 시를 만드는 것은 아니다 · 17
시는 언어로 그린 그림이며, 사물과 관념의 새 해석

소설이란 무엇인가 · 35
상상력과 허구의 문학

수필, 우습게보지 마라 · 44
달관의 글, 전문적 식견과 안목

왜 우리 노래들은 슬플까 · 49
슬픔과 체념, 한의 문화

가난한 민족의 노래, 동요 · 57
노래로 이겨낸 비참한 역사

2부 | 문학, 들여다보기

'복녀'는 왜 몸을 팔았을까 · 67
소설은 사회를 비추는 거울

《춘향전》은 음란 소설이다 · 73
조선 후기 혼란한 사회상을 함께 봐야

윤동주는 저항시인이 아니다 · 81
여린 심성, 아름다운 영혼

청록파는 본래 네 사람이었다 · 86
기차 연착에서 비롯된 얄궂은 운명

'어부사시사'에는 어부가 없다 · 93
시대를 잘못 만난 제왕 윤선도

잘못 해석되는 유치환의 시 '수首' · 109
친일 작품의 해석 오류를 생각하며

여의도는 길재의 땅이다 · 116
고려의 충신, 조선 왕의 친구

조식의 음란한(?) 시조 · 122
성리학자의 눈웃음

시의 언어는 아름다워야만 하는가 · 128
고은의 《만인보》에 나타난 비속어

서정주의 진짜 모습은 어떤 것일까 · 135
대시인의 안타까운 치욕

'향수'의 시인 정지용, 그는 대체 어디로 갔을까 · 142
월북을 믿기 어려운 사연

3부 | 문학, 이런 해석

맞다, 말은 필요 없다 · 151
엄원태의 시 '말이 필요한 게 아니다'

꽃과 잡초의 경계에서 · 157
정희성의 시 '민지의 꽃'

살아 있는 청계천 복원도 · 164
박태원 장편소설 《천변풍경》

시인 백석, 자야의 가슴속에 지워지지 않는 이름 · 169
숭고한 사랑

이태준의 〈복덕방〉과 월북 무용가 최승희 · 178
외면당한 작가의 의도

황진이의 사랑 노래 · 188
당당하고 순결한 기생

창조적 모방을 위하여 · 204
정지용의 '향수'를 중심으로

《무소유》를 '소유'하려는 부끄러운 사람들 · 221
소유와 집착

4부 | 소설 속 명장면

쥐잡기에서 비롯된 의처증의 비극 · 227
김동인의 〈배따라기〉

공동묘지, 구더기가 끓는 무덤 · 234
염상섭의 〈만세전〉

배추 세 포기와 돈 3원의 차이 · 239
김동인의 〈감자〉

빈대 잡으려 초가삼간 태우는 순이 · 246
현진건의 〈불〉

자연 속에 꽃피는 선머슴의 사랑 · 252
홍명희의 《임꺽정》

뽕나무에 올라간 아이들 · 257
심훈의 《상록수》

바나나를 들고 튀어라 · 265
박영준의 〈모범 경작생〉

노브라 노팬티의 의미 · 269
김유정의 〈소낙비〉

어머니의 입술이 어쩌면 그리도 뜨거운지 · 275
주요섭의 〈사랑손님과 어머니〉

자라 보고 놀란 가슴 솥뚜껑 보고도 놀라지 · 280
계용묵의 〈백치 아다다〉

뜨거운 타작마당 위의 지렁이 · 286
김정한의 〈사하촌〉

절름발이 부부의 숙명 · 291
이상의 〈날개〉

알싸한, 그리고 향긋한 그 냄새 · 295
김유정의 〈동백꽃〉

선지피를 철철 흘리는 여자의 환상 · 301
최명익의 〈장삼이사〉

만세 안 부르기 정말 잘했지 · 307
채만식의 〈논 이야기〉

살구씨를 심은 아들의 뜻 · 312
허윤석의 〈유두〉

전후 소설이 거둔 비극적 미학의 절정 · 316
하근찬의 〈수난이대〉

소년 소녀의 순수하고도 아름다운 사랑 · 322
황순원의 〈소나기〉

역사의 소용돌이 속에서 · 326
최인훈의 〈광장〉

대학생 품으로 파고드는 작부 · 336
서정인의 〈강〉

5부 | 문학, 변두리 이야기들

파도야, 파도야! · 343
박진광의 '파도'

문밖에 울고 서 있는 여인아 · 349
박강성의 '문밖에 있는 그대'

헤어지며 알게 되는 사랑의 의미 · 354
장철웅의 '이룰 수 없는 사랑'

가신 임을 위한 참회의 노래 · 360
임희숙의 '내 하나의 사람은 가고'

일어나! 한 번 더 부딪쳐보는 거야 · 365
윤태규의 'My Way'

왜 이제야 내게 온 거니? · 371
김도향의 '목이 멘다'

신세대의 이별법 · 378
소녀시대의 '훗Hoot'

너무 많이 쓰는 '너무' · 384
우리말 교육의 필요성

'동무'와 '친구'의 차이점 · 387
정서적 해금이 필요한 우리말

주지도 않으면서 받으라 소리 하지 마라 · 391
잘못 쓰는 새해 인사, "새해 복 많이 받으세요"

장모는 장모다 · 394
구분해 써야 할 호칭

1_ 문학이 뭐길래?

문학이 뭘까?

문학을 알고, 소설가로 데뷔하고, 대학과 대학원에서 깊이 공부하고, 박사 학위를 받고, 지금까지 글을 쓰면서 고등학교는 물론 대학과 대학원에서 문학 강의를 했지만, 정작 문학이 뭐냐고 물으면 막막할 때가 있다. 질문한 사람이 고등학생 혹은 대학생인지, 연구하기 위한 것인지, 창작을 위한 질문인지에 따라 다른 대답을 해야 하기 때문이다.

강의실에서는 '언어를 표현 수단으로 하는 예술의 한 형식'이라는 정형화된 개념 설명을 해줄 수 있다. 그러나 이 역시 뜬구름 잡기다. 이 책의 첫 장에서는 문학과 관련한 여러 명제를 풀어본다. 책 이름에서 밝혔듯이 강의실에서 진행하는 정형화된 이론이 아님을 미리 말해둔다.

행갈이가 시를 만드는 것은 아니다
시는 언어로 그린 그림이며, 사물과 관념의 새 해석

소설이란 무엇인가
상상력과 허구의 문학

수필, 우습게보지 마라
달관의 글, 전문적 식견과 안목

왜 우리 노래들은 슬플까
슬픔과 체념, 한의 문화

가난한 민족의 노래, 동요
노래로 이겨낸 비참한 역사

행갈이가 시를 만드는 것은 아니다

고등학교 교사 시절에도 그랬지만, 대학에서 교양과목 중에 시詩를 강의할 때는 늘 학생들에게 직접 시를 쓰게 했다. 수업 시간에 학생들이 쓴 시는 다음 수업 자료가 된다.

교과서에 실린 시는 인터넷 검색을 통해 감상문을 작성하여 제출하던 학생들에게 자신이 쓴 시를 제시하고 감상을 쓰라고 하니 그들로서는 생소하면서도 특별한 경험이 되었다. 바로 옆의 학생 것인지도 모르고 신랄한 비판이 이어졌고, 이어 작자인 학생의 소감까지 들으니 시를 이해시키는 데 아주 적절한 방법이 된다.

지난 학기에 '대학국어'를 강의하면서도 학생들에게 시간을 쪼개어 시를 쓰게 했다. 나도 한 편 만들어봤다. 학생들이 쓴 시 중에서 잘된 것 10여 편에 내 것을 슬쩍 끼워 감상하라고 했다. 아래의 것이다.

사랑은 말로 하는 게 아니야

1

사랑한단 말 듣고 싶니?

그러면 내 눈을 들여다봐

그 안에 너의 모습

내가 너를 얼마나 사랑하는지 볼 수 있어

사랑은 말로 하는 게 아니야.

남들이 들을까

남들이 볼까

우리끼리 눈빛으로 말하는 거야

2

사랑한단 말 하고 싶니?

그러면 내 손을 잡아봐

그 안에 너의 마음

네가 나를 얼마나 사랑하는지 느낄 수 있어

사랑은 말로 하는 게 아니야.

남들이 들을까

남들이 볼까

우리끼리 손길로 말하는 거야

3

사랑은 말로 하는 게 아니야

너의 손을 잡으면

너의 눈빛을 보면

대다수 학생들은 이것을 시라고 한다. 그러나 강의하는 내 입장에서는, 문학을 사랑하고 죽을 때까지 문학을 하고픈 나로서는 시가 아니라고 말할 수밖에 없다. 몇몇 학생들이 이 글을 읽고 사랑을 노래했느니, 대중가요 가사가 생각난다느니 평하는 것은 그럴듯하다. 그러나 분명히 말하건대 이것은 시가 아니다. 글자들이 전하는 뜻 외에 다른 어느 것도 담고 있지 않기 때문이다. 따라서 그냥 노랫말로 이해하는 것이 좋다. 시라고 하면 겉으로 보이는 형식이 그럴 뿐이지, 아무런 의미도 내포하고 있지 않다. 구태여 끄집어낸다면 '사랑한다'는 말이 범람하는 사회에 대한 경고 정도가 될까. 그러나 그것도 억지다.

학생들이 이 글을 시로 판단하는 것은 시란 적당히 행갈이를 하고 연으로 나뉘며, 부드러운 분위기 혹은 리듬이 있어야 한다고 생각하기 때문이다. 맞다. 그러나 내용이 좋은 글이라고 해서, 멋진 표현이 있다고 해서, 줄글로 쓰거나 산문으로 표현해도 될 것을 적당히 행갈이 하고 연으로 구분한다고 해서 모두 시가 되는 것은 아니다.

이 땅에
태어났다.

　대다수 학생들은 이렇게 써놓고 시라고 착각한다. 아는 사람은 다 알겠지만, 유신 정부가 내세운 국민교육헌장의 첫 문장이다. 그 문장을 이렇게 행갈이 해놓았다고 시가 되는 것은 아니다. 다음을 보자. 학생 작품이다.

　창문

　강의실에서 볼 수 있는 하늘은
　네모난 창 안에 갇힌
　작은 하늘

　커다란 건물에 막혀
　답답한 커튼에 가려
　가끔은 작은 하늘마저 볼 수 없다.

　넓은 하늘을 보기 위해
　오늘도 나는 강의실에서
　작은 하늘을 보며 강의를 듣는다.

　학생들은 이것을 잘 쓴 시라고 평한다. 3행씩 한 연으로 구성하여 전체 3연으로 잘 짜인 시라고 말한다. 결론부터 말하면 이것은 시가 아니다. 세 문장을 적당히 행갈이 하고 연으로 구분했을 뿐, 이는 넋두리에 지나지 않는다.

강의실에서 볼 수 있는 하늘은 네모난 창 안에 갇힌 작은 하늘. 커다란 건물에 막혀 답답한 커튼에 가려 가끔은 작은 하늘마저 볼 수 없다. 넓은 하늘을 보기 위해 오늘도 나는 강의실에서 작은 하늘을 보며 강의를 듣는다.

이렇게 써놓으면 시라고 생각하지 않을 것이다. 학생들이 앞의 것을 시라고 생각하는 것은 겉으로 보이는 모습이 시의 형식을 닮았기 때문이다. 행갈이와 한 줄 비우기가 시를 만드는 것은 아니다. 그런데도 학생들은 산문으로 된 문장을 적당히 행갈이 하고 행을 비워 연으로 만들면 시가 되는 줄 안다. 착각도 대단한 착각이다. 차라리 위의 글처럼 산문으로 써놓으면 좋은 글이라는 칭찬을 듣는다. 다음을 보자.

내 사랑 지우렵니다

당신 미워하지 않으렵니다.
지금껏 가졌던 우리 얘기가
다 거짓은 아닐 테니까요.

내 아픔 말하지 않으렵니다.
당신도 아플 테니까요.

내 사랑 지우렵니다.

파란 하늘에도

흐린 하늘에도

까만 밤하늘에도

심었던 내 그리움 이제 거두렵니다.

수없이 썼던 내 글도 이젠 지우렵니다.

햇살이 너무 좋다고 썼지요.

짙은 커피 향이 좋다고 썼지요.

슬픈 노래를 듣고 있다고 썼지요.

내 얘기 들어주지 않는 당신 그만 지우렵니다.

당신 진실 알 수 없어 힘든 시간 이젠 잊으렵니다.

빈 가슴으로 살아낼 시간이

두려움으로 남겠지만

이제 그만 당신 놓으렵니다.

　　인터넷에 시란 이름을 달고 떠돌아다니는 글이다. 학생들은 이를 아주 멋진 시라고 생각한다. 그러나 예쁜 글일 수는 있어도 좋은 글이 아니요, 시는 결코 아니다. 이런 넋두리를 시라고 착각하는 것은 인터넷의 영향이다. 예쁜 글, 아름다운 글 혹은 좋은 글을 적당히 행갈이 해서 시라고 착각하게 만든 것이 인터넷이기 때문이다.

　　문제는 인터넷에 떠돌아다니는 좋은 시라는 것이 대부분 이런 글이라는 사실이다. 그저 속마음을 그대로 설명하는, 아름답기는 해도 넋두리에 지나지 않는 글을 적당히 행갈이 하여 외형만 그럴듯하게 꾸미고, 태그를 통해 멋진 그림이나 사진 혹은 음악까지 곁들여 좋은 시라고 말하지만, 이런 글을 죽 적어보라. 대부분 푸념이나 한숨 섞인 넋두리일 뿐, 결코 시가 아니다.

그렇다면 시란 무엇일까.

시는 노래다　　시의 역사는 참 깊다. 우리나라만 해도 흔히 말하는 고대가요古代歌謠, 향가鄕歌, 고려가요高麗歌謠, 경기체가景幾體歌, 시조時調, 가사歌辭, 창가唱歌 등 고대부터 면면히 이어왔다. 그런데 이것들이 요즘 말하는 시일까? 아니다. 이것들은 노래다. 이름부터 노래다. 가歌, 요謠, 조調, 창唱은 모두 노래를 일컫는 말이다. 노래인 시가 작품을 중·고교 교실 혹은 대학 강의실에서 멜로디는 무시한 채 그 노랫말을 적어놓고 밑줄 쳐가며 분석하고 이해하려 한다. 안타까운 현실이다.

대한제국까지 이어온 시가들이 개화기를 거치며 창가 가사를 만들어냈고, 이어 주요한의 '불노리'를 기점으로 서구에서 말하는 자유시의 시대로 들어섰지만, 시는 일정 기간 노래의 형태로 쓰이고 불렸다. 그것이 비록 외형률이 아니라 내재율이라도 우리의 초기 현대 시를 읽으면 그 안에 살아 있는 리듬을 느낄 수 있다. 이 리듬, 바로 노래이기 때문이다.

나 보기가 역겨워

가실 때에는

말없이 고이 보내드리오리다

영변에 약산

진달래꽃

아름 따다 가실 길에 뿌리오리다

가시는 걸음걸음

놓인 그 꽃을

사뿐히 즈려 밟고 가시옵소서

나보기가 역겨워

가실 때에는

죽어도 아니 눈물 흘리오리다

김소월의 '진달래꽃'이다. 이별의 정한을 이처럼 비장하게 노래할 수 있을까. 그러나 이 시를 노래라고 하는 것은 7·5조 혹은 3음보로 구성된 리듬 때문이다. 음수율은 물론 글 읽기의 바탕이 되는 음보율까지 유효적절하게 활용하여 아름다운 우리말로 노래하고 있다. 박목월의 '청노루'를 보자.

1925년 매문사에서 발간한 《진달래꽃》 초판 시집. 발표된 지 85년 만인 2010년 근대 문화재로 등재됐다.

머언 산山 청운사靑雲寺
낡은 기와집

산은 자하산紫霞山
봄눈 녹으면

느릅나무
속잎 피어나는 열두 굽이를

청노루
맑은 눈에

도는
구름

　자하산, 청운사, 숲 그리고 그 속에 뛰노는 노루의 모습이 어쩌면 이리 맑고 깨끗하게 표현되었을까. 정제된 언어로 만들어낸 노래이기에 가능한 일이다.

　흔히 시를 운문韻文, 즉 리듬이 있는 글이라 말하는데 이는 시가 노래이기 때문이다. 그렇기에 시는 낭독朗讀하는 것이 아니라 낭송朗誦, 즉 읊조려야 한다. 비록 멜로디가 정해진 것이 아니지만 노래하듯 불러야 제맛이 난다. 요즘은 찾아보기 힘들지만, 우리 학창 시절에는 '문학의 밤'이란 행사에서 시 낭송을 듣곤 했다. 문학의 밤에서 클래식이나 가곡에 곁들여 시가 낭송된 것도 노래이기에 가능한 일이다.

　우리 가요를 보면 김소월, 김동환 등의 시가 노랫말로 많이 쓰인다.

원래 노래였기에 이를 읽은 작곡자가 영감에 따라 멜로디를 붙이기 쉽
다. 다음은 김동환의 '산 너머 남촌에는'이다.

산 너머 남촌에는 누가 살길래
해마다 봄바람이 남으로 오네.

꽃피는 사월이면 진달래 향기
밀 익는 오월이면 보리 내음새.

어느 것 한 가진들 실어 안 오리.
남촌서 남풍 불 제 나는 좋데나.

　많은 사람들이 이 노래의 멜로디를 알겠지만, 이 시는 가요로 불리기
전에 노래였다. 음수율과 3음보의 음보율이 어쩌면 저리 맛깔스러울
까. 김동환뿐만 아니라 이 시절 시인은 노래하는 사람이라 할 수 있다.
　아쉬운 것은 언제부터인가 시가 노래의 역할을 가요의 '노랫말'에
내주었다는 사실이다. 가곡은 아직도 작시가 따로 있지만, 우리가 많
이 아는 가요는 이제 시인이 아니라 작사자들이 도맡고 있다. 멜로디
에 어울리고 그 뜻을 분명하게 전달할 수 있어야 하니 다양한 은유와
상징으로는 전달하기 쉽지 않기 때문이다. 또 1930년대 이후 우리 시
가 지향한 모더니즘과 이미지즘의 영향으로 시는 이제 노래의 역할만
할 수 없게 되었고, 시대와 사조가 변함에 따라 음악성 대신 새로운 것
을 담아내고 있다.

시는 언어로 그린 그림이다　　시가 음악성을 중요시하던 노래의 범주에서 벗어나 완전히 탈바꿈한 것은 모더니즘과 이미지즘의 영향이라 할 것이다. 그래서 시는 언어로 그린 그림이라 할 수 있다. 그림은 물감을 묻힌 붓으로 도화지에 그리는 것이지만, 시는 언어로 우리의 눈앞에 혹은 머릿속에 한 폭의 그림을 그려 제시한다.

　　돌에
　　그늘이 차고,

　　따로 몰리는
　　소소리바람.

　　앞섰거니 하야
　　꼬리 치달리며 세우고,

　　종종 다리 꺼칠한
　　산㬵새 걸음걸이.

　　여울 지어
　　수척한 흰 물살,

　　갈갈이
　　손가락 펴다.

갈갈이 멎은듯
새삼 돋는 빗낯

멋붉은 잎 잎
소란히 밟고 간다.

　정지용의 '비'다. 비가 내리기 전후의 자연현상을 섬세하게 묘사한
이 작품은 정교한 언어로 그려진 한 폭의 산수화를 보는 듯하다. 비 내
리기 직전 돌에 그늘이 차고 바람이 부는 모습에 이어 빗방울이 여기
저기 다투어 떨어지기 시작하는 장면, 빗물이 모여서 여울이 되어 흘
러가는 장면과 빗방울이 나뭇잎에 떨어지는 정경이 제시된다. 이 시를
읽으면 마치 유리창 너머로 비가 내리는 모습을 보는 듯하다. 정지용이
언어로 그린 그림을 보는 것이기 때문이다. 김광균의 '추일서정秋日抒情'
역시 한 폭의 풍경화다.

낙엽은 폴란드 망명정부의 지폐
포화에 이지러진
도룬 시의 가을 하늘을 생각하게 한다.
길은 한 줄기 구겨진 넥타이처럼 풀어져
일광의 폭포 속으로 사라지고
조그만 담배 연기를 내뿜으며
새로 두 시의 급행열차가 들을 달린다.
포플러나무의 근골 사이로
공장의 지붕은 흰 이빨을 드러내인 채

한 가닥 구부러진 철책이 바람에 나부끼고

그 위로 셀로판지로 만든 구름이 하나.

자욱한 풀벌레 소리 발길로 차며

호올로 황량한 생각 버릴 곳 없어

허공에 띄우는 돌팔매 하나.

기울어진 풍경의 장막 저쪽에

고독한 반원을 긋고 잠기어간다.

풍경화라 하면 아름다운 산수화를 떠올리겠지만, 김광균의 '추일서정'은 가을날 한적한 도시의 풍경을 그린다. 제목 그대로 가을날의 풍경을 서정적으로 그리고 있지만, 시인의 마음까지 읽을 수 있어 좋다. 쓸쓸하고 황량한 가을날의 풍경에 이어, 그 풍경 속에 방황하는 시적 화자의 모습까지 제시하기 때문이다.

"폴란드 망명정부의 지폐" "포화에 이지러진 / 도룬 시의 가을 하늘" "구겨진 넥타이" "조그만 담배 연기" "근골" "공장의 지붕은 흰 이빨을 드러내인 채" "구부러진 철책이 바람에 나부끼고" "셀로판지로 만든 구름" 등은 시인의 눈에 비친 황량한 풍광을 그림으로 표현한 언어다.

이 황량한 풍광은 시인의 앞에 있는 사물의 모습인 동시에, 그 자신의 쓸쓸한 심리 상태를 말해준다. 그러기에 시인은 이리저리 방황하며 풀숲을 공연히 차보는가 하면, 허공에 돌팔매질도 한다. 결국 1940년 어두운 시대를 황량한 가슴 하나만으로 바라보는 시인의 모습을 우리는 그가 언어로 그린 그림을 통해 보는 것이다.

시는 이렇게 한 폭의 풍경화를 연상케 한다.

시는 사물, 관념에 대한 재해석이다　　　그렇다고 현대 시가 모두
언어로 그린 그림은 아니
다. 시는 때때로 우리에게 상식이나 고정관념을 뛰어넘는 해석을 일러
준다. 시는 사물 혹은 관념에 대한 재해석이다.

　우리는 태어나 자라면서 접한 가정, 학교, 사회를 통해 어떤 고정관
념에 싸여 있다. 그런 고정관념을 깨뜨려 신선한 충격을 주며 우리의
고개를 끄덕이게 하는 것이 시다.

　　　지구와

　　　외접한

　　　이

　　　구체의

　　　굴잖는

　　　기적을

　　　보아라

　이 시는 황순원의 '공'이다. 황순원은 단편소설 〈소나기〉로 유명하
지만 원래 시로 출발했다.

　이 시를 읽는 순간 무릎을 치게 된다. 둥그런 공, 둥근 지구. 공의 크
기는 농구공이라 해도 지구의 크기와 견줄 것이 못 된다. 그런데도 시
인은 공을 "지구와 / 외접한" 것으로 본다. 수학의 기초만 알아도 외접
이 무엇인지 알 것이다.

　어찌 땅 위에 놓인 공을 지구와 외접한 것이라고 파악했을까. 시인
의 눈이기에 그렇다. 그러니 둥근 두 개가 맞닿아 있는데도 공이 굴러

가지 않는 기적을 보라고 소리치는 것이다. 공을 지구와 외접했다고
본 시인의 눈, 굴러가지 않는 것이 기적이라 파악한 시인의 머리……
그것에 우리는 무릎을 친다. '연탄재 시인'으로 유명한 안도현의 시를
보자.

연탄재, 함부로 발로 차지 마라
너는
누구에게 한 번이라도 뜨거운 사람이었느냐?

단 세 줄로 된 이 시에서 안도현은 우리의 고정관념을 깨뜨린다. '연
탄재=쓰레기'라는 등식을 깨고 '연탄재=뜨거웠던 것'으로 파악한다.
그러기에 골목길을 가다 심심풀이로 연탄재를 발로 차는 우리를 질타
한다. 연탄재는 과거 누군가에게 뜨거웠던 존재라고, 너는 누군가에게
뜨거웠던(열정적이었던) 적이 있느냐고.

이 짧은 글을 시로 만드는 것은 제목이다. 이 시 제목이 '연탄재'라
면 푸념처럼 들릴 것이다. 그런데 제목이 '너에게 묻는다'이다. 제목과
글이 한데 어우러져 멋진 시가 된 것이다. 이형기의 '낙화洛花'는 또 어
떠한가.

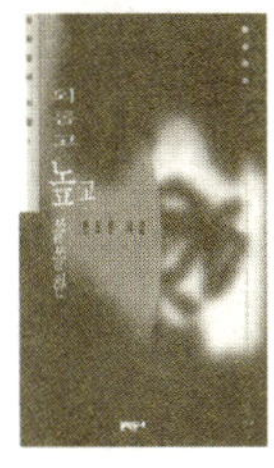

'너에게 묻는다'가 수록된 《외롭고 높고 쓸쓸한》 1994년 초판본.

가야 할 때가 언제인가를
분명히 알고 가는 이의
뒷모습은 얼마나 아름다운가.

'낙화'의 첫 연이다. 낙화, 꽃이 떨어지는 모습을 보고 어찌 "가야
할 때가 언제인가를 분명히 알고 가는 이의 뒷모습"으로 파악했을까.
그저 꽃이 지는 모습에 슬퍼하던 우리의 고정관념, 어쩌면 편견을 일
거에 뒤집는 대목이다. 이형기는 열매를 생각하고 새로운 만남을 그리
는 것이다. 다음 시를 보자.

달빛 빛나는 밤
온몸으로 시멘트 담을 움켜쥐고
간신히 기어오른 저 하늘 끝
늦은 밤을 위태롭게 걸어가는
나를 위한 한마디
잠언

나는 온몸이 뿌리다.

강형철의 시 '사랑을 위한 각서 5—담쟁이덩굴'
이다. 밤이다. 담쟁이는 있는 힘껏 담을 기어오른
다. 그리고 담 끝에 도달한다. 그때 담 넘어 골목길
에는 내가 술에 취해 비틀거리고 있다. 눈앞에 그
런 광경을 연상할 수 있는 풍경이다. 여기까지 시

시인 강형철

는 언어로 그린 그림이다.

　그러나 다음 행에서 시인은 우리의 가슴을 후벼 판다. '이놈아 정신 차려!'라고. 지금 때가 어느 때인데 술에 취해 비틀거리느냐고 꾸짖는다. 담쟁이는 가파른 담을 기어오른 "온몸이 뿌리"이기 때문이다. 담쟁이덩굴을 보며 어떻게 담쟁이는 온몸이 뿌리라고 생각했을까. 일반인의 상식으로는 도저히 생각해낼 수 없는 명제다.

　고은의 이 시는 그야말로 촌철살인이다. 우리는 무슨 일이건 목표를 세우고 그 목표를 향해 매진할 때 목표 외에는 아무것도 눈에 들어오지 않는다. 산을 오를 때도 마찬가지다. 정상만 바라보며 오르기에 주변의 꽃은 눈에 띄지 않았을 것이다. 그러나 정상에 올랐다가 하산하면서 조심조심 발걸음을 딛다 보니 그간 눈에 띄지 않던 것들이 보인다. 우리는 얼마나 앞만 보고 달렸는가. 그렇게 달리다가 돌아오면서 얼마나 많은 것을 놓쳤는지 깨닫는다. 아홉 단어로 된 짧은 시지만 그 안에는 책 한 권 분량의 인생론이 있고, 우리가 미처 생각지 못한 철학이 있다.

　이제 정리하자. 시란 무엇인가.
　먼저 알아둘 것은 인터넷 게시판의 영향으로 '좋은 글' '멋진 표현'들이 시로 둔갑하는데, 시가 좋은 글이 되기도 하고 멋진 표현을 담고 있기도 하지만 좋은 글과 멋진 표현 자체가 곧바로 시가 되는 것은 아니다.

꼭 기억하자. 아무리 멋지고 아름다운 내용을 담고 있어도 설명, 논설, 서술, 서사 등 줄글(산문)을 적당히 행갈이 해놓았다고 모두 시가 되는 것은 아니다. 시는 분명 운문으로 노래이기도 하지만 정제된 언어로 그린 그림이요, 사물과 관념에 새로운 해석을 보여주는 것이다. 결코 사랑 타령이나 넋두리, 푸념이 시가 되지는 않는다.

소설이란 무엇인가

문학, 소설이란 무엇인가　　문학이란 무엇인가. 그리고 소설은 무엇인가. 문학, 더구나 한국의 소설 문학을 전공하여 박사 학위를 받았고, 소설을 쓰기 시작한 지 30년이 지났으면서도 이 물음에 답하는 데 아직 자신이 없다. 워낙 둔재라서 그런지 이제껏 어느 연구 서적에서도 가슴에 와 닿는 답을 본 적이 없다. 그만큼 어렵고 막연한 문제다. 따라서 여러 가지 답이 나올 수 있다.

　대표적인 것이 '문학이란 언어를 표현 수단으로 하는 예술의 한 형식이다' '소설이란 허구를 통해 인생의 진실을 표현하는 산문문학의 한 형식이다' 라는 답이다. 이는 다시 '언어'란 무엇이고 '예술'이란 무엇인가, '허구'란 무엇이며 '인생의 진실'이란 무엇인가라는 물음을 낳는다. 다음 이야기를 보자.

신라 경문왕의 이야기다. 왕위에 오른 뒤 별안간 귀가 당나귀처럼 길어졌다. 왕후와 궁인들은 모두 그런 줄 알지 못했으나, 유독 복두장 한 사람이 알았다. 그러나 그는 평생 동안 남들에게 이야기하지 않았다. 그가 죽을 무렵에 도림사라는 절의 대숲 인적이 없는 곳에 들어가 대나무를 향하여 창唱했다.

"우리 임금님 귀는 당나귀 귀와 같다."

그 뒤부터 바람이 불면 이런 소리가 났다.

"우리 임금의 귀는 당나귀 귀."

왕이 그 소리를 싫어하여 곧 대나무를 베고 산수유를 심게 했다. 그러나 바람이 불면 "우리 임금의 귀는 길어"라는 소리가 들렸다.

《삼국유사》 권2 〈기이紀異〉 경문왕조에서

이 이야기에서 우리는 문학의 모습을 찾아낼 수 있다. 혼자만 아는 비밀, 결코 발설해서는 안 될 비밀을 평생 가슴속에 묻고 살았으니 복두장은 얼마나 답답했을까. 가슴이 미어터지는 고통을 견뎌야 했을 것이다. 끝내 참지 못하고 대숲을 찾아 고함치고 만다. "임금님 귀는 당나귀 귀"라고.

이것이 바로 문학이 아닐까. 남몰래 가슴속에 묻어둔 말 한 마디, 이야기 한 구절이 오랜 세월 동안 가슴을 저려오다 어느 순간 언어(문자로 된 언어나 말로 된 언어나 관계없다)로 터져 나왔을 때 문학이 된다. 이는 그 사람의 혼이 담긴 절규다. 이런 절규는 사람을 감동시킨다. 사람뿐이랴, 대나무도 감동하여 바람이 불 때마다 되뇌지 않던가.

언어가 무엇이고 예술이 무엇인지 따질 필요가 없다. 문학은 복두장이 외친 절규와 같다. 혼자만 알고 가슴 태우며 지낸 한恨이 터져 나오는 순간, 문학이 되는 것이다.

《삼국유사》

그러면 한이 없는 사람은 문학을 하지 못하는가. 결코 그렇지 않다.
다음 이야기를 보자.

고조선 때의 일이다. 나루터를 지키는 병사(진졸津卒) 곽리자고라는 사람이
있었다. 하루는 근무 중에 이상한 일을 구경했다. 머리는 하얗고 호리병을 옆
에 찬 노인네가 무어라 중얼거리며 강물로 들어갔다. 그는 '웬 미친놈인가' 하
고 바라보았다. 마침 그 노인의 부인으로 보이는 여인이 뛰어와 "강을 건너지
말라"고 소리쳤다. 그러나 노인은 물에 잠기고 여인은 땅을 치며 통곡했다.
"그렇게 건너가지 말라고 당부했건만 기어이 건너다 죽어버리니, 이제 나는
어찌 사느냐"며 넋두리까지 늘어놓았다. 그러더니 이내 그 여인도 강물로 들
어가 빠져 죽었다.

집으로 돌아온 곽리자고는 낮에 구경한 일을 아내 여옥에게 들려주었다. 남
편의 이야기가 끝날 때까지 무엇에 홀린 듯 가만히 듣고 있던 여옥은 천천히
일어나 벽에 걸어둔 공후인을 내려서는 반주하며 노래를 불렀다.

公無渡河　임은 강을 건너지 마오
公更渡河　임은 그예 강을 건너셨네
墮河而死　물에 빠져 돌아가시니
當奈公何　가신 임을 어이할꼬

여옥이 부른 노래는 입에서 입으로 전해져 온 나라 사람들이 부르는 애절한
노래가 되었다. 이것이 '공무도하가公無渡河歌'다.

《해동역사》에서

이 이야기에서 여옥이 부른 것도 문학이다. 그러나 앞의 복두장이 부른 것과는 다르다. 복두장이 자신이 직접 본 사실을 토로했다면, 여옥은 다른 사람에게서 들은 이야기에 대한 자신의 감정을 토로한 것이다. 생생하게 목격한 곽리자고는 별다른 감정 없이 '웬 미친 연놈들인가' 생각했는지 모르지만, 남편에게서 이야기를 전해 들은 여옥은 그렇지 않았다. 물에 빠져 죽은 부부의 이야기를 마치 자신이 직접 당했거나, 직접 보는 듯이 노래하고 있다.

이것이 문학이다. 비록 자신이 직접 당하거나 본 일은 아니라도 다른 사람에게서 듣거나, 책이나 신문에서 읽거나, TV나 영화에서 본 사실에 대한 감정이 당사자의 것처럼 한이 되어 가슴속에 남았다가 언어로 터져 나온다면 이는 훌륭한 문학이 된다.

그렇다면 소설은 무엇인가. '문학이란 무엇인가'라는 질문이 해결되었으니 이는 간단한 문제다. 소설도 문학이다. 다만 일정한 이야기를 담고 있을 뿐이다. 이야기를 담고 있다는 것은 사건이 있고, 그 사건과 관계되는 인물이 있고, 그 인물이 활동하는 시간과 공간이 있다는 것이다. 물론 소설을 쓰는 사람, 즉 작가는 앞에 열거한 사건과 인물, 시간, 공간 등을 모두 직접 경험하거나 동시에 들은 것이 아니다. 여기에 상상력과 허구라는 문제가 결부된다. 다음 이야기를 보자.

〈허생전〉은 박지원의 기행문 《열하일기熱河日記》 가운데 〈옥갑야화玉匣夜話〉에 들어 있다. 작자가 북경北京에서 돌아오는 도중 옥갑이라는 곳에서 동행한 여러 비장神將들과 더불어 밤새 나눈 이야기를 옮겨 적은 것이 〈옥갑야화〉다. 역관譯官의 돈벌이가 그날 밤의 화제였고, 전대前代의 역관 변승업卞承業이 큰

박지원이 정말 윤영이란 노인에게서 들은 이야기를 〈허생전〉으로 옮겼는지, 당시 사대부들의 비판을 모면하려고 빠져나갈 구멍을 준비해 둔 것인지 확실히 알 수 없으나, 이 이야기에서 우리는 소설의 한 모습을 찾을 수 있다. 누구에게 들었어도 상관없다. 자신이 아는 사람에 대한 이야기라도 좋다. 자신이 직접 당한 일이라면 더욱 좋다. 한마디로 표현하기 어려운, 혼자 아는 복잡다단한 이야기가 오랜 시간에 걸쳐 가슴속에 저미도록 담겨 있다가 어느 순간 이야기가 되어 나왔을 때, 그것이 바로 소설이 된다.

박지원이 실제로 윤영에게서 들었다고 치자. 혼자만 들었을까? 아닐 것이다. 여럿이 함께 들었어도 그 이야기를 통해 박지원만 느낀 무엇인가가 가슴속에 남았을 것이다. 오랜 시간이 흐르면서 그것은 박지원의 가슴속에서 여러 가지 살이 붙어 한 편의 이야기로 만들어졌을 것이다. 분명 들은 순간 〈허생전〉이란 소설이 생기지 않았을 것이고, 들은 내용이 100퍼센트 그대로 〈허생전〉이 되지도 않았을 것이다.

박지원이 윤영에게서 들은 것이 아니라 직접 체험한 이야기라도 좋다. 〈허생전〉의 모태가 된 사건을 경험했거나 보았거나 들었을 것이다. 그것이 이야기로 만들어지기까지 박지원의 가슴속에서 오랫동안 삭았을 것이다. 박지원은 그렇게 삭히면서 처음에 느낀 것과 다른 이야기로 발전시켰을 것이다. 이름 하여 허구, 거짓말이다. 즉 박지원은 그럴듯하게 꾸며낸 것이다. 이를 윤색한다고 말하는데 이는 몰라도 좋다.

요점은 꾸며낸 이야기라는 점이다.

소설은 이야기다. 그것도 꾸며낸 이야기다. 처음에는 단순한 느낌이 시간이 지나면서 말하지 않고는 못 견딜 이야기로 발전했고, 이것이 정리되어 표현된 것이 소설이다. 그렇다고 단순히 흥미를 주는 이야기여서는 안 된다. 소설이 아무리 허구라 해도 그 속에 인생의 진실이 담겨 있다는 것은 가슴 저미는 고통 속에 만들어진 이야기이기 때문이다. 즉 한이 서린 이야기다. 그런 이야기는 흥미만 주지 않는다. 뭔가 가슴에 남을 감동을 준다.

허구란 무엇인가　　그렇다면 '허구' 란 무엇인가. 우리는 흔히 소설의 특성을 말할 때 '허구의 문학' 이라 한다. 글자 그대로 풀이하면 거짓말의 문학이다. 그렇다면 소설은 거짓말인가. 결코 그렇지 않다. 소설은 거짓말로 된 이야기가 아니다. 소설에서 허구란, 소설 속의 내용(그것이 인물이건 사건이건)이 거짓말이란 뜻이 아니다.

김동인의 단편 〈감자〉를 보자. 전체 9개 단락으로 기술된 작품의 내용은 다음과 같다.

1.- ① 복녀는 가난하나 정직한 농가에서 규칙 있게 자란 처녀다.
　- ② 그녀는 열다섯 살에 80원에 팔려 홀아비에게 시집을 갔다.
　- ③ 게으른 남편 때문에 소작농, 막벌이, 행랑살이를 거쳐 평양 칠성문 밖 빈민굴로 들어온다.
2. 복녀 부부는 빈민굴에서도 제일 가난하게 지냈다.
3. 기자묘 솔밭 송충이 잡이에 지원하여 일하다가 감독과 간통한다.

4. 이 일로 그녀의 인생관과 도덕관이 바뀐다.

5. 그녀는 거지에게도 매음하며 그리 궁하게 지내지는 않게 되었다.

6. - ① 왕 서방의 감자밭에 들어간 복녀는 왕 서방에게 들킨다.

  - ② 왕 서방의 집에서 나오는 복녀의 손에는 3원이 쥐어져 있었다.

7. 왕 서방과 복녀는 수시로 만나고, 복녀 부부는 빈민굴의 부자가 된다.

8. - ① 왕 서방은 100원을 주고 어느 처녀를 마누라로 데려온다.

  - ② 왕 서방의 혼인날 밤, 복녀는 낫을 들고 왕 서방의 방으로 들어간다.

  - ③ 복녀는 왕 서방에게 낫에 찔려 죽는다.

9. - ① 복녀의 시체는 사흘 뒤에야 그녀의 집으로 옮겨진다.

  - ② 왕 서방은 복녀의 남편에게 30원, 한방의에게 20원을 준다.

  - ③ 이튿날, 복녀는 뇌일혈이라는 한방의의 진단으로 공동묘지로 간다.

　세밀하거나 정확한 구분은 아니지만 편의상 9개 단락으로 나누었고, 여기에서 다시 16개 에피소드를 뽑아보았다. 김동인은 앞에서 설명한 복두장이나 여옥처럼 9개 단락의 내용 혹은 16개 에피소드를 대부분 경험했거나 들었거나 보았을 것이다. 김동인이 경험했거나 들었거나 보았을 에피소드는 대략 다음과 같은 것이라고 짐작할 수 있다. 물론 이보다 훨씬 많거나 적을 수도 있다.

① 어린 나이에 80원에 팔려 홀아비에게 시집간 어느 처녀.

② 소작농, 막벌이, 행랑살이 등 온갖 고생에도 거지가 된 어느 부부.

③ 송충이 잡이에 지원하여 일하다가 감독에게 정조를 빼앗긴 여인.

④ 평양 칠성문 밖 빈민굴의 모습.

⑤ 남의 집에 물건을 훔치러 들어갔다가 들켜 주인에게 몸을 빼앗긴 여인.

⑥아내가 몸을 팔아 번 돈을 보고 시시덕거리는 놈팡이.

⑦돈을 주고 처녀를 사는 혼인 풍습.

⑧혼자 좋아하던 남자의 결혼식 날 신방에 뛰어든 간 큰 처녀.

⑨살인 사건을 뇌일혈로 무마하는 부도덕한 한의사.

여기에서 우리가 알아야 할 것은 김동인이 9개 에피소드를 일목요연하게 한꺼번에 들었느냐는 것이다. 결코 그렇지 않을 것이다. ①의 '어느 처녀'가 ⑤의 '여인'이 아니며, ②의 '어느 부부' 중 남편이 ⑥의 '놈팡이'가 아니다. 또 ③의 '여인'이 결코 ⑧의 '처녀'가 아니다. 즉 ①에서 ⑨까지 에피소드와 인물은 각각 별개로 존재하던 것이다. 김동인이 경험하거나 들은 것도 각각의 에피소드 사이에 시간적·질적인 차이가 클 것이다.

다만 김동인이 9개(혹은 그 이상) 에피소드를 연결시켜 그럴듯한 이야기―가난과 애욕 때문에 죽음에 이르는 복녀의 삶―를 만들어냈다. 다시 말해 시간과 장소가 다른 곳에서 벌어진 사건과 인물을 적당히 연결시켜 서로 연관 있는 듯 꾸며낸 것이다. 여기에 결부되는 것이 작가 김동인의 상상력이다.

능동 서울어린이대공원에 있는 김동인 흉상.

위에 열거한 9개 에피소드는 김동인이 생존했을 당시 있었던 일이다. 그러나 분명한 것은 결코 연관된 것이 아니라 별개의 것이라는 사실이다. 별개의 사건과 인물을 '복녀'라는 여인의 행위 혹은 그녀와 관련된 이야기로 만들어내는 일이 작가의 상상력이요, 이렇게 작가의 상상력으로 꾸며진 얼개가 허구다.

　물론 김동인은 위에 열거한 9개 에피소드만으로 〈감자〉를 만들어낸 것이 아니다. 김동인의 수많은 지식과 경험이 씨줄과 날줄이 되어 복녀라는 인물과 그 삶의 모습을 그려낸 것이다.

　역사소설도 허구다. 고등학교 국어 교사로 재직할 때, 학생들에게서 당시 인기리에 방영되던 사극의 내용에 대해 질문을 받은 적이 있다. 정말 그때 그 사람이 그랬느냐는 질문이다. 소설이나 TV 드라마 대본이나 형식은 다를망정 허구라는 것은 같다. 소재, 즉 작가가 가슴으로 느낀 사건이 역사적으로 잘 알려진 왕조의 이야기나 역사적 인물일 뿐, 그가 만들어낸 작품은 허구다. 역사소설을 읽고, TV 드라마를 보고 그것이 역사려니 착각하지 마라. 그것은 역사적으로 실재한 사건과 인물을 소재로 작가가 그럴듯하게 꾸민 허구일 뿐이다.

수필, 우습게보지 마라

전 세계 문인들의 모임인 국제펜클럽의 공식 약칭 'PEN'에서 E가 essay, 즉 수필가essayists를 뜻하는 것은 모두 아는 사실이다. 그만큼 수필은 문학의 주요 갈래로 인정받고 있다. 그런데 우리가 흔히 알고, 중·고교에서 가르치는 '수필의 개념' 혹은 '수필의 특성'을 보면 수필 본래의 의미와 동떨어진 것이 많다. 수필이 간혹 폄훼되거나 문학적인 의미 혹은 예술성을 떨어뜨리는 것도 이 때문이다. 잘못 알고 있는 수필의 개념 때문에 오히려 수필이 문학으로서 독립성을 갖지 못하고, '개나 소나 다 쓰는' 하찮은 글재주에 불과한 것처럼 되어버렸다.

붓 가는 대로 쓴 글이라고? 흔히 수필을 '붓 가는 대로 쓴 글'이라고 말한다. 수필가 김광섭이 〈수필 문학 소고〉에서 처음 쓴 말이 그대로 굳어진 것이다. 그러니 대한민국에서 초·중·고 교육을 받은 사람이라면 '수필=붓 가는 대로 쓴 글'이란

등식을 알고 있다. 수필을 한자로 쓰면 따를
수隨에 붓 필筆이니 당연한 해석이다. 그러나
정말 붓 가는 대로 쓰는 글이 수필일까? 붓 가
는 대로 쓴 것이라면 정말 붓이 제 마음 내키
는 대로 가기는 갈까?

김광섭

붓 가는 대로 쓴 글이 수필이라 치자. 그럼
어디 한번 붓을 잡고 붓이 어떻게 가는지 보
자. 붓을 아무리 잡고 있어도, 세월이 바뀌었으니 연필이나 볼펜을 아
무리 잡고 있어도 움직일 생각조차 않는다. 붓 대신 연필이나 볼펜을
잡아서일까. 그렇다면 정말 붓을 잡아보자. 먹을 찍어 종이에 대고 기
다려보자. 아무리 기다려도 움직이지 않는다. 당연하다. 내가 손을 움
직여야 붓이 움직이지, 그냥 잡고 있는데 붓이 알아서 움직일 리 없다.

이게 어찌 된 일인가. 그렇다. 글자 그대로 풀이했으니 수필은 붓 가
는 대로 쓴 글이라 하는 것이다. 그러나 그 글자를 자세히 분석해보면
수필은 단순히 붓 가는 대로 쓴 글이 아니다. 김광섭도 이 점을 분명히
했다. 수필은 붓 가는 대로 쓴 글이되, '달관과 통찰과 깊은 이해가 인
격화된 평정한 심경이 무심히 생활 주변의 대상 혹은 회고와 추억에 부
딪혀 스스로 붓을 잡음에서 제작되는 형식'이어야 한다고 했다.

뒤에 나오는 수필의 중요한 개념은 빼고 앞에 제시한 붓 가는 대로
쓴 것만 강조하다 보니 수필은 제 마음대로 아무렇게나 쓴 글이 되고
만다. 결국 '붓 가는 대로'라는 말은 '달관과 통찰과 깊은 이해가 인격
화된 평정한 심경'을 지닌 사람이 자연스럽게 쓴 글이기에 붓 가는 대
로 쓴 것처럼 보일 뿐이지, 사실은 상당한 경지에 오른 사람만 쓸 수
있다는 의미다. 그만큼 자연스럽고 매끄러운 글이다.

무형식의 형식?　　수필의 특성 가운데 '무형식의 형식'이란 것도 있다. 이를 '형식이 없는 것이 형식'이라 해석하여 아무렇게나 쓴 글로 받아들인다. 큰일 날 일이다. 형식이 없다니. 아무렇게나 쓴 글이라니.

수필은 그런 것이 아니다. 무형식의 형식은 분명 수필의 특성이다. 그러나 무형식의 형식은 형식이 없다는 것이 아니라, 형식이 자유롭다고 말할 만큼 다양하다는 의미다. 편지, 수기, 일기, 기행문, 소설, 희곡 등 수필의 형식은 수필을 쓴 사람만큼 다양하다. 그 많은 형식 중 어느 하나도 아무렇게나 쓴 것은 없다. 독자들이 읽기에 자연스럽게 보일 뿐, 사실은 치밀한 계산과 사색의 결과로 빚어낸, 아주 '잘 빚은 항아리'처럼 자연스럽지만 안정된 형식을 갖추고 있다. '무형식'이 강조되어 아무렇게나 쓴 글로 오해받는 것이 수필이다.

단언하건대 수필은 아무렇게나, 아무나 쓰는 것이 아니다. 달관과 통찰과 깊은 이해를 갖춘 사람이 어찌 아무렇게나 쓰겠는가. 독자들이 읽을 때 아주 자연스러운 형식으로 느낄 뿐이지, 수필가들이 많이 고민하고 사색해서 빚어낸 글이다.

전문가가 따로 없다고?　　수필은 '붓 가는 대로' '무형식의 형식'으로 쓰는 글이니 전문가가 따로 없다고들 한다. 정말 큰일 날 소리다. 이런 생각을 부추기는 것이 중·고교 문학 시간에 배우는 '수필의 개념' '수필의 특성'이다. 교과서뿐이겠는가. 국어사전에도 수필을 다음과 같이 설명한다.

① 형식에 구애됨이 없이 생각나는 대로 붓 가는 대로 견문이나 체험, 또는 의견이나 감상을 적은 글.

② 생각나는 대로 일정한 형식 없이 써나가는 산문의 하나.

국어사전 두 권에서 뽑은 수필의 개념이다. 정말 어처구니없다. '형식에 구애됨이 없이 생각나는 대로'라니, '생각나는 대로 일정한 형식 없이'라니, 턱도 없는 말이다.

수필에 대한 이런 인식들이 수필의 가치를 떨어뜨리고 예술성까지 잃게 만든다. 앞에서 '달관과 통찰과 깊은 이해가 인격화된 평정한 심경'을 지적했다. 아무나 그런 심경을 지닐 수 있겠는가. 이는 그야말로 경지에 오른 전문가를 가리킨다. 그러니 수필은 어린이나 젊은이들의 갈래가 아니다. 인생의 의미를 알 수 있는 나이, 적어도 불혹을 넘기고 자신이 맡은 분야에서 일가를 이루어 어떤 경지에 오른 사람만이 쓸 수 있다. 수필이야말로 전문가의 글이다.

수필은 신변잡기가 아니다　　많은 사람들이 수필에 대하여 잘못 아는 것 중 하나가 '신변잡기'다. 신변잡기라면 그야말로 잡문이다. 넓은 의미에서 문학일지 몰라도 예술성을 갖춘 글이라고 볼 수는 없다.

왜 이런 말이 나왔을까. 에세이essay라 써놓고 미셀러니miscellany를 설명한 것이 굳어진 결과다. 에세이와 미셀러니는 어떻게 다를까. 잘 알겠지만 중重수필과 경輕수필이다. 에세이는 철학적·사상적인 글이지만, 미셀러니는 그야말로 신변잡기(가벼운 수필)다. 그런데 칠판에는 에세이라 써놓고 미셀러니를 설명하니 학생들은 '수필＝essay＝신변잡기'란 등식만 외운 것이다.

수필의 기원을 설명할 때마다 몽테뉴Michel Eyquem de Montaigne의 《수상록Les Essais》(1580)과 베이컨Francis Bacon의 《수상록The Essay》(1597)이 등장한다. 그런데 몽테뉴의 것은 미셀러니에 가깝고, 베이컨의 것은 에세이에 가깝다. 우리나라에서는 1930년대 해외문학파가 소개하는데, 이때 에세이라고 말하면서 미셀러니에 가까운 몽테뉴의 글들이 예로 제시된 것이다.

에세이와 미셀러니는 분명 다르다. 몽테뉴의 글도 모두 단순한 신변잡기가 아니다. 따라서 우리는 수필을 말할 때 에세이와 미셀러니를 구분해서 인식할 필요가 있다. 결코 수필을 신변잡기나 투덜거리는 잡문으로 보아서는 안 된다.

수필에는 심오한 인생의 진리는 물론이요, 세계관과 역사관 그리고 세상을 보는 수준 높은 안목이 배어 있다. 그렇기에 때로는 논리적이요, 지극히 철학적이다. 어찌 논리적·철학적인 글을 개나 소나, 아무렇게나 쓴 글이라고 할 수 있겠는가.

수필, 우습게보지 마라.

왜 우리 노래들은 슬플까

— 슬픔과 체념, 한의 문화 —

어떻게 자꾸 눈물이 나 / 너 때문에 내가 너무 아파

그렇게 너만 생각하면 더 / 왜 자꾸만 니 향기가 나면 또 난

니 사진을 보면 또 난 / 니 생각에 오늘도 난

너무 아 아 아 아파(와) / 내가 아 아 아 아 아파(와)

이만큼 아플 거란 걸 난 정말정말 몰랐어

정말 아 아 아 아파(와) / 마음이 아 아 아 아파(와)

이렇게 보고 싶을 거란 걸 정말정말 몰랐어 / 너무 아파

근래 한창 유행한 티아라의 '내가 너무 아파' 1절이다. 떠나간 네가 보고파 마음이 아프다는 내용인데, 말은 아프다고 하면서도 아파서 좋아 죽겠다는 멜로디다. 분명 "이렇게 날 떠나지 마, 제발 그만 날 아프게 하지 마"라고 하면서도 신나게 춤을 춘다. 이 노래만 그런 것이 아니다. CNBLUE의 '직감'이란 노래를 보자.

네가 날 떠날 거란 직감이 와 (Don't give up)

자꾸만 이런저런 핑계들만 (Don't give up)

느낌이 달랐던 싸늘한 Bye Bye (Don't give up)

난 보낼 수 없어 (Because I love you)

나를 사랑한다 할 땐 언제고 이제 와서 Why you say goodbye

이대로 보낼 순 없어 never (Because I love you)

이유 아닌 이유로 나를 떠나가려 하지 마

우리 가요 노랫말에 영어가 들어간 것은 그렇다 치고, 분명 내용은 '나를 떠나가지 마' 인데 네가 떠나버려 아주 좋다는 듯 흥겨운 멜로디에 맞춰 무대를 휘저으며 춤을 춘다. "Please don't go go go 슬픈 인사는 싫어 / 널 사랑하니까 다시 돌아와" 라고 하지만, 돌아오지 않아도 그만이라는 듯이 흥겹다. 분명 내용과 형식의 부조화다. 요즘 노래만 그런 것이 아니다.

사실이 아니길 믿고 싶었어.

널 놓치기 싫었어.

혹시나 우리의 사랑이 잘못돼 끝나면 어떡해.

가슴은 아프지만 모른 척해야 해.

이별보단 덜 아플 테니까.

설마 했던 니가 나를 떠나버렸어.

설마 했던 니가 나를 버렸어.

깊었던 정을 쉽게 잊을 수 없어.

10여 년 전에 크게 유행한 이정현의 '와'라는 노래의 가사다. '도리도리춤'이라 불린 테크노댄스를 유행시킨 이 노래는 멜로디보다 가수 이정현의 현란한 옷차림과 특이한 춤으로 유명하다. 백댄서들의 춤과 함께 이 노래가 흐르면 모두 고개를 흔들며 흥겨워한다. 그러나 조금만 자세히 들여다보면 그렇게 흥겨워해야 할 노래가 아니다. 나머지 노랫말을 보자.

> 늦었어 이미 난 네 여자야.
> 오----- 독한 여자라 하지 마.
> 오----- 사랑했으니 책임져.

믿고 사랑하던 사람이 떠나자 사랑했으니 책임지라고 매달리는 내용이다. 그러니 상대의 멱살을 잡고 뺨을 올려붙이거나 바짓가랑이라도 붙들고 울어야 할 판이다. 분명 노랫말은 그런데 멜로디는 오두방정도 이만저만이 아니다. 이 노래뿐만 아니다. 랩의 원조라 할 서태지와 아이들의 노래도 마찬가지다. 이제 고전이 되다시피 한 '난 알아요'를 보자.

> 난 알아요. 이 밤이 흐르고 흐르면 누군가가 나를 떠나버려야 한다는 그 사실을 그 이유를……

분명 사랑하던 사람이 떠난다는 사실을 알고 부르는 노래다. 갈 테면 가라는 식이라면 모르지만, 노랫말을 더 들어보면 가지 말았으면 하는 마음으로 부르는 것이다. 그러니 "오, 그대여 가지 말아요"라고

서태지는 이제 전설이 되었다.

하지 않는가. 그런데 멜로디와 안무는 그대가 떠난다니 좋아 죽겠다는 것이나 다름없다. 그런 오두방정으로 노래를 부르니 누군들 떠나지 않겠는가.

하나만 더 예를 들어보자. 운동경기가 벌어지는 곳, 응원이 한창인 곳에서는 언제나 들을 수 있는 노래가 윤수일의 '아파트'다. 노래방에서도 여럿이 흥겹게 부르는 노래 중 하나다.

별빛이 흐르는 다리를 건너 바람 부는 갈대숲을 지나……

사랑하던 사람이 떠나고 아무도 기다리는 사람이 없는 쓸쓸한 아파트라는 내용이다. 그러니 "아무도 없는, 아무도 없는 쓸쓸한 너의 아파트"라고 하지 않는가. 그런데 이것이 응원가로 불린다. 여럿이 부르기 참 좋은 노래다. 노랫말의 내용은 그야말로 피눈물이 나야 하는데, 그것을 부르며 서로 손잡고 그렇게 흥겨울 수가 없다.

왜 노랫말은 슬픈데 멜로디와 안무는 흥겨울까. 부조화도 이만저만이 아니다. 구태여 여기에 종전의 형식과 규율을 뒤집는다는 포스트모더니즘을 들먹일 필요가 없다. 노랫말과 멜로디가 왜 이렇게 맞지 않을까. 아니 우리의 대중가요 노랫말은 왜 이토록 슬플까.

우리의 노래를 역사적으로 살펴보자.

고대가요, 향가, 고려가요, 경기체가, 시조, 가사, 창가……. 노래 이야기를 하다가 갑자기 머리 아픈 국문학 장르가 나오느냐고 의아해하

겠지만, 이것들이 우리의 노래다. 우리가 지금 문학이란 이름으로 배우
고 연구하는 것들이 사실은 당시 불리던 노래의 노랫말이다. 멜로디는
전하지 않고 노랫말만 전하는 것이다. 1000년 뒤 우리 후손은 서태지
나 이정현의 노랫말을 적어놓고 그 가사를 분석하고 있을지도 모른다.

각설하고 우리의 고전문학은 노래였다. 특히 서정 문학일 때는 지금
우리가 부르는 노래나 마찬가지였다. 오죽하면 노래인 판소리가 문자
로 정착하며 서사문학, 곧 소설이 되었겠는가. 이처럼 우리의 문학은
노래와 밀접한 관계가 있다. 앞에 적은 것을 자세히 보라. 가歌, 요謠,
조調, 창唱…… 다 노래를 뜻하는 단어가 들어 있다.

그런데 이 노래들이 거의 대부분 슬프다. 우리 역사상 가장 오래되
었다는 노래부터 보자.

<blockquote>
공무도하公無渡河

공경도하公竟渡河

타하이사墮河而死

당내공하當奈公何
</blockquote>

멜로디가 어떠했는지, 순우리말로 된 노랫말이 어떠했는지 모르지
만 현재 한문으로 전하는 '공무도하가'다. 내용은 다음과 같다.

<blockquote>
임은 강을 건너지 마오

임은 그예 강을 건너셨네

물에 빠져 돌아가시니

가신 임을 어이할꼬
</blockquote>

사별死別의 한恨을 읊은 것이다. 죽은 임을 생각하니 어찌 슬프지 않 겠는가. 우리나라 최초의 노래로 전해지는 것이 이별을 노래했다. 그 러니 슬플 수밖에 없다. 그 이면에는 "어이할꼬"란 체념이 숨어 있다.

향가도 마찬가지다. 잘 알려진 '찬기파랑가'는 기파랑이라는 화랑을 추모하는 내용이요, '제망매가'는 죽은 누이를 제사 지내는 노래다. 어 찌 슬프지 않겠는가. '처용가'의 내용은 이렇다. "서라벌 밝은 달밤에 밤늦게까지 놀다가 집에 돌아와 침대를 보니 가랑이가 네 개다. 둘은 내 마누라 것이 분명한데 둘은 누구의 것이냐. 본래 내 것이 있어야 할 테지만, 내 자리를 빼앗아갔으니 어찌하겠는가." 마누라가 나를 버린 것이다. 슬프지만 화가 나기도 할 것이다. 현장을 잡았으니 도끼를 들 고 들어가 쳐 죽일 일이나, 화자는 그러지 않는다. 그 슬픔과 곧 이은 체념이 이후 우리 문학에 그대로 깔린다.

현재까지 전하는 유일한 백제의 노래 '정읍사' 역시 행상 나간 남편 을 기다리는 내용으로, 결코 흥겨운 것이 아니라 노심초사 안타까운 노래다. 한시漢詩도 마찬가지다. 고등학교 국어 교과서에 실린 최치원의 '추야우중秋夜雨中'(가을밤에 비 내릴 때)이 그렇고, 정지상의 '송우인送友人' (임을 보내며)이 그렇다. 외로움, 쓸쓸함, 이별, 눈물, 슬픔 등이 이어진다.

고려가요 '서경별곡西京別曲'은 대동강 나루터에서 임과 이별하는 노 래요, 조선 시대의 시조에서는 수많은 양반네들이 임금을 그리워하면 서 임을 그리는 것으로 노래하고 있다. 오죽하면 "임을 그리워하면서 우는 것이 접동새와 비슷하다"고 했겠는가. 임금은 곧 임이요, 충신인 자신은 임이 버린 여인네다. 그러니 노래가 슬플 수밖에 없다. 충신들 의 '연군지사戀君之詞'라고 말이 그럴듯하지, 버림받은 여인네가 임을 그리워하면서 부르는 슬픈 노래다. 시조 문학의 백미라 꼽히는 황진이의 시조가 모두 임을 그리워하는 노래고, 평민의 사설시조에도 임과 헤어진 것이나 오지 않는 임에 대한 안타까움이 배어 있다. 이를 '반도'라는 지정학적 원인을 들어 분석한 사람도 있고, 수백 번이나 침략을 당한 민족의 서글픔 때문이라고 한 사람도 있으나, 하루아침에 형성된 슬픔과 체념은 아닐 것이다.

이렇게 슬픈 노래, 체념이 섞인 노래가 현대 시로 이어졌다. 현대 시를 말할 때 언제나 맨 앞에 놓는 것이 김소월이다. "나보기가 역겨워 가실 때에는……" 이별이다. 임이 나를 버렸으니 어찌 슬프지 않겠는가. "죽어도 아니 눈물 흘리오리다"라고 했지만 사실은 피눈물을 흘리겠다는 것이다.

이런 슬픔과 체념이 현재 우리가 부르는 노래에 그대로 나타난다. 다만 문학으로서 노래가 아니라 가요로서 노래일 뿐이다. 지금 당신이 즐겨 부르는 노래를 읊조려보라. 대부분 슬픈 사랑 노래일 것이다. 비록 흥겨운 리듬이라 해도 노랫말은 분명 슬플 것이다.

물론 예외가 있을 수도 있다. 그러나 "호랑나비 한 마리가……"라거나 "쿵따리 샤바라 빠빠빠" 혹은 얼마 전 유행한 "아메리카노 좋아 좋아 좋아……" 같은 것들은 수명이 그리 길지 못하다. 한때 유행했을지언정 오랫동안 불리지 못한다. 게다가 노랫말의 이면을 살펴보면 그것 역시 슬픔과 체념이 배어 있게 마련이다. 그러니 "호랑나비야 날아보"라고 하고, "마음이 울적할 때 외쳐보"자고 하며, "사글세 내고 돈 없을 때 밥 대신 먹는"다는 것이다.

요컨대 우리 문학, 아니 우리 노래의 본질은 한과 체념이다. 이별, 슬픔, 체념…… 이런 것들이 아니면 노래가 되지 않는다. 우리 노래에

는 ‘환희의 찬가’ ‘기쁘다 구주 오셨네’ 같은 노래가 없다. 슬플 때는
말할 것도 없고, 기쁠 때도 눈물을 흘리지 않는가. 우리는 기쁠 때나
슬플 때 모두 눈물로 말하고, 그 눈물은 마음에서 나오는 것이다. 그리
고 그 마음은 한과 체념에 뿌리를 두고 있다. 우리 노래를 아무리 살펴
봐도 이 세상은 살기 좋다거나, 우리는 사랑하고 행복하다거나, 우리
는 이렇게 기쁘다는 노래가 없다. 있다고 해도 그런 노래는 잠시 나왔
다가 사라질 뿐, 오랫동안 대중의 사랑을 받지 못한다.

슬픈 노래는 싫어요, 아무런 말도 하지 말아요……

기가 막힌 것은 “슬픈 노래가 싫다”고 말하는 그 노래조차 슬픈 노래
라는 사실이다.
다시 말하지만 우리 노래의 본질은 한과 체념에 있다. 그리고 그 뿌
리는 우리 문학에 있다. 그렇다고 비관할 필요는 없다. 오히려 자랑해
도 될 것이다. 슬픔과 체념, 한이 우리 역사와 문화를 5000년, 아니 1만
년 동안 지탱해온 힘이니까 말이다.

가난한 민족의 노래, 동요

산딸기 있는 곳에 뱀이 있다고
누나는 그러지만 나는 안 속아
내가 따라갈까 봐 그러는 게지

나도 나도 오늘은 산에 갈 테야
언니 따라 산딸기 따러 갈 테야
도라지꽃 나리꽃도 꺾어 올 테야

어린 시절에 즐겨 부르던 동요의 한 구절이다. 학교에서 배운 것으로 기억되니 당시 교과서에도 실린 모양인데, 요즘 어린이들에게 물어보면 잘 모른다고 한다. 참으로 다행이다. 이 동요는 어처구니없게도 인간의 이기심을 적나라하게 표현하고 있기 때문이다. 배고픈 데는 형제자매도 없다는 식이다.

어린 시절 초여름, 산에 가면 늘 먹을 수 있는 군것질거리가 '산딸기'였다. 이제 곧 들에는 뽕나무 열매 '오디'가 열릴 것이고, 가을이면 온 산에 '개암'이 널릴 것이다. 자연이 주는 먹거리는 주식뿐만 아니었다. 산과 들은 어린아이들에게 놀이터이자 군것질거리를 제공하는 낙원이었다. 어쨌건 초여름 산딸기는 어린아이들이 어른의 간섭을 받지 않고 먹을 수 있는 맛난 열매였다.

마을마다 혹은 산마다 다르겠지만, 산딸기가 지천으로 깔려 있는 것은 아니었다. 어쩌다 발견한 산딸기를 누가 먼저 먹을까 봐 덜익은 것까지 먹은 기억으로 미루어 내가 살던 곳에도 산딸기가 많지는 않았나 보다. 이런 문제를 그야말로 천진난만하게 혹은 극명하게 표현한 동요가 앞의 노래다.

우연히 산에 갔다가 산딸기를 보았다. 누나는 어린 동생과 빨갛게 익은 것들을 골라 맛있게 먹었다. 며칠이 지나고 누나는 다시 산으로 간다. 이제 다 익었을 테지 하고 말이다. 그런데 어린 동생이 따라오려고 한다. 동생을 데리고 가면 자신이 먹을 양이 줄어든다. 어떻게 해서든 동생을 떼어놓고 혼자 가야 더 많이 먹을 수 있다. 그래서 "산딸기 있는 곳엔 뱀이 있다"고 동생을 위협한다. 그러나 동생은 누나의 말을 믿지 않는다. 누나 혼자 먹으려고, 나를 떼어놓고 가려고 그러는 거라고 생각한다. 그 누나에 그 동생이다.

얼마나 먹을 것이 없으면 산딸기로 배를 채우려고 했으며, 오죽했으면 어린 동생을 떼어놓고 혼자 가려고 했을까. 가난이 가져온 어린 마음의 이기심이 그대로 드러난 이 동요를 지금 아이들은 모른다니 다행이다. 한국전쟁 당시 며칠씩 굶었다고 말하자, 이야기를 듣던 어린이가 "왜 굶어요? 밥이 없으면 라면 끓여 먹으면 되잖아요"라고 했단다. 이 동요에는 그런 아이들이 이해하기 힘든 내용이 담겨 있다.

앞의 동요만 그런 것이 아니다. 전래 동요를 찾아보면 대부분 천진 난만하게 혹은 솔직 담백하게 표현할 뿐이지, 궁핍한 삶의 모습이 담겨 있다.

동요는 동시에 멜로디가 붙은 것이다. 동요의 노랫말은 모두 동시고, 그 동시는 분명 문학의 한 갈래인 시의 하위 갈래다. 동시는 어린이가 쓴 것도 있지만, 어른들이 어린이의 눈높이로 쓴 것이다. 어린이의 눈으로, 어린이의 귀로, 어린이의 마음으로 대상을 읊은 것이 동시다. 그 동시에 곡이 붙을 때 비로소 동요가 된다. 동시나 동요에 우리의 궁핍한 삶이 배어 있다면, 그래서 자라나는 어린이들이 동요를 부르며 궁핍한 삶의 모습을 반추한다면, 우리의 희망인 어린이들이 시나브로 찌든 삶을 되뇐다면…… 참으로 큰일 날 일이다.

그런데 사실인 것을 어쩌랴. 대한민국 국민이라면 누구나 알고 있을 동요부터 보자. 오랜 옛날부터 전해오는 전래 동요다.

두껍아 두껍아 헌 집 줄게 새집 다오
두껍아 두껍아 물 길어 오너라 너희 집 지어줄게
두껍아 두껍아 너희 집에 불났다 솥이랑 가지고 뚤레뚤레 오너라

모래 더미에 손을 넣고 그 위에 모래를 얹어 굴을 만들며, 손등의 모래를 토닥이며 부르는 노래. 다른 사람보다 크고 예쁘게 만들겠다는 속마음을 두꺼비에게 보낸다. 두꺼비가 아주 멋진 굴집을 만들어줄 것이라 믿으면서 말이다. 그런데 냉정하게 생각해보자. 이 세상에 어떤 놈이 '헌 집' 받고 '새집'을 주겠는가. 이 노래에는 처음 부른 사람의 삶이 그대로 배어 있다. 얼마나 보잘것없는 집에서 살았으면, 얼마나

새 집에서 살고 싶었으면 이런 노래가 나왔겠는가.

달 타령도 마찬가지다. 전래 동화에 나오는 달나라 이야기를 모두 알고 있을 것이다. 계수나무 한 그루에 토끼 두 마리. 그 토끼는 떡방아를 찧는다. 우리 의식 속에는 달나라에 계수나무 밑에서 토끼 두 마리가 떡방아를 찧는 것으로 되어 있다. 왜 하필이면 떡방아일까. 먹고 싶었기 때문이다. 그만큼 먹거리가 없었다는 얘기다. 그러니 달나라에 가면 토끼가 떡방아 찧는 모습을 보며 배불리 먹을 수 있지 않을까 하는 욕망이 담긴 것이다.

새 신을 신고 뛰어보자 팔짝
머리가 하늘까지 닿겠네

새 신을 신고 달려보자 휙휙
단숨에 높은 산도 넘겠네

신발 타령이다. 신발을 얼마나 오래 신었는지 뛰어가면 벗겨지고, 뚫린 구멍으로는 발가락까지 삐져나왔다. 그러나 신발이 그것뿐이니 또 신을 수밖에 없다. 어느 날 아버지가 새 신을 사다주었다. 새 신을 신으니 하늘까지 뛰어오를 수 있을 것 같다. 디자인이 마음에 들지 않는다고, 유명 상표가 아니라고 투정하는 요즘 아이들은 도저히 상상할 수 없는 내용이다.

우리의 동요는 대부분 이와 같이 의식주 타령이다. 엥겔계수를 들먹이지 않아도 생존의 기본이 되는 요소라는 것은 다 아는 사실이다. 궁핍하게 살아온 우리 민족은 가난을 벗 삼아 살면서도 언젠가는 잘살

거라는 희망을 안고 참았다. 가난한 삶의 서글픔을 이런 노래로 풀어
낸 것이다.

　서구의 동요나 동시를 보면 꽃은 늘 머리에 꽂거나 가슴에 붙여 자
신을 아름답게 만드는 데 사용한다. 아니면 사랑을 고백하며 상대에게
주는 징표, 즉 선물이다. 그런데 우리 동요에 나오는 꽃은 모두 입으로
들어간다. 꽃도 음식으로 간주하기 때문이다. "진달래 먹고 물장구 치
고" "나리 나리 개나리 입에 따다 물고요"……. 꽃뿐만 아니다. 하다못
해 산속의 물 한 모금까지 누가 먹을지 궁금해했다. "깊은 산속 옹달샘
누가 와서 먹나요." 맑고 깨끗한 산속 옹달샘의 물, 세수하러 왔다가
세수할 물이 아닌 것을 알고 "물만 먹고" 간다.

　가난한 삶 속에, 먹거리가 충분하지 않은 배고픔 속에 우리는 그렇
게나마 삶을 지탱할 수밖에 없었다. 그렇다고 내가 먹고 싶다고 직접
적으로 표현하는 것이 아니다. 다른 사람 혹은 다른 사물이 그렇게 한
다는 것을 표현함으로써 자신의 욕망을 슬며시 드러낸다.

　　무엇이 무엇이 똑같은가
　　젓가락 두 짝이 똑같아요

　　무엇이 무엇이 똑같은가
　　윷가락 네 짝이 똑같아요

　똑같이 생긴 것으로 제일 먼저 눈에 띄는 것이 젓가락이다. 먹는 것
과 직접 관계가 있는 사물. 양반네야 방 안에 앉아 보이는 것이 다 똑
같았을 것이다. 천장의 문양이나 문에 수놓인 모양, 촛대 두 개, 책도

옆으로 누운 것이 똑같았을 테지만, 가난한 백성은 그렇지 못했다. 겨우 눈에 띄는 것이 밥상 위에 놓인 젓가락이다. 우리 삶의 모습이다.

> 토끼야 토끼야 산속의 토끼야
> 겨울이 오면은 무얼 먹고 사느냐
> 흰 눈이 내리면 무얼 먹고 사느냐
>
> 겨울이 되어도 걱정이 없단다 엄마가 아빠가
> 여름 동안 보아둔 맛있는 밤이랑 얼마든지 있단다

겨울은 농한기다. 가을에 추수를 끝내고 겨울로 들어서면 그해 수확한 것을 갈무리하여 추위를 이겨낸다. 이때 문득 산속의 토끼가 걱정스럽다. 그래서 "무얼 먹고 사느냐"고 물어보는 것이다. 그래도 걱정이 된다. 자신이 먹을 게 충분하지 못하니 다른 사람이나 동물도 그럴 것이라고 지레 걱정하는 것이다. 그러니 한 번 더 물어본다. "흰 눈이 내리면은 무얼 먹고 사느냐"고 말이다.

> 산골짝에 다람쥐 아기 다람쥐
> 도토리 점심 가지고 소풍을 간다
> 다람쥐야 다람쥐야 재주나 한번 넘으렴
> 팔딱 팔딱 팔딱 날도 참말 좋구나

다람쥐의 모습이 얼마나 귀여운가. 그 귀여운 모습을 보면서도 귀엽다는 표현보다 저것이 점심을 굶지는 않을까 걱정한다. 바로 자신의 모습이다. 그러니 점심을 챙겨야 하지 않겠는가. "도토리 점심 가지고"
가 자신의 욕망이다. 소풍 갈 형편이 안 되니 나도 점심을 준비해서 놀
러 갈 수만 있다면, 하고 노래 부르는 것이다. 가난한 삶의 모습은 겨
울에 눈이 내리는 광경을 보면서 부르는 노래에 이르러 극에 달한다.

> 펄펄 눈이 옵니다
> 하늘에서 눈이 옵니다
> 하늘나라 선녀님들이
> 하얀 가루 떡가루를
> 자꾸자꾸 뿌려줍니다
> 자꾸자꾸 뿌려줍니다

눈이 내린다. 온 세상을 하얗게 뒤덮는다. 그런데 아름다운 눈송이
가 우리 눈에는 무엇으로 보였을까. 어처구니없게도 눈 역시 먹거리,
바로 음식이었다. 그러니 하늘에서 선녀님들이 "하얀 가루 떡가루를
자꾸자꾸 뿌려줍니다"라고 노래하는 게 아닌가. 어떻게 눈을 보며 떡
가루를 연상했는지. 이는 숨겨진 욕망이 그대로 드러난 것이다. 오죽
먹을 것이 없었으면 눈이라도 한 움큼 삼켜야 했으며, 그 눈이 떡가루
이기를 바랐겠는가. 정말이지 피눈물이 날 지경이다.

민족의 정서를 그대로 표현한다는 동요. 우리 동요에는 가난하고 비
참한 지난날이 담겨 있다. 그런 노래나마 부르며 가난을 이겨낸 것이
다. 이제는 어린이들이 그런 동요를 부르지 않기 바란다. 하기야 요즘
어린이들이 랩이나 힙합을 부르지 어디 동요를 부르겠는가마는, 학교
음악 시간에 가르치고 배울 테니 걱정이 되어서 하는 말이다.

그래도 요즘에는 많이 변했나 보다. 열거한 동요 가운데 아직도 즐겨 부르는 것들이 있지만 내 아들딸이 이런 노래보다는 조금 밝고 명랑한 노래를 부르는 것으로 보아, "산딸기 있는 곳에 뱀이 있다고"를 모르는 것으로 보아 이제는 우리도 좀 잘사는 모양이라고 자위한다.

우리의 동요와 동시는 지난날 가난한 삶의 모습이며, 그런 동시와 동요를 통해 우리 민족은 궁핍함을 이겨냈다. 남들은 자연을 아름답게 볼 때 우리는 그것을 마시고, 먹고, 입을 것으로 생각하며 견뎌내지 않았는가. 그렇기에 부끄럽다기보다 사랑스럽고 자랑스러운 것들이 아닌가.

2 _ 문학, 들여다보기

보통 문학이 무엇이냐고 물으면 특정 작품을 고교 시절 외운 내용으로 암송하듯 내뱉는다. 그 작품에서 무엇을 어떻게 느꼈는지는 자신이 없다. 왜 그럴까.

입장을 바꿔 선생의 입장에서 대학 강의를 할 때는 비교적 자유롭지만, 고등학교의 '문학' 강의는 교사용 지도서나 자습서의 내용을 전달하는 데 주력해야 한다. 관제 교육과 입시 제도가 만든 우리 문학 교육의 폐단이다. "이거 시험에 나온다"는 말보다 좋은 강의가 있을까. 결국 학교에서는 지식을 전달할 뿐, 학생들의 창의력이나 상상력을 키워주지 못했다. 그러니 어른이 돼도 학교에서 배운 문학 지식 외에 스스로 읽고 느끼는 창의적인 문학 감상에 약할 수밖에 없다. 단순한 지식으로 암기하던 문학. 그러나 그 속을 조금만 들여다보면 참 많은 것을 알 수 있다. 교사용 지도서와 참고서가 말하지 못하는 깊고 넓은 세계가 문학작품 속에 있기 때문이다.

'복녀'는 왜 몸을 팔았을까
소설은 사회를 비추는 거울

《춘향전》은 음란 소설이다
조선 후기 혼란한 사회상을 함께 봐야

윤동주는 저항시인이 아니다
여린 심성, 아름다운 영혼

청록파는 본래 네 사람이었다
기차 연착에서 비롯된 얄궂은 운명

'어부사시사'에는 어부가 없다
시대를 잘못 만난 제왕 윤선도

잘못 해석되는 유치환의 시 '수首'
친일 작품의 해석 오류를 생각하며

여의도는 길재의 땅이다
고려의 충신, 조선 왕의 친구

조식의 음란한(?) 시조
성리학자의 눈웃음

시의 언어는 아름다워야만 하는가
고은의 《만인보》에 나타난 비속어

서정주의 진짜 모습은 어떤 것일까
대시인의 안타까운 치욕

'향수'의 시인 정지용, 그는 대체 어디로 갔을까
월북을 믿기 어려운 사연

'복녀'는 왜 몸을 팔았을까

황순원의 〈소나기〉를 읽던 중학생이 이런 질문
을 했다고 한다.

"왜 무를 뽑아 먹나요? GS25에 가면 아이스
크림도 있고 콜라도 있는데요."

황당한 질문이라고 생각할지 모르나, 이와 비
슷한 질문을 하는 대학생도 있다. 문학, 소설을
가르치는 사람으로서 참 막막한 때다. 요즈음

황순원

젊은 세대의 표피적인 감각을 읽을 수 있는 부분이기도 하다. 이를 근
거로 'X세대' 'N세대'라 일컫는 젊은이들이, 버릇이 없고 생각할 줄
모른다거나 논리적이고 자기주장이 확실하다는 평가를 하기도 한다.
〈소나기〉에서 무를 뽑아 먹는 장면을 보자.

소년이 참외 그루에 심은 무 밭으로 들어가, 무 두 밑을 뽑아왔다. 아직 밑이
덜 들어 있었다. 잎을 비틀어 팽개친 후, 소녀에게 한 밑 건넨다. 그리고는 이

렇게 먹어야 한다는 듯이, 먼저 대강이를 한입 베 물어낸 다음, 손톱으로 한 돌
이 껍질을 벗겨 우쩍 깨문다.

소녀도 따라 했다. 그러나 세 입도 못 먹고,

"아, 맵고 지려."

하며 집어 던지고 만다.

"참, 맛없어 못 먹겠다."

소년이 더 멀리 팽개쳐 버렸다.

원두막은 있지만 계절이 그런지라 참외를 심었던 그루에 무가 심겼
다. 자기 마을에서는 참외보다 수박이 맛있다고 자랑하던 소년이 무를
뽑아 소녀에게 권한다. 아직 덜 자란 무가 맛있을 리 없다. 소녀도 소
년도 맛이 없다고 팽개치는 것이다.

요즘 아이들이 참외나 수박 대신 밭에 나는 무를 뽑아 먹는 장면을
이해하기는 그리 쉬운 일이 아니다. 무를 껍질 벗겨 날로 먹는다는 것
이 익숙지 않기 때문이다. 질문한 학생처럼 그것보다 맛난 아이스크림
이나 콜라 같은 간식을 많이 먹고 자란 아이들이니 당연하다.

문제는 문학작품을 접하는 데 작용하는 감성과 지성의 수준이다. 소
설을 읽으며 줄거리에 빠져 사건과 그 속에 연루된 인물의 행위를 현
재의 상식으로 파악하는 경우, 앞의 중학생과 같은 질문이 나온다. 예
를 들어보자.

일제강점기에 발표된 우리 소설을 읽다 보면 매춘이나 불륜 관계가
많이 등장한다. 이를 표피적으로 이해하면 소설 속의 남자와 여자들을
불륜으로 몰아붙여 매도할 수 있다. 그러나 이는 소설이 그리는 허구
의 현실 세계를 올바로 인식하지 못한 데서 나온 결과다.

김동인의 〈감자〉에 나오는 '복녀'는 지지리도 복이 없는 여자다. 그녀가 송충이 잡이에 나가 감독에게 정조를 빼앗기고, 이후 매춘 행위를 생계로 삼는 데는 나름의 이유가 있다. 복녀는 사농공상士農工商의 두 번째에 해당하는 신분이고 선비의 피가 흐르는 집안에서 태어나 어느 정도 윤리 의식을 갖췄지만, 가난 때문에 80원에 팔려(1925년의 80원이다) 늙은이에게 시집을 간다. 소작농, 행랑살이, 구걸 등 온갖 노력에도 그녀를 악의 구렁으로 몰아넣는 것은 가난과 게으른 남편이다. 복녀는 결국 자신의 애욕 때문에 왕 서방에게 죽음을 당하지만, 처음부터 매춘으로 생계를 꾸리려 한 것은 분명 아니다.

따라서 '복녀라는 여인이 죽음에 이르는 과정'이라 할 이 작품을 이해하려면 그녀가 정조를 잃는 과정, 그 후 매춘 행위를 할 수밖에 없었던 나름의 이유, 그녀의 주검을 둘러싼 뒷거래의 의미를 당대 사회 현실에서 찾아야 한다. 이를 간과하면 '복녀는 나쁜 년'이라는 결과가 나올 뿐이다.

나도향의 〈물레방아〉에는 '방원의 아내'가 나온다. 본디 남편이 있었으나 방원과 눈이 맞아 도망했고, 이제는 행랑살이하는 집의 주인 신치규의 소실이 되기 위해 방원을 버리는 여자다. 두 번이나 남편을 배반하는 그녀의 행위는 분명 윤리적으로 비판을 받아 마땅하다. 그녀는 왜 그런 행동을 했을까? 원문을 보자.

> 캄캄한 그믐밤에 얼굴을 바짝 계집의 코앞에 들이댔다. 계집은 얼굴을 자세히 보더니,
>
> "아—."
>
> 소리를 지르더니 뒤로 물러섰다.

"조금도 놀랄 것이 없다. 오늘 네가 내 말을 들으면 살려줄 것이요, 그렇지 않으면 이거야?"

하고 시퍼런 칼을 들이대었다. 계집은 다시 태연하게,

"말요? 임자의 말을 들으렬 것 같으면 벌써 들었지요, 이때까지 있겠소? 임자도 나의 마음을 알지요. 임자와 나와 이 연전에 이곳으로 도망해올 적에도 전남편이 나를 죽이겠다고 허리를 찔러 그 흠이 있는 것을 날마다 밤에 당신이 어루만졌지요? 내가 그까짓 칼쯤을 무서워서 나 하고 싶은 것을 못 한단 말이요? 힝 이게 무슨 비겁한 짓이요. 사내자식이, 자! 찌르려거든 찔러봐아, 자, 자."

계집은 두 가슴을 벌리고 대들었다. 방원은 너무 계집의 태도가 대담하므로 들었던 칼이 도리어 뒤로 움찔할 만큼 기가 막혔다.

행랑살이하던 중 아내가 집주인 신치규에게 붙어버린 사실을 안 방원이 신치규를 폭행하고, 결국 감옥에 간다. 그 사이 아내는 신치규의 첩 노릇을 하고 있다. 감옥에서 나온 방원이 찾아가자 그녀는 오히려 당당하다.

그녀가 누구인가. 전남편과 가난에서 벗어나려고 방원과 도망한 여인이다. 그러나 방원과 살면서도 가난의 연속이다. 그러니 다시 가난에서 벗어나고자 신치규에게 붙는 그녀는 윤리적으로 타락한 여자라기보다 오히려 자신의 운명을 개척하는 당당한 여인이라 할 수도 있다. 페미니즘 비평의 입장에서는 인간으로서 여성성 회복의 대표적인 인물이 될 수 있을 것이다. 즉 방원의 아내가 두 번이나 남편을 버리는 이유는 1925년 사회 현실에서 찾아야 한다.

소설을 읽으며 등장인물의 행위를 사실적으로 판단할 필요가 있다.

그러나 윤리적인 판단을 할 때는 그 행위를 둘러
싼 당대의 사회 현실을 이해하는 것이 필수다.
여기에서 구태여 리얼리즘 비평이란 학술 용어
를 들먹일 필요는 없다. 다만 우리가 흔히 알고
있듯이 소설이 아무리 허구의 산물 혹은 상상력
으로 그려낸 이야기라고 해도, 결국 작가가 몸담

나도향

고 있는 사회에 바탕을 둔 허구적 현실을 그린다는 사실이다. 소설 속
에 그려진 허구적 현실은 작가가 살던 시대와 사회의 현실을 바탕으로
나온 이야기라는 것을 알아야 소설 속의 여러 사건을 윤리적으로 정확
하게 판단할 수 있다.

복녀는 왜 왕 서방에게 몸을 팔았는가? 왕 서방이 장가가는 날, 복녀
는 왜 신방에 낫을 들고 들어갔는가? 방원의 아내는 왜 남편을 버리는
가? 마지막으로 찾아온 방원에게 죽음을 당하면서도 왜 잘못했다고 말
하지 않는가?

이런 물음에 답하기 위해서는 21세기의 상식이나 윤리 의식에서 벗
어나 소설에서 그리는 당대의 사회 현실로 들어가야 한다. 그리고 그
사회 현실에서 사회적 욕망과 개인의 욕망을 살펴야 한다.

소설은 사회를 비추는 거울이다. 사회의 여러 가지 상황이 소설 속
에 그대로 그려지기 때문이다. 군이 리얼리즘이란 외래어를 쓰지 않더
라도 당대 사회 현실에 대한 이해 없이 소설 속에 그려진 인물들의 행
위를 현재의 상식으로 재단하여 비판하는 것은 온당치 못하며, 작품을
올바로 이해하는 것이 아니다. 단순한 이 사실을 가끔 잊어버리는 경
우가 있어 안타깝다. 학생들이 소설 속의 사건에 너무 깊이 빠진 결과
려니 자위해본다.

중학생의 질문에 이렇게 답했다고 한다.

"왜 무를 먹느냐고? 맞아! GS25가 있는데, 그치? 훼미리마트도 있고, 세븐일레븐도 있고, 바이더웨이도 있고, 슈퍼도 있고…… 아이스크림과 콜라를 파는 데가 아주 많은데 너는 왜 하필 GS25냐? 너희 동네에는 GS25밖에 없는 모양이지?"

《춘향전》은 음란 소설이다

── 조선 후기 혼란한 사회상을 함께 봐야 ──

고전을 읽는 재미　고전古典이란 흔히 '예전에 만들어진 것으로, 시대를 초월하여 높이 평가되는 예술 작품'을 일컫는다. 우리가 고전을 읽는 것은 '시대를 초월'한 인간의 모습을 알기 위해서다. 셰익스피어나 공자의 작품을 읽으면서 우리는 시대를 초월하여 가슴을 울리는 사랑, 가슴을 찌르는 인간의 도리를 알게 되는 것이다.

> 춘향의 옷을 다 벗기자 이 도령은 그 모습을 보려고 슬그머니 손을 놓았다.
> "아차차, 손이 빠졌구나."
> 춘향이는 이불 속으로 재빨리 들어갔다. 이 도령도 왈각 쫓아 들어가 누워서는 저고리를 벗겨내어 자신의 옷과 함께 둘둘 뭉쳐 한편 구석에 던져두고는 둘이 안고 마주 누웠으니 그대로 잘 리가 있겠는가. 두 몸이 합쳐질 때 무명 이불이 춤을 추고 샛별 요강은 장단을 맞춰 청그렁 쟁쟁, 문고리는 달랑달랑, 등잔불은 가물가물……

《햄릿》을 모르는 영국인을 생각할 수 없듯이 《춘향전春香傳》을 모르는 한국인은 거의 없다. 퇴계나 율곡을 모르는 사람이 있을지언정, 한글을 깨친 한국인은 유치원에 다니는 아이들까지 춘향을 안다. 그만큼 춘향은 한국인의 가슴속 깊이 살아 숨 쉰다. 연극이나 영화, 창극 혹은 라디오와 TV를 통해 우리는 춘향을 수십 번 만났다. 분명 《춘향전》은 한국의 고전이다.

그런데 어찌 된 일인가. 한국의 고전 《춘향전》을 직접 읽어본 한국인은 드물다. 백에 하나를 꼽기 힘들 정도다. 이유는 간단하다. 줄거리를 너무나 잘 알고, 시중에 나온 《춘향전》은 아동용이나 저질 아니면 전문가를 위한 연구서이기에 일반 독자와 거리가 있다.

문제는 한 번도 읽은 적이 없으면서 《춘향전》의 줄거리는 거의 비슷하게 알고 있다는 사실이다. 앞에서 지적한 것처럼 직접 읽어보지는 않았지만, TV나 라디오 혹은 영화나 연극으로 많이 접했기 때문이다. 그러나 우리가 듣고 본 것은 '《춘향전》에 관한 것'이지 《춘향전》 그 자체는 아니다. 《춘향전》은 분명 직접 읽어보지 않고는 느낄 수 없는 재미가 있다.

읽는 재미는 《춘향전》에 국한된 것이 아니고, 거의 모든 고전이 그렇다. 셰익스피어의 《로미오와 줄리엣》이나 밀턴의 《실낙원失樂園》을 흔히 소설로 알고 있고, 내용도 대충 안다. 그러나 엄연히 희곡과 서사시이며, 이 작품들은 듣기보다 직접 읽을 때 진한 감동을 준다.

우리는 중·고교 과정을 거치면서 입시 위주 교육을 통해 편협한 지식의 암기만 강요받아왔다. 이런 교육이 우리 학생들을 고전에서 멀어지게 했으며, 산업의 근대화에 역점을 둔 1960년대 이후는 물론이요, IT 산업 시대이자 정보화 시대라는 21세기에 더욱 심해지고 있다.

‘책 속에 길이 있다’는 말이 있다. 책이란 그중에서도 고전이란 50년, 100년, 아니 1000년 전 인간들이 경험한 것이 적혀 있고, 인간의 본질적인 것은 그때나 지금이나 같다. 오히려 1000년 동안 줄곧 인간들이 읽어온 것일수록 그 안에 인간 본연의 모습이 담겨 있다. 우리가 고전을 읽어야 하는 이유도 이것이다.

그러면 《춘향전》은 어떤 소설인가. 무엇이 《춘향전》을 고전이게끔 하는가.

《춘향전》이라는 소설　　소설 《춘향전》은 우리 민족 문학의 최고봉이라고 하지만, 그 원본도 전하지 않고 원작자도 알 수 없다. 게다가 소설 한 편이 아니라, 각각 내용이 다른 소설 100여 종을 일컫는다. 어디에서 인쇄했느냐에 따라 ‘판본’이란 이름 아래 6종이 있고, 손으로 베낀 것筆寫本이 20여 종, 활자판으로 된 것이 70여 종이고, 개화기에 나온 것까지 합하면 100여 편에 달한다. 그렇게 많은 《춘향전》이 어느 하나 본문의 사설辭說이 일치하지 않는데도 모두 공통된 사건과 줄거리를 다룬다는 것은 실로 놀라운 일이다.

① 춘향과 이 도령이 광한루에서 만나 사랑하게 되었다.
② 이 도령이 춘향과 헤어져 한양으로 간다.
③ 변학도가 남원에 내려와 춘향에게 수청을 강요한다.
④ 춘향은 변학도의 명을 거절하고 태형을 당한 뒤 하옥된다.
⑤ 이 도령이 암행어사가 되어 내려와 춘향을 구한다.
⑥ 이 도령과 춘향은 부부가 된다.

　　각각의 《춘향전》이 이런 줄거리에 조금씩 다른 사설과 부수적인 사건을 담고 있다. 어떤 종류에는 향단이 나오지 않고, 이 도령이 김 도령으로, 성춘향이 이춘향이나 서춘향, 안춘향으로 둔갑한다. 물론 이 도령과 성춘향이 옳은 것이라고 확신할 수도 없다. 그 이름이 여러 판본에 나오기에 우리 입에 굳어진 것뿐이다.

　　제목도 《춘향전》 외에 《별춘향전》《열녀춘향수절가》《춘향가》《춘몽연》《광한루악부》《광한루기》《향랑신설》《남원고사》《옥중화》 등 여러 가지다. 흔히 《춘향전》이 약 250년 전에 생겨났으리라 추정하지만 정확한 것은 아니고, 현재까지 전하는 것 중에는 영조 때 나온 만화본晚華本 《춘향가》가 가장 오래된 것이다.

　　《춘향전》의 생성 과정은 흔히 설화에서 판소리로, 다시 소설로 이행되었으리라 추정한다. 그러나 이는 《춘향전》에 국한된 것이 아니고 판소리계 모든 소설의 특징이다. 《춘향전》은 열녀 설화, 암행어사 설화, 신원伸冤 설화, 염정 설화 등이 복합되어 하나의 판소리로 불렸고, 이것이 다시 소설로 만들어진 것으로 보인다. 우리가 주목하는 것은 100편이 넘는 《춘향전》 가운데 한 편인 완판본(당시의 완산, 현재의 전주)《열녀춘향수절가》다.

《춘향전》은 음란 소설이다?　　오늘날 춘향이라고 하면 정숙하고 지조 높고 부덕婦德을 상징하는 여인이라고 생각하지만, 실제 작품 속의 춘향은 열녀나 요조숙녀가 아니다. 그네를 타는 모습은 요염하고, 이별해야 한다는 이 도령의 말을 듣고 정신이상자 같은 행동을 보이며, 이 도령과 첫날밤에는 창녀 같은 행동을 한다.

따지고 보면 이 도령이 춘향을 찾은 것도 그녀의 학식이나 정숙한 면보다, 그네를 타는 자태와 그녀의 몸에 드러난 성적 매력에 반했기 때문이다. 요즘 말로 섹시함에 반한 것이다. 이 도령과 춘향의 첫날밤이나 그 후 두 사람이 서로 희롱하는 부분은 에로티시즘의 극치라 할 만하다. 때로는 낯부끄러운 용어를 구사하기도 한다. 청소년 권장 도서로 지정되었지만 오히려 금서로 지정해야 할 형편이다. 몇 가지 예를 들어보자.

① 용궁 속의 수정궁 / 월궁 속의 광한궁 / 너와 내가 합궁하니 / 한평생 무궁이라 / 이 궁 저 궁 다 버리고 / 너의 두 다리 사이의 수룡궁에 / 나의 힘줄 방망이로 / 길을 내자꾸나.

② 어붐질이란 참으로 쉬우니라. 너와 내가 활씬 벗고, 업고 놀고 안고 놀면 그것이 어붐질이 아니고 무엇이야. / 애고 나는 부끄러워 못 벗겠습니다. / 오냐, 내가 먼저 벗으마. / (이 도령의 벗은 모습을 보며) 영락없는 낮도깨비

《춘향전》

같습니다. / 옳다 네 말 좋구나. 두 도깨비 함께 놀아보자꾸나. / 그러면 불이나 끄고 노사이다.

③ 이 도령은 춘향의 가는 허리를 후리어 담쑥 안고 기지개를 켜듯 아드득 떨며, 귓밥도 쪽쪽 빨며 입술도 쪽쪽 빨면서 붉은 혀를 물고, 오색단청에 순금으로 만든 장롱 속에 쌍쌍이 날아가는 비둘기같이 꾹꿍 꿍꿍거리며, 뒤로 돌려 담쑥 안고, 젖을 쥐고 발발 떨며, 저고리, 치마, 바지 속곳까지 활씬 벗겨놓으니 춘향은 부끄러워 한편으로 다리를 포개고 앉았다.

④ 삼정승은 평교자 타고 / 육판서는 초헌 타고 / 각급 수령은 독교 타고…… / 나는 탈것이 없으니 / 오늘 밤 삼경 깊은 밤에 / 춘향이 배를 넌즈시 올라타고 / 홑이불로 돛을 달아 / 내 기계로 노를 저어 / 춘향의 오목샘으로 들어가되……

이뿐만 아니다. '사랑가'에 나타난 남녀의 성희性戱는 그 비유가 모두 남녀의 성기를 나타내는 것들이다. 맷돌 웃짝과 아랫짝, 양다리 사이의 수룡궁, 종과 인경마치, 방아와 방아공이가 그렇고, 방아를 찧고 인경을 울리고 맷돌을 돌리는 것은 모두 남녀의 성행위를 뜻한다. 게다가 배를 타고 노를 젓는 행동, 말을 타고 달리는 행동은 노래의 상징으로 끝나는 것이 아니라 행동으로 옮겨져 이 도령과 춘향은 말타기와 업고 안고 노는 성행위를 실제로 하는 것이다.

16세라고는 상상할 수 없는 성행위가 적나라하게 묘사된 소설이 바로 《춘향전》이다. 이런 성행위 속에 요부妖婦 춘향의 모습이 나타나는데, 한 발 더 나아가 능동적인 춘향의 모습에서 열녀나 요조숙녀 혹은 정숙하다는 이미지를 도저히 찾아볼 수가 없다. 방아에 비유한 '사랑가'를 듣고 "나는 어찌 이생이나 후생이나 밑으로만 된다는 법이 있소"라고 따지며 여성 상위(?)를 주장하고, 이에 그녀를 맷돌 웃짝에 비유해 노래하자 "무슨 년의 원수로 평생 한 구멍(?)에만 잡혀 있으니" 싫다고 말한다.

소설의 전반부는 이처럼 요부 춘향의 모습을 그리고 있다. 그러나 후반부로 가면 변학도에 대항하는 열녀요, 정절의 여인이다(이 부분은 우리가 익히 아는 내용이기에 설명은 생략한다). 조선 후기 우리 선조(특히 남성)는 사적으로는 요부를, 공적으로는 열녀를 이상형으로 생각했다고 말한다면 억측일까. 우리의 고전이라는 성역 때문에 드러내고 말하기를 꺼렸는지 모르나 《춘향전》에는 에로티시즘의 극치라 할 부분도 있고, 배꼽을 잡고 웃게 하는 부분이 있는가 하면, 눈물을 적시고 결국에는 후련함을 맛보게 하는 부분이 있다.

《춘향전》을 읽는 재미　　《춘향전》은 누가 뭐라 해도 사랑 이야기다. 춘향과 이 도령, 변학도가 얽힌 삼각관계가 우리의 전통적인 윤리관, 신분 계급 등과 맞물려 펼쳐 보이는 연애소설이다. 그러나 단순한 통속 연애소설을 뛰어넘어 조선 후기 사회의 모습과 그 속에 펼쳐지는 갈등과 사랑을 우리에게 전해준다.

《춘향전》을 아무리 사랑의 이야기나 고전, 민족 문학의 최고봉이라 해도 2000년대 감각으로 읽으면 그 맛을 느낄 수 없다. 오히려 지독히 재미없는 소설이 되고 만다. 그러면 《춘향전》의 재미는 어디에 있을까. 줄거리는 단순하고, 우리는 줄거리를 대략 알고 있다. 그런 소설을 읽는 것은 지루한 일이다. 그러면 어떻게 읽어야 할까. 앞에서 지적했듯이 판소리를 이해해야 한다.

우선 주목해야 할 것은 사설이다. 때로는 빠르게 때로는 느리게 전개되는 사설은 사건과 함께 진행되기도 하고, 사건과 동떨어져 독자(혹은 청자)를 유도한다. 사건에 깊숙이 빠져 애간장을 태우게 하기도 하고, 춘향은 우는데 독자를 웃게도 만든다.

다음으로 조선 후기의 사회 모습을 주목해야 한다. 성애 장면의 단도직입적 표현, 초야경의 애욕, 이별 장면의 장황한 사설, 춘향의 집 묘사, 음식과 옷 묘사, 어사출도의 노정, 기생 점고의 형식, 봉사의 점괘 등은 조선 후기 사회의 요지경이다. 이를 통해 우리는 사랑이 아닌 '사회의 거울'로서 소설을 알게 되는 것이다.

마지막으로 삽입가요를 이해해야 한다. 춘향이 매를 맞으며 부르는 '십장가', 이 도령과 사랑을 나누며 부르는 '사랑가', 음탕하기도 한 여러 '글자 풀이'는 사건과 인물의 모습보다 흥미로운 요소다.

한 가지 덧붙이고 싶은 것은 《춘향전》이 판소리가 문자로 정착된 소설이기에 판소리 〈춘향가〉를 들어보면 더욱 좋으리라는 생각이다. 우선 소설을 읽고 그 안에 묘사된 사건과 인물은 물론 여러 사설, 사회의 모습, 삽입가요를 이해한 뒤 판소리를 들으면 판소리 자체는 물론 《춘향전》도 재미있게 느껴질 것이다.

전반부만 놓고 보면 《춘향전》은 분명 음란 소설이다. 그러나 단순한 음란 소설이 아니라 조선 후기 사회의 여러 모습을 담고 있기에, 또 그 이상의 매력이 있기에 고전으로 분류되는 것이다.

윤동주는 저항시인이 아니다

죽는 날까지 하늘을 우러러
한 점 부끄럼이 없기를
잎새에 이는 바람에도
나는 괴로워했다.
별을 노래하는 마음으로
모든 죽어가는 것을 사랑해야지
그리고 나한테 주어진 길을
걸어가야겠다.

오늘 밤에도 별이 바람에 스치운다.

윤동주의 '서시序詩'다. 우리는 윤동주라고 하면 으레 이 시를 떠올리고, 이육사와 함께 일제 말의 저항시인으로 생각한다. 아니 중·고등학교에서 그렇게 가르친다.

윤동주

윤동주＝저항시인. 이것이 우리가 아는 지식이다. 그리고 윤동주의 어떤 시를 읽어도 일제강점기라는 배경과 일본의 감옥에서 죽은 그를 생각하며 해석하고 감상한다.

결론부터 말하면 윤동주는 저항시인이 아니다. 일제에 저항하기는커녕 일본 경찰이나 친일파 조선인을 향해 매서운 눈길 한 번 주지 못한 사람이다. 그러기에 조선의 경제를 야금야금 갉아먹은 동척(동양척식주식회사)의 하수인인 대구은행을 폭파한 이육사와는 전혀 다른 사람이다. 일본인을 향해 큰소리 한 번 지르지 못했을 뿐만 아니라, 일본 경찰에게 당하는 조선인을 보고도 어쩌지 못한 사람이다. 그런 그에게 저항시인이라니 말도 안 된다.

그럼 윤동주는 어떤 시인인가. 우선 그의 생애를 알아둘 필요가 있다.

1917년 북간도 명동촌의 기독교 집안에서 태어나 1925년 명동소학교에 입학, 1931년 3월에 졸업했다. 이후 중국인 학교인 화룡 현립 제1소학교 6학년에 편입하여 1년간 다녔다. 1932년 4월 룽징龍井의 은진중학교에 입학하여 4학년까지 다니고, 1935년 9월 평양의 숭실중학 3학년으로 편입했다가, 1936년 4월 다시 룽징 광명학원 중학부로 편입하여 졸업했다. 1938년 4월 연희전문학교에 입학, 1941년 12월에 졸업했다. 1942년 4월 도쿄의 릿쿄立敎대학 영문학과 입학했으나 한 학기 후 교토의 도시샤同志社대학으로 편입했다. 1943년 7월 일경에 체포되어 치안유지법 위반이란 죄목으로 징역 2년을 선고받고 후쿠오카福岡형무소에 수감되었다가 1945년 2월 16일 29세를 일기로 숨을 거뒀다.

태어나 오로지 학업에 열중하다 꿈 한 번 제대로 펼쳐보지도 못하고 죽은, 안타깝기 그지없는 생애다. 더욱 안타까운 것은 그가 생전에 조선의 신문이나 문예지 혹은 잡지에 시를 한 편도 발표한 적이 없다는 사실이다. 일제강점기의 문인이 대부분 그랬던 것처럼 신춘문예에 당선했다거나, 어느 시인의 추천을 받아 문예지로 등단하지 못했다. 그저 시가 좋아 열심히 썼고, 틈틈이 쓴 시를 모아두었을 뿐이다.

물론 연희전문학교 재학 시절 학교 신문에 그의 시가 실렸고, 일본 유학 시절에도 학교 신문에 일어로 쓴 그의 시가 실렸다. 룽징에서 중학교에 다닐 때는 현재 그가 남긴 시보다 많은 동시를 썼으며, 그중 일부가 옌지延吉에서 발행되는 어린이 잡지에 실리기도 했다. 그렇다면 윤동주는 시인이 아니라, 일본에 유학 중이던 조선인 학생으로 죽은 것이다.

그가 시인으로 등장하는 것은 1947년 2월 13일 〈경향신문〉을 통해서다. 정지용이 윤동주의 생애를 간략히 밝히면서 소개한 '쉽게 쓰여진 시'가 오늘의 시인 윤동주를 있게 한 작품이다. 이어 그의 3주기를 맞아 지인들이 시집 《하늘과 바람과 별과 시》를 만들었다. 이는 윤동주가 연희전문학교를 졸업하면서 시집을 만들려고 준비한 것에 몇 편을 보탠 초라한 것이다. 그러나 1948년 3월 1일 발행된 이 시집은 해방 직후 남북이 분단된 어수선한 세상을 찬란하게 밝힌 별이다.

그는 해방 문단에 찬란히 빛나는 시인이 되었고, 조국의 해방을 반년 앞두고 후쿠오카형무소에서 죽어갔다는 사실이 알려지면서 시를 읽는 독자를 안타깝게 했다. 정지용이 〈경향신문〉에 윤동주의 생애를 간략히 소개하면서 밝혔지만, 윤동주는 "후쿠오카형무소에서 복역 중 주사 한 대를 맞고" 죽었다. 그는 일본인 학자들이 확인한 것처럼 생체 실험의 대상이 되어 유명을 달리했다.

유학 중 불령선인不逞鮮人이란 명목으로 체포되어 재판을 받고, 일본의 형무소에서 죽어갔다는 사실은 그의 시를 해석·감상하는 발판이 되었다. 비슷하게 죽어간 이육사와 함께 그는 어느새 '저항시인'으로 둔갑했다.

분명히 말하건대 그는 저항시인이 아니다. 그의 시와 동시를 읽어보라. 어느 곳에서 '저항 정신'을 읽을 수 있는가. 윤동주는 저항시인이 아니다. 한글을 쓰지 못하던 일제강점기에 한글로 시를 썼다는 사실이 저항이라면 그도 저항시인이다. 그렇다면 일제강점기에 살아남은 사람 모두 저항한 사람이 되어야 할 것이다. 민족의 맥이 끊기지 않게 살아남았으니 저항한 게 아닌가.

그러나 윤동주의 시를 문학적·예술적으로 분석하면 다른 결과가 나온다. 비록 일본의 감옥에서 생체 실험의 대상으로 죽어갔을망정 윤동주는 결코 저항시인이 아니다. 기독교 가정에서 자라나 기독교 정신이 배어 있었고, 작품에 나타난 윤동주의 모습은 어두운 시대를 살아가는 지식인 청년의 양심과 부끄러움이다.

맑고 깨끗한, 아름다운 영혼을 소유한 사람. 이것이 시에 나타난 윤동주의 모습이다. 잎새에 이는 바람에도 괴로워하고, 하늘을 우러러 부끄럼이 없기를 소망하며, 오직 자신에게 주어진 길을 가려 한 조선의 청년이다. 그렇기에 그의 시가 훌륭한 것이다. 저항했다면, 그런 정신으로 시를 썼다면 저항할 대상이 사라졌을 때 시의 생명은 끊긴다. 분명 1945년에 해방이 되었다. 저항할 대상이 사라졌다. 그런데도 그의 시는 60년이 훨씬 지난 지금까지 애송되고 있다. 이것이 윤동주의 시가 저항시가 아니라는 사실을 말해주는 증거다.

태평양전쟁이 막바지에 접어들었고, 일본 사회는 뒤숭숭했다. 조선 유학생들이 왜 그런 것을 입에 담지 않았겠는가. 시국을 이야기하고, 자신들의 앞날을 걱정하고, 때로는 조국을 생각했을 것이다. 검거 열풍이 몰아치고 경찰의 감시망에 걸려든 조선인 유학생을 고문하는 과정에서 이러저러한 책을 조선인 유학생 누구누구와 같이 봤고 조국을 걱정했다는 자백이 강요되었을 테고, 거기에 윤동주의 이름이 끼어 있었다. 일본의 재판 기록에도 '치안유지법 위반'이 전부다. 사회주의자를 색출하려는 일본 경찰과 그것에 걸려든 조선인 유학생일 뿐이다.

그러나 결과는 엄청났다. 2년만 살고 나오면 아무 일이 없으려니 했지만, 조선인 죄수들은 생체 실험 대상이 되었다. 유약한 윤동주는 결국 이를 이겨내지 못하고 '외마디 비명을 지르며' 죽어갔다.

제발 윤동주를 저항시인이라 부르지 말자. 그 말은 어쩌면 그를 욕되게 하는 것인지도 모른다. 정지용은 "청년 윤동주는 의지가 약하였을 것이다. 그렇기에 서정시에 우수한 것이겠고……"라고 말했다. 윤동주를 저항시인이라 부르기보다 '서정시인, 여리디여린 심성과 아름다운 영혼을 소유한 사람'이라 하는 것이 그의 시를 더욱 아름답게 하고, 예술적 가치를 담는 말인지도 모른다.

일제강점기에 죽었다는 사실만으로 윤동주를 저항시인이라 부르고, 그의 시를 그런 식으로 해석하는 것은 문학적으로 결코 바람직하지 않다. 그를 저항시인이라 말하는 것은 그의 시를 일정한, 좁은 틀에 가두는 것과 마찬가지다.

단언하건대 윤동주는 저항시인이 아니다. 서정시인이다.

청록파는 본래 네 사람이었다

중학교를 졸업한 사람이라면 '청록파' 시인을 잘 안다. 박목월, 조지훈, 박두진과 그들이 펴낸《청록집》. 한국 현대 시를 말할 때 결코 빠지지 않는 세 사람과 시집이다. 그러나 그 속을 들여다보면 실로 어처구니없는 운명의 아이러니가 있다.

우선《청록집》과 청록파를 알아보자. 정신문화연구원에서 펴낸 한국민족문화대백과사전에 기록된 설명을 정리하면 다음과 같다.

청록집 : 박목월, 조지훈, 박두진 3인의 공동 시집. A5판, 114면, 1946년 을유문화사에서 발행되었다. 서문이나 발문 없이 박목월 편에 '임' '윤사월' '청노루' 등 15편, 조지훈 편에 '고풍의상' '승무' 등 12편, 박두진 편에 '묘지송' '도봉' 등 12편으로 모두 39편이 수록되었다. 《청록집》이라는 제명은 박목월의 시 '청노루'에서 따온 것이며, 이들 세 시인을 '청록파'라 한다.

이 책은 처음부터 동인지나 유파 의식을 바탕으로 발행된 것은 아니다. 1930년대 말에서 1940년대 초 사이에《문장文章》지를 통하여 데뷔한 여러 시인들 가운데, 광복 직후 서울에서 만날 수 있었던 세 사람이 모여 발간한 시집일 뿐이다. 따라서 이 시집에 수록된 시편들은 《문장》 추천 작품을 중심으로 엮어졌으며, 자연을 소재로 한 서정시라는 점과 일제 말 민족어를 갈고 닦아 쓴 시라는 점에 동질성이 있다.

그러나 시인마다 각기 다른 개성을 드러내 보이고 있다. 박목월은 민족 전통의 율조와 회화적인 감각을 바탕으로 향토성이 강한 소재를 형상화했으며, 조지훈의 시는 사라져가는 민족 정서에 대한 애착과 관조하는 태도를 보여 동양적이고 전통 지향을 간직한 선비의 기풍을 느낄 수 있다. 박두진은 주로 자연에 대한 친화와 사랑을 보여주는데, 앞의 두 시인과 달리 기독교 사상을 바탕으로 한 정신세계를 구축했다는 점에서 특이하다.

이렇게 세 시인은 각기 시적 지향이나 표현의 기교 혹은 율조를 달리하나, 자연을 제재로 하고 자연의 본성을 통하여 인간적 염원과 가치를 성취하려는 시 창작의 태도는 공통되어 이들을 '자연파'라 부르기도 한다. 이렇게 볼 때 《청록집》은 광복 이전과 이후를 연결하는 시집으로, 일제 말 암흑기의 어려움을 직접 혹은 간접적으로 표출한 광복 후 최초의 창작 시집이라는 뚜렷한 시사적 의의가 있다.

이 내용은 중학교와 고등학교 국어 혹은 문학 시간에 듣고 배운 것이다. 그러나 그 속으로 잠시 들어가면 참으로 묘한 역사의 아이러니를 읽을 수 있다. 이제 《청록집》의 발간 과정을 작고하신 박두진 선생의 회고를 바탕으로 재구성해본다. 당대 유명한 시인 문객에게는 별로 새로울 것이 없는 내용이다.

《청록집》의 발간에는 조지훈의 역할이 컸다. 조지훈은 광복 직후, 일제강점기에 시인 정지용의 추천을 통해 《문장》지로 시인이 된 사람들이 한데 모여 시집을 묶어보자고 제의했다. 우선 서울에서 자주 만날 수 있는 박목월과 박두진에게 연락했으며, 도쿄 유학 시절 절친하게 지낸 박남수에게도 연락했다. 네 사람은 의기투합했고 원고를 가지고 모이기로 했다. 네 사람 모두 1939년을 전후해서 데뷔했고, 일제 말기 우리말을 쓰지 못하던 때라 각각 한 권 분량으로 묶기에는 발표한 시들이 적었기에 네 사람의 시를 모아 한 권으로 묶기로 했다.

분명 조지훈의 의도는 같은 스승(정지용)의 추천을 받아 같은 문예지 《문장》으로 등단한 박목월, 조지훈, 박두진, 박남수가 시집 한 권을 묶으려는 것이었다. 네 사람 모두 동의했고, 출판사 섭외는 조지훈이 맡기로 했다.

원고를 가지고 만나기로 한 날, 서울역에 세 사람이 먼저 나와 진남포에서 올라오는 박남수를 기다리고 있었다. 조지훈은 박남수를 잘 알고 있었으나, 박목월과 박두진은 같은 《문장》을 통해 등단했다는 것 외에는 친분이 거의 없었다. 기다리기를 두어 시간. 자리를 주선한 조지훈으로서는 미안할 수밖에 없었고, 세 사람은 더 기다리지 못하고 자리를 떴다. (이 부분에서 박두진 선생은 정확하게 기억하지 못했다. 누가 먼저 자리를 뜨자고 했는지 모르나 모두 박남수가 오지 않는 것으로 알았고, 같이 시집을 묶는 데 별로 내켜하지 않는 것으로 해석했다고 한다.)

세 사람은 어디를 어떻게 돌아다녔는지 정확히 모르나, 가져온 원고를 검토하고 작품에 대한 의견을 주고받으며 시집의 제명도 정했다. 본래 네 사람이 각자 10편 정도를 내기로 했으나 박남수가 참여하지 않는 바람에 박목월이 15편, 조지훈과 박두진이 12편씩 냈다. 그리고는 차례를 정해 원고를 조지훈에게 넘겼다.

이제 조지훈이 출판사와 협의해 시집을 출간하면 그만이었다. 세 사람의 뜻이기에 서문도 필요 없었고, 선후배를 따지는 것이 아니기에 발문도 없었다. 그러나 세 사람 모두 마음 한편으로는 박남수가 오지 않은 것에 대한 섭섭함, 미안함이 깔려 있었다. 그런 기분을 털어내려는 뜻은 아니지만, 광복의 감격과 시집을 낸다는 기대감에 젊은 세 시인은 자리를 옮겨가며 술에 흠뻑 취했다. 세 사람이 집으로 들어간 것은 서울역에서 만나고 이틀이 지나서다.

한편 박남수는 조지훈에게서 공동 시집 발간 제의를 듣고 흥분했다. 1940년 2월 도쿄에서 자비로 18편을 모아 조그만 시집을 발간한 경험이 있지만, 그것과 견줄 수 없는 기쁨이었다. 광복의 감격, 《문장》을 통해 등단한 다른 시인들과 함께 그동안 써둔 시를 시집으로 묶는다는 기대감이었다. 조지훈과는 각별한 사이였으나 이름만 듣고 있던 박목월과 박두진을 만난다는 설렘도 있었다. 그러나 진남포에서 서울까지는 만만찮은 거리였다. 은행원이던 박남수는 회사에 이야기하고 미리 집을 나섰다. 문제는 기차의 연착이었다. 서울로 향하는 기차가 늦게 오고, 늦게 출발한 기차는 가면서 계속 늦어졌다. 마음을 졸이며 서울

조지훈   박목월   박두진   박남수

역에 도착했을 때는 약속 시간보다 세 시간 이상 늦었다. (여기에서 우리는 1946년 당시 사회와 교통 상황을 이해해야 한다.)

박남수는 일단 서울역 주변을 살핀 다음, 조지훈의 집으로 향했다. 전화가 귀하던 시절이니 무조건 조지훈의 집을 찾아 나설 수밖에 없었다. 그러나 어렵게 찾아낸 그의 집에서 하루를 묵어도 조지훈은 나타나지 않았다. 은행원 신분이기에 무작정 조지훈을 기다릴 수는 없었다. 섭섭하지만 그냥 내려가야 했다. 가져온 원고도 다시 들고 갈 수밖에 없었다.

조지훈이 세 사람의 원고를 출판사에 넘기고 집으로 돌아왔을 때는 박남수가 다녀갔다는 것만 확인할 수 있었다. 그러나 어쩌랴. 세 사람은 박남수를 제외했고, 원고도 출판사로 넘어간 뒤였다. 조지훈으로서도 박남수와는 뒷날을 기약할 수밖에 없었다.

이렇게 해서 본래 네 사람이 내기로 한 《청록집》은 세 사람의 시집으로 1946년 6월 을유문화사에서 출간되었다. 이육사의 《육사 시집》, 이상화의 《상화 시집》이 같은 해에 발행되었고, 윤동주의 《하늘과 바람과 별과 시》가 1948년에 출간되면서 일제강점기에는 도저히 발간할 수 없었던 시집들이 쏟아져 나왔다. 그중에서도 저항시인 이육사, 서정시인 윤동주가 찬란한 빛을 발하며 해방 공간의 한국 시단을 발칵 뒤집어놓았다. 자연을 노래한 《청록집》은 또 다른 아름다움으로 시단의 주목을 받았다. 세 사람은 광복 문단에 혜성같이 나타난 젊은 시인이 된 것은 물론, 이후 우리 현대 시사에 빼놓을 수 없는 '청록파' 혹은 '자연파'로 자리매김한다.

서울에 다녀온 박남수는 은행을 그만두고 《주간 문학예술》을 주재하며 시작詩作에 힘쓰는 한편, 이를 순문학지 《문학예술》로 개제하여 신인 발굴에도 힘쓴다. 한국전쟁 중에는 부산으로 내려가 박목월과 박두진을 만나고 이후 네 사람이 교우 관계를 이어갔지만, 청록파에는 합류할 수 없었다. 시인 박남수의 이름이 문단에 널리 알려진 것은 10년 이상 지난 1958년, 두 번째 시집 《갈매기 소묘》가 출간되고 나서다.

조지훈의 단순하고 소박한 생각에서 만들어진 《청록집》이 우리 시문학사에 커다란 발자취로 기억되고, 기차가 연착되어 그들과 함께하기로 한 박남수가 합류하지 못함으로써 청록파는 영원히 세 사람의 이름으로 남았다. 박남수가 제때 도착하여 네 사람의 이름으로 《청록집》이 나왔다면 어떻게 되었을까. 박남수의 시 한 편을 읽어보자.

새

1
하늘에 깔아논
바람의 여울터에서나
속삭이듯 서걱이는
나무의 그늘에서나, 새는 노래한다.
그것이 노래인 줄도 모르면서
새는 그것이 사랑인 줄도 모르면서
두 놈이 부리를
서로의 죽지에 파묻고
따스한 체온을 나누어 가진다.

2
새는 울어
뜻을 만들지 않고,
지어서 교태로
사랑을 가식하지 않는다.

3
―포수는 한 덩이 납으로
그 순수를 겨냥하지만,
매양 쏘는 것은
피에 젖은 한 마리 상한 새에 지나지 않는다.

새를 통해 순수를 노래하고 그 순수가 인간들에 의해 어떻게 파괴되는지 드러낸, 참으로 아름다운 시다.
청록파의 《청록집》과 박남수, 운명은 참으로 묘하다.

'어부사시사'에는 어부가 없다

내 버디 며치나 하니 수석水石과 송죽松竹이라

동산東山에 달 오르니 긔 더옥 반갑고야

두어라 이 다섯밧긔 또 더하야 무엇하리

고산孤山 윤선도의 '오우가五友歌'다. 고산이 56세 되던 해, 영덕의 유배지에서 돌아와 금쇄동에서 자연을 벗 삼아 기거하며 지은 연시조로 《산중신곡山中新曲》에 실렸다.

전체 여섯 수로 구성된 이 시조는 수水·석石·송松·죽竹·월月을 벗으로 하여, 서시 다음에 각각 그 자연물의 특질을 찬미하고 있다. 영원한 물, 변하지 않는 바위, 푸른 소나무, 곧은 대나무, 밝고 환한 달을 이미지화하여 지은이의 자연에 대한 사랑과 관조의 경지를 담았다. 특히 '오우가'는 우리말의 아름다움을 잘 살려서 시조를 높은 경지로 끌어올린 수작으로, 고산 문학의 대표작으로 평가받는다.

이런 사실은 고등학교 과정을 제대로 이수한 사람이면 아는 내용이다. 그런데 과연 그럴까. 이 시조를 두고 '자연에 대한 사랑과 관조'를 이야기하지만, 깊숙이 들여다보면 '오죽하면 인격체도 아닌 수·석·송·죽·월을 자신의 벗이라 했겠는가' 하는 의문이 든다. 그렇게 벗이 없었단 말인가.

결론부터 말하면 윤선도는 외로웠다. 자신의 뜻을 알아주는 벗이 없었다. 외로웠기에 자연을 벗 삼아 세월을 보냈다. 윤선도가 수·석·송·죽·월을 벗이라고 노래했지만, 수·석·송·죽·월이 윤선도를 벗으로 생각했는지 의문이다. 그만큼 그는 외로웠다. 당대에는 그의 이상을 알아주는 사람이 없었다. 그러니 외로웠고, 그 외로움을 달래주는 것이 다섯 벗이었다.

이런 사실을 알기 위해서는 우선 윤선도가 누구인지 알아야 한다.

윤선도는 선조 20년(1587)에 나서 광해군, 인조, 효종 대를 거쳐 현종 12년(1671)에 죽었으니 84년을 산 셈이다. 아무리 사소한 것이라도 자신의 견해를 굽히지 않고 시시콜콜 따져서 '도량이 좁다'는 평을 듣기도 한 성격 탓인지 그의 삶은 평탄하지 못했다. 그런 삶은 그의 올곧은 성정과 크나큰 포부 때문이다.

그는 여러 대에 걸쳐 버슬을 한 집안 출신으로, 요즘으로 말하면 재벌가의 후손이다. 윤선도가 살던 때는 임진왜란과 병자호란을 거치며 정치적으로 당쟁이 심하고, 그 와중에 서인이 득세한 시대다. 윤선도는 비록 봉림대군과 인평대군의 스승이지만 남인이었

윤선도

다. 왕자들의 스승은 아무에게나 맡기지 않는다. 그만큼 학식이 뛰어났으나, 그의 뜻과 야망을 알아주고 벗해주는 이가 없었다. 그러니 윤선도가 여러 차례에 걸쳐 총 20년을 유배지에서 보낸 것은 그 언행의 실체와 상관없이 당쟁의 와중에 어쩌면 당연한 결과인지도 모른다.

결국 48세 되던 해에 반대파의 모함을 받아 파직되면서, 윤선도는 번잡한 관료 생활을 포기하고 세상을 멀리하며 숨어 살 생각에 해남으로 내려가 은거했다. 하기야 대대로 내려오는 사대부 출신에 막대한 재산가의 후손이겠다, 나라에서 주는 녹으로 생활한 것도 아니니 평생 풍류나 즐기며 살아도 풍족했을 것이다. 그는 금쇄동에서 말 그대로 자연을 벗 삼아 살아간다.

그런데 인조 14년(1636) 병자호란으로 위급에 처한 조정을 보다 못해, 자신이 거느린 군사를 이끌고 한양으로 향한다. 비록 은거하는 처지였지만, 조선 사대부가 보여주는 임금과 나라에 대한 충성이다. 출정 길에 인조가 청에 항복했다는 소식을 듣고 윤선도는 두 가지 길에서 고민한다. 하나는 고려 시대 삼별초처럼 의병을 조직하여 청나라에 끝까지 대항하는 것이요, 다른 하나는 더욱 세상을 멀리하는 것이다.

보길도의 왕　　그는 후자를 택해 식솔을 이끌고 제주도로 향한다. 아니 도망치듯 세상을 멀리한다. 나라를 잃은 슬픔, 충성할 대상이 없는 세상에 대한 원망으로 마음이 복잡했을 것이다. 제주도로 향하던 길에 발견한 보길도는 그의 눈에 무릉도원과 같았던 모양이다. 결국 그는 보길도에 정착하여 그곳을 자신의 정원으로 꾸민다. 아니 자신의 왕국을 건설한다.

그즈음 인조는 삼전도의 치욕과 함께 항복하고 말았고, 그동안 고초를 겪은 왕에게 문안을 드리지 않았다는 이유(군사를 이끌고 한양으로 향하다가 항복 소식에 절망하여 돌아간 사실은 전혀 참작되지 않는다)로 경북 영덕으로 유배되었지만, 1년 뒤 풀려나서 다시 보길도로 간다. 그리고 유배 생활 8년을 제외하고는 죽을 때까지 그곳에 기거한다. 세상이 얼마나 꼴도 보기 싫었을까. 자기 행동의 실체는 외면당하고 당쟁의 희생물이 된 삶, 그런 세상에 환멸까지 느꼈을 것이다.

윤선도는 보길도를 어떻게 꾸몄는가. 그는 섬 전체를 자신의 정원, 아니 왕국으로 꾸미고 싶었다. 보길도에서 그는 분명 제왕으로 군림했다. 스스로 제왕이고자 했다. 저 중국의 중원을 생각하며 중국의 당·명 시대, 아니 훨씬 전의 고사를 빗대어 보길도의 온갖 자연물에 이름을 붙이고 그곳을 무릉도원으로 생각했다. 시냇물에는 중국의 강 이름을, 바위와 정자에는 중국 명승지의 이름을 그대로 붙였다. 그러면서 윤선도는 자신을 제왕이라고 생각한 모양이다. 당대 현실 속에 제왕이 되지 못한 그는 자신이 속한 자연에서나마 제왕이 되었다.

날개 꺾인 사대부의 천재적 상상력　　그의 이런 생각은 세연정과 동천석실만 봐도 추정할 수 있다. 세연정洗然亭은 부용동 정원 가운데 가장 공들여 꾸민 곳으로, 본래의 모습이 잘 남아 있다. 자연적인 시냇물(윤선도는 이를 중국에 있는 '계류'라 이름 지었다)을 돌둑으로 막아 연못(세연지, 이것도 윤선도가 지은 이름이다)을 만들고, 그 물을 끌어들여 네모진 인공 연못(회수담, 중국의 '회수'는 유명하다)을 만든 뒤, 두 연못 사이에 인공 섬을 만들고 그 위에

보길도 부용동의 세연정.

정자(세연정)를 지어 주변의 다양한 경관을 즐길 수 있게 한 곳이다. 두 연못에는 크고 작은 바위들이 있는데, 윤선도는 이것을 섬으로 생각했다. 너럭바위, 동대와 서대에서 무희가 춤을 추고 악사가 풍악을 울리면 정자 안에서 보고 들으며 자연과 음악, 시에 취했다.

정자 안은 어떤가. 세연정은 다른 정자들과 마찬가지로 주변 경관이 잘 보이게 한 것은 물론, 정자 한가운데 사방 2.5미터 정도의 온돌을 깔았다. 정자 아래 아궁이에서 불을 때어 한겨울에도 이곳에서 즐길 수 있게 만든 것이다.

윤선도의 후손 윤위尹偉가 기록했다는 《보길도지甫吉島識》를 읽어보자. (《보길도지》에는 신뢰하기 어려운 부분이 여러 군데 있다. 종종 악의적인 해설까지 보인다.)

（윤선도는) 일기가 화창하면 반드시 세연정으로 향하되 첩은 오찬을 갖추어 그 뒤를 따랐다. 정자에 당도하면 자제들은 시립하고 기희妓姬(기생) 들이 모시는 가운데 못 중앙에 작은 배를 띄웠다. 그리고 남자아이에게 채색옷을 입혀 배를 일렁이며 돌게 하고, 공이 지은 가사로 완만한 음절에 따라 노래를 부르게 했다. 당 위에서는 관현악을 연주하게 했으며, 여러 명에게 동대와 서대에서 춤을 추게 하고 혹은 옥소암(세연정에서 올려다보이는 산 중턱의 흰 바위)에서 춤을 추게도 했다.

윤선도는 '하루도 음악이 없으면 성정을 수양하며 세간의 걱정을 잊을 수 없다'고 했는지 모르지만, 세연정을 둘러보며 《보길도지》에 기록된 윤선도의 풍류를 생각하면 사치도 그런 사치가 없다. 그러나 미쳐버릴 것 같은 울분을 다스리는 데는 음악이 특효였던 모양이다.

운동권이나 요즘의 민주화된 사회의식으로 보면 착취도 그런 착취가 없다. 그러나 때는 조선 시대고, 윤선도는 그 지방을 호령하는 가문의 수장이었다. 누구 하나 나서서 못 하게 할 일이 아니었고, 아랫것들은 받들어 모셨을 것이다. 자신을 즐겁게 하기 위해 자식들은 부동자세로 서 있어야 하고, 기생과 악사들은 춤추고 풍악을 울려야 했다. 어린아이까지 동원하여 연못 위에 조그만 배를 젓고, 세연정 바로 옆이 아니라 500미터나 떨어진 곳에서 춤을 추고, 겨울이면 아궁이에 군불까지 지펴야 했다. 누가? 윤선도의 주변 사람, 특히 노비다. (《보길도지》의 기록을 해석할 때는 신분제라는 당시 사회상까지 읽어야 한다.)

춤을 추던 기생이 바위에 미끄러져 물속에 빠지는 모습을 보고 윤선도는 파안대소했다던가. 부러 바위가 미끄럽게 해서 춤을 추려고 발을 움직였다간 미끄러질 수밖에 없도록 해놓았다던가. 취미도 이 정도면

할 말을 잊게 한다. 《보길도지》의 기록이 사실이라면 사치의 극치요, 요즘 세상이라면 광기에 가까운 풍류다. 그것이 세연정의 모습이다.

그러나 윤선도의 사치를 광기라고 해야 할까. 단순히 광기라고 하기에는 뭔가 석연찮은 부분이 있다. 《보길도지》의 기록도 기록이지만 그의 생애를 비추어볼 때, 이는 분명 단순한 광기가 아니다. 시대를 잃고 자신의 뜻이 꺾인 사대부의 몸부림이라 하는 것이 타당할지 모른다.

특기할 것은 세연정에서 기생과 악사들이 노래를 했는데, 그중 대표적인 곡이 '어부사시사漁父四時詞'라는 점이다. 지은이는 윤선도가 분명하다. 그런데 '어부사시사'는 우리가 흔히 아는 것처럼 고기잡이 나간 어부가 노를 저으며 부르는 노래가 아니라, 어부와 아무 상관이 없는 윤선도의 노래다. 그것도 바다에 배를 띄워 풍랑을 맞으며 혹은 고기를 낚으며 부른 것이 아니라, 세연정에 앉아 연못에 떠 있는 조그만 배를 보며, 노 젓는 어린아이를 보며 상상력을 발휘하여 종전의 '어부사'를 풀어놓은 것이다. 그런 면에서 윤선도는 천재다.

'어부사시사'를 보자. 이 노래는 효종 2년(1651), 윤선도가 65세 이후 전남 보길도의 부용동에 은거하면서 지은 것으로 알려져 있다. 춘하추동 사계절을 10수씩 읊어 총 40수로 구성된 연시조다.

윤선도의 '어부사시사'는 순수 창작이 아니다. 고려 때부터 전해온 '어부가漁父歌'를 명종 때 이현보가 개작하여 단가 5수, 장가 9수로 된 '어부사漁父詞'를 만들었는데, 이것을 윤선도가 후렴구만 그대로 넣어 40수로 개작했다. '어부사시사'가 뛰어난 점은 원가原歌와 이현보의 개작가는 한문 고시를 그대로 따서 토를 붙인 것에 불과하지만, 윤선도는 난삽한 한시를 대부분 우리말로 바꾸면서 상상력을 천의무봉天衣無縫으로 발휘했다는 것이다. 아름다운 우리말을 그대로 살려 멋스러운 노래로 만든 공, 그것이 윤선도의 힘이다.

3장 6구의 시조 형식에 후렴구를 첨가한 이 노래는 우리말의 아름다움을 잘 살려냈을 뿐만 아니라 표현 기교도 뛰어나, 윤선도를 국문학사상 단가의 일인자로 꼽는 데 전혀 손색이 없도록 한 작품이다. 널리 알려진 몇 수만 읽어보자.

<blockquote>
동풍東風이 건든 부니 믉결이 고이 닌다

돋 다라라 돋 다라라

동호東湖를 도라보며 서호西湖로 가쟈스라

지국총至匊怱 지국총 어사와於思臥

압뫼히 디나가고 뒫뫼히 나아온다 (봄 3)
</blockquote>

윤선도가 바다에 나가 배를 띄우고 고기를 잡으며 '어부사' 9장을 개작한 것이 아니다. 세연정의 두 연못을 동호와 서호로 표현했으니 분명 바다 한가운데가 아니다. 아무리 원문을 개작했다만, 바다에 나가지 않고 세연정에서 연못을 바라보며 가사를 붙인 윤선도. 그의 상상력은 실로 범인의 그것을 뛰어넘는다.

<blockquote>
년닙희 밥 싸두고 반찬으란 쟝만 마라

닫 드러라 닫 드러라

청약립靑蒻笠은 써잇노라 녹사의綠蓑衣 가져오냐

지국총 지국총 어사와

무심無心한 백구白鷗난 내 좃난가 제 좃난가 (여름 2)
</blockquote>

양반이 어디 직접 먹을 것을 챙기겠는가. 연잎에 밥을 싸두라고 했지만 정말 윤선도가 연잎에 싼 밥을 먹었을까. 이 노래를 부를 때 윤선도는 옆에서 부채질해주는 기생을 끼고 산해진미 옥소반에 술잔을 들고 있었는지도 모른다. 볏짚이나 갈대로 엮어 만든 청약립과 녹사의를 입어보았겠는가. 자신이 본 것을 그렇게 노래할 뿐이다. 윤선도가 개작했으니 윤선도가 저렇게 했으리라 생각하는 것은 금물이다. 몸은 정자에서 기생을 끼고 있을지언정 그의 영혼은 바다에 나가 어부와 함께 파도를 헤치고 다녔다. 그런데 어쩌면 이렇게 사실적일 수가 있을까. 바로 윤선도이기 때문이다.

옷우희 서리 오대 치운 줄을 모랄로다
닫 디여라 닫 디여라
조선釣船이 좁다 하나 부세浮世와 얻더하니
지국총 지국총 어사와
내일도 이리 하고 모릐도 이리 하자 (가을 9)

서리가 내리고 눈보라가 친다 해도 윤선도가 추위를 느꼈겠는가. 한겨울에도 군불을 땔 수 있는 정자 안, 따뜻한 바닥에 배를 깔고 엎드려 밖에서 들리고 보이는 풍악 소리와 기생의 춤을 구경하며 윤선도는 바깥세상 바다 위를 누볐다. 오늘 그랬으면서 내일도, 모레도 그렇게 하자고 한다.

간밤의 눈 갠 후後에 경물景物이 달랃고야
이어라 이어라

눈 내린 경치가 나쁠 리 있겠는가. 윤선도의 눈에는 만경유리로 보이겠지만 쓸고 닦아야 할 아랫것들은 어떻겠는가. 그 속에 앉아 있으니 신선과 부처들이 사는 세상이라 생각했겠지만, 문밖에는 노비들이 추위에 떠는 인간 세상인 것을. 윤선도는 세연정에 올라 이상향을 그리며 제왕을 꿈꾸었기에, 그런 것에는 눈이 가지 않았을 것이다. 음악에 빠져들고 이를 시로 승화시키며 그의 영혼은 저 바다 위 고깃배에서 어부들과 춤추고 있었다. 그것이 세상을 등진 사대부의 울분을 억제하는 길이었다.

단언하건대 '어부사시사'에는 결코 어부의 모습이 없다. 윤선도의 영혼이 춤추던 바다가 있을 뿐이다. 그러기에 빛을 발한 것은 '어부사시사'에 나타나는 그의 문학적·예술적 상상력이다.

윤선도의 꿈 동천석실洞天石室에 가보면 윤선도의 꿈을 충분히 짐작할 수 있다. 평지에서 70~80도 경사진, 그것도 온갖 활엽수가 자란 가파른 길을 20분 정도 올라가면 9부 능선쯤에 커다란 바위가 있는 곳이 동천석실이다. 말이 석실이지 동굴이 아니라 또 다른 정자다. 윤선도가 이곳에서 글을 읽었다고 하는데, 들어가 서안을 놓고 앉으면 남는 공간이 없다.

왜 하필이면 여기까지 올라와 글을 읽었을까. 윤선도가 개발한 도르

래(요즘의 케이블카와 같은 것)로 음식을 날라 점심을 먹었다는데, 좋게
보면 그만큼 과학에도 일가견이 있었다고 하겠지만, 가파른 곳에 올라
야 했을 아랫것들을 생각하면 야속할 뿐이다. 사랑방에서 글을 읽으면
공부가 안 되었을까. 집에 공부방이 있는데도 독서실을 고집하는 요즘
아이들의 투정이 생각난다. 왜 이렇게 가파른 길을 올라와 여기서 글
을 읽으려 했느냐 말이다.

동천석실에 앉아 부용동을 바라보면 알 수 있다. 그가 꿈꾸던 것이
무엇인지, 왜 이곳에 오르려고 했는지……. 보길도의 중심, 부용동이
한눈에 보이는 곳. 문무백관이 머리를 조아리며 옥좌에 앉은 제왕을
떠받치는 곳이 동천석실이다. 윤선도는 동천석실에 앉아 글을 읽은 것
이 아니라 옥좌에 앉은 듯, 부용동을 지그시 내려다보며 제왕이 된 환
상에 젖었다. 아니 제왕이고자 했다. 그러니 눈에 보이는 온갖 자연물
을 "이렇게 명명하노라" 하면 그만이었다. 자신이 부용동의 온갖 자연
물을 창조한 듯이 이름을 붙이며 섬 전체를 자기 왕국으로 만들고, 동
천석실에 앉아 그 풍광을 굽어보면서 마음껏 꿈을 펼쳤을 것이다.

낙서재樂書齋를 보자. 보길도에서 제일 높은 격자봉 아래 위치한 낙서
재는 섬의 중심으로, 지금은 그 터만 남았다. 옛 모습을 알 길이 없어
아쉽지만《보길도지》에 따르면 궁궐이나 다름없었다고 한다. 금쇄동에
있는 수십 칸 집을 그대로 뜯어 옮겼다는데, 수레와 배에 실어 옮기는
광경을 생각하니 기가 막히다. 윤선도에게는 궁궐을 짓는 역사였으니
그 규모를 짐작할 수 있을 것이다.

윤선도는 낙서재에 앉아 정사를 논하고, 심신이 피곤하면 세연정에
나가 풍악을 울리고, 이따금 동천석실에 올라 문무백관이 조아리는 머
리를 굽어보며 살았다. 청에 항복한 임금, 자신의 존재에 늘 위협을 느

끼는 반대파, 자신을 알아주지 않는 세상을 뒤로하고 자기 왕국을 세
우고 스스로 제왕이 되어 산 것이다.

외로운 천재　　윤선도의 그런 삶을 뒷받침해주는 것이 보길도 북쪽
　　　　　　　　에 있는 노화도에 전해 내려오는 이야기들이다. 갈대
노蘆에 꽃 화花, 갈대꽃이 만발한 섬. 참 아름다운 이름이라 생각하겠지
만 들려오는 말은 그렇지 않다. 종 노奴에 불 화火, 노비들이 불을 지르
고 도망간 섬이 노화도란다.

　윤선도가 식솔을 이끌고 제주도로 향하다 보길도를 발견하고 들어
왔다는 것은 앞에서 밝혔다. 당시 노화도에는 사람이 살지 않았다고
한다. 윤선도가 막대한 재산을 동원하여 육지의 재물을 보길도로 옮겨
자기 왕국으로 만들면서 보길도를 중심으로 노화도에도 사람이 들어
와 살았다고 전한다. 물론 어부들이었을 것이다. 윤선도가 살아 있을
당시에는 분명 보길도가 그 주변의 중심이었다. 그의 명성과 재산은
주변을 자기 왕국으로 만들 만큼 대단했다.

　그러나 윤선도가 죽은 뒤, 그의 집에 살던 노비들이 반란을 일으켰
다. 본가인 낙서재에 불을 지르고, 동천석실과 그 주변의 도르래 장치
를 무너뜨렸으며, 세연정에도 불을 질렀다. 노비들은 가솔을 데리고
이웃 섬으로 건너가 그곳에 정착했다. 언제부터 누구의 입에서 나왔는
지 모르지만, 그 섬을 노화도奴火島라 불렀다는 말이 전해진다. 그 섬을
무엇이라 부르건 그들에게는 고기를 잡아먹고 사는 것이 윤선도 집안
의 노비로 사는 것보다 행복했다. 그들은 열심히 일했고, 보길노가 섬
점 퇴락할 때 노화도는 점점 번창했다. 화려하던 보길도는 현재 전남

완도군 노화읍(노화도) 보길도다.

그런데 정말 그랬을까. 20세기나 21세기라면 충분히 그럴듯한 이야기지만, 때는 지금부터 근 400년 전 왕조시대다. 윤선도라는 제왕의 그늘에 살던 사람들…… 제왕이 죽고 그 위세가 이어지지 못하면서 윤선도의 왕국은 무너졌고, 그 와중에 사람들이 하나 둘 떠났다. 가까운 노화도로 옮겨 새로운 일터를 만들고, 그들만의 사회를 이뤄갔다. 그런 것이 어떤 악의적인 해석에 의해 노화도蘆花島가 노화도奴火島로 바뀐 것은 아닐까.

고개가 갸웃거려진다. 세연정과 동천석실이 너무 오래되어 무너져 내렸다는 것은 우리의 전통 건축양식을 모르고 하는 소리다. 1000년을 버티는 우리의 전통 건축을 보지 않는가. 윤선도 가문의 몰락이 참으로 처절했을 것이란 생각이 든다. 낙서재가 흔적만 남은 것은 그만큼 철저하게 몰락했다는 의미일 것이다. 세연정과 동천석실은 문화재로서 가치를 인정받아 기록을 토대로 1993년 복원되었지만, 낙서재는 규모가 엄청났다는 것 외에 기록이 제대로 남아 있지 않아 복원하지 못한다고 한다. 윤선도가 자기 왕국의 궁궐로 생각했을 테니 그 규모는 분명 우리의 상상을 초월할 것이다.

노화도에 전해 내려오는 이야기. 그들의 조상은 노비였고, 그들은 보길도 전체를 불 지르고 건너왔다는 이야기. 입에서 입으로 전해져 오늘날까지 내려오는 그들의 분노는 어디에서 비롯되었을까. 윤선도와 보길도, 그가 거닐었을 부용동 정원을 돌아보면서 노비들의 한을 생각한다. 그러나 눈앞에 펼쳐진, 윤선도의 눈에 비쳤을 보길도의 모습을 보면 단순히 그것만은 아니었으리란 생각이 든다.

노화도에 고산을 악의적으로 말하는 이야기가 전해 내려오는 것은 진실일까. 눈으로 본 사실이 아니니 단언하기는 어렵다. 그러나 고산이 죽고 78년이 지난 뒤 후손인 윤위가 보길도를 찾아가 보고 들은 이야기를 적은 《보길도지》에 따르면, 세연정이나 곡수당曲水堂, 무민당無悶堂, 서와西窩 등 건물 여러 채가 그대로 있었고, 고산의 아들 직미(학관)의 사위 이동숙이라는 사람이 그때까지 부용동을 지키고 있었다. 물론 오래지 않아 이동숙도 떠나고, 부용동에는 아무도 살지 않았다고 한다. 따라서 윤선도가 죽은 뒤 노비들이 불 지르고 노화도로 도망을 가서 노화도奴火島가 되었다는 이야기는 맞지 않는다.

그런데 왜 부용동에 아무도 살지 않았을까. 바로 이 점이 윤선도와 부용동의 관계를 말해준다. 보길도 시인 강제윤이 이를 아주 정확하게 짚어낸다.

보길도가 뭇사람에게 널리 알려진 것은 고산 윤선도를 통해서였습니다. 그래서 많은 이들이 고산의 유적을 찾아 보길도에 옵니다. 세연정을 둘러보고 동천석실과 낙서재, 곡수당 터 등 부용동 원림의 흔적을 돌아본 뒤 더러는 감탄하기도 하고, 더러는 실망만 안고 떠나기도 합니다. 하지만 그 많은 시간과 공력을 들여 이 먼 섬까지 와서 고산의 유적만 좇다 가는 사람은 보길도의 실체를 보지 못하고 가는 사람들입니다. 보길도는 고산에 의해 아름다움이 발견된 섬이지, 고산이 만들어서 아름다워진 섬이 아니기 때문이지요.

그런데도 많은 이들은 왜 고산의 유적이 고대광실처럼 꾸며지지 않았는지 불평을 늘어놓기 일쑤입니다. 그들이 원하는 것은 서울의 왕궁이나 경주의 박물관 같은 것일까요. 실상 사람들이 보길도에 와서 찾아야 할 것은 그런 인공 조형물 따위가 아니라 고산이 그토록 감동한 보길도의 자연이어야 하는데, 사람들은 그런 데는 별로 관심이 없어 보입니다.

그렇다. 부용동은 윤선도의 입장에서, 즉 자기 왕국을 건설하고 제왕이 되고자 한 사대부가의 호걸에게 자연경관이 뛰어난 이상향이자 제국이지, 아름다운 경관과 호화찬란한 유물을 구경하려는 관광객이나 생계를 유지하려는 일반인에게는 평범한 섬에 지나지 않는다. 그러니 사람들이 떠났을 것이다.

'고산에 의해 아름다움이 발견된 섬' 보길도에 가서 윤선도가 남긴 거창한 혹은 휘황찬란한 유적을 찾으려 하니 윤선도를 이해하지 못하는 것이다. 세연정이나 동천석실에서 윤선도가 바라본 부용동의 자연경관은 그가 꿈꾸던 왕국이요 낙원이다. 윤선도가 되지 않고는 절대 그 가치를 알 수 없다. 제왕이고자 하지 않는 한 보길도에서 결코 윤선도가 느낀 아름다움을 찾아낼 수 없다.

그러니 '어부사시사'에 어부가 없어도 그 이면에는 왕국을 꿈꾸던 고산의 고뇌와 이를 떨쳐버리고자 한 그의 풍류가 담겨 있다. 다시 한 번 '오우가'를 읽어보자.

내 버디 며치나 하니 수석과 송죽이라
동산에 달 오르니 그 더옥 반갑고야
두어라 이 다섯밧긔 또 더하야 무엇하리

오죽하면 인격체도 아닌 자연물 다섯을 벗으로 생각했을까. 윤선도는 진정 그 다섯을 벗으로 여겼을까. 아니 그 다섯은 윤선도를 벗으로 여겼을까. 윤선도 혼자의 생각은 아니었을까. 자신이 품은 이상과 꿈을 당대에 알아주는 이가 없었으니, 온갖 음해와 모략의 희생물이 된 윤선도. 그러기에 더 외로웠을 것이다. 호도 고산孤山, 외로운 산이다.

그가 그렇다. 조선에 태어났지만 중국을 포함한 천하를 가슴에 품은 사람, 자신을 조선의 사대부가 아닌 한 나라의 제왕으로 생각한 사람, 실각한 조선의 정치가가 아니라 천하를 손안에 넣고 호령하고자 한 사람…… 그러니 얼마나 외로웠을까. 오죽하면 수·석·송·죽·월을 친구로 생각했을까. 수·석·송·죽·월은 고산의 원대한 꿈을 알고 있었을 것이다.

보길도에서 노화도를 바라보며, '오우가'를 읽으며 분명하게 떠오르는 것은 윤선도가 퍽 외로웠을 거라는 사실, '어부사시사'에는 어부가 없다는 사실이다. 그러나 우리는 '어부사시사'에서 윤선도의 거대한 포부와 천재 같은 예술적 상상력을 읽을 수 있다.

오늘 문득, 그와 술 한잔하고 싶다. 시대를 잘못 타고난 그의 한 서린 울분을 듣고 싶다.

※ 이 글의 초고가 인터넷에 공개되고 글쓴이의 의도와 상관없이 몇몇 사람들에 의해 재편집되면서 고산 선생을 욕하는 글이 되고 만 적이 있다. 전후 사정이야 어찌 되었건, 혹 마음에 상처라도 났을 선생의 후손들에게 글쓴이로서 머리 숙여 죄송하다는 말을 전한다.

잘못 해석되는 유치환의 시 '수首'

흔히 자기 아내를 가리켜 '마누라'라고 한다. 그런데 마누라는 조선 시대 정3품 이상 벼슬아치의 부인을 일컫는 높임말 '마누하'에서 온 말이다. 높임말 마누하가 시대가 변하며 자신의 부인을 낮추어 지칭하는 마누라로 바뀐 것이다.

이처럼 단어를 해석할 때는 그 단어가 생겨난 시대적 배경과 의미를 잘 생각해야 한다. 문학작품에서는 더욱 그렇다. 조선 시대 문학작품에 마누하가 나오면 높임말로 쓰인 것이니, 그 단어를 요즈음 식으로 낮춤말로 해석하면 커다란 오류를 범하는 셈이다. 따라서 문학작품을 해석할 때는 그 작품이 생성된 시대와 사회적 배경을 잘 살펴서 작품 속의 단어 혹은 문장을 해석하여 그 의미를 파악해야 한다.

일제강점기에 발표된 작품 가운데 시대와 사회적 배경을 망각한 채 오늘날의 관점으로 해석하여 그 의미를 훼손하거나 과대 해석하는 경우가 있다. 유치환의 시 '수首'가 대표적인 예다. 유치환은 고등학교 교과서에 실린 '깃발'로 잘 알려진 생명파 시인이다. '수'를 읽어보자.

십이월의 북만北滿 눈도 안 오고

오직 만물을 가각苛刻하는 흑룡강 말라빠진 바람에 헐벗은

이 적은 가성街城 네거리에

비적匪賊의 머리 두 개 높이 내걸려 있나니

그 검푸른 얼굴은 말라 소년같이 적고

반쯤 뜬 눈은

먼 한천寒天에 모호히 저물은 삭북朔北의 산하를 바라고 있도다

너희 죽어 율律의 처단이 어떠함을 알았느뇨

이는 사악四惡이 아니라

질서를 보전하려면 인명人命도 계구鷄狗와 같을 수 있도다

혹은 너의 삶은 즉시

나의 죽음의 위협을 의미함이었으리니

힘으로써 힘을 제除함은 또한

먼 원시에서 이어온 피의 법도로다

내 이 각박한 거리를 가며

다시금 생명의 험열險烈함과 그 결의를 깨닫노니

끝내 다스릴 수 없던 무뢰한 넋이여 명목瞑目하라!

아아 이 불모한 사변思辯의 풍경 위에

하늘이여 은혜하여 눈이라도 함빡 내리고지고

  1942년 3월 《국민문학》에 발표된 이 시는 만주 어느 동네 네거리에 참수되어 걸린 비적들의 머리를 보며 법의 준엄함, 생명에 대한 허무 혹은 의지를 읊은 것이다.
  우선 유치환이 어떤 시인인지 알아보자. 1908년 경남 충무에서 태어

나 1927년 연희전문학교에 입학한 유치환은
문학 창작에 뜻을 두어 학교를 중퇴하고,
1931년 《문예월간》에 '정적靜寂'을 발표하며
시인으로 등단한다. 1937년에는 부산에서 문
예 동인지 《생리》를 주재하여 5집까지 발간하
고, 1939년 첫 시집 《청마 시초》를 간행한다.
1940년 가족과 함께 만주 옌서우延壽현으로 이

유치환

주, 농장 관리인으로 일하며 5년 남짓 머무르다가 해방 직전 귀국한다.

특히 1936년 발간된 문예지 《시인부락》을 통해 함께 활동한 오장환,
서정주, 함형수 등과 더불어 생명파 혹은 인생파라 불린다. 이들의 시
에서 시가 추구해야 할 내용적 가치로서 생명 혹은 인생을 발견할 수
있고, 이들이 모더니즘의 서구 취향과 도시성에 대한 안티테제(반정립)
로서 문명에 의해 변질되지 않은 인간 존재의 본질과 생명의 원시적
충동 등을 형상화했기 때문이다. 유치환은 시집 《생명의 서》《울릉도》
《보병과 더불어》 등을 발간하며 해방 이후 서정주와 더불어 한국 시단
의 중추적인 역할을 했으며, 줄곧 교직에 있다가 1967년 불의의 교통
사고로 유명을 달리한다.

자, 처음으로 돌아가자.

유치환의 시 '수'는 무엇이 잘못되었는가. 문제는 "이 적은 가성街城
네거리에 / 비적匪賊의 머리 두 개 높이 내걸려 있나니"라는 구절이다.
국어사전에 보면 비적은 '떼를 지어 다니며 살인·약탈을 일삼는 도
둑'이라고 나와 있다. 그러나 이는 요즈음 쓰는 표준어 비적의 뜻이다.
그러니 이 시에 쓰인 비적이란 단어는 시가 발표된 1942년 만주의 상

황에 맞게 해석해야 한다.

1942년, 일제강점기. 당시 우리나라에는 비적이 없었다. 즉 떼를 지어 다니며 살인·약탈을 일삼는 도둑이 없었다. 일본 경찰이 친절하게도 잘 지켜주었기(?) 때문이다. 만주 일대에는 비적이 많았다. 그러나 그 비적 또한 떼를 지어 다니며 살인·약탈을 일삼는 도둑이 아니다. 그들은 만주의 독립을 위해 싸우는 소수민족이며, 조선 독립군 단원이다. 조선 독립군 단원은 국제적으로 하나의 국가로 인정받지 못하던 나라의 독립을 위해 나선 투사다. 최악의 상황에서 싸우던 그들을 일본 경찰은 '비적'이라 불렀다. 정치적인 의도가 짙게 배어 있는 용어다.

만주 독립군 혹은 조선 독립군이라 발표했다면 주민들이 그들에게 협조할 수도 있었을 것이다. 무서워서 협조하지 못해도 심적으로 동정하고 지원했을 것이다. 일본 경찰은 만주국을 통치하면서 독립을 위해 무장투쟁을 벌이는 만주인과 조선인을 '비적'이라 하여 주민들과 차단하려고 노력했다. 청산리 전투로 유명한 김좌진 장군의 부대도 일본 경찰 입장에서는 비적이고, 홍범도·이청천·이범석 장군이 이끄는 대한독립단원 모두 비적이었다. 일본은 그렇게 선전했으며, 사로잡은 조선 독립군을 주민들이 보는 앞에서 참수하여 거리에 그 목을 내걸고 '비적'이라 써 붙였다.

그리고 만주에 거주하는 조선 문인들을 모아 '만주국 문예가협회'를 만들어서 그들을 통해, 그들의 시와 소설 혹은 수필을 통해 비적(만주 독립군과 조선 독립군)의 만행을 규탄하도록 조종했다. 생명의 위협을 느낀 만주의 문인들은 협회의 지침대로 작품을 만들었으며, 그 작품은 조선어나 중국어로 발표되었다. 물론 만주 독립군이나 조선 독립군의 만행이 아니라 '비적'이란 이름으로 규탄하는 것이다.

1942년에 유치환은 만주에 있었고, 만주국 문예가협회 회원이었다. 그 역시 그렇게 하지 않을 수 없었다. 유치환의 '수'에 나오는 비적의 머리는 조선의 독립을 위해 무장투쟁을 벌이다 붙잡혀 참수당한 투사의 머리다.

이제 다시 읽어보자. 독자의 이해를 돕기 위해 한자어는 현대어로 풀어 썼고, 생략된 부분은 괄호를 넣어 해설을 곁들였다.

십이월의 북쪽 만주에는 눈도 안 오고

오직 만물을 뼛속까지 깎아내는 흑룡강 말라빠진 바람에 헐벗은

이 적은 거리의 조그만 마을 네거리에

참수당한 (조선 독립군 무장투쟁 요원의) 머리 두 개 높이 내걸려 있나니

그 검푸른 얼굴은 말라 소년같이 적고

반쯤 뜬 눈은

먼 차가운 하늘에 모호히 저물은 북쪽의 산하를 바라보고 있도다

너희 죽어 (대일본제국의) 법에 따라 처형된 그 의미를 알았느냐

이는 네 가지 악(《논어》에 나오는 나라를 다스리는 데 나쁜 네 가지 일, 특히 가르치지 않고 죽이는 일)이 아니라

질서를 보전하려면 사람의 목숨도 닭이나 개와 같을 수 있다는 것이다

혹은 (조선 독립군의 무장투쟁 요원인) 너의 삶은 즉시

(친일파인) 나의 죽음의 위협을 의미함이었으리니

힘으로써 힘을 제거하는 것은 또한

먼 원시에서 이어온 피의 법도로다

내 이 각박한 거리를 가며

다시금 생명의 험하고 매운맛과 그 결의를 깨닫노니

이 얼마나 끔찍한 내용인가. 그러기에 친일 문학지로 유명한 《국민
문학》에 조선어로 실린 것이 아닌가. 비적이란 단어의 정확한 의미를
알면 이 시의 주제는 금방 드러난다. 일본의 법에 따라 목이 잘려 죽은
조선 독립군. 차라리 조선 독립군이란 이름으로 죽었다면…… 그들은
비적이란 이름으로 어처구니없는 죽음을 맞았다.

흔히 유치환의 시 세계를 '생명에 대한 의지' '허무의 의지' '비정의
철학'이라 평가한다. 그중에서도 가장 두드러진 형상은 '생명 의지의
발양'이라 할 수 있다. 그렇다면 '생명 의지'는 무엇인가. 이는 한마디
로 살려는 의지, 생명에 대한 애착이다. 바꿔 말하면 생명현상을 가장
원만히 발산하고 연장하고픈 발원의 궁극적인 실천이다. 곧 목숨이 있
는 생명체가 자기에게 부여된 여러 조건을 극복하고 살아남으려는 적
극적인 노력을 말한다.

'수'를 읽으면 유치환의 생명 의지를 보는 것 같아 참으로 안타깝다.
아니 일제강점기에 살아남으려고 애쓴 지식인의 나약한 모습을 보는
듯해 슬프다. 살아남아야겠다는 의지, 일본 경찰이나 만주국 문예가협
회가 시키는 대로 해서라도 어떻게든 살아남아야 했던 유치환. 이것도
생명 의지일까.

이 시를 요즘 대학수학능력시험의 언어 영역 모의고사 문제에서 볼
수 있다. 생명 의지 혹은 생명파와 관련된 표현 기교나 이미지를 묻는
것이다. 그러나 우리는 이 시가 유치환의 다른 시와 달리 일제강점기

에 생명의 위협을 느낀 시인이, 그들이 시키는 대로 자신의 재주를 실은 작품이라는 것을 분명히 알아야 한다.

　조선 시대의 '마누하'와 요즈음의 '마누라'가 다르듯이, 1942년 만주의 '비적'과 오늘날 우리가 상식적으로 알고 있는 '비적'은 다르다. 특히 문학작품에서는 더욱 그렇다.

여의도는 길재의 땅이다

오백 년 도읍지都邑地를 필마匹馬로 돌아드니,

산천山川은 의구依舊하되 인걸人傑은 간데없다.

어즈버, 태평연월太平烟月이 꿈이런가 하노라.

고등학생 때 국어 교과서에서 배운 고려 말 충신 길재吉再의 시조다.

500년 고려 왕조의 도읍지 개경(현재의 개성)에 말을 타고 들어선다. 고려 왕조는 무너지고 조선이라는 새 나라의 땅이 된 곳이다. 아무리 둘러봐도 건물이며 길, 온갖 자연물은 예전 그대로인데, 고려를 받들던 인물은 눈을 씻고 찾아봐도 없다. 이제는 모두 조선의 백성이 되었고, 충신들은 모두 죽음을 당했으니 당연한 일이다. 고려의 충신 길재의 마음이 어땠을까. 고려의 태평한 시절이 꿈같이 느껴졌을 것이다.

야은冶隱 길재는 목은牧隱 이색李穡, 포은圃隱 정몽주鄭夢周와 더불어 고려 말의 '삼은三隱'으로 일컬어지는 학자다.

계룡산 동남쪽에서 계곡을 끼고 조금만 오르면 산자락에 조그마한 옛 절이 있다. 이 절이 동학사東鶴寺고, 경내에 삼은각三隱閣이라는 사당이 있다. 고려가 망하자 조선의 신하가 되기를 거부하던 길재가 이 절에 내려와 제단을 짓고, 고려 태조 왕건과 정몽주의 영혼을 위로하는 초혼제를 지냈다고 한다. 정몽주의 수제자라 할 고려의 젊은 충신 길재로서는 고려 왕조를 세운 왕건과 자신의 스승께 충절을 맹세했는지도 모른다. 이것이 인연이 되어 나중에 목은 이색의 제를 지내고 사당도 지었다. 길재가 죽은 뒤에는 세종의 명에 따라 포은, 목은, 야은 세 사람의 제를 지냄으로써 '삼은각'이라 불렸다.

여기에서 짚고 넘어가야 할 것이 있다. 역성혁명에 성공한 이성계와 그 무리가 왜 고려의 충신 길재를 살려두고, 나아가 고려 태조와 정몽주의 제를 지내는 것을 방치했는가 하는 의문이다. 요즘 식으로 말하면 이웃을 잘 만난 덕 혹은 친구를 잘 둔 덕, 이름 하여 든든한 배경이 있었기 때문이다.

이성계가 최영 장군의 휘하에서 한창 이름을 날리며 변방의 든든한 장수로 활약할 때, 길재는 이성계의 아들 이방원과 함께 공부하고 있었다. 둘이 함께 과거에 응시해 길재는 문관으로, 이방원은 아버지의 뒤를 이을 무관으로 고려의 장래를 짊어질 동량이었다. 두 사람의 성격은 극과 극이었지만, 상대의 장점에 이끌려 청년 시절 친형제처럼 지냈다. 사냥하거나 술잔을 기울일 때 항상 함께했고, 장기를 둘 때는 한 치의 양보 없이 다투기도 했다. 장기 실력은 비슷하여 승률이 반반이었다고 한다.

두 사람의 운명을 갈라놓은 것은 이방원의 아버지 이성계가 최영 장군의 명을 거역하고 위화도에서 회군한 사건이다. 한 사람은 망한 나라의 충신이고 다른 사람은 새로운 나라의 왕자, 그것도 천하가 다 아는 맹장이자 실권자가 되었다. 조선이라는 왕국을 건설하는 데 동참하지 않는 고려의 충신과 왕족을 처단할 때 길재를 구한 것이 이방원이고, 길재가 고려의 충신으로 살다가 죽을 수 있도록 끝까지 보살펴준 사람도 이방원이다.

이방원의 입장에서 왜 길재가 필요하지 않았겠는가. 서로 잘 알기에 말이 필요 없었다. 길재의 곧은 성격을 아는 이방원으로서는 굳이 새로운 나라를 건설하는 데 동참해달라는 말은 하지 않았지만 그 뜻을 충분히 전할 수 있었고, 길재가 구체적으로 '싫다'는 답을 하지는 않았지만 이 또한 알았다. 길재도 마찬가지다. 이방원의 호방한 성격을 아는 그로서는 그저 친구가 잘되기를, 훌륭한 임금이 되기를 바랐지만, 자신이 포은 정몽주의 제자요 고려의 충신임을 잊지 않았다. 그만큼 서로 잘 아는 친구였다.

이방원이 세자일 때, 그의 명령은 어명과 같을 정도로 위세를 떨쳤다. 이제 곧 병약한 형에게서 왕위를 물려받을 그로서는 왕권을 강화하고 조선이 아닌 자신의 왕국을 건설하기 위해 많은 인재가 필요했으며, 그중 첫째는 단연 길재였다. 유방의 삼고초려를 생각하지 않더라도 직접 길재의 집을 찾아가기로 했다. 임금보다 더한 권세를 자랑하던 그의 행차가 얼마나 요란했겠는가. 경호원들은 또 얼마나 극성이었겠는가.

변두리 한적한 시골의 초가에 묻혀 있던 길재는 이방원이, 아니 세자 저하가 납시었는데도 방에 앉아 꼼짝을 하지 않았다. 자신을 찾아온 이유를 잘 알기 때문이다. 이방원 역시 마찬가지다. 길재가 어떤 위인인지 잘 알기에 경호원들에게 경거망동을 삼가도록 지시했다.

이방원이 대문도 없는 마당으로 말을 타고 들어섰을 때 방문이 비스듬히 열리며 길재의 얼굴이 보였다. 나는 새도 떨어뜨린다는 세도가 이방원에게 내뱉은 길재의 인사.

"오, 자네 왔는가!" (인사동에 있는 어느 찻집 간판이기도 하다.)

수행하던 신하들이 "저런 방자한 것이" 하며 짐짓 칼을 빼려 했을 것이나, 이방원 역시 옹졸한 사람이 아니다. 그저 예전처럼 반갑게 웃으며 말에서 내렸다.

"자네는 잘 있었는가!"

왜 왔는지, 무슨 말을 해야 하는지 서로 잘 알기에 아무 말이 필요 없었다. 그저 예전처럼 술상을 앞에 놓고 친구로 마주 앉았다. 이방원이 한쪽에 놓인 장기판을 보고 말했다.

"요즘도 장기를 많이 두시는가?"

"웬걸, 어디 상대가 있어야지……."

"그럼 오늘 내가 상대해줄까?"

"허허, 그것 좋은 생각이네. 오랜만에 한판 두실까."

장기판을 옮기는 길재의 모습을 보며 이방원은 옛일을 회상하다가 문득 머리에 스치는 것이 있었다.

"우리 내기 장기를 두세그려."

"내기라……."

이방원의 제안을 들으며 길재도 문득 머리에 스치는 것이 있었다. 이방원이 이기면 자신을 도와달라는 것일 테고, 길재가 이기면 자신을 내버려두라는 것이고. 서로 말은 하지 않았지만 그런 내기라는 사실을 알고 있었다. 단판 승부로 했다. 상대의 수를 잘 아는데다, 승률이 반반이었으니 쉽사리 승부가 나지 않았다. 두어 시간을 허비하고 나온 결과는?

길재가 가까스로 이겼다. 내기를 했으니 이방원은 길재에게 자신이 해줄 수 있는 것이 뭐냐고 물었다. 길재가 조용히 입을 열었다.

"실은 나도 자네처럼 임금이 되고 싶네."

이방원이 놀랄 수밖에. 그 모습을 보며 길재가 껄껄 웃었다.

"이제 곧 궁궐을 한양으로 옮긴다지. 한양 남쪽에 한수(지금의 한강) 가 흐르지. 그 한수 한복판에 여의도라는 섬이 있는데 말일세, 그 섬을 주게. 나도 거기 가서 임금 노릇 하며 살고 싶네."

이방원은 스스럼없이 승낙했다.

이방원이 조선의 세 번째 임금으로 등극한 뒤 개경에서 길재의 모습을 볼 수 없었다. 길재가 여의도로 들어갔는지, 그곳에서 정말로 임금 노릇을 했는지 기록은 없다. 다만 조선의 야사野史에 따르면 이방원과 내기 장기에서 이긴 뒤 길재가 여의도를 선물로 받았다고 한다.

길재는 죽을 때까지 조선에 살면서 고려의 충신으로 남을 수 있었다. 그의 충절을 높이 산 것은 이방원의 아들 세종이다. 어린 시절 길재 앞에서 재롱을 떨었고, 이웃 집 아저씨의 학문을 아는 세종이기에 가능한 일이었다. 그러니 길재, 아니 고려의 충신이 죽은 뒤 그를 위한 제를 지내라고 명하지 않았겠는가. 길재의 시조 두 수를 더 읽어보자.

눈 마자 휘어진 대竹를 뉘라서 굽다 턴고.

구블 절節이면 눈 속에 프를소냐.

아마도 세한고절歲寒孤節은 너뿐인가 하노라.

《청구영언靑丘永言》에는 작가가 원천석元天錫으로 되어 있으나, 길재의 것으로 더 많이 알려진 시조다. "눈을 맞아 그 무게 때문에 구부러진 대나무를 보고 누가 굽었다고 하겠는가. 그렇게 구부러질 절개라면 눈 속에서 푸른빛을 잃지 않고 있겠느냐. 그러니 매서운 추위를 이기는 외로운 절개는 대나무뿐이다"라는 의미다. 역시 길재의 충절을 읽을 수 있다.

이바 초楚 사람들아 네 임금이 어듸 가니
육리청산六里靑山이 뉘 따히 되단 말고
우리도 무관武關 다든 후後니 소식消息 몰라 하노라.

"초나라 사람들아, 너희 임금은 어디로 갔느냐. 육리청산(중국 위魏의 장의張儀가 초楚의 회왕懷王을 속인 고사에서 나온 말)이 누구의 땅이 되었느냐. 본래 초나라 땅인데 위나라 땅이 되지 않았느냐. 우리 고려도 무관(진秦의 소왕昭王이 초의 회왕을 유인하여 가둔 곳)을 닫은 후이기에, 고려 왕조가 무너진 후이기에, 소식을 모르고 있구나"라는 의미다. 초나라 와 고려를 견주어 망국의 한을 풀어낸 길재다운 시조다.

이방원에게서 여의도를 통째로 넘겨받은 길재는 고려의 충신으로 오래 살아남았고, 자신의 충절을 스스럼없이 표현할 수 있었다. 그 충신에 그 친구라고 해야 할까.

길재의 후손이 이를 근거로 국가에 토지 반환 청구 소송을 내면 어떤 결과가 나올까. 그저 해본 소리다.

조식의 음란한(?) 시조

두류산頭流山 양단수兩端水를 녜 듣고 이제 보니
도화桃花 뜬 맑은 물에 산영山影조차 잠겼에라.
아희야, 무릉武陵이 어디메오, 나는 옌가 하노라.

고등학교 국어 교과서에 실린 조선 중기 유학자 조식曹植 선생의 시조다. 참고서에서는 이 시조를 자연의 경치를 읊은 한정가閑情歌라고 설명하지만, 조금만 살펴보면 전혀 그렇지 않다는 것을 알 수 있다. 우선 풀이해보자.

두류산은 지금의 지리산이다. 조식 선생이 지리산 자락에 집을 짓고 후학을 양성했으니 지리산의 경치를 잘 알았을 것이다. 시조의 내용은 "지리산의 두 골짜기 물이 합쳐지는 곳이 아름답다는 말을 예전부터 듣고 오늘 와보니 정말 아름답구나. 복사꽃이 떠 있는 맑은 물에 산 그림자가 잠겼구나. 아이야, 무릉도원, 지상낙원이 어디냐, 나는 바로 여기가 지상낙원이라 생각되는구나" 이런 정도다.

겉으로 드러나는 것은 분명 자연의 경치, 즉 지리산의 두 골짜기 물이 합쳐지는 곳의 아름다움을 읊은 것이다. 문제는 그곳이 어디며, 그 모양이 어떠한가 하는 점이다. 이 시조에서 읊는 '두류산 양단수'의 참모습이 알려지기까지는, 신화 비평이나 원형 비평을 모를 때는 겉으로 드러난 한정가일 뿐이다.

1970년대 초반, 육군에서는 북의 남침을 대비한 효과적인 방어 전략을 수립하기 위해 전 국토를 면밀히 조사했다. 이 계획의 일환으로 육군 항공대에서는 남한의 전 국토를 대상으로 항공사진 촬영에 들어갔다. 항공사진을 찍던 군인은 지리산 쌍계사를 지나던 중, 흠칫 놀라고 말았다. 뭔가 이상한 것을 발견한 듯 조종사에게 선회할 것을 부탁했다. 그리고 쌍계사를 정면으로 바라보며 천천히 접근했다. 비행기에서 내려다본 쌍계사와 그 부근의 풍경은 눈을 씻고 다시 봐도 조물주의 조화일 뿐, 달리 설명할 수 없었다.

하늘에서 내려다볼 때 혹은 평지에서 올려다볼 때, 우리는 종종 자연의 형상이 인간의 육체 어느 부분과 무척 닮았다는 느낌에 놀란다. 궁둥이를 닮은 산, 여인의 가슴을 닮은 두 봉우리, 인간의 얼굴을 닮은 바위…… 그러나 이들이 본 풍경은 그런 것과 비교할 수 없을 정도로 명확했다. 비행기에 탑승한 군인들은 모두 키득키득 웃었고, 몇 바퀴 더 선회하면서 여러 장을 찍었다.

흔히 여성의 육체를 이야기하면서 WXY를 거론하는데, 바로 여성의 육체 중 Y 부분이 눈 아래 펼쳐진 것이 아닌가. 두 골짜기의 물이 합쳐지면서 한 줄기로 흐르고, 그 양옆 능선은 분명 다리 형상이었다. 당시 산림녹화가 제대로 진행되지 않은 탓에 Y의 중앙, 그러니까 두 물줄기가 합쳐지는 곳의 중앙 부분만 소나무로 울창하게 덮였고, 그 가운데 쌍계사가 자리 잡고 있는 것이 아닌가. 벌거벗은 여인의 하반신을 수십만 배 확대하여 펼쳐놓은 것 같은 산자락! 군인들은 몇 번이고 아래를 내려다보며 황홀해했을 것이다.

지금은 산림녹화가 잘되어 구별하기 힘들지만, 쌍계사를 중심으로 한 계곡은 여성의 하반신 형상을 닮았다고 한다. 그렇다면 두 물줄기가 합쳐지는 곳은 여성의 하반신 중 어디인가. 바로 여성의 성기다. 조식 선생도 그런 자연의 형상을 알고 있었을까?

이번에는 신화 비평(혹은 원형 비평)으로 해석해보자. 산은 남성을, 물은 여성을 상징한다. 그것도 그냥 물이 아니라 분홍빛 복사꽃이 떠 있는 물이다. 바로 여성의 음부다. 여성의 음부에 산 그림자가 박혀 있다. 무슨 소리를 하는지 대강 짐작할 수 있을 것이다.

이것도 조식 선생이 알고 있었을까? 여성의 음부에 남성의 그것이 박힌 모습을 보고 짐짓 미소 지으며 시조를 읊었을까? 그래서 그곳을 무릉도원, 지상낙원이라 했을까? 점잖은 유학자의 눈에 비친 참으로 묘한 자연의 모습을 이렇게 풀어낸 것일까? 이 시조를 신화 비평으로 해석할 때, 고등학교 교과서에 실어서는 안 될 내용이다.

조식 선생이 누구인가. 간단하게 생애를 살펴보자.

조선 중기의 대학자로 본관은 창령昌寧, 호는 남명南冥이다. 연산군 7년(1501)에 경상도 삼가현 토골에서 태어나 어려서부터 학문 연구에 열중했으나 평생 과거에 응시하지 않았다. 1531년 김해의 탄동으로 이주, 산해정山海亭을 짓고 제자 교육에 힘썼다. 조정에서 남명 선생의 학문의 경지를 인정해 과거를 치르지 않았음에도 1539년부터 헌릉참봉, 전생서주부, 종부시주부, 단성현감, 조지서사지 등을 제수했지만 일절 나가지 않았다.

남명 조식

1561년 지리산 덕천동으로 이거하여 산천재山天齋를 짓고 강학에 더욱 힘썼다. 1567년 5월 왕이 불렀으나 나가지 않다가, 같은 해 8월 상서원판관에 임명하며 두 번이나 부르자 입궐하여 왕에게 치란治亂에 관한 의견과 학문의 도리를 표하고 곧바로 낙향했다. 그 뒤에도 여러 차례 왕의 부름을 받았으나 오직 후진 양성에 힘썼다.

선생의 학문은 아는 것에 만족하지 않고 이를 행하는 실천궁행으로 유명한데, 특히 그의 후학들이 스승의 가르침에 따라 임진왜란 때 의병 활동을 많이 한 것으로 알려졌다. 선생의 가르침이란 국가의 위기 앞에 수수방관하거나 탁상공론할 것이 아니라 스스로 몸을 던져 참여하는 투철한 실천주의다. 선생은 조선 중기 경상좌도를 대표하는 이황과 쌍벽을 이루며 경상우도의 학문을 주도했다. 두 학자는 직접 만난 적 없어도 서로 안부 편지를 교환할 정도로 우의를 다졌으나, 학문적으로는 약간 마찰을 빚기도 했다. 그러나 경상도 학자들은 두 사람을 모두 존경하여 두 학자의 문하를 번갈아 드나드는 유생이 많았다.

선생은 평생을 은둔하며 학문 연구에 힘쓰다가 1572년에 죽었는데, 곧 대사간에 추증되고 1615년에는 영의정에 추증되었다. 진주와 김해의 여러 서원에서 제향^{祭享} 했으며, 《남명집^{南冥集}》《남명학기유편^{南冥學記} ^{類編}》《파한잡기^{破閑雜記}》 등을 남겼다.

그런 선생이 어찌 이런 시조를 읊었을까? 기가 막혀 말이 나오지 않는다. 그러나 어쩌랴. 자연의 형상이 그러하고, 신화 비평이란 문학 해석학의 결과가 그런 것을. 유학자의 눈에 비친 우스꽝스런 자연의 형상을 멋지게 풀어낸 것인지도 모른다. 선생의 다른 시조도 읽어보자.

> 금오^{金烏} 옥토^{玉兎}들아 뉘 너를 쫓니관대
> 구만리^{九萬里} 장천^{長天}에 허위허위 단니난가
> 이 후^後란 십리^{十里}에 한 번씩 쉬염쉬염 니거라.

작자가 김상헌으로 적힌 시조집이 있는데, 조식 선생의 것으로 많이 알려진 시조다. "해와 달아 누가 너희를 쫓아다니길래 멀고 먼 하늘을 그렇게 바삐 다니느냐, 이 후부터는 십 리에 한 번씩 쉬엄쉬엄 다니거라"라는 내용. 조선 중기를 대표하는 유학자도 세월이 빨리 가고 몸이 점점 늙어가는 것이 안타까웠던 모양이다.

> 청량산^{淸涼山} 육육봉^{六六峯}을 아나니 나와 백구^{白鷗}
> 백구야 헌사하랴 못 미들손 도화^{桃花}로다
> 도화야 떠나지 마라 어주자^{漁舟子} 알가 하노라

수록한 시조집에 따라 작자가 퇴계 이황 혹은 조인으로 되어 있기도 한데, 조식 선생의 것으로 알려진 시조다. "청량산에 있는 열두 봉우리

의 아름다운 경치를 아는 이는 나와 백구뿐인데, 백구야 야단스럽게 떠들 필요가 있겠느냐 못 믿을 것은 복사꽃이구나, 복사꽃아 떠내려가지 말아라 혹시 어부가 알면 어떡하느냐"는 내용. 자연의 아름다운 경치를 중국의 《도화원기桃花源記》에 빗대어 노래하고 있다. 여기에도 복사꽃이 나온다. 복사꽃이 떠내려가 어부들이 알면 그들이 와서 함께 구경할 것을 걱정하셨나 보다.

혼자만 즐기시려고. 참 조식 선생, 욕심도 많다.

시의 언어는 아름다워야만 하는가

우리는 흔히 '시詩' 하면 서정시를 떠올리고, 곧이어 아름다운 언어를 생각한다. 틀린 것은 아니다. 분명 시는 언어예술인 문학의 한 갈래요, 언어를 표현 수단으로 아름다움을 창조하는 것이기에 시를 생각하면 아름다운 언어와 서정시를 떠올리는 것은 어쩌면 당연한 결과인지도 모른다.

> 내 마음을 아실 이
> 내 혼자 마음 날 같이 아실 이
> 그래도 어데나 계실 것이면
>
> 내 마음에 때때로 어리우는 티끌과
> 속임 없는 눈물의 간곡한 방울방울
> 푸른 밤 고이 맺는 이슬 같은 보람을
> 보밴 듯 감추었다 내어드리지

김영랑의 '내 마음을 아실 이'라는 시다. 참으로 아름답고 애절한 여인의 목소리로 사랑을 노래한다. 우리말이 아름다운 것은 김영랑과 같은 서정시인의 시가 명확하게 보여준다. 어디 이뿐이랴. 김소월, 한용운, 정지용, 서정주…… 이들의 시어에는 아름다움이 있다.

고은

1930년대 시문학파의 영향으로 우리의 시는 서정시가 주를 이뤘다. 이것이 자연스럽게 우리의 뇌리에 남아 시는 서정시요, 시어는 아름다워야 한다는 고정관념으로 자리 잡았다. 게다가 시는 비유와 상징으로 표현되기에 시에 쓰이는 언어는 구체어, 특수어가 많다. 생물보다 동물이, 동물보다 가축이, 가축보다 개가, 개보다 똥개가 시에 알맞은 언어다. 구체적인 의미를 전달해주는 언어다. 사랑이나 철학, 사상 같은 관념적인 어휘는 시에 별로 쓰이지 않는다. 또 서사문학인 소설과 달리 관용어나 속담 같은 표현은 가급적 배제한다. 그런 언어들은 의미가 굳어져 시인이나 독자의 상상력을 자극하여 시에서 표현하고자 하는 의미를 표현할 수 없기 때문이다.

그러나 시라고 해서 그런 표현만 고집하는 것은 아니다. 서정시를 생각할 때는 아름다운 언어를 떠올려야 할는지 몰라도, 시에는 서정시만 있는 것이 아니기 때문이다. 시인이 의도한 의미를 표현하기 위해 때로는 관념어나 관용어, 나아가 속담과 온갖 상스런 말도 쓴다. 그런 표현을 통해 시인이 나타내고자 하는 의미를 보다 명확하게 전달할 수 있다.

고은의 연작시집 《만인보萬人譜》를 함께 읽어보자. 《만인보》는 글자 그대로 만 명에 대해 시로 쓴 기록으로, 고은이 1980년 여름 남한산성의 육군교도소 제7호 특별 감방에서 구상한 것으로 알려진다. 1989년 첫 권이 출간된 후 지금까지 15권이 나왔다. 서슬 퍼런 5공 시절 비상계엄 하에 체포된 시인은, 손바닥만 한 창 하나 없이 사방이 벽으로 막힌 무덤 같은 공간에서 자신의 옛일을 회고하는 것으로 정신적 탈출구를 삼았다고 한다. 살아서 나간다면 지나간 삶의 굽이에서 마주친 이들을 시로 되살리고 싶다는 간절한 소망이 이루어진 것은 그가 종신형을 선고받은 뒤 사면, 석방된 날부터 6년이 지나서다.

우선 《만인보》에 나오는 비속어(속담 포함)를 살펴보자. 분량 관계상 여기에는 'ㄱ' 부분만 소개한다. (괄호 안은 작품명, 권수 표시다.)

가랑이가 찢어지게 가난하다 : 집이 매우 가난하다는 말.
　매양 짝 찢어지게 가난하지만 / 일하던 갈퀴손 빈손이지만 / 이놈 잘 있었느냐고 머리 쓰다듬을 때는 / ……든든하였다 신났다 (사정리 할아버지, ①)
　밭뙈기 하나 없지만 / 가랑이 짝 찢어지게 가난뱅이지만 / 마음 하나는 무던히도 텅 비어 커다랗지요 (복만이 아저씨, ①)
　한평생을 가랑이 찢어지게 가난 노릇만 한 사람 (황희, ②)

가운뎃다리 : 남자의 성기.
　학생들 가운뎃다리 어느새 뻣뻣해진 것 알고 / 가서 뒷간에 다녀오너라 / 다녀오면 / 세상이 문득 허망하니라 (여서방, ⑧)

간나새끼 : 못마땅한 사람을 욕으로 하는 말.

야 이 좆대가리 간나새끼 인사하고 가라우야 (넓적이 어미, ⑨)

갈보 : 몸을 팔며 천하게 노는 여자를 낮잡아 이르는 말.
학자는 무슨 놈의 학자 / 백두개 주막 갈보님이나 만지작거리겠지 / 에끼 이
사람아 (수진이 아버지의 풍류, ③)

갈보굴 : 사창굴. 사창들이 많이 모여서 밀매음하는 곳.
군산 히빠리마찌 / 놀다 가 / 놀다 가 / 잡아당기는 갈보굴 (춘자, ⑥)

개구멍 사내 : 개구멍서방. 남편 있는 계집과 남몰래 정을 통하는 남자.
그런 인간인지라 / 마누라인들 정나미 나가버리고 나서 / 개구멍 이웃 사내
한테 / 그만 정을 주었는데 (지서방, ⑧)

개보지다 : 몹시 못마땅함을 욕으로 이르는 말.
미결수 대기소 벽에도 / 감방 벽에도 썼다 / 유신 개좆 개보지라고 / 유신 철
폐라고 (공중변소 낙서꾼, ⑩)

개 뿔붙다 : 개가 교미하다.
개 뿔붙은 것 구경하듯이 / 뱀 엉긴 것 구경하듯이 / 얼라 또 복동이 싸움이
여 (미제 두 복동이, ②)

개새끼 : 하는 짓이 못마땅한 남자를 비속하게 이르는 말.
뒤처진 조화순 소리 지르기를 / 이 개새끼들아 / 그래 민주화도 못해 / 통일
도 못해 / 이 개새끼들아 (조화순, ⑫)

개소리 : 아무렇게나 지껄이는 조리 없고 당치 않는 말을 비속하게 이르는 말.

똑딱선 한 척은 갖다 바쳐야겠다 / 하고 / 사나운 수염밭 문질러대며 노가리 깨나 까는데 / 그런 개소리 못 들은 척하고 / 긴 댕기머리 / 칠흑 같은 검은 머리 등에 드리워 / 의젓하구나 (다홍치마, ⑧)

개수작 : 경우에 맞지 않는 말이나 행동을 욕으로 이르는 말.

한이라고? / 그 무슨 개수작인고? / 퉤 천년 묵은 한! 아나 한! 한 좋아하네 (을밀대, ①)

개좆이다 : 몹시 못마땅함을 욕으로 이르는 말. 개좆같다.

미결수 대기소 벽에도 / 감방 벽에도 썼다 / 유신 개좆 개보지라고 / 유신 철폐라고 (공중변소 낙서꾼, ⑩)

개좆부리 : '감기'를 속되게 이르는 말.

이놈아 개좆부리나 달고 다니는 놈아 / 진작 눈 딱 감아버려라 (묵은장 생선집, ④)

고자 처가 다니듯 : 자주 왔다 갔다 하면서도 아무런 실속이 없음을 이르는 말.

임 보러 가시나 / 고자 처갓집 가시나 / 하고 비스듬히 말 걸어도 / 태연자약한 대꾸 한번 / 멋들어지지 (선제리 멋쟁이, ②)

군발이 : '군인'을 낮잡아 이르는 말.

검은 안경이거나 / 걸핏하면 빼드는 권총이거나 / 이 새끼 저 새끼 / 군발이 판에서 // 거의 유일하게 인텔리겐챠의 얼굴이었다. (JP, ⑪)

굵은 똥 싼다 : 잘 먹고 잘 산다. 돈푼깨나 있어 잘 살고 있다.

그렇게 굵은 똥 싸며 살아가다가 / 또 한번 아기 들어 / 이번에야말로 아들 점지하소서 점지하소서 (곰보댁, ⑤)

귀때기 : '귀'를 속되게 이르는 말.

늙은 중 귀때기 잡고 / 이놈! / 늙은 중이야 (은적사 어린 중, ②)

귀신년놈 : 남자 귀신과 여자 귀신

어느 하늘놈 막아주나 / 어느 귀신년놈 막아주나 (지붕, ②)

귀신 씨나락 까먹는 소리 : 분명하지 아니하게 우물우물 말하는 소리를 비유적으로 이르는 말.

그 연기 속에서도 / 애춰! 애춰! 하며 / 구시렁거리는 소리 귀신 씨나락 까먹는 소리 / 어찌 온다는 사람 안 온다지? (애꾸 아주머니, ①)

귀신 씹이다 : 낮거리를 일삼는 오입쟁이들은 정상적으로 밤에 하는 정사를 도리어 무슨 귀신 씹이냐고 빈정댄 데서 나온 말.

넨장칠 것! / 캄캄한 밤중 ×이 무슨 귀신×이여 (낮거리, ⑦)

기둥서방 : 몸 파는 여자들의 영업을 돌보아주면서 얻어먹고 지내는 사내.

거친 손님 들고 나는 데라 / 기둥으로 둔 서방인데 / 그게 역전 깡패 찌그럭지라 (정분이, ⑨)

꼬라지 : 사람의 모양이나 처지, 또는 형편을 얕잡아 이르는 말.

다들 느끼겠지만 시에 쓰이는 언어라고 상상하기 힘들다. 그러나 위에 소개한 어휘들은 엄연히 고은의 시집 《만인보》에서 발췌한 것이고, 그 어휘들은 각각 시에서 주제 의식이나 인물의 성격을 진솔하게 나타낸다. 이런 어휘가 아니고는 각각의 시에서 그리고자 하는 인물의 참모습을 도저히 표현할 수 없으리란 생각이 드는 것은 나 혼자만은 아닐 것이다.

그렇다고 고은이 감방에서 구상한 것이니 《만인보》의 주제를 권력에 대한 투쟁, 투항이나 현실 순응, 현실도피 등 이분법적으로 파악해서는 안 된다. 《만인보》는 시인이 마주친 수많은 사람들의 살아가는 모습일 뿐이다. 농투성이나 노동자 같은 밑바닥 사람부터, 대통령이나 장관 혹은 교수 같은 지식인까지 시인의 눈에 비친 그들의 모습이 진솔하게 그려졌다. 그러니 자연스럽게 그들의 삶이 배어 있는 언어가 쓰였다.

시는 고상한 언어로만 쓰이는 것이 아니다. 오히려 보다 구체적이고 땀 냄새가 밴 진솔한 언어로 쓰일 때 인간다운 모습으로 우리 곁에 다가온다. 그것을 고은의 《만인보》가 명확하게 보여준다. 《만인보》에 나타난 비속어, 속담 등을 통해 시에 쓰이는 언어의 새로운 맛을 느낄 수 있기를 바란다.

※ 이 글에 인용된 자료는 부천대학 민충환 교수가 제공했다.

서정주의 진짜 모습은 어떤 것일까

모차르트의 생애를 다룬 영화 〈아마데우스〉에 보면 그를 죽음으로 몰아넣는 궁정 악장 '살리에르'가 나온다. 살리에르가 몇 날 몇 밤을 새워가며 겨우 만든 곡을 왕에게 들려줄 때, 마침 들어온 모차르트는 그 곡의 몇 소절만 듣고 잘못된 부분을 지적하면서 곡을 다시 만든다. 어디 그뿐인가. 즉흥으로 만든 곡을 그 자리에서 연주한다. 몇 날 몇 밤을 새워가며 연습이라도 했다는 듯이 아주 능숙하게, 그것도 왕이 바라보는 와중에 미친놈처럼 시시덕거리면서.

살리에르는 그때 하느님을 향해 절규한다. '모차르트에게 주신 능력을 10분의 1이라도 제게 주셨다면…….' 그의 눈에 비친 모차르트는 분명 정상적인 인간이 아니다. 모차르트의 언행은 어느 모로 봐도 미친놈이라 할 것이다. 그러나 오직 한 가지, 음악에서 그는 천재다. 살리에르가 절규하는 것도 이 때문이다.

살리에르는 훌륭한 가문 출신에 최고급 음악교육까지 받은 궁정 악장이다. 음악에 대한 열정도 뛰어나지만, 작곡과 연주에서는 모차르트에 견줄 실력이 못 된다.

'왜 하느님은 저런 형편없는 놈에게 뛰어난 능력을 주셨는가.' 살리에르의 절규는 인간의 사회성과 타고난 재주의 부조화에 대한 것이다. 그래서 하느님은 공평할지도 모른다. 서정주의 시를 읽을 때마다 살리에르의 절규가 떠오른다.

해와 하늘빛이
문둥이는 서러워
보리밭에 달 뜨면
애기 하나 먹고
꽃처럼 붉은 울음을
밤새 울었다.

서정주의 '문둥이'라는 시다. 어떻게 하면 나병 환자의 아픔을 이토록 간결하면서도 사실적으로, 서럽게 그려낼 수 있을까. 처음 이 시를 읽었을 때 어떤 전율을 느꼈다. 그리고 서정주의 팬이 되었다.

어디 나뿐이겠는가. '국화 옆에서' '귀촉도' '동천' '무등을 보며' '밀어' '자화상' '추천사' '춘향유문' '화사'……이런 시들을 배우고 자란 한국인이 한두 명인가. 중·고교 국어와 문학 교과서에 서정주의 시가 가장 많이 수록되었다는 사실은 그의 시가 그만큼 좋다는 의미일 것이다. 한국인에게 노벨문학상을 준다면 일순위로 서정주를 꼽는 이도 있다.

서정주

그의 수많은 시집들이 아직까지 팔리고 있으며, 그의 시를 연구하는 학자들이 대학마다 줄을 서서 박사 학위 논문만 10편이 넘는다고 하니 한국에서 서정주라는 시인의 위세를 짐작할 만하다. 그런데 나는 서정주의 시가 좋다는 것을 인정하면서도, 그의 시를 읽을 때마다 살리에르의 절규가 떠오른다. 다음 시를 읽어보자.

아아 레이테만은 어데런가

언덕도

산도

뵈이지 않는

구름만이 둥둥둥 떠서 다니는

멫 천 길의 바다런가

(중략)

얼굴에 붉은 홍조를 띠우고

"갔다가 오겠습니다"

웃으며 가드니

새와 같은 비행기가 날아서 가드니

아우야 너는 다시 돌아오진 않는다……

1944년 12월 9일 〈매일신보〉에 발표된 서정주의 '송정오장松井伍長 송가頌歌'라는 시다. 당시 서정주의 이름은 '다츠시로 시즈오達城靜雄'다. 알다시피 1940년대 들어서면서 우리말과 우리글은 쓸 수 없었다. 국어가 일본어였고, 우리말은 조선어였으니 당연하다. 그런데 유독 이 시는 우리글로 실렸다. 누구보다 먼저 창씨개명 한 다츠시로 시즈오인데, 어떻게 우리글로 쓴 시가 실릴 수 있었을까. 시를 조금 더 읽어보자.

……마쓰이 히데오!
그대는 우리의 오장 우리의 자랑.
그대는 조선 경기도 개성 사람
인씨印氏의 둘째 아들 스물한 살 먹은 사내

마쓰이 히데오!
그대는 우리의 가미가제 특별공격대원
귀국대원

(중략)

그대
몸뚱이로 내려져서 깨었는가?
깨뜨리며 깨뜨리며 자네도 깨졌는가—

장하도다
우리의 육군항공 오장 마쓰이 히데오여
너로 하여 향기로운 삼천리의 산천이여
한결 더 짙푸르른 우리의 하늘이여

이제 알겠지만 이 시는 가미가제 특공대로 뽑혀 비행기와 함께 진주
만 폭격에 희생된 조선인 청년의 죽음을 찬송하는 내용이다. 인씨 성
을 가진 조선 청년이 '마쓰이 히데오'란 일본인으로 죽었다. 일제는 그
들의 성전(?)에 조선 청년들을 동원했고, 이들의 희생을 거룩한 죽음
이라 미화해야 했다. 그런 거룩한(?) 모습을 조선인에게 알리기 위해
서는 조선어가 필요했다. 그 맨 앞줄에 다츠시로 시즈오가 서 있었다
는 사실이 참으로 안타깝다.

이뿐만 아니다. 일본의 육군 항공일을 기념하여 쓴 시 '항공일에',
우편배달부가 군속을 지원하여 참전한다는 소설 〈최체부의 군속 지
망〉, 황국 문학의 첨병 노릇을 해야 한다는 평론 〈시의 이야기―국민
시가에 대하여〉, 일본의 전쟁에 적극 참여하기를 권하는 수필 〈스무 살
된 벗에게〉, 일장기를 받고 좋아하는 수필 〈인보정신〉……. 조선 농민
을 수탈한 동척의 앞잡이 대구은행을 폭파하고 이육사가 옥에 갇힌 그
때, 치안유지법 위반이란 죄명으로 후쿠오카형무소에 갇힌 윤동주가 저
들의 생체 실험 대상으로 죽어가던 그때, 우리의 서정주는 '다츠시로
시즈오'란 일본인이 되어 조선 청년들을 전장으로 내몰았다. "우리의 몸
뚱이를 어디에다가 던질까?"라 물으며 '스무 살 된 벗에게' 저들의 성전
에 몸을 던지라고 회유했다. 바로 이것이 일제 말 서정주의 모습이다.

광복이 되고 서정주는 언제 그랬느냐는 듯이 민족을 내세우며 우익
에 몸담았고, 김동리, 조연현과 함께 청년 문학가들을 모아놓고 한국
문단의 헤게모니를 잡는다. 항상 양지에 있었기에 그랬을까. 광주의
민중을 무참하게 학살하며 권력을 잡은 전두환이 삼군 사관학교 체육

대회에 참관하여 골인 장면을 보고 웃는 모습을 가리켜 서정주는 "단
군 이래 최대의 미소"라고 읊지 않았는가.

이렇게 아름다운 시를 쓴 사람이 바로 그 서정주란 말인가. "가난이
야 한낱 남루에 지나지 않는다"면서, "목숨이 가다가다 농을 쳐 휘어드
는 / 오후의 때가 오거든 / 내외들이여 그대들도 / 더러는 앉고 / 더러
는 차라리 그 곁에 누워라"던 서정주가 정말 우리 청년 학생들을 저 일
제의 전장으로 몰아넣은 시인이란 말인가.

한국전쟁이 끝나고, 광주에서 가난한 교편생활을 하던 그에게 친구
가 소개해준 서울의 신문사 사회부장 자리. 순간순간 올라오는 사건 ·
사고를 보면서 서정주는 창밖을 보며 이렇게 노래했다.

그는 신문사 사회부 편집실에서 활자나 읽고 있을 사람이 아니다.
하늘이 그에게 준 것은 우리의 삶을, 우리의 자연을 노래하는 재주다.
그 재주를 썩히면서 사건 · 사고 활자만 쳐다보고 있자니 좀이 쑤시지

않았겠는가. 모든 지식인이 선망하는 신문사 사회부. 그러나 서정주에게 그 자리는 "이 다수굿이 흔들리는 수양버들나무"요, "베갯모에 뇌이듯 한 풀꽃더미"였으며 "자잘한 나비 새끼, 꾀꼬리들"이었을 뿐이다. 그러니 그곳에서 얼른 벗어나고 싶었다. 그래서 "아주 내어 밀듯이 향단아"라고 하지 않았는가.

'춘향 유문'에서는 "천 길 땅 밑을 검은 물로 흐르거나 / 도솔천의 하늘을 구름으로 날더라도 / 그건 결국 도련님 곁 아니어요?" 하며 죽어서까지 사랑을 약속하던 서정주가 아닌가. 그 서정주가 어째서 일제 말에는 그런 행동을 했단 말인가. 어째서 그런 시를 썼단 말인가. 참으로 우리의 위대한 시인이, 하늘에서 탁월한 재주를 받은 그가 어째서 왕 앞의 모차르트처럼 시시덕거렸단 말인가.

우리의 굴곡진 현대사 때문에, 민족의 수많은 고통 때문에 이육사와 한용운의 저항이 더욱 빛나고 윤동주의 영혼이 아름다울 수 있었겠지만, 일제 말 서정주의 시와 글을 읽으며 참으로 안타까운 것은 나 혼자만의 느낌일까. 왜 서정주의 시를 읽을 때마다 저 머나먼 나라, 아득한 세월 저쪽의 살리에르의 절규가 떠오를까.

'향수'의 시인 정지용, 그는 대체 어디로 갔을까

넓은 벌 동쪽 끝으로
옛이야기 지줄대는 실개천이 회돌아 나가고
얼룩백이 황소가
해설피 금빛 게으른 울음을 우는 곳,
―그곳이 참하 꿈엔들 잊힐 리야.

대중 가수 이동원과 테너 박인수가 함께 불러 더욱 유명해진 노래 '향수'는 정지용의 대표적인 시다. 여기에서 '대표적'이라는 것은 시인 정지용의 입장이 아니라, 2000년대를 살아가는 우리 독자들의 입장이다. '향수'는 미국의 시인 트럼블 스티크니Joseph Trumbull Stickney의 '추억Mnemosyne'을 번안하다시피 쓴 시다.

정지용은 1902년 충북 옥천에서 태어났다. 용이 못에서 승천하는 태몽을 꾸었다고 해서 어릴 적에는 지용池龍이라 했는데, 나중에 항렬을 따라 발음이 같은 '芝溶'으로 바꿨다고 한다. 1910년 4월 고향에 있는 옥천공립보통학교(현 죽향초등학교)에 들어갔고, 12세 되던 1913년에 동갑내기 송재숙과 결혼했다.

1918년 휘문고보에 입학한 정지용은 이때부터 습작 활동을 시작했는데, 3년 선배인 홍사용, 2년 선배인 박종화, 1년 선배인 김영랑, 1년 후배인

정지용

이태준 등 쟁쟁한 문우들과 함께 습작기를 보냈다. 1등을 놓치지 않아 늘 장학금을 받은 것으로 전해지는데, 학업 성적뿐만 아니라 문학에 재능을 발휘하여 재학 중《요람》이란 동인지를 발간했을 정도다.

1923년 휘문고보의 교비 장학생으로 일본에 유학, 쿄토에 있는 도시샤대학 영문학부에 입학하는데 그해 '향수'를 썼다. 1926년 공식적인 문단 데뷔작 '카페 프란스'를 비롯하여 동시와 시조를 발표하는데, 국내의 문예지뿐만 아니라 일본의 문예지에도 일어로 많은 시를 발표하여 일본 문단의 주목을 받았다.

1929년 도시샤대학을 졸업하고 휘문고보의 영어 선생으로 부임, 이후 16년간 재직한다. 학생들에게는 시인으로서 인기가 많았다고 전한다. 1930년 박용철, 김영랑, 이하윤 등과 함께《시문학》동인으로 참가해 순수시 운동을 이끌었으며, 1933년에는 이태준, 유치진, 김기림, 조용만 등과 함께 '구인회'를 결성했고, 이후 가담한 박태원, 이상, 김유정 등과 함께 순수문학 운동에 매진한다. 그해 6월 창간된《가톨릭 청년》의 편집위원으로 활동하면서 종교시 여러 편을 발표한다.

1939년에는《문장》의 추천위원이 되어 조지훈, 박두진, 박목월, 이한직, 박남수 등 걸출한 시인들을 배출했으며, 1945년 해방과 함께 휘

문중학교 교사를 사임하고 이화여전에서 문학과 과장으로 한국어와 라틴어 강의를 맡는다. 1946년 2월에는 좌익 단체 '문학가동맹'의 아동분과 위원장을 맡았으나 뚜렷한 활동을 하지는 않았다. 이화여전 교수를 사임하고 한때 〈경향신문〉의 주간을 맡았으나, 이내 그만두고 이화여전 교수로 복직하여 서울대 문리과대학 강사로 출강하며 《시경》 등을 강의한다.

한국전쟁이 일어나자 정치보위부에 끌려가 정인택, 김기림, 박영희 등과 같이 서대문형무소에 수감되었다가 평양감옥으로 이송되었다. 그곳에 정지용을 비롯해 이광수, 계광순 등 33명이 수감되었으나 이후 폭사당한 것으로 추정하고 있다.

정지용은 분명 해방 공간에서 문학가동맹의 간부였다. 비록 좌익 계열의 문학 단체 간부로 활동했다지만, 그 단체를 신뢰하거나 큰 애착을 보인 것 같지는 않았다고 한다. 서울대 김윤식 교수가 지적했듯이 "시의 일인자로 자처하던 그로서는 가톨릭과 그 신관神觀을 빼곤 자신을 능가할 어떤 사상이나 문학도 없다고 믿었을 것이기 때문이다". 좌익 단체에 가입한 문인들이 1946년 말부터 줄줄이 월북할 때도 그는 서울에 머물렀다. 그리고 서울에서 전쟁을 맞았고, 그 와중에 행방불명된 것이다.

정지용은 누가 뭐래도 우리 시문학사에서 지울 수 없는 거봉이다. 그러나 지난 50년 동안 우리 문학사에서 그의 문학적 업적은 지워져야 했다. 그가 월북 시인으로 분류되었기 때문이다. 1988년 월·납·재북 작가와 작품이 해금되기까지 그의 이름 석 자는 금기였다. 꼭 이름을 써야 할 경우에는 '정ㅇ용'으로 표기했고, 그의 작품은 독자들이 접할 수 없는 도서관 한쪽에서 적자敵資(적국의 자료)란 붉은 도장이 찍혔다.

정지용이 북에서 활동한 내용은 알려진 것이 없다. 평양감옥에서 폭사했다고 하는 사람도 있고, 김일성대학의 교수로 활동했다고 하는 사람도 있다. 그러나 모두 추정일 뿐 명확한 근거는 없다. 그동안 많은 사람들은 그가 북에서 활동하다가 타계한 것으로 알고 있었다.

그러나 이게 웬일인가. 10여 년 전 행방불명된 아버지를 찾는다며 집을 나섰다던 셋째 아들이 50년 만에 아버지 정지용을 찾아달라고 북에서 서울로 연락이 왔다. 북에 사는 정지용 시인의 셋째 아들 구인(67) 씨가 남쪽에 살고 있을 아버지 정지용과 어머니 송재숙(1971년 작고), 형 구관(73) 씨와 여동생 구원(66) 씨를 찾는다는 것이다. 언론에 보도된 구관 씨의 말에 따르면 "전쟁 중에 시내에 일보러 나가신 아버지가 며칠째 소식이 없어 동생(구인 씨)이 찾아보겠다고 나간 것이 마지막"이라고 한다. 아버지를 찾아 나선 아들은 북에 살면서 아버지를 찾고 있는데, 남쪽에서는 아버지가 공산군에 납치되어 북으로 끌려간 것으로 알고 있으니 어찌 된 일인지 짐작이 되지 않는다.

도대체 어찌 된 일인가. 정지용은 그동안 어디에 있었는가. 세 가지 방향으로 추측할 수 있다. 같은 북녘 땅에 살면서도 아들의 안부조차 모르고 살았거나, 아예 월북하지 않았거나, 월북을 전후하여 곧바로 폭사당했을 경우다.

정지용 시인이 북녘 땅에서 아들의 안부조차 모르고 살았을 거라는 추측은 억지스럽다. 1950년 정지용은 우리나라 시의 일인자였다. 정지용이 북으로 갔고, 아들 구인 씨가 아버지 정지용을 찾아 북으로 갔다면 북한 당국은 수단과 방법을 가리지 않고 두 사람을 만나게 했을 것이다. 당시 정지용은 정치적으로 그만한 이용 가치가 있었다.

문제는 나머지 두 경우다. 어쩌면 정지용은 월북하지 않았는지도 모른다. 그러니 이산가족 찾기에 북쪽에서 남쪽에 살고 있을 정지용을 찾는다고 소식을 보낸 것이 아니겠는가. 해방 공간에서 정지용은 분명 좌익 계열에 섰지만 월북하지 않았다. 좌익 계열이면서도 월북하지 않은 시인 김기림, 소설가 정인택과 함께 정지용은 공산군의 정치보위부에 끌려갔을 것이다. 정치보위부가 그들을 죽였을까? 하기야 전쟁 와중에 아군이나 적군에게 죽음을 당하는 경우가 어디 한둘이겠는가. 이산가족 찾기의 북측 연락을 액면 그대로 믿는다면, 분명 정지용은 북에 없었다.

그렇다면 전쟁의 와중에, 납북되는 과정 어느 부분에선가 죽음을 당했을 거라고 추측할 수 있다. 이 추측이 맞는다면 우리는 현대 시문학사에서 찬란하게 빛나는 정지용의 작품을 50년 동안 애꿎게 묻어둔 것이 아닌가. 문학을 사랑하는, 정지용의 시를 좋아하는 한 사람으로서 못내 원통할 뿐이다. 왜 북으로 가지도 않은 사람을 납북이니 월북이니 이데올로기로 묶어놓고, 그의 작품을 읽지도 말하지도 못하게 했는가 말이다. 우리 현대사가 빚은 비극이다.

얼골 하나야

손바닥 둘로

폭 가리지만

보고 싶은 마음

호수만 하니

눈 감을 밖에.

내가 정지용이란 이름으로 처음 접한 '호수'라는 시다. 여섯 줄밖에 되지 않는 이 시에서 보고 싶은 마음이 정확하게 드러난다. 사랑은 불어로 속삭이라고? 개떡 같은 소리다. 이 시를 읽으면 우리말이 사랑을 표현하는 데 얼마나 적절한지 알 수 있다. '구성동'이란 시를 보자.

골작에는 흔히
유성이 묻힌다.

황혼에
누뤼가 소란히 싸히기도 하고, .

꽃도
귀향 사는 곳,

절터ㅅ드랬는데
바람도 모히지 않고

산그림자 설핏하면
사슴이 일어나 등을 넘어간다.

꽃도 귀향 사는 곳, 구성동의 모습이 눈앞에 그려진다. 정지용의 시 중에 으뜸은 역시 산수시山水詩다. '장수산' '백록담' 같은 시를 읽으면 그 사실을 알 수 있다.

가재도 긔지 않는 백록담 푸른 물에 하눌이 돈다. 불구에 가깝도록 고단한 아의 다리를 돌아 소가 갔다. 좇겨온 실구름 일말에도 백록담은 흐리운다. 나의 얼골에 한나절 포긴 백록담은 쓸쓸하다. 나는 깨다 졸다 기도조차 잊었더니라.

기도조차 잊었다는 백록담 정상. 정지용은 그곳에서 무슨 생각을 했을까. "얼룩백이 황소가 / 해설피 금빛 게으른 울음을 우는 곳"에서 태어나 "내가 죽어 백화처럼 흴 것이 숭없지 않다"고 백록담에 올라 노래한 정지용.

그는 대체 어디로 사라졌을까. 정말이지 정지용은 어디로 갔는가. 북으로 갔는가, 남에서 죽었는가. 이도 저도 아니라면 대체 정지용은 어디로 사라졌을까. 참으로 귀신이 곡할 노릇이다.

3 — 문학, 이런 해석

학생들에게 문학작품이란 시험문제를 풀기 위한 지문이나 인터넷에 올라 있는 지식 나부랭이다. 작품을 감상하라면 자습서를 뒤지거나 인터넷에서 정보 검색부터 한다. 그렇게 얻은 지식이 작품의 의미 혹은 '나의 느낌'을 말하는 것이 아닌데도 학생들은 거기에 익숙해졌다. 그러니 교과서나 교재에 나오지 않은 작품은 그저 종이에 인쇄된 문자일 뿐이다.

문학작품을 감상 혹은 해석하려면 우선 읽어야 한다. 이해가 되지 않으면 한 번 더 읽는다. 그리고 가슴에 남는 무엇이 내가 느낀 작품의 의미다.

문학작품은 읽은 사람의 수만큼 다양한 해석이 나올 수 있다. 작품 안에서, 작품이 발표된 사회에서, 작자와 관계에서, 작가의 삶을 통해 참으로 다양한 의미를 발견할 수 있고, 그런 의미를 발견했을 때 독자는 희열을 느낀다.

맞다, 말은 필요 없다
엄원태의 시 '말이 필요한 게 아니다'

꽃과 잡초의 경계에서
정희성의 시 '민지의 꽃'

살아 있는 청계천 복원도
박태원 장편소설 〈천변풍경〉

시인 백석, 자야의 가슴속에 지워지지 않는 이름
숭고한 사랑

이태준의 〈복덕방〉과 월북 무용가 최승희
외면당한 작가의 의도

황진이의 사랑 노래
당당하고 순결한 기생

창조적 모방을 위하여
정지용의 '향수'를 중심으로

《무소유》를 '소유'하려는 부끄러운 사람들
소유와 집착

맞다, 말은 필요 없다

고등학교 교사 시절 특별활동으로 문예반을 담당할 때의 일이다. 1학년 신입생 가운데 운문과 산문의 창작은 물론, 작품 합평회에서도 두각을 나타낸 학생이 있었다. 은근히 국문과나 문예창작과에 진학할 것으로 생각했다. 그런데 2학년에 올라가면서 이과를 선택한 것이 아닌가. 왜 이과를 택했느냐고 특별활동 시간에 물었다. "문학을 하면서는 물리를 할 수 없지만, 물리를 하면서는 문학을 할 수 있을 것 같아서요." 우문현답이다. 녀석은 졸업하고 서울대 물리학과에 입학했다. 시인 엄원태는 그 학생을 떠오르게 한다.

엄원태. 일반 독자들에게는 다소 낯선 이름일지 모른다. 30대 중반이 넘은 1990년 《문학과 사회》에 '나무는 왜 죽어서도 쓰러지지 않는가'를 발표하며 등단했으니 시인으로서는 늦깎이지만 1991년 제1회 대구 시인협회상을 수상했고, 주요 시집으로 《침엽수림에서》《소읍에 대한 보고》《물방울 무덤》 등이 있다. 그

엄원태 시집 《소읍에 대한 보고》.

의 시를 읽으면 사물을 바라보는 시인의 의식의 끝자락을 잡고 나도
모르게 동화되어 고개를 끄떡인다.

엄원태는 본명이 엄붕훈이다. 대구가톨릭대학교 조경학과 교수인
그는 서울대 조경학과를 졸업하고 같은 대학 대학원에서 박사 학위를
받았으며, 조경 관련 논문 수십 편과 저서를 발표한 것은 물론이요, 우
리나라 곳곳의 조경 사업을 기획·지휘한 인물이다. 조경학자 엄붕훈
이 시를 쓸 때는 엄원태다.

전공이 조경이어서일까. 그의 시에는 자연물이 많이 등장한다. 그러
나 그 자연물이 단순한 자연물이 아니다. 시인은 여러 가지 자연물을
통해 우리가 어떻게 살아야 할지, 왜 사는지 깨닫게 해준다. 아니 시인
이 자연물을 통해 깨달은 것이리라. 그의 시 '말이 필요한 게 아니다'
를 읽어보자.

염낭게나 집게, 아무르불가사리나 바지락은 갯벌의 모래를 씹어서 유기물
을 빨아 먹고 깨끗해진 모래만 다시 뱉어낸다. 그들은 갯벌의 청소부들이다.
가령 누군가의 말을 씹어서, 오물거리면서, 맛을 보고, 자양분을 섭취한 후, 다
시 뱉어낼 수는 없을까.

민물도요나 알락꼬리마도요는 갯벌에 미동도 없이 서 있다가, 염낭게나 두
토막눈썹참갯지렁이가 구멍 밖으로 나올 때 날쌔게 잡아채 먹는다. 도요새들
에겐 말이 필요한 게 아니다. 다만 마음의 어떤 집중이 필요하리라, 마음에도
정신적인 측면이란 게 있다면. 아마도 마음의 육체적 측면, 즉 말이 미처 되지
못한 생각은 거기도 고요와 침묵의 뒤범벅으로 붐빌 테지만.

이 시를 처음 읽은 학생들의 반응은 대체로 '이것도 시냐?'는 것이다. 운문이어야 할 시가 줄글로 되어 있는데다, 설명과 함께 자기주장이 드러나니 흔히 말하는 시의 특성과 거리가 있다고 느낀다. 그러나 시는 중·고교 교과서에 나온 것처럼 답을 찾기 위해 주어지는 텍스트가 아니다. 줄글이나 산문도 시가 될 수 있고, 자기주장도 가능하다. 이 시가 그런 점을 잘 보여준다.

이 시를 읽고 학생들이 저지르는 또 다른 오류는 염낭게, 집게, 아무르불가사리, 바지락, 민물도요, 알락꼬리마도요, 두토막눈썹참갯지렁이, 도요새, 주꾸미 등 시에 등장하는 바다 생물에 집착하는 것이다. 다소 생소한 이름을 검색해가며 사진으로 보고, 그들의 생태까지 뒤져보고 나서 학생들이 도달하는 곳은 '생태학' '자연보호'와 관련된 주제가 아닌가 하는 것이다. 이 시를 이해하기 위해 시에 등장하는 바다 생물의 생태를 꼭 알아야 할 필요는 없다. 그것들은 소재로 작용할 뿐이지, 이 시를 통해 시인이 말하고자 하는 주제와 아무 관련이 없다.

시인이 말하고자 하는 것은 한 연에 한 마디씩 모두 세 마디다. '누군가의 말을 씹어서 (자양분을 섭취한 후) 다시 뱉어낼 수는 없을까' '마음에도 정신적인 측면이란 게 있다면 마음의 어떤 집중이 필요하리라' '말이 필요한 게 아니다' 이다.

1연을 보자. "염낭게나 집게, 아무르불가사리나 바지락은 갯벌의 모래를 씹어서 유기물을 빨아 먹고 깨끗해진 모래만 다시 뱉어낸다"는 시인의 눈에 비친 객관적 사실을 진술한 것이다. 시인은 여기에 의미를 부여한다. 염낭게나 집게, 아무르불가사리나 바지락이 '갯벌의 청소부'라는 것이다.

그들이 갯벌을 청소하기 위해 모래를 씹어 뱉을까. 아니다. 그들은 먹고살기 위해 시간이 날 때마다 모래를 씹어 그 속에서, 인간에게는 더러운 것으로 보일지 모르지만 그들에게는 자양분이 될 유기물을 빨아 먹는다. 그렇게 빨아 먹고 난 모래, 인간에게는 깨끗한 것일지 모르지만 그들에게는 아무런 영양분도 붙어 있지 않은 모래를 뱉어낸다. 다시 말해 시인은 자연물이 아니라 인간의 입장에서 그들의 행동을 바라보고 있다. 그러기에 청소부라는 의미를 부여한다.

시인은 여기에서 한 걸음 더 나아가 인간 사회를 빗대어본다. 인간 사회에 얼마나 많은 말이 존재하는가. 그중에 정말 쓸 만한, 들어둘 만한 말이 얼마나 될까. 그러기에 "누군가의 말을 씹어서, 오물거리면서, 맛을 보고, 자양분을 섭취한 후, 다시 뱉어낼 수는 없을까" 바라는 것이다. 들리는 말을 씹어서, 오물거리며 맛을 보고는 꼭 필요한 말만 가려내어 자양분 섭취하듯 듣고 나머지 쓸데없는 말은 듣지 않은 것처럼 뱉어낸다는 얘기다. 결국 1연은 바닷가 생물의 모래 청소에 빗대어 인간 사회에 쓸데없는 말이 얼마나 많은지 꼬집는 것이다.

2연을 보자. 1연을 이해하면 2연은 쉽게 들어온다. 시인은 민물도요나 알락꼬리마도요가 먹이를 잡기 위해 어떤 행동을 하는지 집중한다. 먹이를 날쌔게 잡아채기 위해서는 도요새에게 말이 필요한 게 아니라 마음의 어떤 집중이 필요하다. 그 마음의 집중이 "날쌔게 잡아채 먹는" 행동으로 나타난다.

시인은 한 걸음 더 나아간다. 마음에 정신적 측면과 육체적 측면이 있다면 도요새에게는 정신적 측면이 필요하다. 마음의 육체적 측면은 미처 말이 되지 못한 생각일 것이요, 그곳에는 고요와 침묵의 뒤범벅으로 붐빌 것이기 때문이다. 그러니 먹이를 날쌔게 잡아채는 행동을 위해서는 집중이라는 정신적 측면이 강조된다. 다시 말해 마음의 육체적 측면은 말이요, 정신적 측면은 행동이다. 먹이를 잡아채기 위해서는 말이 아니라 행동이 필요하다.

3연은 간단하다. 주꾸미가 50여 일 동안 아무것도 먹지 않고 새끼들 곁을 지킨다는 것은 이 시를 읽고 처음 알았다. 사실이든 아니든 자식을 생각하는 것은 인간이나 미물이나 마찬가지라지만, 시인은 주꾸미에게서 모성의 아름다움을 느낀다. 그러기에 시인은 "눈물겹다"고 한다. 주꾸미가 그 모성을 드러내는 데, 아니 자식을 키우는 데 말이 필요할까. 말이 필요 없다. 그저 "오십여 일 동안 아무것도 먹지 않고 제 새끼들 곁을" 지키는 것뿐이지 결코 말이 필요하지 않다. 이를 통해 시인은 강조한다. 주꾸미는 말이 필요한 게 아니라고. 그리고 '다시 말하지만'이란 말을 보태어 마지막 행에 강조한다. "주꾸미는 말이 필요한 게 아니다"라고.

자식 사랑에 말이 필요할까. 말은 필요 없다. 자식을 사랑하는 마음이 깃든 행동이 있을 뿐이다. 주꾸미가 그런 것을 우리에게 보여주고, 시인은 그것을 통해 우리에게 강조한다. 말이 필요한 게 아니라고, 행동이 필요하다고.

흔히 '사랑한다'는 말을 자주 하라고 한다. 마음을 표현하라는 말이다. 그런 표현을 할 때 상대를 보다 가깝고 정확하게 헤아린다는 것이

다. 나는 '사랑은 말로 하는 것이 아니다. 온몸과 마음으로 하는 것이
다'라고 강조한다. 게다가 나는 사랑하는 사이라면 말이 아니라 눈빛
으로 이야기할 수 있어야 한다고 생각하는 사람이다. 그러니 사랑에는
말이 필요 없다. 눈빛을 보며 온몸과 마음으로 하는 것이 사랑이다. 말
이야 바른 말이지, 전혀 사랑하지 않으면서 사랑한다고 내뱉는 말이
얼마나 많은가. 이 시를 읽을 때면 그런 생각이 난다.

꽃과 잡초의 경계에서

시인 정희성. 그의 이름에서 연상되는 것은 시 제목이자 시집 이름인 《저문 강에 삽을 씻고》일 것이다. 민족문학작가회의의 여러 직책을 거쳐 이사장까지 지낸 사람. 그의 문학적 경향과 사회 활동은 민주화 진영 혹은 참여문학에 가깝다. 두산대백과에서는 시인 정희성을 다음과 같이 설명한다.

정희성

1964년 용산고등학교를 졸업하고 서울대학교 문리대학 국어국문학과에 입학했다. 군 복무 시절이던 1970년 〈동아일보〉 신춘문예에 시 '변신'이 당선되어 등단했다. 현재 민족문학작가회의 부이사장과 대기고등학교 이사로 활동하고 있다.

절제된 감정과 차분한 어조로 우리 시대의 노동 현실과 민중의 정서를 노래했다. 1970년대 사회 시의 경향을 대변한 중견 시인이다.

데뷔 초기에는 질박한 시어로 표현한 시를 썼고, 《삼국유사》에 실린 설화와 향가를 소재로 한 작품을 주로 발표했다. 1970년대 중반 이후 억압적인 사회 현실에 맞선 시인의 시대적 사명감으로 사회성이 강한 시를 통해 인간의 삶을 열정적으로 노래했다. 1960년대에 참여시를 개척한 김수영, 신동엽의 뒤를 이어 민중의 일상적 삶에 내재된 건강성과 생명력을 구체적으로 그려내, 견고한 사실주의의 시적 성취를 이룩한 1970년대의 대표적인 참여시인이다.

그러나 내가 기억하는 정희성은 외모는 물론이요 말투, 행동까지 그저 소주잔 함께하기 좋은 옆집 형님일 뿐이다. 그는 천생 선생이다. 얼마 전에 정년퇴직했지만 그는 대학 졸업 후 시작詩作 활동을 하면서, 사회 활동을 하면서도 언제나 고등학교 국어 선생이었다. 그런 그를 알기에 개인적으로는 그가 왕성한 시작 활동을 한 1970년대 중반부터 1980년대까지 참여 경향의 시는 별 재미가 없다. 그에게서 느껴지는 것과 시에서 말하는 서정적 자아가 전혀 다르기 때문이다.

우리는 민주화 진영이나 참여문학 같은 단어의 이면에서 머리에 붉은 띠 두르고, 주먹을 불끈 쥔 투사의 형상을 본다. 시인 정희성이 비록 참여문학과 민족 문학 진영에서 활동했고, 그의 대표적인 작품들이 "민중의 일상적 삶에 내재된 건강성과 생명력을 구체적으로 그려"냈다지만, 그의 머리에는 붉은 띠가 전혀 어울리지 않는다. 그의 눈동자가 시인임을, 영혼이 맑은 사람이라는 것을 말해주기 때문이다.

오히려 대학에서 전공한 고전문학을 되살려 우리의 설화와 향가를 빌려온 시나 최근 발표한 시가 필자의 가슴을 울린다. 그의 눈빛이 오롯이 살아 있기 때문이다. 그중에 대표적인 시가 네 번째 시집 《詩를 찾아서》에 수록된 '민지의 꽃'이다.

강원도 평창군 미탄면 청옥산 기슭
덜렁 집 한 채 짓고 살러 들어간 제자를 찾아갔다
거기서 만들고 거기서 키웠다는
다섯 살배기 딸 민지
민지가 아침 일찍 눈 비비고 일어나
저보다 큰 물뿌리개를 나한테 들리고
질경이 나싱개 토끼풀 억새……
이런 풀들에게 물을 주며
잘 잤니, 인사를 하는 것이었다
그게 뭔데 거기다 물을 주니?
꽃이야, 하고 민지가 대답했다
그건 잡초야, 라고 말하려던 내 입이 다물어졌다
내 말은 때가 묻어
천지와 귀신을 감동시키지 못하는데
꽃이야, 하는 그 애의 말 한마디가
풀잎의 풋풋한 잠을 흔들어 깨우는 것이었다

정희성의 대표적인 시와 사뭇 다른 의미를 담고 있어서일까. 학생들에게 읽어보라 하면 대부분 자연보호를 떠올리고, 자연과 인간의 합일까지 나간다. 학생들은 왜 시에서 거창한 의미를 끄집어내려 할까. 이 시는 참으로 소박한 의미를 담고 있다. 그 의미에 고개가 끄덕여지고, 시인과 함께 읽는 사람도 민지에게 부끄러워진다.

아마도 정희성 시인이 자신이 체험한 것을 그대로 옮겼으리라. 강원도 산골에 사는 제자의 집에 찾아가(혼자가 아니라 몇몇이 어울려 갔을 테지만) 얻은 모티프가 시로 탄생했으리라. 그가 '천생 선생'이기에 충분히 있을 수 있는 일이다. 1행과 2행은 그런 사실의 진술이다. 독자의 호기심이 발동한다. 무슨 일이 있었을까.

소설처럼 발단부에 인물을 소개한다. 3행과 4행이다. "거기서 만들고 거기서 키웠다"는 것은 제자의 딸 민지가 강원도 평창군 미탄면 청옥산 기슭에서 태어나 그곳에서 자랐다는 뜻이다. 산기슭에서 태어나 산기슭에서 다섯 해를 살아온 민지.

5~12행이 민지의 행동과 그 행동에 대한 나의 반응이고, 이 부분이 바로 이 시의 (소설로 치면) 핵심 사건이다. "저보다 큰 물뿌리개"라는 표현은 과장일 것이다. 다섯 살 어린아이와 물뿌리개, 아무래도 아이가 클 것이다. 그러나 시인의 눈에는 민지가 가져온 물뿌리개가 저보다 큰 것으로 느껴진다. 그 어린것이 물을 뿌리겠다고 나서는 행동이 기특했을 테고, 거기에 필요한 물뿌리개가 어린아이에게 어울리지 않는, 민지의 아빠와 엄마가 사용하는 커다란 물뿌리개였기 때문일 것이다.

민지가 물을 주고자 하는 대상은 "질경이 나싱개 토끼풀 억새……"다. 시인은 민지가 물을 주는 풀들의 이름을 안다. 시인의 의식에는 그런 풀들에게 물을 주는 것이 아니다. 그런데 민지는 물을 주고 있다. 게다가 민지는 "잘 잤니" 인사까지 한다. 당연히 물을 수밖에.

시행을 들여다보면 시인이 하려는 말은 "그게 뭔데 거기다 물을 주니? 그건 잡초야"였을 것이다. 그러나 "그건 잡초야"라는 뒷말이 나오기도 전에 민지의 답이 이어진다. "꽃이야"라고. 대답은 확신이 있을 때 곧바로 나온다. 민지로서는 시인의 뒷말을 들을 필요도 없이 꽃이라는 대답이 나온 것이다. 그만큼 민지는 확신하고, 그들이 꽃이라는 사실에 털끝만큼도 의심이 없다.

시인은 당황한다. "그건 잡초야"라고 말하려던 것이 부끄러워진다. 당연히 입이 다물어진다. 질경이 나싱개 토끼풀 억새……라는 이름을 알고 있었지만, 시인에게는 그들이 한낱 잡초에 지나지 않았다. 시인의 고정관념이다. 그런데 민지는 이름도 모르면서 꽃이라고 한다. 사물의 분별력이 다섯 살 수준일 테니 민지에게는 그것들의 이름이 몽땅 꽃이었을지도 모른다.

시의 마지막인 13~16행은 시인의 부끄러운 깨달음, 즉 민지와 자신의 행동(말의 대조)이다. 시인의 말은 "천지와 귀신을 감동시키지 못"한다. 천지와 귀신을 감동시키려면 진실과 순수가 생명이다. 그런데 이름을 알면서도 내뱉으려 한 "그건 잡초야"라는 말에는 진실과 순수가 사라지고, 시인의 고정관념과 편견이 가득하다. 때가 묻은 것이다.

그에 비해 민지의 "꽃이야"라는 말에는 진실과 순수가 고스란히 배어 있다. 그곳에서 태어나 그곳에서 자랐으니 지천으로 깔린 풀이요 날마다 보는 식물이지만, 민지에게는 언제나 꽃으로 인식되었기에 그렇게 답한 것이다. 민지에게는 그 풀들이 결코 질경이 나싱개 토끼풀 억새……가 아니다. 그냥 꽃이다. 그리고 그 말은 민지의 순수한 마음이고 진실이다. 민지의 말이 풀들의 "풋풋한 잠을 흔들어 깨우"고, 풀잎으로 대표되는 천지와 귀신을 감동시키는 것도 이 때문이다.

"내가 그의 이름을 불러주었을 때 그는 나에게로 와서 꽃이 되었다"고 김춘수가 노래했다. 우리는 어느 때 어떤 의미로 상대에게 다가가는가. 질경이 나싱개 토끼풀 억새……가 시인에게는 잡초지만, 민지에게는 꽃이었다. 따라서 시인에게는 번연히 이름을 알고 있는 질경이 나싱개 토끼풀 억새……가 언제나 잡초일 뿐이지만, 민지에게는 아름답고 사랑스러운 꽃이다.

대상은 어떻게 인식하느냐에 따라 나에게 의미가 없거나 있는, 혹은 사소하거나 특별한 존재가 된다. 잡초로 인식하면 한낱 잡초일 뿐이지만, 꽃으로 인식하면 그것은 내게 꽃이다.

지구상에 사는 식물 가운데 잡초란 이름은 없다. 우리가 그 식물의 이름을 모를 뿐이다. 이름 모르는 풀들을 우리는 잡초라 한다. 과연 그들이 정말 잡초일까. 내가 이름을 몰라서 잡초일 뿐, 그 풀들은 모두 이름이 있다. 이름을 알면서도 잡초라고 인식한 시인, 질경이 나싱개 토끼풀 억새…… 대신 꽃이라고 부른 민지. 잡초와 꽃의 경계는 바로 그런 인식의 차이다.

아래와 같은 비평가들의 지적은 정희성의 시에서 '잡초와 꽃의 경계' 그 이상의 의미를 읽어낸 것이다.

이 시가 의미심장하다거나, 어렵거나, 재미나거나, 독특하거나, 기타 등등의 시에 대한 찬사를 바치기에는 미흡한 시라고 생각된다. 이 시가 수록된 시집이 《詩를 찾아서》라는 점을 생각해볼 때 아마도 시인은 '민지의 꽃'에서 시적 화자는 때 묻은 자신의 언어(말), 곧 세상의 때 묻은 인식을 깨닫고 충격을 받는다. 민지가 보여주는 그 따뜻하고 순수하며, 시적 화자와 달리 결코 때 묻지 않은 언어와 인식에서 얻은 충격이다. 어떤 시가 "천지와 귀신울 감동시키"는지 모르겠지만, 세상의 때 묻은 언어는 어떤 시가 되어도 그런 감동을 주기에는 한계가 있을 것이다. 시인은 때 묻은 말에서 헤어날 수 없다. 그러나 시는 "보고 싶어도 볼 수 없는 마음"이어서, 시인은 자꾸만 그 볼 수 없는 마음을 찾아 이리 치이고 저리 치이며 고뇌하고 떠돌 수밖에 없다. 그러나 보고 싶으면 볼 수 있는 마음을 가진 이가 있으니, 그게 바로 '민지'다.

꽃과 잡초의 경계를 허물어버림으로써 하나의 자연으로 통합되며, '때 묻은 인식'을 넘어서 '인간중심주의'의 먼지가 잔뜩 낀 창틀을 말끔히 닦아내고 있다. 화자는 여기에서 인간의 원초적인 모습이 자연에 속하는 것임을 보여준다. 서구 태생의 이분법적인 세계관, 즉 이성과 감성, 인간과 자연의 이분법적인 분리가 자연스럽게 자연을 '필요한 자연'과 '필요치 않은 자연'으로 분리해왔다는 데 대한 화자의 깨달음이, 엉뚱하게도 다섯 살배기 어린이의 눈을 통해서 가능했다는 것은 시사적이다.

에머슨이 그랬던가. 잡초는 '아직 그 능력이 제대로 평가되지 않은 식물'이라고. 그러나 에머슨의 말도 옳은 것은 아니다. 잡초는 그것을 잡초로 바라보는 인간의 오만과 편견이 만들어낸 이름일 뿐이다.

살아 있는 청계천 복원도

청계천에는 개천이 없다　　　　이명박 시장 시절 "청계천 주변 지역의 문화 자원을 회복, 조성"한다며 서울시에서 추진한 '청계천 복원 사업 계획'에 따라 경제개발이란 명목 아래 불도 저식으로 파묻었던 청계천 주변의 문화 자원이 복원되었다. 이른바 청계천 복원 사업이다. 그 결과 현재 청계천은 서울시민 곁으로 돌아왔다. 그러나 그것뿐이다.

서울의 도심 한복판으로 맑은 물이 흐른다. 주변에는 나무들이 자라고, 그 가로수를 헤치고 사람과 차량이 다니며, 지나가다 흘낏흘낏 쳐다봐도 600년 서울의 여러 문화 유적, 광교, 수표교, 장통교, 오간수문, 양안석축, 영도교……가 보여야 하는데 눈에 잘 띄지 않는다. 어디 그뿐인가. 흐르는 물도 한국수자원공사에서 돈을 주고 사온 수돗물이다. 몇 차례 물고기를 풀어놓았지만 오래 살지 못했다.

왜 그럴까. 서울시가 복원한 청계천에는 개천이 없기 때문이다. 정원을 가로지르는 시멘트 수로를 따라 흘러가는 수돗물이 있을 뿐이다.

서울의 과거와 오늘이 자연과 더불어 살아 숨 쉬는 아름다운 풍경을 만들겠다던 당초의 약속은 그저 도심 한복판에 물줄기를 만들어낸 것으로 지켜진 셈이다.

복원 당시 청계천 지하에 600년 문화 유적의 흔적이 원형 그대로 남아 있지 않았다는 복원 사업 관계자의 말이 더욱 안타깝다. 참으로 어처구니없는 일이다. 보릿고개를 넘자며 경제개발을 기치로 내세운 불도저 식 개발과 군사정권의 무지를 탓해야 하는 현실이 참으로 개탄스러울 뿐이다.

《천변풍경》은 어떤 소설인가　　반가운 것은 70년 전 청계천 광교 부근의 풍경이 책 속에 고스란히 남아 있다는 사실이다. 사진이나 그림 대신 작가의 눈에 의해 묘사된 청계천의 모습은 책 속에 사진보다 입체적으로, 그림보다 선명하게, 그것도 당시 청계천 주변에서 울고 웃던 인간 군상의 모습과 함께 살아남았다.

박태원의 장편소설《천변풍경川邊風景》. 제목 그대로 광교 부근을 중심으로 청계천 주변의 풍경이다. 1936년 8월부터 1937년 9월까지《조광朝光》에 연재된 이 소설은 박태원의 대표작일 뿐만 아니라, 70여 년 전 청계천의 모습을 그대로 담고 있는 유일한 자료다.

연재 당시는 물론 단행본으로 출간된 1938년에도 대단한 인기를 끈《천변풍경》은 1988년 월·납·재북 작가와 작품이 해금된 후 한국 현대 소설을 연구하는 학자들에게 반드시 읽어야 할 작품이 되었으며, 1989년 깊은샘 출판사에서 장정을 바꿔 재출간한 뒤에는 대학생 교양 필독서가 되었다. 어디 그뿐인가. 6차 교육과정이 시행된 1992년 이후에는 고등학교 문학 교과서에 수록되며 청소년이 반드시 읽어야 할 소설이 되었다. 작가 박태원이 한국전쟁 당시 월북했다는 이유만으로 30~50대에게는 낯선 작품이지만, 자라나는 청소년이 학교에서 이 작품으로 소설 공부를 하고 있으니 요즘 젊은이에게는 매우 익숙한 작품이다.

박태원의 또 다른 대표작 〈소설가 구보仇甫씨의 일일一日〉이 서울(당시 경성) 도심에 대한 기록이라면,《천변풍경》은 도시 주변부를 관찰한 기록이다. 1930년대 청계천 변은 도시에 속해 있으면서도 도심과 다른 공간이었다. 현란한 도시 문화의 영향으로 천변에도 카페와 클럽(구락부) 같은 유흥 시설이 있기는 하지만, 거기에는 아직 동네 아낙들이 모여드는 빨래터가 있고, 그곳은 이웃집 속사정을 자기 일처럼 아는 공동의 공간이다. 이런 생활공간은 당시의 전환기적 도시 세태를 담아내는 역할도 한다. 네 가구가 옹색하게 사는 셋방, 하숙방, 당구장, 술집, 은방, 백화점 등은 전근대적인 장소와 신흥도시가 공존하는 과도기 도시의 삶을 보여준다.

소설은 1930년대 어느 해 2월 초, "정이월에 대독 터진다는 말이 있다. 딴은 간간이 부는 천변 바람이 제법 쌀쌀하기는 하다"로 시작하여 이듬해 같은 시기에 "입춘이 내일모레라서, 그렇게 생각하여 그런지는 몰라도, 대낮의 햇살이 바로 따뜻한 것 같기도 하다"로 끝맺는다. 이 작품이 발표될 당시 문학평론가 최재서는 "박태원은 자기 사상에 의하여 어떤 가상적 스토리를 따라가면서 인물을 조종하지 않고, 인물이 움직이는 대로 그의 카메라를 회전 내지 우회하였다"고 평했다. 그만큼 이 작품이 당시 청계천 주변 인물들의 모습을 사실적으로 담고 있다는 뜻이다. ① 임화는 이런 요소를 '세태소설'이라 했고, ② '카메라 아이(눈)'라는 서술 기법이 붙은 것도 이 때문이다. ③작가가 자기 생각에 따라 인물과 사건을 배치하는 것이 아니라, 눈앞에 있는 세태를 묘사하는 데 그친다는 얘기다.

작가는 1년 동안 청계천 주변에서 일어나는 시시콜콜한 일을 50절로 나누어 도시인의 다양한 삶의 양태와 풍속이란 면에서 아주 사실적으로 제시한다. 서술 방식은 해설자로서 서술자부터 등장인물로서 서술자, 관찰자로서 서술자까지 등장시켜 서술 시점의 혼란을 느낄 정도로 다양한 방식을 구사한다. 그러나 각 장의 독립성 때문에 그것이 단점으로 인식되지 않고, 다양한 삶의 양태를 보여주는 역동성으로 인식된다. 이 점이 《천변풍경》의 매력이다.

주로 '재봉'이라는 인물의 시각을 통해 인물과 사건이 서술되며, 등장인물은 모두 당시 청계천 주변뿐만 아니라 요즈음에도 우리 주위에서 쉽게 볼 수 있는 평범한 서울시민이다. 재봉이, 창수, 이쁜이, 민 주사, 기미코, 하나코, 금순이, 만돌 어멈…… 《천변풍경》은 청계천 변 사람들의 생활을 파노라마처럼 잡아낸다.

이 소설에는 특별한 주인공이 없으며, 천변과 근처의 상점, 사람들이 모두 주인공이다. 마치 영화의 한 장면을 보여주듯, 영화에서 쓰이는 카메라 아이 기법을 통해 다른 장소에서 동시에 일어나는 사건들을 보여줌으로써 시간성과 공간성을 극대화

이상, 박태원, 김소운. 이상이 차린 제비다방에서.

한다. 이어지는 장면 사이에는 주제나 사건, 인물의 연속성이 없지만, 작가는 이를 여인들의 집합소인 빨래터와 남성들의 사교장인 이발소를 중심으로 일상적 생활양식과 상태를 재현한다. 깊은샘 출판사에서 재출간한 《천변풍경》에는 이런 모습이 주변 약도와 함께 제시되어 당시 광교를 중심으로 한 서울의 풍경까지 상상하며 읽을 수 있다.

어디 그뿐인가. 월탄 박종화는 이 작품을 서울을 소재로 하고 서울 토박이말을 사용했다 해서 '경알이(서울) 문학'이라 했으며, 춘원 이광수는 "내가 읽은 문학 중에서 가장 인상 깊은 것"이라 평했다. 그 정도로 《천변풍경》은 시간과 공간을 초월해 서울시민, 나아가 대한민국의 자랑스러운 문학작품으로 영원히 기억될 것이다.

서울시의 청계천 복원 사업과 더불어 새롭게 관심을 불러일으키며 스테디셀러로 자리 잡은 박태원의 《천변풍경》. 남북 이데올로기의 갈등 때문에 한동안 빛을 보지 못하던 서울의 문학작품이 이제 따뜻한 햇볕과 함께 학생들의 교과서에 수록되고, 나아가 한국문학을 대표하는 작품으로 남을 것이라 생각하니 문학인으로서 기쁘기 그지없다.

그런데 청계천이 복원되던 날, 옛 모습을 되찾은 광교 옆에 《천변풍경》과 대한민국의 작가, 서울의 작가 박태원을 기리는 조그마한 표석이라도 세워졌다면 얼마나 좋았을까.

시인 백석, 자야의 가슴속에 지워지지 않는 이름

— 숭고한 사랑 —

여승은 합장하고 절을 했다
가지취의 내음새가 났다
쓸쓸한 낯이 옛날같이 늙었다
나는 불경佛經처럼 서러워졌다

평안도의 어느 산山 깊은 금덤판
나는 파리한 여인에게서 옥수수를 샀다
여인은 나어린 딸아이를 때리며 가을밤같이 차게 울었다

섶벌같이 나아간 지아비 기다려 십년十年이 갔다
지아비는 돌아오지 않고
어린 딸은 도라지꽃이 좋아 돌무덤으로 갔다

산山꿩도 섧게 울은 슬픈 날이 있었다

흔히 말하는 386세대나 475세대에게는 낯선 시일지 몰라도, 요즈음 대학 입시를 준비하는 학생이나 70대 이상 세대에게는 매우 낯익은 백석白石의 '여승女僧'이란 시다. 1936년에 출간된 《사슴》이란 시집에 실린 이 시는 참으로 슬프다. 이 시를 처음 접했을 때 눈물이 핑 돌며 등골이 서늘해지던 느낌을 선명하게 기억한다. 이 시는 일제강점기에 어렵게 살던 한 여인의 일생을 4연 12행으로 축약하여 보여준다.

돈 벌어오겠다고 집을 나간 남편은 몇 년이 지나도록 소식이 없다. 아내는 기다리다 못해 어린 딸을 데리고 남편을 찾아 나선다. 남편이 집을 나가기 전에 한 말을 기억하며 금점판을 돌아다닌다. 생계를 위해 옥수수 장사를 한다. 옥수수를 파는 여인의 옆에서 어린 딸이 배고프다고 칭얼댄다. 딸을 때리고 나서 여인은 딸을 부둥켜안고 같이 운다. 그렇게 구걸하듯 혹은 옥수수 장사를 하며 여러 해가 지났다. 남편이 나간 지 10년이 되었지만 아직도 찾을 길이 없다. 설상가상으로 어린 딸은 병들어 죽고 만다. 삶의 희망을 잃은 여인은 절을 찾는다. 여승이 되기로 하고 머리를 깎는 날, 머리카락이 땅에 떨어질 때 그녀의 눈물방울도 같이 떨어진다. 그런 슬픔을 안다는 듯이 산꿩도 섧게 운다. 평안도 어느 금점판에서 여인에게 옥수수를 산 화자는 어느 절에서 그녀를 알아본다. 폭삭 늙어버린 그녀의 몸에서 화자는 문득 가지취 냄새를 느끼며 여인의 삶이, 시절이 불경처럼 서러워진다.

시에서 그리는 서사적 줄거리를 시간 순서대로 연결해보면 이와 같이 이해할 수 있다. 어찌 슬프지 않은가. 1930년대 우리 농민의 굶주린 삶이 한 편의 영화처럼 눈앞에 그려진다. "감각적인 어휘를 구사하며

시상을 압축적으로 표현하고 있다"거나 "적절한 비유와 축약이 인물의
정형성을 확보하고 있다"는 평가는 몰라도 좋다. 다만 우리는 이 시를
읽으며 '농촌의 몰락을 중심으로 하는 일제 식민지 시대의 민족 현실'
을 뼈아프게 절감할 수 있다. 금점판을 헤맬 수밖에 없는 우리 민족의
또 다른 모습이다.

모던 보이 백석

　백석 시인에 대해 알아보자.

　백석은 본명이 기행夔行으로, 1912년
7월 1일 평안북도 정주군 갈산면 익성
동에서 태어났다. 13세 되던 1924년 오
산학교에 진학하는데, 이때 같은 학교
의 선배 시인 김소월을 매우 선망하며
문학과 불교에 관심을 쏟았다고 한다.
1929년 오산고보를 졸업하고, 이듬해 〈조선일보〉 작품 공모에 단편소
설 〈그 모母와 아들〉을 응모하여 당선되며 소설가로 문단에 데뷔했다.
같은 해 〈조선일보〉가 후원하는 장학생 선발에 뽑혀 일본으로 유학, 도
쿄의 아오야마靑山학원 영어사범과에 입학하여 영문학을 전공하고,
1934년 귀국하여 〈조선일보〉에 입사한다.

　백석은 소설가로 문단에 나왔지만, 1935년 〈조선일보〉에 '정주성定州城'
을 발표하면서 시작詩作에 정진한다. 1936년 1월 첫 시집 《사슴》을 200
부 한정판으로 발간하고, 같은 해 4월 〈조선일보〉를 사직한 뒤 함경남
도 함흥에 있는 영생고보의 영어 교사로 부임한다. 이 무렵 함흥에 와
있던 조선권번 출신의 기생 김진향(본명 김영한)을 만나 사랑에 빠진다.
이때 그녀에게 '자야子夜'라는 아호를 지어주었다고 한다.

18세 자야 김진향

1937년 부모의 성화에 못 이겨 고향 정주로 가서 뒤늦게 결혼하나 아내를 남겨둔 채 함흥으로 돌아간다. 얼마 후 영생여고보로 자리를 옮겼다가 이듬해 사임하고, 서울로 돌아와 김진향과 살림을 차린다. 같은 해 〈조선일보〉에 재입사해《여성》지의 편집을 돌보는데, 이 무렵 이화여전 출신의 여인과 두 번째 결혼을 한다. 1939년 만주의 신징新京(지금의 창춘長春)으로 가서 만주국 국무원 경제부에서 6개월가량 근무하지만, 창씨개명 강요로 곧 사직하고 북만주의 산간 오지를 떠돈다.

30세 되던 1941년에는 생계를 위해 측량 보조원, 측량 서기, 중국인 토지의 소작인 생활까지 하면서 고생하다가 이듬해 만주의 안둥安東(단둥丹東의 전 이름)에서 세관 업무에 종사한다. 1944년 일제의 강제징용을 피하기 위해 산간 오지의 광산에 숨어들었다가 해방과 더불어 귀국, 신의주에서 잠시 거주하다 고향으로 돌아온다. 1946년 고당 조만식 선생의 요청으로 평양에서 고당 선생의 통역 비서로 조선민주당의 일을 한다.

1947년 시 '적막강산'이《신천지》에 발표되고 1948년 김일성대학에서 영어와 러시아어를 강의했다고 전해지지만, 이후 1961년까지 시와 평론 몇 편을 발표한 것과 러시아 작가의 여러 작품을 번역한 것 외에 자세한 행적은 알 길이 없다. 1963년에 사망한 것으로 알려졌다.

백석의 행적은 특별히 눈길을 끌지 못한다. 그러나 조금만 자세히 보면 매우 흥미로운 사실을 발견할 수 있다. 두 번 결혼한 것, 기생 김진향과 나눈 사랑이다. 김진향은 누구인가.

본명보다 '자야 여사'로 세간에 많이 알려진 김진향은 1916년 서울 관철동에서 태어나, 일찍 부친을 여의고 할머니와 홀어머니 슬하에서 자랐다. 금광을 한다는 친척에게 속아 가정이 파산하자, 1932년 여창 명인 김수정의 안내를 받아 조선권번 정악전습소 학감을 지낸 금하 하규일의 양녀로 들어가며 기생이 되었다. 이후 3년간 그 문하에서 가무를 배웠다고 한다. 여창 가곡, 궁중무 등 가무의 명인으로 성장한 그녀는 1935년 조선어학회 회원이던 해관 신윤국 선생의 후원으로 일본에 가서 공부하던 중 해관 선생이 투옥되자 면회 차 귀국하여 함흥에 잠시 머물렀는데, 이때 영생고보 영어 교사로 있던 청년 시인 백석과 뜨거운 사랑에 빠진다.

1938년 백석이 함께 만주로 떠나자고 제의했으나 응하지 않았고, 백석이 결혼하자 혼자 서울로 올라온다. 같은 해 〈조선일보〉로 직장을 옮기며 뒤따라온 백석과 재회하고, 청진동에 살림을 차렸다. 1939년 백석이 신징으로 떠나면서 이별하는데, 이것이 마지막이 되고 만다.

1953년 중앙대학교 영어영문학과를 만학으로 졸업했으며, 1989년 백석 시인에 대한 회고 기록 〈백석, 내 가슴속에 지워지지 않는 이름〉을 《창작과 비평》에 발표하며 세간의 이목을 받았고, 연전에는 100억 대에 이르는 전 재산을 사회에 기증하면서 더욱 유명해졌다. 그녀의 뜻에 따라 살던 집은 내부 수리를 거쳐 절이 되었고, 백석기념관도 만든다. 그녀의 회고를 들어보자.

나는 시인 백석과 1936년 가을 함흥에서 만났다. 그의 나이 스물다섯, 내가 스물하나였다. 어느 우연한 자리였는데, 그는 첫 대면인 나를 대뜸 자기 옆에 와서 앉으라고 했다. 그리곤 자기의 술잔을 꼭 나에게 건네었다. 속으로 나는 잔뜩 겁에 질려 있었지만, 그의 행동거지에는 조금도 흐트러짐이 없었다. 자리가 파하고 헤어질 무렵, 그는 "오늘부터 당신은 이제 내 마누라요" 하고 단정적으로 말했다. 그 말을 듣는 순간 나의 의식은 거의 아득해지면서 바닥 모를 심연 속으로 빠져드는 듯했다. 그것이 내 가슴속에서 아직도 지워지지 않는 애틋한 슬픔의 시작이었다.

어느 날 내가 서점에 들렀다가 《당시唐詩 선집》 하나를 사왔는데, 백석은 그 책을 한참 읽고 나더니 문득 나에게 '자야'란 호를 지어주었다. 나는 그날 이후 백석의 자야가 되었고, 이 호는 아마 지금도 세상에서 우리 둘만이 아는 이름일 것이다. 자야는 당나라 시인 이백의 '자야오가子夜吳歌'란 시 제목에서 따온 것이다. 이 시는 중국 동진의 한 여인 자야가 변경으로 수자리하러 간 남편과 생이별을 서러워하는 민요풍의 노래다(長安一片月 / 萬戶衣聲 / 秋風吹不盡 / 總是玉關情 / 何日平胡虜 / 良人罷遠征). 나의 이 깊은 외로움도 그때 백석이 자야란 호를 붙여주었을 때부터 결정되고 마련된 운명일까. 아니면 그는 아직도 원정遠征이 끝나지 않아서 돌아오지 못하는 것일까.

그는 평소 부모의 말씀을 퍽 두렵게 여기는 듯했다. 나와 함께 살면서도 부모가 새악시 선을 보라 하면, 그는 그것을 도저히 거역할 수 없는 사람이었다. 그러나 나는 그의 이런 성품을 알면서도 자꾸만 울화가 치밀었다. 어찌 이럴 수가 있는가. 말할 수 없이 분하고 서운했다. 나는 속으로 '흥, 그대가 총각이라지…… 그래, 내가 피해줄게……' 라는 생각을 하면서도, 허전한 마음이 못

174

내 사라지지 않았다. 뒤에 알고 보니 그는 편지가 끊어진 그 열흘 동안 맞선만 본 게 아니라 초례까지 치렀던 모양이다. 그리고 그는 장가든 지 사흘 만에 집을 나와 함흥의 나에게로 달려왔던 것이다. 각시의 얼굴을 한 번도 쳐다보지 않았다고 한다. 하지만 나는 그의 행위가 너무나 야속스러운 생각이 들어 그가 학교에 출근하는 걸 보고 그 길로 이불이랑 짐 보따리를 꾸려서 낮 11시 기차를 타고 서울로 아주 내려왔다. 1938년이 저물어가던 무렵이었다.

그와 헤어지고 어느덧 50년 세월이 흘러갔다. 시간이란 게 도무지 실감이 나지 않는다. 내가 이날 이때까지 온갖 곡절을 겪으며 살아온 것도 헤아려보면 모두 백석에 대한 연민 때문이고, 그를 향한 반발심이 물 끓듯 끓어 넘친 탓이 아닌가 한다. 그때 그를 따라 만주로 가지 않았던 실책으로 내가 그를 비운 悲運에 빠뜨렸고, 나 또한 서럽게 살아왔다. 어찌 모든 것을 이대로 마감해버릴 수 있단 말인가.

나는 지금도 젊은 그 시절의 백석을 자주 꿈에서 본다. 그는 나의 방문을 열고 나가면서 아주 천연덕스럽게 "마누라! 나 잠깐 나갔다 오리다" 하고 말한다. 한참 뒤에 그는 다시 들어오면서 "여보! 나 다녀왔소!"라고 말한다. 어떻게 이럴 수가 있는가. 세월을 반백 년이나 흘러 보내었는데도…… 내 나이 어언 일흔셋, 홍안은 사라지고 머리는 파뿌리가 되었지만, 지난날 백석과 함께 살던 그 시절의 추억은 아직도 내 생애의 전부라 해도 과언이 아니다. 그만큼 우리의 마음은 추호도 이해로 얽혀 있지 않았고, 오직 순수 그것이었다. 그와 헤어진 뒤 텅 빈 세월을 살아오면서 나는 차츰 말이 어눌해지고, 내 가슴속의 찰랑찰랑한 그리움은 남이 아무리 쏟으려 해도 결코 쏟기지 않는 요지부동의 물병과 같았다. 그러나 뜻밖에도 그의 시 전집이 발간되었다는 소식은 지금껏 물

시인 백석은 정식 혼례를 치르기 전에 기생 자야를 만나 살림을 차렸고, 그녀와 사랑을 나누는 동안 두 번 결혼했다. 그런데 백석은 두 번 다 초례를 치르고 자야에게 갔고, 첫 결혼 뒤 자야가 함흥에서 서울로 도망하자 뒤따라갔다. 물론 서울에서는 청진동에 살림집까지 두었으며, 그녀를 스스럼없이 '마누라'라 불렀다고 한다.

백석의 본처 입장에서는 미치고 팔짝 뛸 일이다. 두 사람의 관계는 불륜이요, 현재 사회 통념으로 볼 때 아름답지 못한 이야기다. 그런데도 백석과 자야의 이야기를 들으며 눈시울이 뜨거워지는 것은 무엇인가. 남북으로 갈려 이별한 지 50년이 흘렀지만, 게다가 법적인 부부 관계도 아니요, 당시로서는 흔한 기생과 손님의 살림이지만 애타게 백석을 그리워하는 여인의 순수한 마음 때문이 아닐까. 그러기에 백석의 시가 더욱 아름다워 보이는 게 아닐까.

백석은 월북한 시인이 아니다. 남북이 막힐 때 북쪽에 살았기에 본인의 의지와 무관하게 북의 사람으로 남은 것뿐이다. 즉 재북在北 시인이다. 그러나 한국전쟁 이후 그의 시와 문학은, 1988년 월·납·재북 작가와 작품이 해금되기까지 남쪽의 문학사에서 자취를 감춘다. 그러니 이 시기에 중·고교 교육을 받은 사람들에게 백석은 전혀 알 길이 없는 존재다.

다행히 1990년 그의 시선집 《멧새 소리》가 출간되었고, 1994년에는 《백석일대기 1·2》가 나왔으며, 이듬해 《백석시전집》까지 출간되었다. 이후 시집 여러 권이 출간되어 이제는 대학수학능력시험 언어 영역 모의고사에도 출제될 정도이며, 1998년 창작과비평사에서 백석문학상을 제정해 그의 문학을 기리고 있다.

　비록 두 아내에게는 몹쓸 남편이었는지 몰라도 그가 자야라 부르던 여인에게는 50년이 넘도록 잊지 못할 연인, 백석. 그의 시 '광원曠原'을 읽어보자.

　　　흙꽃 이는 이른 봄의 무연한 벌을

　　　경편철도輕便鐵道가 노새의 맘을 먹고 지나간다

　　　멀리 바다가 뵈이는

　　　가정거장假停車場도 없는 벌판에서

　　　차車는 머물고

　　　젊은 새악시 둘이 내린다

　마치 한 폭의 동양화를 보는 듯한 느낌이 들지 않는가. 이것이 우리 현대 시문학사에서 소월에 견줄 수 있는 백석의 시다.

이태준의 〈복덕방〉과 월북 무용가 최승희

월북 작가 이태준　　　지난 2001년 11월 7일에 치러진 2002학년 대입 수학능력시험 언어 영역에 다음과 같은 문제가 출제되었다.

'황 진사'와 〈보기〉의 '초시'가 주고받을 수 있는 대화 내용으로 적절하지 않은 것은?

〈보기〉

초시는 돈의 긴요성을 날로 더욱 심각하게 느끼었다.

"돈만 가지면야 좀 좋은 세상인가!"

심심해서 운동 삼아 좀 나다녀보면 거리마다 짓느니 고층 건축들이요, 동네마다 느느니 그림 같은 문화 주택들이다. 조금만 정신을 놓아도 물에서 갓 튀어나온 메기처럼 미끈미끈한 자동차가 등덜미에서 소리를 꽥 지른다. 돌아다보면 운전수는 눈을 부릅떴고 그 뒤에는 금시곗줄이 번쩍거리는, 살진 중년 신사가 빙그레 웃고 앉았는 것이었다.

"예순이 낼모레…… 젠—장할 것."

초시는 늙어가는 것이 원통하였다. 어떻게 해서나 더 늙기 전에 적게 돈 만 원이라도 붙들어 가지고 내 손으로 다시 한 번 이 세상과 교섭해보고 싶었다. 지금 이 꼴로서야 문화 주택이 암만 서기로 내게 무슨 상관이며 자동차, 비행기가 개미 떼나 파리 떼처럼 퍼지기로 나와 무슨 인연이 있는 것이냐. 세상과 자기와는 자기 손에서 돈이 떨어진, 그 즉시로 인연이 끊어진 것이라 생각되었다. (이하 문항 생략)

문제가 예년에 비해 훨씬 어려웠다 하고, '이해찬 1세대' 운운하며 교육 당국을 질타하는 목소리가 높았다. 언어 영역 60문항을 훑어보면서 이 문제에 눈길이 멈췄다. 물음문에서 보기는 물론 예시 문항 5개까지 몇 번이고 읽고 또 읽었다. 제시된 지문은 김동리의 〈화랑의 후예〉지만, 보기에 제시된 작품이 이태준의 〈복덕방〉이기 때문이다. 상허尙虛 이태준은 월북 작가다. 다음은 내가 여러 지면에 이태준을 소개한 글의 일부다.

이태준은 신경향파 문학이 대두하던 1925년부터 한국전쟁 직후까지 약 30년에 걸쳐 단편 60여 편과 중·장편 18편, 시·수필·희곡·평론 등 문학의 전 갈래에 왕성한 활동을 보인 한국 현대문학사의 대표적인 작가다. 물론 그가 주력한 것은 소설, 그중에서도 단편이고, 그의 흔적은 1930년대는 물론 8·15 광복과 한국전쟁 전후에 걸쳐 뚜렷하게 남아 있다. 오죽하면 '소설에 상허, 시에 지용'이라 하지 않았는가. 더구나 그는 조선프롤레타리아예술가동맹(카프) 해체 이후 1930년대 문단에 구인회를 결성함으로써 순수문학을 제창했고,

《문장》이 출현함에 따라 주간과 편집인으로 활동하며 한때 문단의 헤게모니를 쥐었으며, 춘원에 이어 제2회 조선문학상을 받은 주인공이자 광복 직후에는 곧 북으로 가 그곳에 정착하여 문예총 부위원장까지 지낸 인물이다. 이런 사실은 그의 문학 활동이 양적인 면에서나 질적인 면에서 혹은 문단사적인 면에서 당대 아무에게도 뒤지지 않는다는 것을 방증한다.

그러나 남쪽의 입장에서는 그의 월북이 우리의 체제와 정통성을 부정하는 것이었다는 점에서 그동안 그에 대한 연구와 논의는 금기시되고, 심한 경우 그의 문학적 공과가 전면 부정되었다. 1950년대 초까지 중·고등학교 국어 교과서에는 그의 글이 꼭 수록되었으나, 이후 그의 이름은 '이ㅇ준'으로 표기되었고 그의 작품은 읽을 수 없었다. 그러니 386세대나 475세대에게 이태준은 생소한 이름이 되고 말았다. 더구나 한국전쟁 이후에는 남로당 숙청과 함께 북의 문학사에서 사라져 이태준은 한국 현대문학사의 미아가 되었다. 다행히 그간 대학의 연구실을 중심으로 조심스럽게 월북 작가들에 대한 논의가 진전되었고, 1988년 월·납·재북 작가와 작품 해금 조치 이후에는 실질적인 연구가 진행되어 현재 상당한 수준에 이르고 있다.

그는 1930년대 순수문학의 기수이자 미문장가였으며, 한국 현대 단편의 완성자인 동시에 당시 상당한 인기를 누린 작가로 평가된다. 그의 이름 앞에 '월북 작가'라는 수식어가 붙어 그에 대한 문학적 평가에 영향을 주는 것은 안타까운 현실이다.

386세대나 475세대는 이태준이 누구인지 모른다. 아니 우리 현대문학사에 그런 소설가가 있었는지조차 모른다. 1950~1960년대를 거쳐 1980년대 말에 이르기까지 우리를 위협하던 반공 이데올로기가 그만큼 강했다는 사실을 말해주는 것이기도 하다.

월북 작가가 어떤 사람인가. 우리는 그들의 작품은커녕 이름을 들먹이는 것조차 두려워해야 했다. 비록 해금되었다고는 하지만 떳떳하게 말하기 어려웠던 이들이 월북 작가다. 그런데 월북 작가 이태준의 작품이 수능 시험에 출제되었다.

반공 이데올로기로 보면 있을 수 없는 일이겠지만, 월북 작가의 작품을 대한민국 정부가 주관하는 국가고시의 문제로 출제했다는 사실은 정부가 '이태준'이라는 작가를 우리 현대문학사에 올바로 자리매김했다는 것을 명확하게 증명하는 일이다. 이는 분명 역사적 사건이다.

한 작가의 작품이 교과서에 실리거나 국가에서 주관하는 시험에 출제되는 것은 그 작가에게 부와 명예를 가져다주는 일이다. 연전에 염상섭의 장편소설 《삼대》가 개편된 고등학교 국어 교과서에 실리자 마침 그 작품을 재출간한 출판사가 돈방석에 앉았다는 소식이 들렸고, 학력고사에 이어 수능 시험에 채만식의 장편소설 《태평천하》가 출제되자 그의 전집이 쏠쏠히 팔렸다는 이야기가 있었다. 그러니 이번 사건은 어쩌면 이태준의 작품을 출판하는 출판사가 가장 기뻐할 일인지도 모른다.

월북 작가로 분류되어 우리 현대문학사에서 그 이름을 찾을 수 없던 정지용, 김기림, 홍명희, 박태원, 임화, 백석, 오장환, 이용악 등도 1988년 해금되어 우리가 그들의 작품을 손쉽게 접할 수 있다. 그러나 40년에 이르는 공백기를 거쳐 되살아난 그들의 작품이 요즘 세대에게 읽히기는 힘들고, 많은 기성세대가 그들의 문학적 업적을 모른 채 늙어간다는 사실은 참으로 안타까운 일이다.

이런 상황에 정지용과 김기림에 이어 이태준의 작품까지 국가고시에 출제되었다는 것은 우리 문학을 바로 세우는 작업의 일환이기에 가슴 벅차다. 이제 수능 시험을 대비하는 교사와 학생들은 이태준의 다른 작품을 한 번 더 읽을 것이요, 이제껏 출제되지 않던 (우리 문학사에 뚜렷한 자취를 남긴) 다른 월북 작가의 작품까지 살필 테니 자라나는 세대는 그만큼 우리 문학을 이해하는 폭이 넓어질 것이다.

물론 2001년 수능 시험에 출제된 후 개편된 7차 교육과정에서는 고등학교 문학 교과서에도 당당하게 수록되었다.

〈복덕방〉은 어떤 소설인가　　〈복덕방〉은 1937년 3월 《조광》에 발표된 이태준의 단편소설이다. 생활의 기반을 상실한 세 노인이 복덕방에서 소일한다. 구한말 훈련원 참의를 지낸 복덕방 주인 서 참의, 복덕방에 자주 나오는 서 참의의 친구 박희완, 그곳에서 소일하는 늙은이 안 초시, 유명한 무용가인 안 초시의 딸 안경화. 등장인물은 넷이지만 서사적 줄거리의 초점은 세 노인에게 모아진다. 세 노인에게는 뚜렷한 미래가 보이지 않는다. 그렇다고 인생을 포기할 수도 없다.

서 참의는 군대가 해산되고 할 일이 없어지자, 처음에는 별로 기대하지 않고 시작한 복덕방을 통해 경제적 기반을 닦는다. 이로 인해 그는 '세상은 먹고살게 마련이야' 하는 긍정적이고 낙천적 인생관을 지닌다. 물론 "기생, 갈보 따위가 사글세방 한 칸을 얻어 달래도 예- 예 하고 따라나서야 하는" 자신의 신세를 한탄하고 서글픈 눈물을 흘리면서 훈련원 시절의 기개를 그리워하기도 한다.

서 참의와 대조적인 인물이 안 초시다. 그는 현실이 불만족스럽다. 말끝마다 '젠장' 소리를 한다. 그는 하는 일마다 실패를 보고 생활의

182

낙오자가 되어 서 참의의 복덕방에서 소일하는 노인이다. '돈만 가지면야 좀 좋은 세상인가!'라고 생각하는 그는 현실에서 남들처럼 호화롭게 살기를 바라는 몽상가다. 그는 항상 일확천금을 기대한다. 그래서 박희완 영감이 일러준 소문을 믿고 딸을 부추겨 부동산에 투자한다. 신항구 건설 계획을 관청에서 빼내어 그곳의 부동산을 미리 사두면 큰돈을 벌 수 있기 때문이다. 물론 결말은 실패로 끝난다. 그는 50전이 없어서 안경다리를 고치지 못하던 인물이다. 그런 그가 딸의 돈 3000원을 잃고 취할 행동은 자살밖에 없었을 것이다. 안 초시의 자살은 허황된 꿈을 꾸는 자의 서글픈 귀결이다.

반면 물질주의와 출세에 사로잡힌 딸은 아버지의 죽음과 상관없이 자신의 명예를 지키고자 한다. 그래서 호사스런 장례식을 치른다. 안 초시의 죽음을 슬퍼하는 서 참의와 박희완 영감은 묘지에 따라가지 않는다. 초시의 딸 경화와 조문객이 내보이는 인간적 허세가 역겨웠기 때문이다. 친구의 죽음과 인간미 상실의 체험…… 그들은 가슴이 답답할 뿐이다.

이태준의 가족

<복덕방>은 작가 이태준의 장기라 할 '인물 창조'에서 돋보이는 작품이다. 노령화 시대로 가는 요즘 사회에 시사하는 바가 클 뿐만 아니라, 작가가 의도했건 아니건 당대에 부동산 투기가 문제되었다는 사실을 전해준다. <복덕방>은 서 참의와 안 초시, 박희완 영감의 꿈과 좌절을 담담하게 그리고 있지만, 작가 이태준이 노린 것은 세 노인이 아니다. 안 초시와 그의 딸 안경화, 아니 생활 무능력자라고 가족에게 외면당하던 최준현과 그의 딸이자 유명한 무용가 최승희의 관계가 이태준이 의도한 것이다. 작가 이태준의 눈에 비친 아버지 최준현과 딸 최승희가 이 소설의 모티프다.

최승희가 누구인가　　　월북 무용가이자 한국이 낳은 세계적인 무용가 최승희는 1911년 11월 24일 서울에서 아버지 최준현과 어머니 박성녀(어느 자료에는 박용경이라고도 한다)의 4남매 중 막내딸로 태어났다. 최준현은 본래 유복한 집안의 후손으로 가무를 좋아하는 한량이었는데, 일제가 조선 강점 뒤에 진행한 토지조사사업에 따라 서울 근교에 소유한 전답을 모두 빼앗기고 가세가 몰락하자, 포목상을 하기도 하고 서당 선생 노릇을 하기도 했으나 성공한 일이 거의 없다.

이런 아버지와 달리 딸 최승희는 어릴 때부터 머리가 좋아 소학교를 4년 만에 졸업했으나, 집안 사정이 여의치 않아 학업을 계속할 수 없었다. 그러나 그녀의 재능을 알아본 숙명여고보에서 장학금을 주며 데려갔다. 요즘 말하는 특례 입학 혹은 스카우트다. 최승희는 숙명여고보를 졸업하고도 자신이 원하는 도쿄음악학교나 서울사범학교로 진학하지 못했는데, 사유는 '연령 미달'이었다.

결국 서울에서 일본 무용가 이시이 바쿠石井漠의 공연을 관람한 것을 계기로 도쿄에 가서 본격적인 무용 공부를 시작했다. 도쿄에서 열린 이시이 바쿠 공연에 처음으로 출연하면서 그의 무용단에 들어가고, 이어 일본 여러 지역의 공연에 참여했다. 그러나 얼마 후 무용단에서 나가 19세가 되던 1929년 서울에 '최승희무용연구소'를 설립, 한국무용 연구에 매진했다. 이때 나온 것이 '영산춤'으로 그녀는 이 춤을 처음으로 공연했다.

이후 그녀의 이름은 조선의 문화계에 항상 톱뉴스로 다뤄졌고, 그만큼 유명세를 치르기도 했다. 세 차례 신작 무용 발표회를 한 최승희는 후원자의 유혹과 이어지는 염문에 많이 시달렸다. 결국 당시 카프의 좌장 박영희의 중매로 1931년 문화계의 거물 청년 안필승(우리에게는 '안막安漠'으로 잘 알려져 있다)과 혼인했다.

최승희 역시 월북 예술인이지만, 그녀는 사회주의나 공산주의 이데올로기에 따른 것이 아니라 아내로서 남편을 따른 것이다. 그녀는 평양에 최승희무용연구소를 다시 개설했고, 김일성의 후원을 얻어 승승

최승희가 월북 후 무용을 지도하는 모습.

장구하며 공훈배우가 된다. 훗날 문화선전성 부상까지 지낸 안막이 숙청당하면서 최승희 역시 숙청되어 최승희무용연구소의 청소부로 전락했다는 얘기가 있으나, 그것은 확인할 길이 없다. 이태준과 마찬가지로 40여 년 동안 금기의 대상이던 무용가 최승희에 대한 재평가 작업이 진행되어, 조만간 그녀의 한국무용을 복권하고 우리 모두 쉽게 감상할 수 있지 않을까 기대한다.

문제는 이태준과 최승희의 관계다. 1937년경이면 이태준과 최승희는 조선의 문단과 무용계에서 내로라하는 거물이다. 그런 이태준의 눈에 최승희의 아버지 최준현이 들어왔다. 자살인지 자연사인지 모르나 최준현의 죽음과 그 장례식에서 최승희의 행동이 작가의 눈에는 예사롭지 않게 보였을 테고, 이것이 자연스럽게 소설로 형상화되었다.

앞에서 밝힌 것처럼 최승희는 소학교를 졸업하고 줄곧 집을 떠나 있었다. 장학금과 기숙사가 제공되는 숙명여고보를 졸업했고, 그 후 일본으로 건너갔으며, 귀국해서도 연구소를 차려 독립했다. 소학교 졸업 이후 가족과 소원해졌고, 아버지 최준현은 생활 무능력자라는 낙인까지 찍혔다. 오빠와 언니들도 성공한 사람들은 아닌 모양이다. 가족의 물질적 요구에 어느 정도 응했을 것이나, 최승희 입장에서도 마음이 편하지는 않았다.

무능한 아버지에 유명 인사가 된 딸. 그 최승희가 잠시 아버지를 돌보지 않았나 보다. 그러면서도 아버지의 죽음 앞에 자신의 사회적 지위를 고려하여 호화로운 장례식을 생각해냈다. 아이러니 기법을 잘 아는 이태준의 귀와 눈이 번쩍 뜨였다. 그렇게 나온 소설이 〈복덕방〉이다. 즉 최승희를 모델로 무용가 안경화를 창조하고, 이어 안 초시와 주변 인물을 형상화한 것이다.

문제는 이 작품이 이태준이 의도한 것과 달리, 아이러니 혹은 비꼬기가 아니라 세 노인의 무기력한 삶을 담담하게 그려낸 수작으로 꼽힌다는 점이다. 모티프는 딸의 몹쓸 행동에서 취했을지언정, 신문의 가십 기사가 아닌 소설 작품이니 그럴 것이다. 더 큰 문제는 이태준과 최승희의 악연이다. 이태준은 월북한 뒤에도 대우를 받았다. 당시 문화선전상 기석복이 '조선의 모파상'이라 격찬하면서 그의 월북을 환영한 것을 보면, 당대 조선 문단에서 이태준이 차지하는 비중을 짐작할 수 있다. 그러나 1956년 남로당파에 이어 기석복 계열의 문화계 인사들이 숙청당할 때 제일 큰 목소리를 낸 사람이 한설야고, 그의 뒤에는 최승희의 남편 안막이 있었다. 아내의 불효를 비꼰 것에 대한 보복이었을까. 그렇지는 않을 것이다. 그러나 과정과 결말을 보는 마음이 답답하다.

이태준의 단편 〈복덕방〉.

그의 이름이 대입 수능 시험에 정식으로 나오고, 그의 작품이 고등학교 문학 교과서에 수록되는 등 바야흐로 한국 현대문학사에 올바로 자리매김할 수 있게 된 오늘, 이태준과 함께 세계적 무용가로 한국인의 위상을 드높인 최승희가 떠오르는 것은 〈복덕방〉이 주는 또 다른 매력이다.

황진이의 사랑 노래

시조란 무엇인가 고려 중엽에 발생하여 고려 말에 완성된 시조는 우리의 고유한 문학 양식이다. 조선 시대에 활짝 꽃피운 시조는 영·정조 때 사설시조로 바뀌었다가 구한말 창가, 가사 혹은 신체시가 등장하면서 그 자취를 감춘다. 그러나 1930년대 민족 문학에 대한 자각과 함께 시조 부흥 운동이 일어난 뒤 지금까지 운문 문학의 한 갈래로 확고한 위치를 차지하고 있다. 문학 갈래가 시대의 변화에 따라 없어졌다가 다시 나타난 것은 세계 문학사에서 시조가 유일하다.

시조는 본래 문학이 아니라 음악이었다. 벼슬아치나 유학자들이 술 한잔 걸치고 점잖게 부르는, 요즘 말로 하면 노래방에 가서 한 곡 부르는 식이었다. 다른 점이 있다면 노래방에서는 만들어진 노래를 골라 부르지만, 시조는 곡조가 비슷해도 가사는 직접 창작하여 부른다는 것이다. 비슷한 곡조에 자신의 생각을 풀어 담는 것이 시조다.

그래서인지 조선의 시조는 유배된 정치인이나 점잖은 선비가 임에게 버림받은 여인으로 화장하고 자신의 무죄를 호소하면서 임(임금)이 다시 자신을 불러(유배지에서 풀려나) 사랑해줄 것을 기대하는 내용이 대부분이다. 좋게 표현하여 충신연주지사忠臣戀主之詞 혹은 연군가戀君歌지 정치적인 꿍꿍이가 다분한, 떳떳하지도 별로 아름답지도 않은 노래다.

그러나 조선의 시조가 다 그런 것은 아니다. 위로는 임금부터 아래로는 시정잡배까지 상대해야 했던 천하디천한 여인, 즉 기생이 남긴 시조를 보면 그야말로 임을 그리워한 여인의 아름답고 진심 어린 사랑 노래가 많다. 그중에서도 황진이가 남긴 작품은 시조를 예술의 경지로 끌어올린, 문예 미학적으로도 우수한 것들이다. 학생들이 가장 많이 아는 황진이의 시조는 "청산리 벽계수야 수이 감을 자랑 마라……"지만, 황진이 시조의 참맛은 사랑 노래에 있다.

황진이가 누구인가　　　　조선 중종 때 송도松都(현재의 개성) 기생 황진이는 자신이 남긴 시조 몇 수, 송도삼절松都三絕 서경덕徐敬德과 일화, 백호白湖 임제林悌가 그녀의 무덤가에서 읊었다는 시조로 우리에게 친숙한 인물이다. 어떤 이는 '한국의 사포'라 했고, 어떤 이는 '애상 속의 여상'이라 했으며, '기발한 시상詩想의 소유자' '끝없이 흐르는 여자 나그네' '이인異人'이라고도 했다. 어쩌면 기생이라는 신분과 그녀가 남긴 시조로 여러 시인 묵객에게 흠모의 대상이 되었는지도 모른다.

그러나 황진이의 생애는 정확하게 알려지지 않았다. 생몰연대조차 미궁에 빠진 형편인데 그녀가 남긴 시조 몇 수가 연구의 대상이 되고, 그녀의 삶이 여러 시와 소설의 소재가 되는가 하면, 몇 년 전에는 드라마와 영화로 만들어지기도 했다. 무엇이 이렇게 만드는가. 베일에 싸인 그녀의 삶은 미화되고, 모든 남성의 영원한 연인인 양 그녀의 아름다움이 회자된다.

한 걸음 물러서 실증 사학의 입장에서, 역사적 문헌에 기록된 황진이에 관한 기록을 살펴보면 영성하기 그지없다. 아니 역사적 자료가 되는 정사의 기록은 전혀 없다고 하는 것이 옳다. 유교를 덕목으로 내세운 조선 사회에서 여성, 그것도 기생 황진이에 관한 기록이 남아 있으리라 기대하기는 힘들다. 오직 야사, 즉 패설류稗說類의 기록과 여러 시조집이 그녀가 실재했음을 전해줄 뿐이다.

황진이에 얽힌 일화가 전하는 야담이나 패설류에는 허균의 《식소록識小錄》, 유몽인의 《어우야담於于野談》, 이덕형의 《송도기이松都記異》, 서유영의 《금계필담錦溪筆談》, 김이재의 《중경지中京誌》, 홍중인의 《동국시화휘성東國詩話彙成》, 김택영의 《소호당집韶濩堂集》《숭양기구전崧陽耆舊傳》, 김시민의 《조야휘언朝野彙言》 등이 있다. 패설류를 통해 추정된 황진이의 생존 연대는 가장 가까운 것이 50년 이상 차이가 난다. 즉 이런 패설류가 과연 신뢰할 만한 자료인가라는 문제가 발생한다. 그러나 역사적인 직접 자료가 없는 형편이다 보니 패설류에 나타난 기록을 토대로 그 삶을 추정할 수밖에 없다. 패설류에 기록된 내용을 토대로 황진이의 삶을 따라 가보자.

출생과 신분　　위에 열거한 패설류에 따르면 황진이는 '황 진사의 서녀' 아니면 '맹인의 딸'이다. 기록상으로는 황 진사의 서녀라는 의견이 다수를 차지한다. 그녀의 어머니가 진현금陳玄琴이

190

라는 기록도 보여 사실감을 더해준다. 그러나 이런 기록에는 그녀가 출생할 때 "이상한 향기가 방 안에 가득"했다거나, "선녀가 나타나 찾았다"거나, "물을 떠주었더니 반쯤 마시고 돌려주기에 먹어보니 물이 아니라 술"이었고, 이것이 합환주가 되었다는 등 전설 같은 내용이 있어 신뢰할 수 없게 한다. 맹인의 딸이라는 기록에 따르면 그 맹인이 악기를 다루는 사람이며, 양반의 술자리에 자주 어울렸다 하니 이를 계기로 기적에 오른 것으로 추정할 수 있다. 따라서 황진이의 출생은 '황진사의 서녀'보다 '맹인의 딸'에 신뢰가 간다.

한편 그녀의 신분에 관해서는 위의 기록 모두 '명기名妓' 혹은 '명창名娼'으로 일컫는데, 조선 기생 중 명기나 명창이라 불린 여인의 숫자를 감안할 때 그녀가 송도의 뛰어난 기생이었음은 틀림이 없다 하겠다.

총각의 상여에 얽힌 일화 황진이가 열다섯 살 되던 해에 인근 동네의 총각이 죽었는데, 그 상여가 황진이의 집 앞을 지날 때 움직이지 않아 그녀가 속적삼을 벗어 관에 덮어주니 그제야 움직였다는 기록이 있다. 흔히 이를 근거로 그녀가 양반의 서녀에서 기생이 되었다고 하는데, 이는 전설 같은 이야기다. 게다가 이 내용을 전하는 문헌이 《숭양기구전》뿐이고, 이 문헌 또한 신빙성이 희박한 자료로 야담의 성격이 짙다.

벽계수와 인연 종실宗室의 벽계수碧溪水란 자가 황진이가 명기임을 알고 한번 만나보고자 했으나, 그녀는 '명사名士'가

아니면 만나주지 않았으므로 친구 손곡遜谷 이달李達에게 청했다. 이달
은 꾀를 내어 벽계수에게 "그대가 소동小童으로 하여금 협금수후挾琴隨後
케 하여 진이의 집을 지나 누樓에 올라 술을 마시고 일곡一曲을 부르면
진이가 와서 그대 곁에 앉을 것이다. 그때 본체만체하고 일어나 나귀
를 타고 가면 진이가 따라올 것이니 취적교吹笛橋를 지나 돌아보지 않으
면 일은 성공"이라고 했다.

벽계수가 그 말대로 누에서 일곡을 부르고 일어나 취적교로 향하니
진이는 소동에게 물어 벽계수인 줄 알고 "청산리 벽계수야 수이 감을
자랑 마라"는 시조를 읊었다. 이를 듣고 벽계수는 취적교에 이르러 뒤
를 돌아보다 낙마落馬했다. 진이가 이를 보고 웃으며 "이는 명사가 아니
라 풍류랑風流郎이다" 하고 곧 돌아갔다.

정사에 기록된 벽계수의 실재를 확인할 길이 없어 이 기록을 그대로
믿기는 어렵다. 그러나 현재까지 전하는 시조와 이달의 등장, 이달과
《금계필담》의 기록자 서유영의 관계로 미루어 있을 법한 이야기인 것
만은 분명하다. 게다가 이 일화는 황진이의 됨됨이를 엿보게 한다.

판서 소세양과 교유　　판서 소세양蘇世讓이 소시小時에 여색女色에 대해
　　　　　　　　　　　　강장剛腸하기로 자처하여 늘 친구들에게 "여색
에 혹惑함은 남자가 아니다"라고 장담해왔다. 듣건대 개성에 절창 진이
가 있다 하나 나는 30일만 같이 살면 능히 헤어질 수 있으며, 추호도
미련을 두지 않겠다고 했다. 진이와 만나 30일을 살더니 마지막 날 진
이가 작별을 서글피 여겨 남루南樓에 올라가 주연酒宴을 베풀고 시 한 수
를 지었다. 이에 소 판서가 "吾其非人哉 爲之更留"라고 자기가 장담한

것을 탄하면서 마음이 동하여 다시 머물렀다.

　소세양은 윤임과 더불어 여러 상소를 통해 정쟁하다가 결국 향리로 물러난 기록이 《중종실록》에 있다. 이를 토대로 그의 사람됨과 40세 전후라는 사실을 감안할 때 충분히 있을 법한 일이며, 황진이의 미색을 짐작하게 해주는 일화라 할 수 있다.

화담 서경덕과 교유　　황진이는 평생 화담花潭 서경덕을 흠모했다고 한다. 처음에는 서경덕을 유혹하려 했으나, 화담의 됨됨이를 알아본 황진이는 책을 끼고 그를 찾아가 배웠다. 또 서화담과 박연폭포, 자신을 '송도삼절'이라 칭했다고 한다.

　서경덕의 문집에는 황진이에 관한 기록이 전하지 않는데, 이는 양반 사대부의 문집에 기생과 교유한 일을 기록한 예가 없어 그럴 수 있는 문제로 보인다. 그러나 《식소록》의 저자인 허균의 아버지가 허엽許曄이며, 그가 화담에게 사사한 것으로 보아 기록에 나타나는 황진이와 화담에 관한 내용은 신빙성이 있는 것으로 볼 수 있다.

면앙정 송순과 교유　　면앙정俛仰亭 송순宋純은 조선 시조 문학의 대가다. 송순이 하루는 소연小宴을 베풀었는데 황진이가 나타나 모든 남정네의 찬사를 받았으며, 관서명기關西名妓라고 자타가 공인하던 송공의 실내부인室內夫人을 질투의 도가니로 몰아넣었다. 한편 송순 대부인大夫人의 수연壽宴에 참석한 모든 기생이 오색찬란한 비단 옷차림과 노리개, 분연지 등으로 미색을 다투는 가운데 황진이만 화장을 하지 않았다. 그러나 광채가 사람을 움직일 정도로 그 존재는 한 떨기 청초한 국화꽃과 같이 이채를 띠었으며, 외국의 사신들까지 "汝國有天下絶色"이라 감탄했다고 한다.

후대 연구자들은 이를 근거로 황진이가 송순에게서 시조를 사사했다고 밝히고 있다. 그러나 송순이 송도유수로 부임하기 전에 그의 대부인이 죽었으며, 송도유수 부임도 황진이의 추정된 생존 연대와 맞지 않는다.

지족선사와 교유　　　지족선사知足禪師는 송도 근교 깊은 산속의 암자에서 10년 동안 면벽 수도해온 스님이었다. 송도 사람들은 모두 그를 생불이라 존경했다. 황진이는 소복 차림으로 그를 찾아가 슬픈 표정을 짓고 자신을 청상이라 소개하며 제자로 삼아달라고 애원했다. 지족선사는 미녀가 나타난 것을 보고 어쩔 줄 몰라했고, 자신의 수양이 부족한 것으로 알고 귀신을 쫓는 주문을 외웠다. 황진이는 나중에 속옷 차림으로 비를 맞고 살결을 다 드러낸 모습으로 다시 그를 찾아갔다. 결국 지족선사는 황진이의 유혹에 넘어가고, 10년 면벽 수도도 공염불이 되고 말았다.

면벽 10년이라면 조선 불교의 으뜸으로 꼽을 수 있다. 그러나 조선의 정사 혹은 불교사에 '지족선사'에 관한 기록은 없다. 파계승이라는 점을 고려할 수 있으나, 이런 기록은 미색을 미끼로 남자들의 인격을 저울질한 황진이의 면모를 미화하면서 다소 과장된 것이라 추정할 수 있다.

이사종, 이언방, 이생, 엄수와 교유

선전관 이사종李士宗은 명창으로 유명했다. 그는 황진이의 명성을 듣고 교유하기를 원하여 그녀의 집 부근에 있는 천수원 냇가로 가서 노래를 불렀다. 이윽고 황진이가 그의 노랫소리를 듣고 노래 부르는 사람이 이사종임을 알아냈다. 두 사람은 6년 계약으로 동거에 들어갔다. 먼저 3년은 이사종의 집에서, 나중 3년은 황진이의 집에서 살았는데, 자기 집에서 산 3년 동안은 생활비를 모두 혼자 부담했다. 약속한 6년이 지나자 황진이는 아무 미련 없이 헤어졌다고 한다.

황진이는 이언방李彦邦이란 명창과도 교유한 것으로 나타난다. 이언방의 노래가 유명하다는 말을 듣고 황진이가 그를 찾아간다. 마침 노래를 하고 있던 이언방은 자신이 이언방의 동생이라 속인다. 그러나 황진이는 그의 손을 잡으며 노랫소리로 보아 이언방이 틀림없는데 어찌 속이려 드느냐고 하여 두 사람의 교유가 시작된다.

재상의 아들이라고 알려진 이생李生과 황진이의 교유는 매우 특이하다. 이생은 호탕하여 황진이가 금강산을 탐승하는데 동행을 요구했을 때 자진해서 나섰다. 곧 식량을 준비하여 단둘이 떠났는데, 여러 곳을 구경하는 동안 식량이 떨어지고 말았다. 하는 수 없이 이 절 저 절로 구걸하러 다녔는데, 그때마다 황진이가 중들에게 몸을 팔았다. 그러나 이생은 조금도 개의치 않았다고 한다.

이들 세 사람과 교유는 황진이의 애정 행각을 엿볼 수 있는 일화로 다소 과장된 면이 없지 않다. 또 호사가들에게 회자되면서 윤색된 것은 물론, 이사종과 이언방은 동일인으로 추정되기도 한다.

한편 가야금의 명인이라는 엄수嚴守와 황진이의 교유는 송도유수 송순의 대부인 수연에서 비롯된다. 황진이의 노래를 듣던 일흔의 엄수가 그녀를 선녀와 같다고 극구 찬양했다는 것이다. 이를 계기로 명창과 명인의 연령을 초월한 교유가 시작된 것으로, 두 사람의 직업으로 보아 이는 충분히 짐작할 수 있는 일이다.

죽음　　앞에서 밝힌 것처럼 황진이가 언제 어디에서 죽었는지 정확하게 알려지지 않았다. 다만 패설류에 황진이의 죽음은 특이하게 기록되었다.

　그녀는 죽으면서 집안의 사람들에게 "곡을 하지 말고, 상여가 나갈 때는 북이나 음악으로 인도하라"고 했다고 한다. 또 "생전에 성격이 화려한 것을 좋아했으니 사후에는 산에 묻지 말고 대로변에 묻어달라"고 하여 지금도 송도의 대로변에 그녀의 무덤이 있다고 한다. 게다가 "나 때문에 천하의 남자가 자애自愛하지 못했으니 내가 죽거든 관을 쓰지 말고 시체를 동문 밖 사수沙水에 그냥 내쳐두어 개미와 벌레들이 내 살을 뜯어 먹게 함으로써 천한 여자들의 경계로 삼으라" 하여 그 말대로 버려두었더니 한 남자가 거두어 장사지냈다는 기록도 있다.

　한편 백호 임제가 황진이의 무덤을 지나다가 그녀를 그리는 시를 짓고 제사를 지내, 조야朝野의 비난을 들었다는 기록이 있다.

지족과 서경덕　　이상의 기록으로 추정해보건대 황진이는 중종 6년 경에 태어나 중종 36~37년에 죽었으니, 미인단명美人短命이란 말처럼 그 나이 겨우 30세 전후다. 여러 야사에 전하는 황진이의 삶 중에 가장 흥미를 끄는 것은 지족선사와 관계, 화담 서경덕

196

과 사랑 이야기다.

지족선사는 당시 송도 인근에서 아주 유명한 스님이었다. 면벽 10년의 묵언 수행. 그는 어떤 유혹에도 굴하지 않고 벽만 바라보며 반쯤 감은 눈을 내리깔고 꼿꼿하게 앉아 있었다. 강산이 변한다는 10년 세월을 그는 오로지 벽을 향하여 앉아 한 마디 말도 없이 장승처럼 움직이지 않았다. 당시 송도에서 한창 이름을 날리던 황진이도 그의 명성을 들었다.

비가 오락가락하는 여름날, 황진이의 장난기(?)가 발동했다. 왕실의 종친이라는 유학자 벽계수도 무너뜨린 그녀가 아닌가. 그녀는 홀로 지족선사가 수행하고 있다는 암자를 찾아간다. 마침 비가 내려 흠뻑 젖었다. 겉옷을 벗었다. 하얀 속치마와 저고리. 비에 젖은 옷은 그녀의 알몸을 숨김없이 드러냈다. 벽을 향하여 앉은 지족의 옆에 살며시 다가간 황진이(이 부분을 가장 실감나게 묘사하는 소설이 최인호의 〈황진이〉다). 결국 '꿍' 하는 신음과 함께 지족은 황진이의 품에 무너지고, 이때 생긴 말이 '십년공부 도로 아미타불'이라던가.

다음은 서경덕. 조선 중종 때의 유명한 도학자다. 1489년에 태어난 그는 18세 때 《대학》을 배우다가 격물치지格物致知(사물의 이치를 연구하여 지식을 명확히 함, 혹은 자기 마음을 바로잡고 선천적인 좋은 지식을 갈고 닦음)에 크게 깨닫고, 그 원리에 의지하여 학문을 연구했다고 한다. 그러니 과거시험에는 뜻이 없었다. 어머니의 명령으로 사마시司馬試(생원과 진사를 뽑는 작은 규모의 과거)에 응시하여 합격했을 뿐, 벼슬살이는 하지 않았다.

서경덕은 오로지 도학에 전념했다. 집이 매우 가난하여 며칠 동안 굶주려도 태연자약했으며, 제자들의 학문이 진취한 것을 볼 때 매우 기뻐했다. 평생을 산림에 은거했으나, 정치가 잘못되었을 때는 임금께 비판하는 상소를 올렸다.

서경덕이 송도 부근의 성거산聖居山에 은둔할 때다. 자연히 그의 됨됨이가 인근에 자자했고, 그 명성을 황진이도 들은 모양이다. 벽계수와 지족선사를 무너뜨린 기세를 몰아 황진이는 서경덕에게 도전했다. 지족선사에게 쓴 수법을 그대로 했다. 하얀 속치마와 저고리에 흘러내린 비. 속옷이 알몸에 달라붙어 가뜩이나 요염한 기녀의 몸을 돋보이게 만들었다. 그런 차림으로 계속 비를 맞으며 서경덕이 은거하는 초당으로 들어갔다. 물론 서경덕 혼자 있는 집이었다.

그러나 서경덕은 지족선사와 달랐다. 조용히 글을 읽던 서경덕은 황진이를 반갑게 맞이했고, 비에 젖은 몸을 말려야 한다며 아예 황진이의 옷을 홀딱 벗겼다. 옷을 벗기고 직접 물기를 닦아주는 서경덕의 자세에 오히려 황진이가 부끄러울 판이었다. 그래도 황진이는 '저도 사내인 것을……' 하며 은근히 오기를 부린 모양이다. 물기를 다 닦아낸 서경덕은 마른 이부자리를 펴 황진이를 눕히고 몸을 말리라고 했다. 그리고 다시 꼿꼿한 자세로 글을 읽었다. 날은 어두워졌고 이윽고 밤이 깊었다.

황진이가 잘 수 있겠는가. 삼경쯤 되자 서경덕이 황진이 옆에 누웠다. 그러나 그녀의 기대와 달리 이내 가볍게 코까지 골며 편안하게 꿈나라로 가는 서경덕. 아침에 황진이가 눈떴을 때 서경덕은 벌써 일어나 밥상을 차렸다. 황진이는 대충 말린 옷을 입고 서둘러 그곳에서 벗어났다.

며칠 뒤, 황진이는 성거산에 다시 갔다. 물론 옷을 제대로 갖춰 입고 음식을 장만하여 서경덕을 찾았다. 역시 글을 읽던 서경덕이 반갑게 맞았고, 방 안에 들어선 황진이는 큰절을 올리며 제자로 삼아달라는 뜻을 밝혔다. 빙그레 웃는 서경덕.

이후의 일은 독자들의 상상에 맡긴다. 다만 어느 야사에도 서경덕이 황진이와 놀아났다는 기록은 없다. 둘의 관계에서 찾아볼 수 있는 것은 흠모와 존경이라는 단어뿐이다.

황진이가 문득 서경덕에게 말했다.

"송도에는 꺾을 수 없는 것이 세 가지 있사옵니다."

서경덕이 황진이를 쳐다보며 다음 말을 기다렸다.

"첫째가 박연폭포요, 둘째가 선생님이십니다."

서경덕이 미소 지으며 셋째를 물었다.

"바로 저올시다."

송도에 있는 것 중 도저히 꺾을 수 없는 세 가지 혹은 가장 뛰어난 세 가지. 송도삼절은 이렇게 황진이의 입을 통해 만들어졌다. 서경덕도 동감하는 듯 소리 없이 미소 지었다고 한다.

서경덕이 아무리 도학자에 뛰어난 사상가라고 하나, 당시 신분으로 보면 양반이요 그 역시 사내다. 당연히 결혼을 했고 첩까지 두었으니 여자를 모를 리 없다. 그런데 황진이와 서경덕의 관계는 왜 그렇게 아름답고 순수했을까. 이는 황진이도 마찬가지다. 서경덕을 대하는 그녀의 자세는 스승을 대하는 것 이상도 이하도 아니었다. 존경과 흠모의 대상이지 사내 서경덕이 아니었다.

묘한 것은 성거산에 은거하던 서경덕이 가끔은 황진이를 그리워한 모양이다. 그가 남긴 시조가 이런 사실을 뒷받침한다.

"마음이 어리석고 보니 하는 일이 모두 어리석다. 구름이 만 겹으로 둘러싸인 성거산에 어느 누가 나를 찾아오겠는가. 그런데도 불어오는 바람결에 떨어지는 낙엽 소리를 듣고 혹시 그녀가 왔나 하는 마음에 방문을 열어본다"는 뜻이다. 조선의 벼슬아치나 유학자들이 임금을 생각하며 일반적으로 부르는 임이 아니다. 서경덕의 시조에는 분명 여인을 그리는 남자의 마음이 그대로 드러난다. 결코 부끄러운 일이 아니다. 오히려 가장 순수하고 아름다운 현상이다.

서경덕이 이 시조를 부를 때 누군가(마당을 쓸던 하인일 수도 있고, 제자일 수도 있다) 들었는지 그대로 황진이에게 전해졌다. 그녀 역시 비록 서경덕을 스승으로 모시고 있지만 끔찍이 사모한 모양이다. 서경덕이 부른 시조에 곧바로 화답한다.

"내가 언제 신의도 없이 임을 속였겠는가, 절대 그런 일이 없다. 그런데 달 밝은 깊은 밤에 무기력하게 무엇을 해야겠다는 마음도 없다", 즉 "허전하다, 가을바람에 나뭇잎 떨어지는 소리까지 내가 어쩌겠는가"라는 뜻이다. 서경덕의 시조 종장 "지난 님 부난 바람에 행여 긘가 하노라"에 대한 답이다. "나도 당신이 그리운 것을, 당신이 나를 그리 며 나뭇잎 떨어지는 소리를 내 발걸음 소리로 착각하는 것까지 내가 어쩔 수 있겠는가", 그만큼 나도 당신이 보고 싶다는 말이다.

이 얼마나 아름다운 노래인가. 이렇게 아름다운 노래를 제쳐두고 교 과서에는 벽계수를 농락하는 황진이의 시조가 실려 있다. 교과서 편찬 자들의 심술도 이만저만이 아니다. 황진이의 사랑 노래를 몇 수 더 들 어보자.

> 청산靑山은 내 뜻이오 녹수綠水는 님의 정이
> 녹수 흘러간들 청산이야 변할손가
> 녹수도 청산 못니저 우러 에어 가는고

흔히 산은 남성이요, 물은 여성으로 해석한다. 황진이는 그것을 뒤 집는다. 푸른 산은 자신이요, 푸른 물이 임의 정이다. 임의 정이 다른 곳으로 옮겨간다고 해도 자신은 변하지 않고 있을 거란다. 그러니 임 도 그 정을 못 잊어 울며 지나간단다. 사랑도 이렇게 당당해야 하지 않 을까.

> 어져 내 일이야 그릴 줄을 모르던가.
> 이시라 하더면 가랴마는, 제 구태여
> 보내고 그리는 정情을 나도 몰라 하노라.

"아, 내가 한 짓이라니, 그리워할 줄 정말 몰랐단 말인가. 있어달라 고 말했다면 임께서 가시지는 않았을 것을, 갈 테면 가라고 해놓고는

정말 임이 가버리자 이렇게 그리워할 줄 진정 몰랐다." 요즘 쓰는 말로
여인의 자존심으로 한번 튕겨봤겠지. 그런데 정작 가버린 임을 이렇게
그리워하다니…… 얼마나 진솔한 노래인가.

　한편 이 노래를 들으면 황진이가 시조의 형식을 완벽하게 이해하고
있다는 생각이 든다. 아니 정형화된 시조의 형식 속에 자신의 생각을
자유자재로 배치한다. '제 구태여'는 분명 종장에 연결될 내용이다. 그
러나 중장의 마지막에 배치하여 그 감흥을 뒤집는다.

동짓冬至달 기나긴 밤을 한 허리를 버혀내어
춘풍春風 이불 아래 서리서리 너었다가
어론님 오신 밤이어든 구비구비 펴리라.

　시간과 공간을 자유자재로 조종하는 황진이의 모습을 이 시조에서
볼 수 있다. 밤이 가장 길다는 동지, 그날 밤 시간 중에 한 허리를 칼로
벤다. 그것을 봄바람처럼 따뜻한 이불 속에 넣었다가 임이 오신 밤이
면 꺼낼 것이다. 임과 함께하는 밤이 얼마나 짧다는 생각이 들었겠는
가. 그러니 가장 길다는 동지의 밤 시간을 잘라 임과 함께하는 밤에 펼
쳐 더욱 길게 만들겠다는, 황진이다운 생각이다.

　백호 임제가 과거에 급제하여 평양으로 벼슬살이하러 가다 송도 어
귀에서 황진이의 무덤을 찾아 술 한잔 따르며 노래했다고 한다.

청초靑草 우거진 골에 자난다 누웠는다.
홍안紅顔은 어데두고 백골白骨만 묻혔나니,
잔盞 잡아 권할 이 없으니 그를 슬허하노라.

202

"푸른 풀이 우거진 골짜기에 자는 것이냐 누워 있는 것이냐, 어여쁜 얼굴은 어디 두고 하얀 뼈만 묻혀 있느냐, 술잔을 잡아 권할 그대가 없으니 어찌 아니 서럽겠느냐"는 내용이다. 이 노래 때문에 평양에 도착하자마자 벼슬이 떨어졌다던가. 허허 웃었다던 임백호. 그도 서경덕과 마찬가지로 황진이를 알아본 인물이다.

황진이의 시조, 그중에서도 사랑을 노래한 아름다운 시조를 우리 학생들에게 꼭 읽히고 싶다.

오늘 문득 황진이가 그립다.

※ 고서와 평문을 인용했으나 일일이 표기하지 않았다.

창조적 모방을 위하여

모방과 표절 예술 행위 혹은 예술 작품의 표절 시비는 어제오늘의 일이 아니다. 종종 저질 시비가 있는 대중가요부터 국전 수상작이라는 고급 예술 작품까지 우리는 표절 시비를 심심찮게 봐 왔으며, 이런 현상은 문학작품에서도 예외가 아니었다. 신춘문예에 당선된 작품이 외국 작가의 작품을 모방한 것으로 판명된다거나, 베스트셀러 소설이 국내 몇몇 작가의 작품을 조사 하나 다르지 않게 짜깁기한 것으로 독자에 의해 고발된 것이 요 몇 해 사이 벌어진 일이다.

모방과 표절은 엄격히 구별되어야 한다. 모방은 남의 것을 본떠서 하는 행위다. 즉 남의 것을 이용하되, 결과는 그것과 똑같지 않은 것이다. '모방은 창조의 어머니'라는 격언처럼 모방은 또 다른 창조를 전제로 해야 한다. 모방이 창조로 나아가지 못하고 단순한 모방에 그칠 때 우리는 그것을 아류라고 부르며 폄하함은 물론, 표절이라고도 한다.

표절은 글자 그대로 남의 것을 허락 없이 베끼는 행위다. 근래에 포스트모더니즘이란 사조 아래 남의 것을 베끼는 행위가 모든 예술 작품

204

에 성행하다시피 하나, 또 다른 예술적 창조를 하지 못하면 그것은 단순한 베끼기에 불과하며, 이는 '○○ 사조'라는 그럴싸한 이름 아래 숨겨진 표절에 해당한다.

모방이나 표절은 예술가들이 특히 경계해야 할 일이다. 남의 영감을 이용하여 나의 작품을 완성하겠다는 것은 남의 피와 땀을 거저먹겠다는 도둑 심보다. 이는 법의 문제보다 양심의 문제다. 남의 것을 모방 혹은 표절하여 또 다른 예술적 창조를 했는지 여부를 가리는 것은 비평가나 독자의 몫이지만, 모방이나 표절을 한 당사자가 가장 잘 알기 때문이다.

문제는 모든 예술가는 모방이나 표절에서 예술 행위를 시작한다는 데 있다. 모든 예술 행위, 예술 작품이 자연을 모방한 것이라는 문학의 '모방론'을 들먹일 필요도 없다. 천재가 아닌 이상, 공자가 이른 대로 생이지지자生而知之者가 아닌 이상 예술가들의 학습기 혹은 습작기 작품은 앞선 예술 작품을 모방하거나 표절하면서 만들어진다. 대다수 시인들은 소년·소녀 시절에 소월이나 윤동주 혹은 만해나 미당의 여러 시에서 따온 구절을 적당히 배열해놓고 시를 썼다는 쾌감에 젖은 기억이 있을 것이다. 예술가들은 이렇게 모방과 표절을 통한 학습기와 습작기를 거치면서 자신의 목소리를 찾고, 그 목소리가 뚜렷할수록 개성 있는 예술가로 평가받는다.

결론적으로 예술 행위에서 모방과 표절은 있을 수 있는 문제다. 그러나 단순한 모방이나 표절은 참다운 예술 행위로 간주될 수 없다. 예술가들의 모방과 표절은 그것을 빌려 또 다른 예술적 창조를 이룰 때 인정받을 수 있다. 창조적인 모방이 바로 그것이다.

문제는 어떻게 모방하고 표절하여 예술적인 창조로 나아가느냐에
있다. 이 물음에 적절한 답을 하기는 쉽지 않다. 이에 정지용의 '향수'
와 이 작품이 모방한 것으로 짐작되는 트럼블 스티크니의 '추억'을 비
교·분석함으로써 답을 대신하려 한다. 먼저 트럼블 스티크니의 생애
와 '추억'이란 작품을 소개하고, 이어서 정지용의 생애와 '향수'를 제
시한 다음 두 작품을 비교·분석해 창조적 모방의 구체적인 모습을 제
시할 것이다.

트럼블 스티크니와 '추억'　　　미국의 시인 트럼블 스티크니는 1874년
　　　　　　　　　　　　　　　　6월 20일 제네바에서 태어나, 다섯 살까
지 스위스와 이탈리아에서 살다가 가족과 함께 미국으로 왔다. 아버지
오스틴 스티크니는 더블린 트리니티대학의 라틴학과장이었고, 어머니
해리엇 스티크니는 코네티컷 주지사의 직계 후손이다. 부모가 오랫
동안 외국에서 살았기 때문에 스티크니는 클리브덴과 뉴욕에서 지낸
1, 2년을 제외하면 어린 시절을 주로 유럽에서 보냈다. 게다가 하버드
대학에 입학하기 전에는 아버지가 그의 유일한 선생이었다.

　1895년 문학사 학위를 받은 스티크니는 프랑스 소르본대학에서 7년
동안 그리스와 산스크리트 문학을 공부했으며, 1903년 미국인 최초로
그 분야의 박사 학위를 받았다. 그는 석 달 동안 그리스에 있다가 하버
드대학 그리스문학과의 강사로 돌아왔는데, 이때 벌써 시집(《Dramatic
Verse》, 1902년)을 출간했고, 시작詩作을 계속하면서 그리스의 비극 시
인 아이스킬로스Aeschylos의 시를 번역하기도 했다. 그러나 스티크니는
온 세상이 자기 앞에 활짝 열려 있을 때 안타깝게도 뇌종양으로 죽고

만다. 1904년 10월 11일, 그의 나이 서른이었다.

이듬해 친구들이 스티크니가 생전에 출간한 시집에 미완성 유작을 덧붙여 《The Poems do Trumbull Stickney》란 시집을 다시 출간했다. 흔히 꽃을 피워보지도 못하고 요절한 시인에게 올바른 평가 대신 동정을 보내는 경향이 있으나, 스티크니는 당시 빈틈없는 비평가로 알려진 밴 브룩스Van Wyck Brooks나 에드먼드 윌슨Edmund Wilson에게 "약속의 시인이자 실행의 시인"이라고 찬사를 받았다.

친지들의 회고에 따르면 스티크니는 키가 크고 말랐으며, 음성이 아름답고 우아한 사람이었다. 부끄러움을 잘 타고 인정 많은 사람으로, 자연에 대한 우울함은 있었으나 유머가 넘치는 청년 시인의 본보기였다. 그는 진정한 학자이자 음악가로서 바이올린 연주 솜씨는 거의 천재적이었으며, 아름다운 회색 눈과 슬픈 얼굴이 무척 인상적이었다고 한다.

스티크니는 "내가 진실로 관심을 두는 것은 시"라고 말할 정도로 시에 강한 애착을 보였다. 스티크니의 친구이자 유고 시집의 편집에 참여한 윌리엄 무디William V. Moody에 따르면 "그는 동서양의 사고를 새로이 종합한 자신만의 시를 꿈꿔왔다"고 한다. 그의 작품에는 에드거 앨런 포Edgar Allan Poe나 앨저넌 찰스 스윈번Algernon Charles Swinburne의 영향이 강하게 나타나며, 시의 리듬은 종종 리하르트 바그너Richard Wagner의 시에서 빌려오기도 한 것으로 알려졌다.

다음은 그의 대표작 '추억'이다. (시행의 번호는 분석의 편의상 붙인 것이다.)

Mnemosyne

A– ① It's autumn in the country I remember.

B– ① How warm a wind blew here about the ways!

② And shadows on the hillside lay to slumber

③ During the long sun-sweetened summer-days.

④ It's cold abroad the country I remember.

C– ① The swallows veering skimmed the golden grain

② At midday with a wing aslant and limber;

③ And yellow cattle browsed upon the plain.

④ It's empty down the country I remember.

D– ① I had a sister lovely in my sight:

② Her hair was dark, her eyes were very sombre;

③ We sang together in the woods at night.

④ It's lonely in the country I remember.

E– ① The babble of our children fills my ears,

② And on our hearth I stare the perished ember

③ To flames that show all starry thro' my tears.

④ It's dark about the country I remember.

시의 제목 'Mnemosyne'는 그리스신화에 나오는 무사^{Mousa}(영어로 뮤즈)의 어머니이자 기억의 여신 므네모시네를 영어로 표기한 것이다. 우리말로 옮길 때 '기억'보다는 '추억'이 자연스러울 것이다. 시의 전체적인 내용 역시 추억이다. 이 시를 어설프게나마 우리말로 옮겨보면 다음과 같다.

추억

지금은 가을이 오는 내 추억의 고향

따사로운 바람결은 길모퉁이 스치고
향기로운 태양의 긴 여름날
산마루엔 그림자 누워 졸던 곳
지금은 추운 내 추억의 고향

날씬하게 기운 제비 날개
한낮에 금빛 곡식 물결 박차고 소소 떨고
누런 소 넓은 들에 풀 뜯던 곳
지금은 텅 빈 땅 내 추억의 고향

칡 빛 머릿단에 수심 짙은 눈망울
내가 보아도 사랑스러운 내 누이와
밤이면 숲 속에서 노래 부르던 곳
지금은 쓸쓸한 내 추억의 고향

어린 자식들 도란거리는 소리 내 귀에 가득한데

난로 속 남은 재 응시하면

눈물 속에 별인 양 불꽃이 반짝이던 곳

지금은 어두운 내 추억의 고향

원시原詩가 이미지보다 운율을 바탕으로 하는 음송 형식이기에, 그 운율을 살려 번역하기는 다소 어려운 일이다. 엉성한 번역이지만 향토적인 고향의 모습은 충분히 느낄 수 있으리라 생각한다. 김현승은 이 시를 〈가을에 생각나는 詩들〉이란 수필에서 다음과 같이 소개한다.

> 그 많은 추억의 시편들 가운데서도 생각나는 것은 미국 시인 트럼블 스티크니의 걸작 '추억'이다. (중략) 얼마나 다사롭고 눈물겹게 만드는 추억의 시편인가. 이 시 한 줄 한 줄은 민감한 독자들의 추억을 오래도록 사로잡을 것이다. 그 가운데서도 끝 연 마지막 두 행은 얼마나 눈물겹고 감각적인 표현인가.

김현승이 지적한 것은 가을에 생각나는 시다. 가을과 관련한 그의 시에서 느낄 수 있는 것처럼, 그가 이 시를 택한 것은 'Mnemosyne'라는 제목과 함께 "It's autumn in the country I remember"라는 행(연), 시 전체적인 분위기 때문으로 보인다. 그만큼 이 시는 가을과 함께 고향에 대한 추억을 느끼게 해준다.

정지용과 '향수'　　정지용은 1902년 5월 15일(음력) 충북 옥천군 옥천면 하계리 농가에서 정태국의 장남으로 태어났다. 아버지는 약재상을 경영하여 농촌에서는 비교적 유복한 어린 시절을 보내지만, 불의에 밀어닥친 홍수로 가세가 기울었다고 한다. 김학동이 정지용의 시를 빌려 소개한 그의 고향은 이런 곳이다.

천재 시인 정지용이 태어난 곳은 실개천이 지즐대며 흐르는 농가 마을이다. 지금은 문명의 때를 타고 그 원초적인 자연조차 과도기적인 열병으로 진통하는 마을로 변해가고 있으나, 당시는 소박하고 인정미 넘치는 마을로 온통 전설의 바다를 이루어 출렁이고 있었다.

정지용이 태어나서 자란 마을 뒤로는 높고 한일자로 뻗은 '일자산'이 있다. 그 산의 계곡에서 흘러나오는 물이 실개천을 이루고, 청석교 밑을 지나 들판을 가로질러 동쪽 끝으로 흐르고 있다. 그 산기슭에 자리한, 그가 태어나서 자란 집은 일자산의 계곡에서 이어지는 개천을 따라 산정기가 곧바로 뻗은 것도 같지만, 범상의 눈엔 그것이 잘 보이지 않는다.

1913년 12세 때 혼인을 하여 이곳에 살았고, 1914년 옥천공립보통학교를 졸업한 뒤 4년간 한문을 수학하면서도 이곳에 살았다. 정지용은 태어난 곳에서 유년기는 물론, 휘문고보를 거쳐 도시샤대학을 마치고 모교인 휘문고보에 교사로 취임하여 서울로 이사할 때까지 살았다. 그러나 이는 주소지일 뿐, 실제는 14세 이후 고향을 떠나 객지에서 고달픈 삶을 이어갔다.

정지용의 문학적 재능이 나타나기 시작한 것은 1918년 4월 휘문고보에 입학하면서부터다. 선배로 홍사용·박종화·김영랑 등이 있었고, 후배로는 이태준이 같은 학교에 다녔다. 1학년 때 88명 중 1등으로 창가나 체조 등 실기 과목을 제외한 전 과목에서 고루 성적이 우수했으며, 영어와 작문 실력이 뛰어났다. 이는 나중에 도시샤대학 영문학부에 진학하는 것을 봐도 알 수 있다. 그러나 집안이 넉넉지 못한 그는 교비생으로 휘문고보에 다녔다.

박팔양의 기록에 따르면 이때(1918년) 휘문고보·중앙고보·일고·고상·법전 등의 학생들이 문학 동인을 결성해 등사판 문예 동인지《요람》을 발간했다는데, 휘문고보의 중심 학생이 정지용이었다고 한다. 그는《요람》에 많은 습작을 발표했다.

1922년에는 휘문고보의 재학생과 졸업생이 함께하는 문우회의 학예부장을 맡아《휘문》창간호 편집위원이 된다. 이듬해 3월 휘문고보 5년제를 졸업하고, 4월에는 일본 교토에 있는 도시샤대학 영문학부에 진학한다. (이하 정지용의 생애는 이 글과 직접적인 관계가 없어 생략한다.)

정지용의 삶을 통해 다음과 같은 사실을 지적할 수 있다. 먼저 그는 농촌 출신이다. 이는 자연과 벗 삼아 유년 시절을 보냈다는 얘기다. 다음으로 그는 14세 이후 객지 생활을 해서 고향에 대한 그리움이 컸을 것이다. 마지막으로 그는 휘문고보 시절부터 시인의 자질을 보였다. 더구나 영어와 작문 실력이 뛰어나 대학에서 영문학을 전공했다는 사실은 이 글에서 밝히고자 하는 점과 깊은 연관이 있다.

정지용의 초기 대표작 '향수'는 1927년 3월《조선지광朝鮮之光》에 발표되지만, 작품 말미에 1923년 3월에 쓴 것으로 표기되었다. 박팔양의 기록에 따르면 1918년에 시작한 동인지《요람》이 1923년까지 10호 정도 나왔으며, 여기에 '향수'를 비롯한 그의 여러 작품이 실렸다는데 현재로서는 확인할 길이 없다. 다만 정지용의 동시나 민요풍의 시 여러 편이 '향수'와 함께《요람》시대인 1918~1923년에 쓰인 것으로 추측할 수 있다.

다음은 《조선지광》에 발표된 '향수'다. (표기와 띄어쓰기는 모두 《조선
지광》에 실린 그대로이며, 시행의 번호는 분석의 편의상 붙인 것이다.)

Ⅰ-①넓은 벌 동쪽 끄트로

②넷니야기 지줄대는 실개천 이 회돌아 나가고,

③얼룩백이 황소 가

④해설피 금빗 게으른 우름 을 우는 곳,

⑤-그곳 이 참하 쑴 엔들 니칠니야.

Ⅱ-①질화로 에 재 가 식어 지면

②뷔인 바테 밤ㅅ바람 소리 말 을 달니고,

③엷은 조름 에 겨운 늙으신 아버지

④집벼개 를 도다 고이시는 곳,

⑤-그곳 이 참하 쑴 엔들 니칠니야.

Ⅲ-①흙 에서 자란 내 마음

②파아란 한울 비치 그립어 서

③되는대 로 쏜 화살 을 차지러

④풀섭 이슬 에 함추룸 휘적시 든 곳,

⑤-그곳 이 참하 쑴 엔들 니칠니야.

Ⅳ-①傳說바다 에 춤 추는 밤물결 가튼

②검은 귀밋머리 날니 는 누의 와

③아무러치 도 안코 엽블것 도 업는

④사철 발 버슨 안해 가

⑤따가운 해쌀 을 지고 이삭 줏 든 곳,

⑥—그곳 이 참하 쑴 엔들 니칠니야.

V - ①한울 에는 석근 별

②알수 도 업는 모래성 으로 발 을 옴기고,

③서리 짜막이 우지짓 고 지나가는 초라한 집웅,

④흐릿한 불비체 돌아안저 도란도란 거리는 곳,

⑤—그곳 이 참하 쑴 엔들 니칠니야.

유행가의 노랫말로 쓰일 만큼 친숙해진 이 시에서 우리는 정지용의 고향을 그리는 마음과 그가 그리워하던 고향의 모습을 알 수 있다. 평화롭고, 사랑스럽고, 정겹고, 지극히 향토적인 서경이 그것이다.

시 전편에 유년 시절의 추억이 담겨 있으며, 한가로운 서경과 함께 아버지와 누이, 안해와 그들이 "돌아안저 도란도란 거리는" 행복한 고향의 모습이 생생하게 살아 있다. 서경과 서정이 어우러져 아름다운 한 폭의 그림을 연상케 하는 이 시는 정지용 개인뿐만 아니라 우리 민족의 마음의 고향이라 할 만큼 우리의 정서와 부합되는 것이다.

'추억'과 '향수'의 거리　　앞에 소개한 트럼블 스티크니의 '추억'과 정지용의 '향수'는 우연의 일치라고 하기에는 석연치 않은 유사점이 많아, 누가 봐도 '향수'가 '추억'을 모방한 것이 아닌가 하는 의혹을 살 수 있다. 두 시인의 생애와 관련하여 두 작품의 창작 연대와 구조를 분석해보면 이는 분명해진다.

우선 생애와 관련지어 볼 때, 정지용의 습작기는 휘문고보에 입학하던 1918년부터 교토의 도시샤대학 영문학부에서 수학하던 1925년 사이다. 당시 문학도로서 접할 수 있는 현대 시는 19세기 말부터 20세기 초엽의 국내외 작품이다. 식민지 시대인 만큼 일본 시와 함께 서구 시의 대표라 할 프랑스 상징주의 시는 물론, 영미 시를 접했을 가능성은 충분히 예측할 수 있다.

앞에서 소개한 트럼블 스티크니는 미국의 근대 시가 현대 시로 전환하는 1900년대 초에 활동한 대표적인 시인으로, 요절하여 젊은이들에게 상당한 반항을 일으켰다. 정지용은 영어에 능통하고 문학적 소양을 갖추고 있었다. 따라서 정지용이 1923년 3월 '향수'를 쓰기 전에 스티크니의 '추억'을 읽었을 것이라는 추측은 상당한 설득력이 있다.

이런 추측은 앞에 소개한 '추억'과 '향수'의 구조나 기법을 견주어보면 더욱 신빙성이 있다. 우선 외형상으로 무척 닮았다. 전체 5연 구성에, 연이 끝날 때마다 후렴구 1행이 반복되는 것이 그렇다.

스티크니의 '추억'을 보자. 형식에서 볼 때 전체 내용을 아우르는 한 행(A)을 독립된 연으로 처리하면서 전체를 5연으로, 한 연은 3행과 후렴구 1행으로 구성되었다. 이는 19세기 말과 20세기 초에 유행한 음송 시의 전형이다. 이런 음송 형식은 각운에서 명확하게 나타난다. 연의 끝에 나오는 후렴구 1행(B-④, C-④, D-④, E-④)은 항상 It's로 시작하여 remember로 끝난다. 게다가 B연에서는 ways와 days, C연에서는 grain과 plain, D연에서는 sight와 night, E연에서는 ears와 tears로 1행과 3행의 각운이 이어진다. 이러한 행 구분과 동음어의 반복은 정형시 혹은 음송 시의 전형이다.

　정지용의 '향수' 역시 전체 5연으로 구성되었다. 스티크니의 '추억' 처럼 시 전체 내용을 아우르는 독립된 연은 없지만, 연마다 4(5)행으로 묘사하는 고향의 모습은 모두 '……는(든) 곳'이다. 이어지는 후렴구 1행 은 그런 고향의 모습, "그 곳 이 참하 꿈 엔들 니칠니야"가 반복된다.

　따라서 '향수'의 전체적인 시 형식은 '추억'의 변형으로 볼 수 있다. '추억'의 5연 형식을 그대로 수용하면서 그 모습을 5연에 균등하게 분 배했고, 각운의 맛을 살리려고 연의 4(5)행은 '……는(든) 곳'으로 끝 맺었다. 게다가 '추억'에서는 연의 끝에 나오는 후렴구 1행은 It's로 시 작하여 remember로 끝나지만 그 내용은 상이한데, '향수'는 이를 하 나로 통일하여 5회에 걸쳐 반복함으로써 향수를 더욱 절실하게 표현하 며 운은 물론, 그 맛을 살렸다. 결국 '향수'의 형식은 '추억'의 그것을 빌려 나름대로 변형한 것으로 볼 수 있다.

　다음으로 시의 내용을 보자. '추억'의 전체적인 내용은 내가 기억하 는 고향의 가을은 이러이러한 곳(각 연의 ①②③)이었는데 지금은 춥고 cold(B-④), 텅 비고 empty(C-④), 쓸쓸하고 lonely(D-④), 어두운 dark(E-④) 곳이라는 것이다. 즉 과거 기억 속의 고향과 현재의 고향 이 대조를 이루며 흔히 가을이란 이미지가 주는 쓸쓸함을 더한다. 문 제는 기억 속의 고향이다.

　김현승이 지적한 것처럼 '추억'의 고향은 다사롭고 눈물겨운 곳이 다. 지극히 평화로운, 서정적 자아의 행복이 가득한 곳이다. 길모퉁이 를 돌아 부는 바람, 졸고 있는 언덕의 그림자, 향기로운 여름날, 황금 들판을 나는 제비, 풀을 뜯는 소, 검은 머리의 누이, 숲 속의 노래, 어 린 자식들의 재잘거림, 별빛 같은 불꽃…… 이 모든 것은 서정적 자아 의 기억 속에 남아 있는 고향의 모습이다. 그런 곳이 지금은 춥고, 텅 비고, 쓸쓸하고, 어두운 곳으로 바뀌었다. 그러기에 추억처럼 눈물겨울 수밖에 없다.

정지용의 '향수'는 '추억'에서 서정적 자아의 기억에 내재하는 고향 모습을 그대로 옮겨놓았다. 실개천이 회돌아 나가고, 황소가 게으른 울음을 울고, 질화로에 재가 식고, 아버지가 졸고 있고, 검은 머리 누이, 안해, 따가운 햇살, 하늘의 별, 흐릿한 불빛, 도란거리는 소리……이 모든 것은 '추억'의 고향 모습과 다르지 않다. 소재와 이미지를 차용한 것이기 때문이다. 구체적으로 소재나 이미지가 유사한 것을 열거하면 다음과 같다.

Ⅰ- ⑤ 꿈 엔들 니칠니야	A- ① I remember
Ⅰ- ② 회돌아 나가고	B- ① blew here about the ways
Ⅰ- ③ 황소	C- ③ yellow cattle
Ⅱ- ① 질화로 에 재 가 식어 지면	E- ② the perished ember
Ⅱ- ② 뷔인 바 테	C- ④ empty down
Ⅱ- ③ 엷은 조름	B- ② lay to slumber
Ⅳ- ② 검은 귀밋머리 날니 는	D- ② hair was dark
Ⅳ- ② 누의	D- ① a sister
Ⅳ- ⑤ 짜가운 해쌀	B- ③ the long sun-sweetened
Ⅴ- ① 별	E- ③ starry
Ⅴ- ③ 우지짓 고 지나가는	C- ① veering skimmed
Ⅴ- ④ 흐릿한 불비체	E- ② the perished ember
Ⅴ- ④ 도란도란 거리는	E- ① babble

시 한 편에서 이렇게 많은 유사점을 찾기는 그리 쉬운 일이 아니다. 이런 예는 '향수'가 '추억'을 모방했다는 결정적인 증거다. 특히 V-①과 V-④의 소재와 분위기는 E-① ② ③을 그대로 빌린 것이라 해도 과언이 아니다. Ⅲ연을 제외한 모든 연이 '추억'의 여러 행에서 그 소재와 분위기 혹은 이미지를 빌려온 것이 명확하게 드러난다.

'향수'는 분명 '추억'의 형식을 빌렸고, 소재와 이미지를 차용했다. 그러나 시의 구조와 기법을 빌렸을지언정 그 주제와 감흥은 다르다. 특히 서정적 자아의 모습이 전혀 다르게 나타난다.

'추억'은 앞에서 지적한 것처럼 과거와 현재의 대조다. 서정적 자아는 현재 고향에 돌아와 있다. 그리고 지금은 가을이다. 그런데 고향의 모습이 너무 변했다. 내 기억 속에 남아 있는 고향의 모습은 평화롭고, 아름답고, 따뜻한 곳인데 지금은 그렇지 않다는 것이다. 우리말로 표현하면 을씨년스럽고, 공허하고, 쓸쓸하고 어두운 곳으로 변하고 말았다. 김현승이 지적한 대로 다사로우면서도 눈물겨운 모습이다.

그러나 '향수'는 과거의 모습을 재현하면서도 이를 현재와 대조하지 않는다. 서정적 자아도 고향이 아닌 타향에 있다. 타향에서 고향을 생각하는 것이다. 그러기에 서정적 자아의 기억 속에 살아 있는 고향의 평화롭고, 아름답고, 정겨운 모습을 생생하게 그리면서 이를 현재까지 지속시키는 것이다. 여기에 "그 곳 이 참하 꿈 엔들 니칠니야"를 반복함으로써 향수를 더욱 절실하게 한다.

서정적 자아의 시각의 경우 '추억'은 B, C, D, E로 진행하면서 원경에서 근경으로 집중된다. 그러나 '향수'는 원경과 근경이 혼합되었다. Ⅰ연은 원경, Ⅱ연은 근경, Ⅲ연은 다시 원경으로 나가다가 Ⅳ연과 Ⅴ연은 근경으로 돌아온다. 원경과 근경의 혼합을 통해 '추억'처럼 서정적 자아의 시각이 자연에서 인간으로, 즉 고향의 모습에서 가족의 모습으로 집중된다. 특히 '향수'는 '추억'의 누이와 어린 자식뿐만 아니라 아버지, 누이, 안해, 그들이 모여 앉아 도란거리는 모습을 통해 단순한 추억이 아니라 정거운 삶의 모습을 그렸다.

비록 정지용의 실제 고향의 모습과 어울리지 않는, 다소 서구적인 '말' 달리는 모습이 표현되었지만, 당시 조선의 농촌에서 느낄 수 있는 향토적인 분위기가 전체적으로 깔려 있다. 즉 정지용은 '추억'의 여러 면을 모방하면서도 자기 것으로 만들어 조선의 농촌에 걸맞은 분위기와 감흥을 창조한 것이다. 따라서 이는 단순한 모방이 아니라 창조적인 모방이다.

창조적 모방을 위하여　　앞에서 정지용의 '향수'는 미국의 시인 트럼블 스티크니의 '추억'을 모방한 것이라는 사실을 밝혔다. 그러나 단순한 모방이 아니라는 것도 밝혔다.

두 작품의 발표 연대와 정지용의 생애로 미루어 정지용은 습작기에 트럼블 스티크니의 '추억'을 접했고, 이 시를 매우 감명 깊게 읽은 것으로 보인다. 그리고 이 시를 염두에 두고 '향수'를 썼을 것이다. 시의 형식이나 소재, 이미지를 빌렸음이 분명하다.

중요한 것은 그가 스티크니의 시를 단순히 번역이나 번안한 것이 아니라는 사실이다. 정지용은 '추억'을 읽으며 스티크니가 사용한 시의 구성 기법, 행과 연의 구분, 후렴구의 기능, 소재와 이미지를 완전히 자기 것으로 만들었다. 그런 뒤 자신의 기억 속에 남아 있는 조선의 농촌, 고향의 서경과 서정에 맞게 재창조한 것이다.

'향수'에는 '추억'에서 나타나는 춥고, 공허하고, 쓸쓸하고, 어두운 가을을 찾을 수 없다. 언제 봐도 정겹고 따뜻한 고향이 머릿속에 그려지는 것은 정지용이 비록 형식이나 내용 면에서 모방했다고 해도, 이를 통해 조선에 어울리는 서경과 서정을 창조했기 때문이다. 즉 단순한 모방이 아니라 창조적인 모방을 한 것이다.

정지용의 '향수'가 미국 시인의 시를 모방했다는 것을 밝히면서도 '향수'가 아름다운 시라고 말할 수 있는 것은 바로 이 때문이다. 스티크니의 '추억'을 읽고 이를 통해 자신의 고향을 생각했고, 정지용은 '추억'의 여러 요소를 빌려 자신의 고향을 그렸다. 구성 기법, 소재, 리듬, 이미지는 물론 구체적인 시어까지 빌리면서도 이를 온전히 자신의 것으로 만들어 가슴속에 있는 고향을 그렸다. 그리하여 전혀 새로운 조선의 서경과 서정을 읊었다.

모방하되 단순한 모방이 아니며, 시어까지 그대로 빌리면서도 그 시어의 쓰임이 시 전체의 내용에 용해되도록 만들었다. 정지용은 자신이 느낀 고향에 대한 그리움 '향수'를 스티크니가 창조한 '추억'을 통해 재창조한 것이다. 창조적인 모방이다. 정지용의 천재성은 이런 면에서도 발견할 수 있다.

창조적인 모방은 모든 예술 행위의 가장 기본이 되는 요소다.

※ 여러 책들을 참고했으나 일일이 인용 표기를 하지 않았음을 밝혀둔다.

《무소유》를 '소유'하려는 부끄러운 사람들

얼마 전 이 시대의 큰스님이자 수필 〈무소유〉로 독자들의 사랑을 받던 법정스님이 열반에 드셨다. 장례를 간소하게 치르라는 당부에도 스님의 다비식과 유언이 연일 언론을 장식했다. 다비식에는 수많은 인파가 몰렸고, 스님과 인연이 깊은 길상사에는 추모 인파가 줄을 잇는다고 한다. 그만큼 스님은 이 시대를 대표하는 불자이자 스승이다.

스님은 입적하면서 당신의 책을 더는 출간하지 말라고 유언했다. 이를 받들어 스님의 책을 출판하던 출판사들이 절판을 선언했다. 그러자 교보문고를 위시한 전국의 서점에 스님의 대표 산문집 《무소유》가 동이 나고, 책값은 10만 원 이상까지 치솟았다. 어디 그뿐인가. 15만 원을 넘어 25만 원을 호가했다고 하며, 엊그제는 경매 사이트 옥션에서 1993년판이 110만 5000원에 낙찰되었다는 보도가 있었다. 1993년판이라면 범우사의 문고판 범우에세이 시리즈의 열다섯 번째 책 《무소유》다.

스님의 산문집 《무소유》는 1976년 4월 15일 범우사 문고판으로 처

《무소유》 초판본은 세로쓰기다.

음 출간되었으며, 1999년에 판형을 달리한 개정판 《무소유》가 출간되어 2010년 3월까지 3판 86쇄가 발간되었고, 열반 전에 330만 부 이상 팔린 것으로 알려졌다. 1984년 이달의 청소년 도서로 선정된 것을 시작으로 여러 공공 기관과 단체의 권장 도서, 우수 도서 혹은 좋은 책으로 소개되면서 많은 독자들의 사랑을 받았다.

그렇다면 〈무소유〉는 어떤 수필인가. 〈무소유〉는 1971년 3월 《현대문학》 195호에 발표된 법정스님의 산문으로, 원고지 14장 남짓한 글이 15개 단락으로 구성되었다. 내용상 크게 네 단락으로 나눌 수 있는데, 이 글에 스님은 다음과 같은 내용을 담았다.

① 간디의 일화를 제시하여 소유의 개념 소개
② 선물 받은 난초를 키우는 과정에서 깨달은 소유와 집착의 관계 역설
③ 이를 통해 '소유'의 부정적인 측면 밝힘
④ '무소유의 역리' 설파

《현대문학》에 발표된 원문은 1971년 우리의 언어생활을 보여주듯이 한자어가 그대로 표기되었고, 문장이 끝날 때도 종결어미를 사용하지 않았다. 그러니 지금 읽어보면 투박한 표현이 눈에 띈다. 그러나 일화와 예화를 제시하고, 이를 통해 의미를 파악하는 등 잘 짜인 구성을 통해 주제 의식을 아주 쉽게 표현했다.

간디의 일화에서 스님이 깨달은 것은 간디에 비해 자신이 필요 이상 소유하고 있었다는 사실이다. 이를 통해 역사를 '소유사'로 풀어내면

서 난초를 키우며 깨달은 소유와 집착의 관계를 설명하고, 소유할수록 집착하고 그만큼 소유한 것에 구속된다는 생활 속 지혜를 밝힌다. 소유에 대한 집착을 버리고 진정한 마음의 자유를 누리며 살고자 하는 절실한 바람이 스님의 체험과 어우러져 구체적으로 표현된 것이다.

우리가 일상적 삶에서 흔히 잊고 있는 것이 소유의 고통이다. 가진 자는 잃지 않기 위해, 갖지 못한 사람은 그들 나름대로 소유하고자 하는 욕망에서 자유롭지 못하다. 이 글은 소유의 고통에서 벗어나는 길은 소유하지 않는 것이라는 평범한 진리를 일러준다. 아무것도 갖지 않았을 때 비로소 온 세상을 얻는다는 의미로, 스님은 이것이 바로 자유로움이며 '무소유의 역리'라 설파한다.

〈무소유〉에는 인생의 철학적 의미라는 중량감 있는 주제가 담겨 있다. 그러나 스님이 삶에서 직접 경험한 것을 매끄러운 구성과 함께 진솔하게 표현하여 독자들은 쉽게 읽고 그 의미를 이해한다. "크게 버리는 사람이 크게 얻을 수 있다"는 말은 표면상 역설적이지만, 그 이면에는 깊이 있는 삶의 지혜가 담겨 있다.

스님이 강조한 '무소유'는 '아무것도 갖지 않음'이 아니다. 간디의 일화를 제시한 데서도 알 수 있듯이 〈무소유〉를 통해 스님은 필요 이상 갖는 것을 경계한다. 결국 이 수필은 물질만능주의 사슬에 묶여 소유의 노예가 되고 있다는 사실조차 인식하지 못하는 우리에게 삶의 진정한 가치가 무엇인지 시사하는 것이다.

앞에서 밝힌 것처럼 1971년 3월 《현대문학》 195호에 발표된 〈무소유〉는 1976년 스님의 글 25편을 묶은 범우사의 문고판 범우에세이 《무소유》에 수록되었고, 이어 1978년 집현전에서 발행한 《법정 수상록—영혼의 모음》에 실렸으며, 1991년에는 샘터에서 간행한 법정 산문집

《영혼의 모음》에도 수록되었다. 그리고 1999년 범우사에서 재출간한 개정판 《무소유》(3판 1쇄)에도 실리며 독자들의 사랑을 한 몸에 받는다. 이 개정판에는 10편이 추가되어 모두 35편이 묶였는데, 이 책에서 〈무소유〉는 한글세대에 맞춰 단어와 문장이 매끄럽게 다듬어져 현재 우리가 보는 형태의 글로 새롭게 태어난다.

110만 5000원에 낙찰되었다는 문고판 《무소유》에는 수필 25편이 묶여 있다. 〈무소유〉는 발표 원문부터 네 차례에 걸친 단행본 출간 과정에 스님이 지속적으로 퇴고한 글이다. 이런 노력은 치열한 작가 정신으로 볼 수 있다. 법정스님은 자신이 발표한 글을 부단히 갈고 다듬은 '진지한 작가' 다. 우리가 〈무소유〉를 좋아하는 것은 그 내용이 스님의 삶과 일치하기 때문이다. '글이 곧 삶' 이라 한다. 법정스님이야말로 그 사실을 몸소 실천해 보인 이 시대에 보기 드문 스승이자 문필가다.

지금 우리 삶은 어떠한가. 스님이 외친 '무소유'를 좋아하고, 그 말씀을 담은 글을 좋아했으며, 그 글이 수록된 책을 읽었다. 그런데도 우리는 무소유를 외치고 이를 몸소 실천한 스님의, 정가 8000원짜리(스님 열반 전에 인터넷으로 구매하면 5600원이었다) 책을 '소유'하려고 15만 원, 25만 원, 110만 5000원을 외치고 있다. 스님을 좋아한다는 우리가, 스님의 글을 읽었다는 우리가, 《무소유》를 '소유'하려고 안달이 났다. 스님께는 참말이지 얼굴을 들지 못할 부끄러운 모습이다.

4 ─ 소설 속 명장면

영화를 보고 처음부터 끝까지 기억하는 사람은 별로 없다. 아니 드물다. 문학작품도 그렇다. 시를 통째로 외우는 사람도 있지만, 대부분 가슴에 와 닿은 몇 구절을 기억한다. 소설도 마찬가지다. 대하소설은 물론이요, 장편이 그렇고 아주 짧은 단편을 읽고도 우리는 몇 장면만 기억한다. 그렇게 기억된 장면은 그 소설을 읽은 사람이 느낀 주제와 연결된다. 학창 시절 많이 접한 소설에서 명장면이라 할 수 있는 부분을 모았다.

쥐잡기에서 비롯된 의처증의 비극
김동인의 〈배따라기〉

공동묘지, 구더기가 끓는 무덤
염상섭의 〈만세전〉

배추 세 포기와 돈 3원의 차이
김동인의 〈감자〉

빈대 잡으려 초가삼간 태우는 순이
현진건의 〈불〉

자연 속에 꽃피는 선머슴의 사랑
홍명희의 〈임꺽정〉

뽕나무에 올라간 아이들
심훈의 〈상록수〉

바나나를 들고 튀어라
박영준의 〈모범 경작생〉

노브라 노팬티의 의미
김유정의 〈소낙비〉

어머니의 입술이 어쩌면 그리도 뜨거운지
주요섭의 〈사랑손님과 어머니〉

자라 보고 놀란 가슴 솥뚜껑 보고도 놀라지
계용묵의 〈백치 아다다〉

뜨거운 타작마당 위의 지렁이
김정한의 〈사하촌〉

절름발이 부부의 숙명
이상의 〈날개〉

알싸한, 그리고 향긋한 그 냄새
김유정의 〈동백꽃〉

선지피를 철철 흘리는 여자의 환상
최명익의 〈장삼이사〉

만세 안 부르기 정말 잘했지
채만식의 〈논 이야기〉

살구씨를 심은 아들의 뜻
허윤석의 〈유두〉

전후 소설이 거둔 비극적 미학의 절정
하근찬의 〈수난이대〉

소년 소녀의 순수하고도 아름다운 사랑
황순원의 〈소나기〉

역사의 소용돌이 속에서
최인훈의 〈광장〉

대학생 품으로 파고드는 작부
서정인의 〈강〉

쥐잡기에서 비롯된 의처증의 비극

거울은 마침 장에 마음에 맞는 것이 있었다. 지금 것과 대보면 어떤 때는 코도 크게 보이고 입이 작게도 보이는 것이지만, 그 당시에는, 그리고 그런 촌에서는 둘도 없는 귀물이었다. 거울을 사가지고 장을 본 뒤에 그는 이 거울을 아내에게 주면 그 기뻐할 모양을 생각하면서 새빨간 저녁 햇빛을 받은, 넘치는 듯한 바다를 안고 자기 집으로, 늘 들르던 탁줏집에도 안 들르고 돌아왔다.

그러나 그가 그의 집 안방에 들어설 때에는 뜻도 안 하였던 광경이 그의 눈 앞에 벌어져 있었다.

방 가운데는 떡상이 있고, 그의 아우는 수건이 벗어져서 목 뒤로 늘어지고, 저고리 고름이 모두 풀어져 가지고 한편 모퉁이에 서 있고 아내도 머리채가 모두 뒤로 늘어지고 치마가 배꼽 아래 늘어지도록 되어 있으며, 그의 아내와 아우는 그를 보고 어찌할 줄을 모르는 듯이, 움찍도 않고 서 있었다.

세 사람은 한참 동안 어이없이 서 있었다. 그러나 좀 있다가 마침내 그의 아우가 겨우 말했다.

"그놈의 쥐 어디 갔니?"

“흥! 쥐? 훌륭한 쥐 잡댔다.”

그는 말을 끝내지 않고 짐을 벗어버리고 뛰어가서 아우의 멱살을 그러쥐었다.

“형님 정말 쥐가!”

“쥐? 이놈! 형수와 그런 쥐 잡는 놈 어디 있니?”

그는 아우의 따귀를 몇 번 때린 뒤에 등을 밀어서 문밖에 집어 던졌다. 그런 뒤에 이제 자기에게 이를 매를 생각하고 우들우들 떨면서 아랫목에 서 있는 아내에게 달려들었다.

“이년! 시아우와 그런 쥐 잡는 년이 어디 있어?”

그는 아내를 거꾸러뜨리고 함부로 내리찧었다.

“정말 쥐가……, 아이 죽갔다!”

“이년! 너두 쥐? 죽어라.”

그의 팔다리는 함부로 아내의 몸 위에 오르내렸다.

“아이 죽갔다. 정말 아까 적은 이가 왔게 떡 먹으라구 내놓았더니……”

“듣기 싫다. 시아우 붙은 년이 무슨 잔소리!”

“아이, 아이, 정말이야요. 쥐가 한 마리 나……”

“그냥 쥐?”

“쥐 잡을래다가……”

“상년! 죽얼! 물이래두 빠데 죽얼……”

그는 실컷 때린 뒤에 아내도 아우와 같이 등을 밀어내어 쏘았다. 그 뒤에 그의 등에로,

“고기 배때기에 장사해라!”

고 토하였다.

분풀이는 실컷 하였지만, 그래도 마음속이 자못 편치 못하였다. 그는 아랫

목으로 가서 바람벽을 의지하고 실신한 사람같이 우두커니 서서, 떡상만 들여다보고 있었다.

서편으로 바다를 향한 마을이라, 다른 곳보다는 늦게 어둡지만, 그래도 술시쯤 되어서는 깜깜하니 어두웠다. 그는 불을 켜려고 바람벽에서 떠나 성냥을 찾으려고 돌아갔다. 성냥은 늘 있던 자리에 있지 않았다. 그래서 여기저기 뒤적이노라니까 어떤 낡은 옷 뭉치를 들칠 때에 쥐 소리가 나면서 무엇이 후덕덕 뛰어나온다. 그리하여 저편으로 기어서 도망한다.

"역시 쥐댔다!"

그는 조그만 소리로 부르짖었다. 그리고 그만 그 자리에 맥없이 털썩 주저앉았다.

아까 그가 보지 못한 때의 광경이 활동사진과 같이 그의 머리에 지나갔다.

아우가 집에를 왔다. 아우에게 친절한 아내는 떡을 먹으라고 아우에게 떡상을 내어놓는다. 그때에 어디선가 쥐가 한 마리 뛰어나온다. 둘이서는 쥐를 잡느라고 돌아간다. 한참 성화시키던 쥐는 어느 구석에 숨어버린다. 그들은 쥐를 찾느라고 두리번거린다. 그때에 그가 들어선 것이다.

김동인의 〈배따라기〉는 1921년 《창조》 5월호에 발표된 단편으로, 액자식 구성을 취하고 있다. 따라서 서술자 '나'가 전하는 겉 이야기보다 평양 기자묘에 뒹굴며 배따라기를 흥얼거리는 '그'의 삶의 역정, 즉 속 이야기가 핵심 내용이 된다.

김동인

따뜻한 봄날, 서술자 '나'는 평양 대동강 기슭의 모란봉을 보면서 봄의 아름다운 풍경에 취한다. 그때 어디에선가 배따라기 노랫가락이 들려온다. 나는 무심코 귀를 기울인다. '영유 배따라기', 그것도 웬만한 광대나 기생은 근처에도 가보지 못할 정도로 기가 막히게 잘 부르는 배따라기 가락이다. 나는 노랫소리가 들리는 기자묘 쪽으로 간다. 거기에서 20년 동안 고향인 영유에는 가지 않았다는 '그'의 이야기를 듣는다.

그는 영유 근처의 어촌에서 아내, 아우와 함께 살았다. 아름다운 아내와 아우의 사이가 너무 좋아 그는 시샘을 많이 냈다. 때문에 아내와 다투는 일이 잦았다.

명절을 쇠려고 장에 간 그는 아내가 사달라던 거울을 사가지고 늘 들르던 탁줏집에도 들르지 않고 집에 돌아왔다. 그런데 그가 방 안에 들어서자 방 가운데 떡상이 있고, 그의 아우와 아내는 떡상을 가운데 두고 무언가를 하다가 깜짝 놀라서 어찌할 바를 모른다.

아우는 저고리 고름이 모두 풀어졌고, 아내도 머리채가 뒤로 늘어지고 치마가 배꼽 아래로 처졌다. 세 사람은 한참 동안 어이가 없어서 서 있다가, 아우와 아내는 쥐를 잡으려 했다고 말한다. 그러나 그는 그들의 말을 믿지 않고 분풀이로 아내를 흠씬 때려주었다.

이 일로 집을 나간 아내는 밤이 되도록 돌아오지 않았다. 뒤늦게야 집 안에 쥐가 있음을 보고 두 사람의 변명이 사실이었다는 생각을 하지만, 그때는 아내가 자결한 뒤였다. 아우도 아내의 장례를 치른 뒤 곧 집을 떠난다.

그는 아내에게 용서를 빌고 아우를 찾기 위해 뱃사람이 되어 바다를 떠돈다. 오랫동안 헤매면서 아우를 만난 것은 오직 한 번이었다고 한다. 그가 탄 배가 파선했을 때 눈을 떠보니 곁에는 아우가 있었고, 어떻게 된 영문인지 묻자 아우는 "형님, 거저 운명이외다"라고 대답하더라는 것이다.

그는 따뜻한 불기운에 혼혼히 잠이 들었다. 그리하여 두어 시간 동안 꿀보다 단잠을 잤다. 그가 잠에서 깨어보니 아우의 모습은 아무 데도 없었다. 아우를 본 것이 마치 꿈속의 일인 듯 가물거리는 기억으로 남았다. 그는 20년 동안 배따라기 노래를 부르면서 아우를 찾아 끝없는 방랑의 생활을 계속한다.

앞에 제시된 장면을 읽으면 알 수 있듯이 이 작품의 중심 내용은 원초적인 애욕의 문제다. '그'는 도덕이나 윤리, 이성의 규제를 의식하기보다 충동적인 감정에 따라 행동하는 인물이다. 그렇기 때문에 아내와 동생이 의심할 만한 행동을 보였을 때, 이성적으로 행동하고 도덕적인 징벌을 가하기보다 감정적으로 분노한다. 그의 분노는 아내의 죽음이라는 결과를 불러온다. 의처증이 빚은 비극이다.

의처증疑妻症은 공연히 아내의 행실을 의심하는 변태적 성격이나 병적 증세다. 사전적 의미가 아니라도 의처증 환자는 아내의 부정을 의심하는 데서 그치지 않고 그 의심이 변태적·병적·히스테리적 성격으로 나타난다. 어떤 경우에는 폭력적으로 변하기도 한다. 평소에는 더없이 다정다감한 사람이라도 일단 의처증이 나타나면 물불 가리지 않고 폭력이 앞선다.

제시된 장면을 보자. 어느 누군들 의심하지 않겠는가. 꼭 "들어가 자리 보곤 가라히 네히어라" 해야만 의심하는 것이 아니다. 아우와 아내의 행색, 그를 맞는 두 사람의 표정이 둘 사이를 의심하게 한다. "아우는 수건이 벗어져서 목 뒤로 늘어지고, 저고리 고름이 모두 풀어져 가지고 한편 모퉁이에 서 있고 아내도 머리채가 모두 뒤로 늘어지고 치마가 배꼽 아래 늘어지도록 되어 있으며, 그의 아내와 아우는 그를 보고 어찌할 줄을 모르는 듯이, 움찍도 않고 서 있"는 것을 보고 어찌 의심하지 않을 수가 있겠는가.

좀더 시간을 두고 기다려보면 아내와 아우가 진실로 어떤 행동을 했는지 알 수 있다. 그러나 그는 기다리지 못한다. 떡상을 가운데 두고 있는 아내와 아우의 옷매무새만 보고는 혼자 상상하고 그것을 진실로 믿는다. 그러니 그런 행동이 나온다.

그가 자신의 오해를 뉘우치지만 엎질러진 물이다. 아내는 자살하고, 아우는 집을 나갔다. 아무리 뉘우쳐도 되돌릴 수가 없다. 되돌릴 수 없는 가정, 되돌릴 수 없는 아내의 목숨, 되돌릴 수 없는 자신의 삶이다. 아우가 남긴 말이 이 모든 것을 압축한다. "형님, 거저 운명이외다."

독자는 '그'의 심정을 이해하면서도 웃음이 나온다. 방 안에 든 쥐를 둘이 어떻게 잡으려 했기에 잡지도 못하고 아우는 "저고리 고름이 모두 풀어"지고 아내는 "치마가 배꼽 아래 늘어지도록 되어" 있느냐 말이다. 이 장면에서 선선히 이해할 남편이 있을까. 게다가 이 장면의 앞부분을 보면 아내와 아우 사이가 좋았다는 대목도 있으니 '그'의 의처증은 이해할 수 있을 것이다.

물론 형수와 시동생은 가족이다. 가족끼리 사이좋은 것이야 문제될 것이 없겠지만, 그의 부정적 시선은 이것까지 아우와 아내의 과거 이력으로 작용하여 과거에 이랬으니 지금도 그럴 것이라는 확증으로 발전한다. 그래서 의처증이 무서운 것이다.

〈배따라기〉는 인간의 원초적 애욕이 불러일으키는 파괴적 결과가 솔직하게 그려지며, 근친상간이라는 비도덕적 모티프(비록 주인공의 상상 속에서만 현실성을 획득하는 형태지만)가 등장하고, 감정적 충동에 지배당하는 인간형이 나타난다는 점에서 자연주의적 특징을 띠는 소설이라고 할 수 있다.

그러나 이 소설의 '나' 앞에 서 있는 지금의 '그'는 과거에서처럼 감정과 충동에 지배당하는 인물이 아니다. 오히려 과거의 '야수적 인간'으로서 그는 뉘우침의 대상이다. 이 작품의 '현재'를 지배하는 것은 배따라기의 구슬픈 곡조이며, 아우를 찾는 형의 안타깝고도 절절한 심정이다. 따라서 동물적인 순박함과 애욕, 충동으로 살아가며, 그것이 비극적 결과를 낳는 (과거의) 자연주의 세계는, 현재의 낭만적 색채 아래 깔려 있다.

그런데 시동생과 형수가 한방에서 한 짓이 하필이면 쥐잡기였을까. 작가 김동인의 상상력이 참 재미있다.

공동묘지, 구더기가 끓는 무덤

나는 한 열흘 더 있다가 졸업논문도 있고 아무래도 학교 일이 걱정이 되어서 떠나고 말았다. 정거장에는 큰집 형님, 병화 내외, 을라 들이 나왔다. 을라는 입도 벌리지 않고 오도카니 섰고, 병화 내외도 플랫폼의 보꾹에 매달린 시계만 쳐다보며 선하품을 하고 섰었다. 그러나 병화의 얼굴에는 그렇게 보아서 그런지 모든 오해를 풀고, 인제는 안심하였다는 듯이 화평한 기색이 도는 것 같았다.

차가 떠나려 할 제 큰집 형님은 승강대에 섰는 나에게로 가까이 다가서며,

"내년 봄에 나오면 어떻게 속현할 도리를 차려야 하지 않겠나?"

하고 난데없는 소리를 하기에 나는,

"겨우 무덤 속에서 빠져나가는데요? 따뜻한 봄이나 만나서 별장이나 하나 장만하고 거드럭거릴 때가 되거든요!……"

하며 웃어버렸다.

젊은 사람들의 얼굴까지 시들은 배춧잎 같고 주눅이 들어서 멀거니 앉았거나, 그렇지 않으면 빌붙는 듯한 천한 웃음이나 '헤헤' 하고 싱겁게 웃는 그 표

정을 보면 가엾기도 하고, 분이 치밀어 올라와서 소리라도 버럭 질렀으면 시원할 것 같다.

'이것이 산다는 꼴인가? 모두 뒈져버려라!'

찻간 안으로 들어오며 나는 혼자 속으로 외쳤다.

'무덤이다. 구더기가 끓는 무덤이다!'

나는 모자를 벗어서 앉았던 자리 위에 던지고 난로 앞으로 가서 몸을 녹이며 섰었다. 난로는 꽤 달았다. 뱀의 혀 같은 빨간 불길이 난로 문틈으로 날름날름 내어다보인다. 찻간 안의 공기는 담배 연기와 석탄재의 먼지로 흐릿하면서도 쌀쌀하다. 우중충한 남폿불은 웅크리고 자는 사람들의 머리 위를 지키는 것 같으나 묵직하고도 고요한 압력으로 찌긋이 내리누르는 것 같다. 나는 한번 휘돌려다 보며,

'공동묘지다! 공동묘지 속에서 살면서 죽어서 공동묘지에 갈까 봐 애가 말라하는 갸륵한 백성들이다.'

하고 혼자 코웃음을 쳤다.

염상섭의 〈만세전萬歲前〉은 1922년 7월 '묘지墓地'라는 제목으로 《신생활》에 연재되던 중 잡지 폐간으로 중단되었다가 1924년 〈시대일보〉에 연재된 작품이며, 분량으로는 중편에 가깝다. 염상섭의 문학적인 위치를 든든한 기반으로 끌어올린, 식민지 시대 문학의 수작秀作이다.

염상섭

이 작품은 일본 도쿄에 유학 중인 주인공이 아내가 위독하다는 전보를 받고 귀국을 서두르는 데서 시작하여 끝내 아내가 죽자 다시 서울을 떠나기까지 노정을 일인칭 서술 상황으로 제시한 여로 형식을 취한

다. 따라서 이 작품은 여정에 따라 주인공의 시선이 자신의 이념이나 가치관 속에서 어떻게 용해되는지, 그것이 어떤 의미로 새롭게 조립되는지 주의 깊게 살펴볼 필요가 있다.

만세 전(기미독립운동이 일어나기 전) 서울과 도쿄를 공간적인 대극對極으로 펼쳐지는 여행의 형식을 주된 구조로 하면서, 조선과 일본을 연결하며 서술자가 직접 그 과정에서 경험하고 관찰한 기미독립운동 직전의 식민지 사회 현실을 제시하는 데 역점을 두었다. 여행이라는 이동 시점에 따른 관찰과 해명이 평면성과 단속적·일회적인 현장성으로 그치고 마는 단순성을 극복하기 위해, 작가는 의도적으로 여러 곳에 시간적인 정체를 시킴으로써 예리하게 사회를 관찰할 기회를 준다. 이런 정체의 마디가 바로 '도쿄-고베-시모노세키-부산-김천-대전-서울' 등의 지지적地誌的인 성격을 띤다.

뿐만 아니라 여행의 전 과정에서 관찰하고 경험한 가지가지 사상을 오히려 중층적으로 용해함으로써 식민지 사회의 제한된 국면이 아니라 억압 속에 닫히고 병든 사회의 총체성을 '무덤'의 상태로 압축하여 귀납하고, 그 속에서 질식하지 않으려고 서둘러 도쿄로 탈출한다. 그러면서도 '정자'에게 보내는 편지의 내용은 단순히 개인적인 차원을 넘어서는 메시지의 성격을 내포한다. 이 점에서 〈만세전〉은 식민지 사회에 드리워진 정치·경제적인 억압의 양상은 물론, 그 속에서 정신적인 혼란의 실상을 폭넓게 드러내고 있다.

또 이 작품에는 도쿄와 서울이라는, 지배국과 식민지 사회 상황의 이원론적 문제가 제시된다. 주인공 나의 체류지요 여행 출발지인 도쿄에서 시모노세키까지는 식민지 지배국의 영역이며, 자유와 삶과 사랑이 있는 낮의 공간이다. 시모노세키의 연락선 대합실부터 서울까지는 그와 반대로 억압과 죽음과 혼란이 심화된, 병리적인 밤의 공간이다. 이렇게 공간적으로 양극화된 두 사회를 바라보는 관찰자이며 서술자인 주인공의 두 세계에 대한 반응에서 비교적 객관적인 의식을 보임으로써 사회 해부와 비판의 성과는 오히려 높아진다. 그러나 원제가 '묘지'인 데서도 알 수 있듯이, 주인공이 당대 현실을 비관적인 시각에서 사실주의적으로 그려서 이를 극복하기 위한 노력을 하지 않고 도쿄로 떠나는 결말은 이 작품의 한계라고 할 수 있다.

〈만세전〉의 의의는 크게 두 가지로 볼 수 있다. 하나는 일제강점기(기미독립운동 직전의) 현실에서 우리 민족이 어떻게 핍박받고 수탈당했는지 사실적으로 보여준다는 점이고, 다른 하나는 주인공 '이인화'의 의식구조다. 주인공은 아내가 위독하다는 전보를 받고도 곧장 귀국하지 않았고, 귀국 중에 민족의 현실에 분노와 울분을 느끼기도 하지만, 아내가 죽자 눈물조차 흘리지 않고 다시 도쿄로 떠난다. 제시된 장면에서 주인공은 무덤 속을 빠져나간다고 하면서, 당시 조선의 상황을 '공동묘지'로 파악하고 현실에서 탈출하려고 한다. 이는 작가의 의식이 다분히 허무주의적 성격을 띠고 있음을 말하는 것으로, 이 허무주의는 일본의 수도 도쿄를 탈출구로 삼은 한계는 있으나 우리 민족의 현실 인식을 내포한다.

아내가 죽자 눈물도 보이지 않고 서둘러 도쿄로 떠나는 이인화. 그는 왜 그런 행동을 보였을까. 도쿄에 두고 온 연인 정자에 대한 그리움이었을까. 재혼을 생각해보라는 말에 "겨우 무덤 속에서 빠져나가는데요? 따뜻한 봄이나 만나서 별장이나 하나 장만하고 거드럭거릴 때가 되거든요!……"라고 답하지 않는가. 과연 무엇이 그를 이런 생각으로 이끌었을까.

　염상섭은 이인화의 말과 행동, 눈길을 통해 1919년 3월 1일 직전 조선의 모습을 그리고 있다. 즉 조선의 회생 불가능한 상황을 무덤으로 표상하면서, 이를 바라보는 작가 혹은 서술자 이인화의 심정은 전망이 없는 완전한 절망의 상태다. 그러니 '무덤이다. 구더기가 끓는 무덤이다!' '공동묘지다! 공동묘지 속에서 살면서 죽어서 공동묘지에 갈까 봐 애가 말라하는 갸륵한 백성들이다' 라고 외치는 것이 아니겠는가.

배추 세 포기와 돈 3원의 차이

한 시간쯤 뒤에, 그는 왕 서방의 집에서 나왓다. 그가 밧고랑에서 길로 드러서
려 할 때에, 문득 뒤에서 누가 그를 차젓다—

"복네 아니야?"

복녀는, 홱 돌아서면서 보매 거기는 자긔 겻집 녀편네가 바구니를 들고, 어
두운 밧고랑을 더듬더듬 나오고 잇섯다.

"형님이댓쉐까? 형님두 들어갓댓쉣가?"

"님자두 드러갓댓나?"

"형님은, 뉘 집에?"

"나? 陸 서방네 집에. 님자는?"

"난, 王 서방네! 형님 얼마 바닷소?"

"陸 서방네 그 깍쟁이 놈. 배츠 세 펙이!"

"난 三圓 바닷디."

복녀는 자랑스러운 듯이 대답하엿다.

十分쯤 뒤에 그는, 자긔 남편과, 그 압페 돈 三圓을 내여노흔 뒤에, 아까 그

우리나라에서 정상적인 중·고교 교육을 받은 사람치고 김동인의 대표적인 단편 〈감자〉를 모르는 사람이 있을까. 소설 전문이 교과서에 실리지는 않았지만, 한국 현대 소설을 배울 때마다 나오는 작품이기 때문이다. 그만큼 〈감자〉는 우리에게 익숙한 작품이다. 어디 소설뿐인가, 월드 스타 강수연이 주연한 영화로도 유명하다.

1925년 《조선문단》 1월호에 발표된 〈감자〉는 원고지 48장밖에 되지 않는 소설이다. 주인공 '복녀'의 도덕적 타락과 죽음에 이르는 과정을 작가 관찰자 시점으로, 간명하면서도 직설적인 문체로 여실하게 묘사했다. 환경적 요인이 인간 내면의 도덕적 본질을 타락시킨다는 자연주의적 색채가 돋보인다.

이 작품이 발표되자, 프롤레타리아문학 진영에서는 김동인이 무산 계층에 관심을 보이게 되었다고 논평했다. 김동인은 "장님이 코끼리 만지는 식의 평가"라 일축하고 "이 작품은 어디까지나 무지無知의 비극을 노출하려는 데 그 목적이 있다"고 해명했다. 〈태형〉〈명문〉 등과 함께 자연주의 경향이 두드러진 김동인의 대표작으로, 현실의 추악한 면을 들추어내고 인간의 존엄성이 상실되는 국면局面을 있는 그대로 제시한다. 줄거리는 이렇다.

몰락한 선비의 후예요, 비교적 가풍이 엄한 농가에서 자라난 복녀는 막연하나마 도덕에 대한 두려움이 있었다. 그러나 극도의 가난에 처한 그녀는 열다섯 어린 나이에 20년 연상의 홀아비에게 80원에 팔려 시집을 간다.

240

남편의 무능과 게으름으로 더욱더 가난해져 떠돌아다니던 그들은 결국 죄악의 소굴인 평양 칠성문 밖 빈민굴의 주민이 된다. 거기에서 복녀는 배고픔에 쫓겨 거지 행각을 하다가 무안만 당하고 돌아온다. 마침 기자묘 솔밭에 송충이가 들끓자 빈민 구제 사업이 벌어지고, 칠성문 밖 빈민굴 주민들이 송충이 잡이 인부로 동원되었다. 그런데 복녀는 젊은 여인들 몇이 놀면서도 자기보다 삯을 많이 받는 것을 이상하게 생각했다.

어느 날 복녀는 감독에게 이끌려 처음으로 혼외정사를 하고, 이때부터 인생관과 도덕관이 바뀌면서 성적으로 타락한다. 복녀는 거기에서 '삶의 비결'이라도 배운 듯 터놓고 매음賣淫을 시작하고, 결국 중국인 왕 서방의 정부情婦로 전락하고 만다. 이후 복녀는 남편의 묵인 아래 왕 서방과 관계를 계속하고, 왕 서방에게서 얻은 돈으로 빈민굴의 부자로 통한다.

새봄이 되고 왕 서방이 처녀 하나를 사서 장가들던 날, 복녀는 강렬한 질투심으로 그의 신방에 뛰어들어 낫을 휘두르다가 도리어 그 낫에 찔려 죽는다.

복녀의 시체를 두고 남편과 왕 서방, 한의사가 거래를 하고, 복녀는 뇌일혈로 죽었다는 진단으로 공동묘지에 실려 간다.

앞에 제시된 장면은 송충이 잡이 감독에게 정조를 잃고 인생관과 세계관이 바뀐 복녀가 공공연히 몸을 파는 행동을 보여준다. 복녀와 그녀가 '형님'이라 부르는 옆집 여자는 우연히 왕 서방의 밭과 육 서방네 밭에 감자를 훔치러 들어간다. 소설의 제목이기도 한 감자는 '고구마'를 일컫는 것으로, 그녀들에게는 '식량'이다. 식량이란 생존을 위한 것이다. 그러니 그녀들이 남의 밭에 식량을 훔치러 들어가는 것은 가난이라는 상황에서 생존을 위한 몸부림이다.

두 여인은 감자를 훔치다 주인에게 들킨다. 주인으로서는 감자를 훔치러 들어온 도둑을 잡았으니 두들겨 패서라도 쫓아낼 일이다. 도둑이 여자라는 게 문제다. 음심이 동한 주인은 여인의 몸을 빼앗고 몇 푼 주어 보낸다. 그러니 한 시간이 걸렸다.

그렇게 풀려난 여인은 우연히 마주치며 서로 놀란다. 그러나 말하지 않아도 둘이 어떤 상황이었는지 알 수 있다. "형님이댓쉐까? 형님두 들어갓댓쉣가?" "님자두 드러갓댓나?" 두 마디면 충분하다. 누구네 집에 들어갔는지 확인하고는 당연한 듯이 묻는다. 얼마 받았느냐고. "형님 얼마 바닷소?" 왜, 어떻게 해서 받았느냐는 것은 말하지 않아도 서로 알고 있다. 누구네가 아니라 얼마를 받았느냐가 중요한 것이다.

그리고 두 주인 남자의 부가 드러난다. 두 주인 남자의 인정이나 배포로 읽을 수 있겠지만, 사실은 두 여인의 몸값이 다른 것이다. 육 서방네 감자밭에 들어간 여인은 '배추 세 포기'를 받았다. 1925년에 배추 세 포기 값이 얼마인지는 알 수 없으나, 훔치려 한 감자 정도의 가치가 아닐까. 즉 훔치려 한 감자 대신 배추 세 포기를 얻되, 여인은 주인 남자(육 서방)의 육욕을 채워줘야 했다.

이에 비해 복녀는 자랑스럽게 말한다. "난 三圓 바닷디." 같은 죄를 지었지만, 그 몸값은 이렇게 차이가 난다. 1925년에 3원은 어느 정도 가치가 있을까. 정확하지는 않지만, 분명 배추 세 포기보다 훨씬 가치가 있는 것이다. 그러니 복녀가 자랑스럽게 말하지 않겠는가. 이런 복녀의 행동에는 옆집 여자보다 자신이 우월하다는 자신감, 교만이 드러난다.

도덕관념이 있던 복녀가 정조를 잃고 이렇게 변한 것이다. 어디 그 뿐인가. 10분쯤 뒤 집에 돌아온 복녀의 행동, 그리고 이를 대하는 남편의 행동에 이르면 이들의 도덕적 타락이 어느 정도인지 알 수 있다. "자긔 남편과, 그 압페 돈 三圓을 내여노흔 뒤에, 아까 그 王 서방의 니야기를 하면서 웃고 잇섯다."

도둑질하러 들어가 붙잡혀서는 몸을 빼앗기고 대신 3원을 받아온 복녀, 그것을 옆집 여자에게 자랑스럽게 이야기하는 복녀, 남편 앞에 3원을 내놓고 그것을 어떻게 벌었는지 웃으며 이야기하는 복녀, 그런 복녀를 묵인하다 못해 조장하는 남편…… 〈감자〉에 나오는 인간 군상은 우리의 도덕관이나 인생관으로는 이해할 수 없다.

이들을 이렇게 만든 것은 무엇인가. 소설 속의 복녀는 원래 선비의 가통을 이은 집안의 딸이라, 염치도 알고 경우도 아는 여자다. 그러나 가난이 원수요, 목구멍이 포도청이라고 행랑살이, 구걸 등 생존을 위해 몸부림친다. 그녀의 살고자 하는 의욕을 더욱 힘들게 하는 것은 남편의 게으름이다. 남편 때문에 칠성문 밖 빈민굴까지 온다. 그리고 송충이 잡이 인부로 가서 품팔이는 하던 중, 감독에게 정조를 빼앗기고 몸을 판다. 따라서 복녀의 도덕적 타락은 가난과 남편의 게으름이라는 환경에서 기인한다.

복녀가 처한 상황은 1920년대 식민지 사회가 빚어낸 빈궁한 상황이다. 그런데 가난과 게으른 남편이라는 상황을 극복해보려는 적극적인 의지나 고뇌가 결여되었다. 복녀에게는 주어진 환경에 휩쓸려 살아가는 환경적 숙명성이 있을 뿐이다. 나라님도 구제하지 못한다는 가난, 생존을 위한 몸부림이라기보다 그 상황을 즐기는 듯한 복녀의 행동이 엿보이는 대목이 바로 이 장면이다.

복녀의 비극은 여기에서 출발한다. 작가는 이런 복녀의 모습을 효과적으로 드러내려고 예리하게 서술한다. 즉 작가는 복녀의 객관적인 행동만 보여주며, 그녀의 내면을 들여다보는 작가의 의지는 가능한 한 통제되어 있다. 그 결과 복녀의 내면세계를 읽을 수 있는 것은 그녀의 행동뿐이다. 이런 복녀의 행동은 환경에 지배당하는 인간의 모습을 객관적으로 보여주기에 알맞다. 복녀의 시체를 가운데 두고 그녀의 남편과 왕 서방, 한의사가 작당하여 뒷거래하는 모습도 현실의 냉혹성을 객관적으로 드러내는 데 매우 효과적이다.

> 복녀의 송장은, 사흘이 지나도록 무덤으로 못 갓다. 王 서방은, 몃 번을 복녀의 집에, 복녀의 남편을 차저갓다. 복녀의 남편도 때때로 王 서방을 차저갓다. 둘의 새에는, 무슨 교섭하는 일이 잇섯다.
>
> 사흘이 지낫다.
>
> 밤ㅅ중에 복녀의 시톄는, 王 서방의 집에서 남편의 집으로 옴겻다.
>
> 그러고, 그 시톄 압페는 세 사람이 둘러안젓다. 한 사람은 복녀의 남편 한 사람은 王 서방! 또 한 사람은, 엇던 漢方醫. 王 서방은, 말업시 돈주머니를 꺼내여, 十圓짜리 지폐 석 댱을, 복녀의 남편의게 주엇다. 漢方醫의 손에도, 十圓짜리 두 댱이, 갓다.
>
> 이튼날, 복녀는 腦溢血로 죽엇다는 漢方醫의 診斷으로, 공동묘지로 가저갓다.

군더더기 하나 없이 짧은 문장들이다. 그 안에 인물의 내면세계는 없다. 서술자가 보여주는 행동이 있을 뿐이다. 복녀의 죽음을 더욱 비극적이게 만드는 이 장면 역시 아주 인상 깊다.

　자연주의 경향의 중요한 주제 중의 하나는 환경적 결정론決定論이다. 복녀의 죽음도 따지고 보면 불우한 환경이 빚어낸 일종의 숙명으로, 그 운명은 환경에 의해 결정된 것이다. 김동인은 숙명적으로 죽어가는 주인공에게 일말의 동정도 표시하지 않는다. 김동인의 이런 태도를 '도덕의 부정'이라고 비난하는 사람도 있는데, 이는 오해다. 김동인이 이 작품을 통해서 도덕을 부정했다는 근거는 찾아볼 수 없다. 냉엄한 현실을 날카롭게 투시하는 비정성非情性을 시종여일始終如一하게 견지함으로써 도덕이 붕괴되는 처참한 현실을 예리하게 극화劇化한 것이다.

　복녀가 죽는 장면은 신경향파의 소설처럼 요란하게 그려지지 않았다. 한순간 유혹으로 매음의 길에 빠진 복녀의 운명답게 짧은 시간 격투 끝에 죽음의 세계에 떨어지고 만다.

빈대 잡으려 초가삼간 태우는 순이

그럭저럭 하루해는 저물어간다. 으슥한 부엌은 벌써 저녁이나 된 듯이 어둑어둑해졌다. 무서운 밤, 지겨운 밤이 다시금 그를 향하여 시커먼 아가리를 벌리려 한다. 해 질 때마다 느끼는 공포심이 또다시 그를 엄습하였다. 번번이 해도 번번이 실패하는, 밤 피할 궁리로 하여 그의 좁은 가슴은 쥐어뜯기었다. 그럴 사이에 그 궁리는 나서지 않고 제 신세가 어떻게 불쌍하고 가엾은지 몰랐다. 수백 리 밖에 부모를 두고 시집을 온 일, 온 뒤로 밤마다 날마다 당하는 지긋지긋한 고생, 더구나 오늘 시어머니한테 두들겨 맞은 일이 한없이 서럽고 슬퍼서 솟아오르는 눈물을 걷잡을 수 없었다. 주먹으로 씻다가 팔까지 젖었건만 눈물은 그치지 않았다.

그때였다. 누가 뒤에서 그의 어깨를 흔들었다. 순이는 무심코 돌아보자마자 간이 오그라 붙는 듯하였다. 그의 남편이 몸을 굽혀서 어깨 넘어로 그를 들여다보고 있지 않은가. 그 볕에 그을린 험상궂은 얼굴엔 어울리지 않게 보드라운 표정과 불쌍해하는 빛이 역력히 흘렀다. 그러나 솔개에 치인 병아리 모양으로 숨 한 번 옳게 쉬지 못하는 순이는 그런 기색을 알아볼 여유도 없었다.

"왜 울어, 울지 말아, 울지 말아!"

라고 꺽세인 몸을 떨어뜨리며 위로를 하면서 그 솥뚜껑 같은 손으로 우는 순이의 눈을 씻어주고는 나가버린다.

남편을 본 뒤로는 더욱 견딜 수 없었다. 가슴을 지질러서 막는 바위, 온몸을 바스러내는 쇠몽둥이, 시방껏 흐르던 눈물도 간데없고 다시금 이 지긋지긋한 '밤 피할 궁리'에 어린 머리를 짰다. 아니 밤 탓이 아니다. 온전히 그 '원수의 방' 때문이다. 만일 그 방만 아니면 남편이 또한 그 눈물을 씻어주고 나갈 따름이다. 그 방만 아니면 그런 고통을 줄려야 줄 곳이 없을 것이다. 고 원수의 방! 을 없애버릴 도리가 없을까? 입때 방을 피하려다가 뜻을 이루지 못한 순이는 인제 그 방을 없애버릴 궁리를 하게 되었다.

밥이 보그르르 넘었다. 순이가 솥뚜껑을 열려고 일어섰을 제 부뚜막에 얹힌 성냥이 그의 눈에 띄었다. 이상한 생각이 번개같이 그의 머리를 스쳐간다.

그는 성냥을 쥐었다. 성냥 쥔 그의 손은 가늘게 떨렸다. 그러자 사면을 한 번 돌아볼 겨를도 없이 그 성냥을 품속에 감추었다. 이만하면 될 일을 왜 여태껏 몰랐던가 하면서 그는 싱그레 웃었다.

그날 밤에 그 집에는 난데없는 불이 건넌방 뒤꼍 추녀로부터 일어났다. 풍세를 얻은 불길이 삽시간에 온 지붕에 번지며 훨훨 타오를 제 뒷집 담 모서리에서 순이는 근래에 없이 환한 얼굴로 기뻐 못 견디겠다는 듯이 가슴을 두근거리며 모로 뛰고 세로 뛰었다.

현진건의 〈불〉은 1925년 《개벽》에 발표된 단편소설이다. 주요 인물은 셋이다. 열다섯 어린 나이에 시집와서 육체적 고통과 남편의 성적 횡포에 시달리다가 끝내 원수의 방에 불을 지르고 마는 순이, 부지런하며 일에만 열중하는 인물로 인정이 없지는 않으나 순이에게는 성적

현진건

두려움의 대상일 뿐인 남편, 순이를 모질게 대하는 인색한 시어머니가 그들이다. 작가는 세 사람을 통해 가혹한 노동과 성적 착취에서 벗어나고자 하는 순이의 소박한 욕망과 함께 열다섯 살 민며느리에게 가해지는 학대를 비판한다. 줄거리는 다음과 같다.

시집온 지 한 달 남짓한, 열다섯 살 순이는 잠이 어릿한 가운데서도 숨길이 답답함을 느낀다. 천 근의 무게로 내리누르는 듯한 중압감과 아픔에 시달리지만, 피곤한 몸 때문에 도무지 눈을 뜨지 못한다. 그러다 억지로 눈을 떠보니, 남편이 험상궂은 모습으로 자기를 덮고 있다.

그 무서운 고통에서 벗어난 때는 6월의 짧은 밤이 새고 나서다. 남편은 새벽일을 나갔고, 순이는 이 원수 같은 방을 살펴본다. 어젯밤 분명히 헛간에 몰래 숨어 잤는데, 남편이 방으로 옮겨놓은 것이다.

시어머니의 불같은 호령이 들려온다. 쇠죽솥에 불을 지피고 나서 물동이를 이고 물을 길러 간다. 큰비 덕택으로 논에는 윤기가 흐르고, 새벽의 안개와 어우러져 아름다운 풍경을 보인다. 순이는 동이로 물을 길어 나른다.

바쁘게 아침을 치른 뒤 보리를 찧고, 점심을 지어서는 모내기하는 일꾼들에게 줄 밥을 이고 나선다. 건강해 보이는 일꾼들이 논에서 열심히 일을 하고, 들판은 생명의 기쁨으로 넘친다. 불건강을 허락하지 않는 천지였다. 순이만 불건강한 것이었다.

순이는 정신이 어찔해지며 그만 쓰러진다. 한참 만에 깨어보니 집이었다. 그리고 그 원수의 방에 누워 있는 자신을 발견하고는 소스라치

248

게 놀란다. 순이는 미친 듯이 밖으로 뛰어나온다. 시어머니는 쉬지 않고 나온다고 나무란다. 그릇 깨뜨린 걸 생각하면 화가 나지만 쓰러진 며느리를 꾸짖을 수는 없어 참고 있는 차에, 순이가 그만 싫다고 단호히 대답하자 치받치는 미움을 참지 못해 순이에게 욕을 하며 매질한다. 순이는 매를 맞으면서도 아프다는 생각을 하지 않는다.

그럭저럭 해가 저물고 밤마다 느끼는 공포심이 또 밀려온다. 날마다 당하는 고생과 시어머니에게 당한 매질을 생각하니 눈물이 하염없이 흐른다. 남편이 들어와 자상하게 위로하며 눈물을 닦아주고 나간다. 남편을 본 뒤 공포심은 더 커진다. 그 원수의 방을 없앨 수는 없을까 하고 생각할 때 성냥이 보인다. 여태 그 생각을 왜 못 했을까 생각하며 생그레 웃는다.

그날 밤 난데없는 불이 집을 휩싼다. 뒷집 담 모서리에서 순이는 환한 얼굴로 기쁨에 젖어 모로 뛰고 세로 뛴다.

크게 보면 한국적 조혼 제도의 비판과 인간 해방이 주제 의식인데, 불을 질러 태워 없애겠다는 적극성을 띤다. 다만 그 행위가 주인공 순이의 자각되지 않은 일시적 충동에 불과하다는 점이 아쉽다. 빈대 잡으려고 초가삼간 태우는 것이 순이의 행동이다.

불을 지른다고 해결될 문제일까. 조혼이건 만혼이건 결혼했으니 부부의 잠자리는 당연하다. 그러나 혈기왕성한 남편에게는 지극히 당연한 것이 아직 성에 눈뜨지 못한 열다섯 순이에게는 고통일 뿐이다. 거기에 더해지는 것이 시어머니의 몰이해다. 고부 갈등이 아니라 종년 부리듯 하는 시어머니의 횡포가 순이를 더욱 못살게 만든다.

이 작품에서는 순이가 당하는 고통을 눈여겨볼 필요가 있다. 첫째,

아직 성숙되지 않은 소녀의 나이(15세)에 결혼을 하고(조혼), 야수 같은 남편의 성적 부담을 이기지 못해 고통 받는 실상을 통해 제도적인 성의 문제를 지적할 수 있다. 성의 박탈이 인간 조건을 상실하게 하는 요인이 됨과 마찬가지로, 준비되지 않은 성의 부여 또한 그에 못지않은 고통을 주는 것이다. 둘째, 순이는 과도한 노동에 시달린다. 휴식이 주어지지 않는 일상이다. 새벽부터 밤이 이슥하도록 일에 매달린다. 휴식 시간인 밤마저 성행위에 빼앗긴다.

작가는 성 문제를 노동과 결부하면서 인간적 애욕의 세계까지 힘겨운 노동에 밀려 부정적으로 인식되는 실상을 형상화한다. 성의 문제를 이야기하면서 이런 부조리를 자아내는 시대 현실에도 주목한다. 따라서 성의 노예, 노동의 노예가 된 열다섯 앳된 여자의 불 지르기는 성과 노동의 무게에서 벗어나려는 열망의 표출이다. 불이 모든 것을 소멸시키듯 그 불에 의해 지겨운 성과 노동이 사라지기를 염원하는 내면의 불길이다.

불 지르기가 현실적인 고통을 없애주지는 않는다. 어쩌면 불이 꺼진 뒤 더 많은 노동이 기다리고 있을지도 모르고, 정신적인 고통까지 수반될 수도 있는 노릇이다. 그런데도 순이는 우선 불 지르기로 해결하려고 한 점과 불을 질러놓고 좋아하는 그 천진한 모습에서 연민을 불러일으키는 가련한 여자다.

구성적 측면에서 보면 쇠죽솥에 불을 지피고 앉아 불붙는 모양을 흥미롭게 구경하는 순이의 모습을 통해 앞으로 일어날 사건을 암시한 점, 샘물에서 송사리와 희롱하는 천진난만한 모습과 그 송사리를 태질하는 가학적 행동으로 순이의 순진함과 이상심리를 교차시키는 대목은 단편소설의 뛰어난 기교라고 할 수 있다.

250

　　그러나 이 작품의 한계는, 식민지 시대의 궁핍한 농촌 상황보다 민
며느리제의 비극적 측면에 그 초점이 맞춰졌다는 점에서 사실적 묘사
와 치밀한 구성에도 당시 사회적 현실에 대한 객관성을 확보하지 못하
는 것이다. 고난과 갈등의 원인에 대한 이성적인 파악 없이 즉물적인
파괴 행위로 사태에 대응한다는 결말도 문학적 감동을 반감한다.

자연 속에 꽃피는 선머슴의 사랑

운총 아버지 젯날, 대사가 경 읽어주기로 한 까닭에 대사와 꺽정이는 칠팔 일 동안 더 묵게 되었는데 그 묵게 된 것을 운총의 남매가 좋아할 뿐 아니라 꺽정이 역시 해롭지 않게 생각하였다. 꺽정이는 운총이와 단둘이 놀러 다니고 싶은 생각까지 있었지만, 그림자같이 붙어 다니는 천왕동이가 있는 까닭으로 둘이만 만나게 되지 못하다가 천왕동이가 짐승의 털가죽을 가지고 젯날 소용될 물품을 바꾸러 가게 되어 비로소 틈을 얻게 되었다. 그날 천왕동이가 길을 떠난 뒤에 운총 어머니가 운총이를 데리고 천왕당에를 나가는데, 꺽정이가 그 뒤를 쫓아갔다. 운총 어머니가 할 일을 마치고 돌아갈 때 운총이가

"엄마, 먼저 가. 우리는 놀다 갈게."

하고 말하니 그 어머니는

"오냐, 조금만 놀다 오너라."

하고 혼자 숲 속으로 들어갔다. 꺽정이와 운총이가 천왕당 뜰 위에 와서 나란히 어깨를 걸고 앉았다. 꺽정이는 무슨 말을 먼저 물어볼까 생각하였다.

"운총아."

252

하고 불러놓고 한참 말이 없으니 운총이는 말을 재촉하는 듯이 꺽정이의 얼굴의 치어다보았다.

"너 나하고 같이 가서 살려냐?"

"엄마하고 천왕동이는 어떻게 하구?"

"다 같이 가지."

"엄마더러 물어보자."

"장가들고 시집가는 것 너 아니?"

하고 묻고 꺽정이는 운총의 대답을 기다리다가 대답이 없는 것을 보고 한 번 웃었다.

"모르지? 사내가 여인을 얻는 것을 장가든다고 하고 여인이 사내 얻어가는 것을 시집간다고 한다. 너 내게로 시집오려냐?"

"시집가면 무엇 하니?"

하고 묻는 것이 땅파기다. 꺽정이는 또 웃었다.

"아들도 낳고 딸도 낳지. 너의 엄마가 너의 아비에게 시집을 온 까닭에 너를 낳고 천왕동이도 난 것이다."

"천왕동이 같은 아들 하나 나볼까. 그래 내가 시집갈 테다."

하고 운총이는 어서 시집가게 하라고 졸랐다. 꺽정이가 운총이를 안아 무릎 위에 올려 앉히고 젖가슴에 손을 얹어보니 어린아이같이 철이 나지 아니한 운총이지만, 나이가 있어서 젖가슴이 생길 뿐이 아니라 꼭지까지 제법 생겼었다.

"이것이 시집가는 게냐?"

꺽정이가 또다시 한 번 웃었다.

"엄마가 천왕동이를 날 때 아비하고 천왕당에 와서 축원했다. 내가 보았다. 거짓말 아니다. 우리도 천왕당에 들어가서 축원하자."

하고 졸라서 꺽정이가 졸리다 못하여 당집 안으로 끌리어 들어왔다. 운총이

가 꿇어앉으며 꺽정이까지 꿇어앉히었다. 운총이는

　"오늘 꺽정이에게 시집갔으니 천왕동이 같은 아들을 낳아지이다."

　하고 말한 뒤에 입속으로 중얼중얼하는 꺽정이를 돌아보며 목소리를 크게 하라고 말하였다. 꺽정이가 당집 안에 들어올 때 반은 장난으로 생각하여 되는 대로 중얼거리다가 흘저에 엄숙한 생각이 나서

　"꺽정이는 운총이를 안해로 정합니다."

　하고 고개를 숙이었다. 운총이가 아들을 말하라고 또 한 번 졸라서

　"아들도 일찍 낳기를 바랍니다."

　하고 꺽정이는 조금도 웃지 않고 아들까지 축원하였다.

　꺽정이가 운총이와 함께 천왕당에서 나와서 운총의 손을 잡고 새삼스럽게 운총의 얼굴을 들여다보니 맑은 눈 속에 박혀 있는 이쁘장스러운 눈동자에 천왕의 모양이 비치어 보이는 것 같았다. 이와 같이 사랑스럽고도 거룩한 눈동자는 온 세상을 다 뒤져야 또다시 보기 어려우리라고 꺽정이는 생각하였다.

　"무어를 들여다보니?"

　"아니다."

　"아니가 무어야, 들여다보면서."

　"안해가 이뻐서."

　"내가 안해야? 너는 무어냐?"

　"너는 내 안해고 나는 네 남편이지."

　"남편? 그럼 남편도 이쁘다."

　하고 운총이는 하하 웃었다.

　"아가야."

　하고 꺽정이가 웃으면서 운총이를 번쩍 안고 숲 속으로 들어갔다.

잘 알려져 있듯이 《임꺽정》은 벽초碧初 홍명희
의 역사소설이다. 〈조선일보〉에 '임꺽정전'이란
제목으로 1928년부터 10년 넘게 연재되었으나
신문 폐간으로 1940년 10월 《조광》에 마지막으
로 발표되었다. 홍명희는 광복 후 월북했고, 이
작품은 결국 미완성으로 남았다. 민간을 통해 전

홍명희

래되던 야담, 민간 풍속, 설화, 속담 등이 풍부하게 살아 있는 우리말
의 보고이며, 토속어 사전으로 불려도 손색없다.

소설이라고는 평생 《임꺽정》 한 편을 남겼지만, 홍명희는 최남선, 이
광수와 더불어 해방 전 조선 문단의 가장 중요한 인물로 평가받는다.
작가는 임꺽정의 일대기를 그린 이 소설에서 임꺽정이 화적으로 살아
가는 청석골, 자모산성, 구월산성 시기를 본격적인 시기로 꼽았으나,
불행히도 이 소설은 자모산성(하) 편에서 중단되었다.

작가는 임꺽정의 일대기에서 화적의 삶을 본격적인 시기로 선정한
다. 엄청난 힘과 재능이 있는 임꺽정이 불합리한 조선 사회구조에 희
생되면서 그 사회 밑바닥에서 힘들게 살아가는 수많은 인간을 만나고,
드디어 이들과 연합해 청석골에 자신의 세력을 만들어 관에 영향을 미
친다. 작가는 임꺽정의 활약상을 통해 조선 당대는 물론 현재를 살아
가는 민중의 소리 없는 변화와 저항, 외침을 과거의 역사 속에서 조명
해보고자 노력했으며, 이런 노력은 좌우익의 대립이 극한으로 치닫기
시작한 일제 말기 우리 민족의 민족주의에 대한 작가의 신념을 간접적
으로 표출한다.

'임꺽정'과 같은 의적을 소재로 한 소설에서 우리는 그의 풍채와 활
약상을 머릿속에 그린다. 홍명희의 《임꺽정》에서도 상상 이상의 풍부

한 토속어로 빚어내는 도적패의 활약상이 펼쳐진다. 임꺽정뿐만 아니라 활쏘기의 명수 이봉학, 표창 던지기의 달인 박유복, 돌팔매질에 능한 배돌석, 우람한 체구에 힘이 장사인 곽오주, 축지법을 한다는 천왕동이 등 파노라마 식으로 전개되는 이들의 활약상은 가히 스펙터클영화라 할 수 있다. 그런데 액션 영화를 상상해야 할 소설 속에 아주 낭만적인이고 풋내 나는 사랑 이야기가 있다. 앞에 제시된 장면이다.

임꺽정이 스승인 갖바치와 함께 백두산 여행길에 만난 운총은 선머슴 같은 여인이다. 백두산에서 태어나 백두산에서 자랐으니 세상 물정을 잘 모른다. 말이라고 해야 부모와 함께 살며 배운 어휘가 전부다. '장가간다'거나 '시집간다'는 어휘를 모르는 여인이다. 어떻게 하여 아이를 낳는지도 잘 모르는 여인이다. 하지만 몸은 성숙한 여인네로 임꺽정과 지내는 며칠 동안 남녀의 사랑이라는 감정을 터득한다.

이 장면을 보면, 화적패 두목 임꺽정이 아니라 선머슴 같은 두 사람의 사랑 이야기를 읽는 기분이다. 그만큼 풋내가 날 듯 상큼하다. 홍명희의 《임꺽정》을 읽는 또 다른 재미다.

뽕나무에 올라간 아이들

— 심훈의 〈상록수〉 —

영신은 찬찬히 교단 위에 올라섰다. 그 얼굴빛은 현기증이 나서 금방 쓰러지려는 사람처럼 해쓱해졌다. 아이들은,

'선생님이 무슨 말을 허시려구 저러나.'

하고 저희들 깐에도 보통 때와는 그 기색이 다른 것을 살피고는 기침 하나 아니 하고 영신을 쳐다본다.

영신은 입술만 떨며 얼른 말을 꺼내지 못하고 섰다. 사제 간의 정을 한칼로 베어내는 것 같은 마룻바닥에 그어놓은 금을 내려다보고, 그 금 밖에 오십여 명 아동이 옹기종기 모여 앉아서 무슨 무서운 선고나 내리기를 기다리는 듯한 그 천진한 얼굴들을 바라볼 때, 영신은 눈두덩이 뜨끈해지며 목이 막혀서 말을 꺼낼 수가 없다. 한참 만에야 그는 용기를 내었다. 그러다가 풀이 죽은 목소리로,

"여러 학생들 조용히 들어요. 오늘은 선생님이 차마 허기 어려운 섭섭헌 말을 헐 텐데……."

하고 나서 다시 주저하다가,

"저…… 금 밖에 앉은 아이들은 오늘버텀 공부를…… 시킬 수가…… 없게
됐어요!"

하였다. 청천의 벽력은 무심한 어린이들의 머리 위에 떨어졌다. 깜박깜박하
고 선생을 쳐다보던 수없는 눈들은 모두가 쫘리처럼 똥그래졌다.

"왜요? 선생님, 왜 글을 안 가르쳐주신대유?"

그중에 머리가 좀 굵은 아이가 발딱 일어나며 질문을 한다.

영신은 순순히 타이르듯이 '집이 좁아서 팔십 명밖에는 더 가르칠 수가 없
게 되었다는 것과, 올가을에 새집을 지으면 꼭 잊어버리지 않고 한 사람도 빼
어놓지 않고 불러주마' 고 빌다시피 하였다.

"그럼 입때꺼정은 이 좁은 데서 어떻게 가르쳐주셨에유?"

이번엔 제법 목소리가 패인 남학생의 질문이 들어왔다. 영신은 화살이나 맞
은 듯이 가슴 한복판이 뜨끔하였다. 그 말대답을 못 하고 머리가 핑 내둘려서
이마를 짚고 섰는데 금 밖에 앉았던 아이들은 하나 둘 앉은 채 엉금엉금 기어
서, 혹은 살금살금 뭉치면서 금 안으로 밀려 들어오다가,

"선생님! 선생님!"

하고 연거푸 부르더니 와르르 교단 위까지 뛰어오른다.

영신은 오십여 명이나 되는 아이들에게 에워싸였다.

"선생님!"

"선생님!"

"전 벌써 왔에요."

"뒷간에 갔다가 쪼금 늦게 왔는데요."

"선생님, 난 막동이버덤두 먼첨 온 걸 저 차순이두 봤에요."

"선생님, 낼버텀 일찍 오께요. 선생님버덤두 일찍 오께요."

"선생님, 저 좀 보세요, 절 좀 보세요! 인전 아침두 안 먹구 오게 가라구 그러

지 마세요, 네 네.”

아이들은 엎드러지며 고꾸라지며 앞을 다투어 교단 위로 올라와서, 등을 밀려 넘어지는 아이에, 발등을 밟히고 우는 아이에, 가뜩이나 머리가 횡한 영신은 정신이 아찔아찔해서 강도상 모서리를 잡고 간신히 서 있다. 제 몸뚱이로 버티고 선 것이 아니라 아이들에게 포위를 당해서 쓰러지려는 몸이 억지로 떠받들려 있는 것이다.

“선생님!”

“선생님!”

아이들의 안타까운 부르짖음은 귀가 따갑도록 그치지 않는다. 그래도 영신은 눈을 내리감고 아랫입술을 지그시 깨물 뿐…….

“내려들 가!”

“어서 내려들 가거라!”

“말 안 들으면 모두 내쫓을 테다.”

하면서 영신을 도와주는 청년들이 아이들을 끌어내리고 교편을 들고 얼러메건만, 그래도 아이들은 울며불며 영신의 몸에 가 찰거머리처럼 달라붙어서 죽기 기 쓰고 떨어지지를 않는다.

영신의 저고리는 수세미가 되고 치마 주름까지 주루루 트더졌다. 어떤 계집애는 다리에다가 깍지를 끼고 엎드려서 꼼짝을 못하게 한다.

영신은 트더진 치마폭을 휩싸 쥐고 그제야,

“놔라, 놔! 얘들아, 저리들 좀 가 있어. 온 숨이 막혀서 죽겠구나!”

하고 몸을 뒤틀며 손과 팔에 매어달린 아이들을 가만히 뿌리쳤다. 아이들은 한번 떨어졌다가도 혹시나 제가 빠질까 하고 다시 극성스레 달려붙는다.

이 광경을 본 교회의 직원들이 들어와서 강제로 금 밖에 앉았던 아이들을 예배당 밖으로 내몰았다.

사내아이, 계집아이 할 것 없이 어머니의 젖을 억지로 떨어진 것처럼 눈이 빨개지도록 홀짝홀짝 울면서 또는 훅훅 흐느끼면서 쫓겨 나갔다.

장로는 대머리를 번득이며 쫓아 나가서, 예배당 바깥문을 걸고 빗장까지 질렀다. 아이들이 소동을 해서 시끄러워 골치도 아프거니와, 경찰의 명령을 듣지 않다가는 교회의 책임자인 자기의 발등에 불똥이 튈까 보아 적지않이 겁이 났던 것이다.

아이들의 등 뒤에서 이 정경을 바라보던 영신은 깨물었던 눈물이 주르르 흘러내렸다. 영신은 그 눈물을 아이들에게 보이지 않으려고, 소매로 얼굴을 가리며 돌아섰다. 한참이나 진정을 하고 나서는 저희들 깐에도 동무들을 내쫓고 공부를 하게 된 것이 미안쩍은 듯이 머리를 떨어뜨리고 앉은 나머지 여든 명을 정돈시켜놓고 차마 내키지 않는 걸음걸이로 칠판 앞으로 갔다.

그는 새로운 과정을 가르칠 경황이 없어서,

“오늘은 우리 복습이나 허지.”

하고 교과서로 쓰는 《농민독본》을 펴 들었다. 아이들은 글자 모으는 법을 배운 것을 독본에 있는 대로,

“누구든지 학교로 오너라.”

“배우고야 무슨 일이든지 한다.”

하고 풀이 죽은 목소리로 외기를 시작한다.

영신은 그 생기 없는 아이들의 목소리가 듣기 싫은데, 든 사람은 몰라도 난 사람은 안다고, 이가 빠진 듯이 띄엄띄엄 벌려 앉은 교실 한 귀퉁이가 훠언한 것을 보지 않으려고 유리창 밖으로 눈을 돌렸다.

창밖을 내다보던 영신은 다시금 콧마루가 시큰해졌다. 예배당을 에두른 야트막한 담에는 쫓겨 나간 아이들이 머리만 내밀고 조옥 매달려서 담 안을 넘겨다보고 있지 않은가. 고목이 된 뽕나무 가지에 닥지닥지 열린 것은 틀림없는

사람의 열매다. 그중에도 키가 작은 계집애들은 나무에도 기어오르지를 못하고 땅바닥에 가 주저앉아서 훌짝거리고 울기만 한다.

　영신은 창문을 말끔 열어젖혔다. 그리고 청년들과 함께 칠판을 떼어 담 밖에서도 볼 수 있는 창 앞턱에다가 버티어놓고 아래와 같이 커다랗게 썼다.

　"누구든지 학교로 오너라."

　"배우고야 무슨 일이든지 한다."

　나무에 오르고 담장에 매어달린 아이들은 일제히 입을 열어 목구멍이 찢어져라고 그 독본의 구절을 바라다보고 읽는다. 바락바락 지르는 그 소리는 글을 외는 것이 아니라 어찌 들으면 누구에게 발악을 하는 것 같다.

심훈

　심훈의 《상록수》는 농촌계몽을 주제로 한 〈동아일보〉의 장편소설 현상 공모에 당선된 작품이다. 러시아 브나로드운동(Vnarod는 '민중 속으로'라는 러시아어)의 영향을 받아 전개된 농촌계몽 운동과 춘원 이광수의 장편소설 《흙》의 영향을 받은 작품으로, 박동혁과 채영신의 헌신적인 노력과 역경 극복, 고귀한 사랑을 그리고 있다.

　《상록수》는 농촌계몽 운동을 시대적 배경으로 한다. 농촌계몽 운동은 일제의 식민지 수탈에 맞서 1920년대 중반부터 적극적으로 전개되었는데, 1931년 〈동아일보〉가 창간 10주년을 맞아 대대적인 브나로드운동을 벌임으로써 엄청난 지지를 얻으며 번져나간다.

　그러나 1935년 일제의 탄압과 규제 때문에 중단되고 만다. 《상록수》의 탄생 배경에는 브나로드운동이 불가능해지자 소설을 통해서라도 이 운동의 정신을 지속시키려는 의도가 숨어 있다. 《상록수》는 청춘 남녀의 사랑 이야기를 한 축으로 삼아 농촌계몽 운동에 헌신하는 지식인의 모습과 당시 농촌의 실상을 감동적으로 그려서, 농민문학을 대표하는 작품 가운데 하나로 평가받았다.

이 소설은 주인공 동혁과 영신이 다섯 번 만나는 과정이 플롯의 전개에서 중추적인 역할을 한다. 첫 번째 만남은 ○○일보사가 주최한 학생 계몽운동 대원 위로 다과회에서다. 두 번째 만남은 영신을 총애하는 백현경 여사의 토요 간담회에 동혁이 초대됨으로써 이루어진다. 두 만남은 영신이 청석골로, 동혁이 한곡리로 내려가 농촌계몽 운동을 하는 전기가 된다.

세 번째는 영신이 한곡리로 찾아오는데, 이 만남을 계기로 둘은 3년 뒤 결혼하자고 약속한다. 결혼과 농촌계몽 운동 사이에서 갈등을 겪던 두 사람은 이후 본격적으로 농촌계몽 운동에 몰두한다. 네 번째는 영신이 청석학원의 낙성식에 동혁을 초대한다. 이 만남은 동혁이 자신의 농촌계몽 사업에 대해서 냉철하게 반성하는 기회가 되며, 농촌 사람들의 보다 실질적인 문제를 해결해주기도 한다.

다섯 번째는 동혁의 동생인 동화의 방화 사건으로 형무소에 갇힌 동혁을 영신이 면회하러 온다. 이 만남 이후 청석골로 돌아온 영신은 부실한 몸에도 헌신적이고 희생적으로 봉사한다. 결국 두 사람의 거듭되는 만남과 이별은 정신적인 결합과 더불어, 농촌계몽 사업이 심화·확대되는 계기로 작용하는 것이다.

달빛 어린 바닷가에서 사랑을 약속하는 장면, 주재소의 방해로 뽕나무에 기어올라 예배당 안을 보며 글을 배우는 장면, 학원 낙성식에서 졸도하는 영신, 간호하는 아이들과 동네 사람들의 정성 등은 대중적 감성을 강하게 자극한다. 인물의 성격은 행동이나 대화를 통해 간접적으로 드러내기보다 작가가 직접적으로 설명하는데, 이는 계몽사상을 분명히 전달하려는 의도와 공모 후 신문에 연재할 소설이라는 성격상 광범한 독자층을 겨냥한 표현으로 볼 수 있다.

더구나 이 작품의 일부가 3, 4, 5, 6차 교육과정 중학교 국어 교과서에 '뽕나무와 아이들'이란 소제목으로 수록되어 많은 학생들의 사랑을 받았다. 제시된 장면에서 보듯이 80명으로 제한하는 방법이 일찍 온 순서대로 앉히고 선을 그어 나중에 온 학생들을 몰아내는 부분, 쫓겨난 아이들이 뽕나무에 기어올라 예배당 안을 들여다보며 따라 배우는 장면, 밖의 아이들을 위해 칠판을 떼어 밖에서도 볼 수 있게 해주는 영신의 마음 씀씀이는 잔잔한 감동을 불러일으킨다.

요즘 아이들이 이런 일을 당하면 어떤 풍경이 빚어질까. 선 안에 포함된 아이들이 선 밖의 아이들을 지적하며, "쟤는 저보다 일찍 왔는데 화장실 다녀왔대요"라고 하거나, 선 밖의 아이들이 '만세'를 외치며 학교에 안 와도 된다고 좋아하지 않을까.

이 소설이 농촌계몽이라는 실제적인 문제를 다루면서도 소재만 농촌에서 따왔을 뿐 농민이 주인공으로 등장하지 않으므로 농민 소설이 아니라거나, 이 소설이 표방하는 계몽이 농민의 현실에 바탕을 두지 않은 지식인들에 의한 계몽이라는 점에서 관념적이고 감상적이라는 부정적인 견해도 있다. 소설 전체의 분위기가 낭만성에 의존하는 점, 여주인공 영신의 이미지가 희생과 헌신에 기울어진 점, 주인공이 여전히 영웅적인 이미지에 머물러 있다는 점 등에서 작품의 한계를 지적받기도 한다.

　그러나 브나로드운동의 시범 작품으로 쓰인 이광수의 《흙》이 농촌 현실을 제대로 파악하지 못한 감상적 성향인 데 비해, 《상록수》는 농촌 계몽 운동에 보다 근접한 작품이라 할 수 있다. 즉 행동형 주인공이 지식이나 관념보다 현실을 이해하고, 농민의 삶과 합치되는 문제를 해결하려고 혼신의 노력을 기울이는 데 중점을 두었다. 이렇게 볼 때 이 작품은 1930년대 농촌계몽 운동과 농민문학이 통합된 결실이라고 할 수 있다.

바나나를 들고 튀어라

— 박영준의 〈모범 경작생〉 —

길서는 일본서 돌아올 때 우선 자기 논두렁에서 가슴이 서늘함을 느꼈다.

논에 박은, ‘김길서’라고 쓴 말패는 간 곳도 없고, ‘모범 경작생’이라고 쓴 말뚝은 쪼개져서 흐트러져 있었다.

심술궂은 애들이 장난을 했는가 하고 생각하려 했으나 그 한 짓으로 보아서 반드시 무슨 일이 일어난 것 같은 예감이 들었다.

동네에 들어섰을 때 동네에는 어른이라고 한 사람도 찾아볼 수 없었다.

읍내 서재당 집엘 가서 저녁때가 되도록 아직 돌아오지 않았다는 말을 듣자, 서울 갔다 돌아왔을 때보다도 더 의기양양해 온 길서의 마음은 쪼박쪼박 깨어지고 말았다.

보지도 못했고, 이름조차 들어보지 못하던 바나나를 가지고 밤이 이슥했을 무렵 의숙이를 찾아갔건만 그를 본 의숙이도 얼굴을 돌리고 울기만 했다. 길서의 마음은 터지는 듯했다.

뒤에서 몽둥이를 들고 따라오던 사람의 숨소리를 듣는 듯 가슴이 떨리었다. 불길한 징조가 눈에 보이는 듯했다.

박영준

박영준의 〈모범 경작생〉은 1934년 〈조선일보〉 신춘문예 당선작으로, 1930년대 일제가 실시한 농업 진흥 정책의 기만적 실상을 파헤친 작품이다.

주인공 길서는 남들보다 교육을 더 받고 자기 땅도 있어, 마을 사람들에게 선망의 대상이다. 그러나 그는 일제의 농업정책을 앞장서서 선전하고 자기 이익을 위해 관료들의 계략에 동조하는, 일제의 편에서 보면 '모범 경작생'이지만 농민들의 눈에는 '이기적 배신자'다.

이 작품은 주인공의 배신행위가 기본 축을 형성하고 있다. 면장과 면서기 등은 모두 일제의 하수인으로, 총독부의 지시에 따라 마을 사람들을 순화하고 수탈하는 일에 협력하는 인간들이다. 마을에서 유일하게 보통학교를 졸업한 길서인지라 농민들은 그를 지주에게 보내어 감세를 부탁하고자 하나 길서는 거절한다. 마을 사람들이 직접 찾아가 감세를 요청하지만 역시 거절당한다. 이에 격분한 농민들은 '김길서'라는 팻말과 '모범 경작생'이라는 말뚝을 뽑아서 쪼개버린다.

도에서 세 사람 뽑는 일본 시찰단의 일원으로 일본에 다녀오는 길에 이 사실을 안 길서는 간담이 서늘해진다. 길서는 밤이 이슥하여 일본에서 사온 바나나를 가지고 연인 의숙을 찾아가지만, 그녀는 얼굴을 돌리고 울기만 한다. 그러자 길서의 마음은 더욱 불안해지고, 성두가 충혈된 얼굴로 아랫문으로 뛰어들었을 때 그는 들고 왔던 바나나를 들고 뒷문으로 도망친다. 바로 소설의 결말이요, 위에 제시된 장면이다.

일제에 의해 모범 경작생이란 칭호를 받고 특혜를 누리던 길서, 일본 시찰단으로 선발되어 일본 여행까지 하고 왔으나 그를 기다리는 것은 배신자 길서에 대한 마을 사람들의 분노다. 배신자라는 것이 밝혀진 지금, 게다가 연인인 의숙의 오빠 성두까지 충혈된 얼굴로 자신을 찾는 것을 목도한 길서는 어떤 행동을 취해야 옳을까. 잡히면 죽는다. 일단 튀고 보자. 그것이 아니겠는가.

인상적인 것은 바나나를 들고 튄다는 것이다. 바나나, 21세기 한국에서 바나나는 흔하디흔한 과일이다. 제주도에서 생산되지만, 대부분 수입한다고 해도 바나나는 고급 과일이 아니다. 그러나 소설 속 시간은 1930년대 일제강점기다. 제주도에서 생산되지 않았을 뿐만 아니라, 수입이란 것도 없다. 당시 내지內地라 하던 일본에서 생산되어 가져온, 귀하디귀한 과일이다.

제시된 장면에 있듯이 바나나는 길서에게조차 "보지도 못했고, 이름조차 들어보지 못하던" 과일이다. 그렇게 귀한 과일을 일본에서 가져온 것은 의숙을 향한 사랑 때문이다. 정작 의숙은 바나나를 보기도 전에 바로 닥칠 길서의 운명에 고개를 돌리고 만다. 게다가 그녀의 오빠 성두가 들이닥치니 일단 튀어야 한다.

"10초 안에 챙길 수 있는 것 외에는 미련 없이 다 버려라." 어느 범죄 영화에서 추격을 당하는 범인의 말이다. 길서가 바나나를 들고 튀는 것은 바로 이 때문이다. 10초 안에 챙길 수 있는 것, 그만큼 길서에게 귀한 것, 소중한 것은 무엇이었을까. 쫓기는 상황, 의숙에게조차 외면당한 상황, 그에게 지금 가장 소중한 것은 비싼 돈 주고 일본에서 사온 바나나밖에 없다. 그러니 그것을 들고 튄다.

작품에서 길서는 다른 농민을 계몽하는 위치에 선 모범 경작생이며,

마을 사람들에게 부러움과 질투의 대상이지만, 일제의 농촌정책을 앞
장서서 선전하고 일제의 논리로 농민들을 비난하며 자기 이익에 집착
한다. 게다가 자신의 행위에 아무런 거리낌도 없는 인물이라는 것이
심각한 문제다. 결국 길서는 지주와 일제 관료들의 꼭두각시로서 농민
들에 대한 그들의 방패막이로 이용될 뿐이며, 일제의 편에서 보면 모
범 경작생이지만 절망적인 상황에 처한 농민들에게는 이기적인 배신
자다.

이런 길서와 반대쪽에 있는 인물이 성두다. 그는 길서처럼 자기 땅
이 있는 것도 아니고, 장가 밑천으로 키우던 돼지를 팔고 북간도 이주
를 고려해야 할 형편이다. 이 작품은 길서와 같은 비판의 대상을 주인
공으로 설정하고 그와 관련된 부정적 인물을 철저하게 희화함으로써,
농민들의 시각에서 사건을 전개하려는 성실한 노력을 보여준다.

그러나 성두를 비롯한 농민들의 분노는 일제의 착취 제도와 수탈계
급을 향하지 못하고, 그 방패막이인 길서를 향해 폭발한다. 이런 점에
서 소설 속 성두의 분노로 표상되는 농민들의 현실 인식 수준이 그리
깊지 않음을 알 수 있다. 다만 1930년대 일제 농업 진흥 정책의 허구적
성격과 농민들의 현실 자각 과정을 현실감 있게 포착했다는 점에서 그
문학적 성취를 인정해야 할 것이다.

노브라 노팬티의 의미

가물에 콩 나기로 어쩌다 도라지 순이라도 어지러운 숲 속에 하나 둘 뾰족이 뻗어 오른 것을 보면 그는 그래도 기쁨에 넘치는 미소를 띠었다. 때로는 바위도 기어올랐다. 정히 못 기어오를 그런 험한 곳이면 칡덩굴에 매어달리기도 하는 것이었다. 땟국에 절은 무명 적삼은 벗어서 허리춤에다 꾹 찌르고는 호랑이 숲이라 이름난 강원도 산골에 매어달려 기를 쓰고 허비적거린다. 골바람은 지날 적마다 알몸을 두른 치맛자락을 공중으로 날린다. 그제마다 검붉은 볼기짝을 사양 없이 내보이는 칡덩굴이 그를 본다면, 배를 움켜쥐어도 다 못 볼 것이다마는 다행히 그윽한 산골이라 그 꼴을 비웃는 놈은 뻐꾸기뿐이었다.

1935년 〈조선일보〉 신춘문예에 '따라지목숨'이란 제목으로 당선된 김유정의 〈소낙비〉는 궁핍한 농촌을 배경으로 순박하고 어리석은 사람들의 애환을 그린 작품으로, 1930년대 한국 유랑 농민의 서글픈 삶의 단면을 표현한다. 비극의 원인은 농촌의 궁핍한 형편이다. 작품은 당대 농촌의 현실을 충실히 반영하는데, 이는 이념적 바탕이 아니라 작

김유정

가 의식에서 비롯된 것이다. 김유정 소설에서 드러나는 농촌의 궁핍한 생활상은 자작농에서 소작농으로 전락하는 단계를 통해 빚더미에 앉고, 급기야 농촌을 떠나 도회로 향하는 과정을 보여준다. 줄거리는 다음과 같다.

춘호는 연이은 흉작과 그로 인한 빚쟁이의 위협과 악다구니를 견디지 못하고, 고향을 등진 채 야반도주한 처지다. 그러나 어디를 가나 기다리는 것은 불안과 굶주림뿐이다. 궁지에 몰린 춘호가 살 방도를 찾아 생각해낸 것이 노름이다. 춘호는 판돈 2원이 없어 애간장을 태우다 울화가 치밀어 아내를 때리며 돈을 구해오라고 윽박지른다.

쇠돌 엄마는 춘호 처와 같이 천한 농부의 계집인데, 동리의 부자 이 주사와 배가 맞아 팔자를 고친다. 지난 늦은 봄 달 밝은 밤에 보름 게추(김유정이 쓰는 어휘 중 600여 개가 사전에 등재되지 않았다는 연구가 20년 전에 있었다. '보름 게추'도 그중 하나다)를 보러 산모퉁이로 나간 남편이 돌아오지 않자 잠자리에 들려는데, 황소 같은 이 주사가 춘호 처를 겁탈하려 들었다. 춘호 처는 쇠돌 엄마가 속곳과 버선 자랑을 할 때 속으로 자기도 잘했으면 쇠돌 엄마처럼 호강했으리라고 생각한다.

요 며칠 뒷산에서 밤마다 큰 노름판이 벌어지는 것을 안 춘호는 한 몫 보아 서울로 갈 꿈을 꾼다. 그러나 밑천을 장만할 수가 없어서 그는 사나흘 밤이나 눈을 붙이지 못하고 아내에게 판돈으로 2원을 꿔오라고 조른다. 용모가 빼어난 아내는 묵묵부답이다. 춘호는 노기충천하여 불현듯 문지방을 떠다밀며 벌떡 일어나 지게막대를 들고 아내에게 달려든다. 춘호가 아내의 연한 허리를 모질 게 후려치자 아내는 눈물을 흘

270

리면서 싸리문 밖으로 내달린다. 싸리문 안에 춘호가 아직도 지게막대를 들고 서 있는 것을 본 춘호 처는 쇠돌 엄마 집으로 향한다. 당장 돈 2원을 만들기 위해서는 보리라도 꾸어다가 파는 수밖에 없다고 생각한 것이다. 내키지 않는 발걸음을 하면서 춘호 처는 헛걸음하지 않을까 걱정한다.

쇠돌 엄마는 집에 없었다. 그녀는 소낙비를 만나 살의 윤곽이 드러난 젖은 몸으로 쇠돌 엄마가 나타나기를 기다린다. 이 주사가 지우산을 쓰고 쇠돌네 집으로 향한다. 아무도 보는 사람이 없는 것을 안 춘호 처는 쇠돌네 봉당으로 들어선다. 그녀는 이 주사에게 끌려 들어가 관계를 갖는다. 목욕도 하지 않았다고 모욕과 수치를 당하지만 이 주사에게서 2원을 받기로 한다.

분이 풀리지 않은 춘호는 뿌루퉁하니 홀로 앉아 있다. 아내가 들어오자 춘호는 주먹뺨을 냅다 붙인 뒤에 다시 매를 잡으려 든다. 춘호 처는 기겁을 하면서 돈이 되었다고 한다. 갑자기 춘호의 태도가 돌변한다. 부부는 모처럼 나란히 누워서 서울 생활에 대해 이것저것 이야기한다.

이튿날, 춘호는 마치 아내를 회사에 첫 출근이나 시키듯 곱게 단장시켜 이 주사에게 보낸다. 그리고 그는 자신의 행위에 조금도 죄의식 없이, 단지 아내가 받아오는 2원을 가지고 노름을 하여 딴 돈으로 빚을 갚고 서울로 가서 아내와 함께 안락한 생활을 할 수 있으리라는 꿈에 부푼다.

김유정 문학에서 자주 등장하는 '모자라는 인물'은 이 작품에도 나온다. 엉뚱한 행동을 하는 주인공의 행태는 독자의 기대와 정반대다.

아내를 잘 단장시켜 매춘 행위가 실패하지 않도록 배려하는 행위는 춘호가 악한 사람이 아니라 어리석은 인물이라는 것을 보여주어 독자를 잔잔한 비애의 세계로 이끌어간다.

김유정 문학에서 두드러지는 특징으로 윤리 문제가 흔히 지적되는데, 이 작품의 주인공도 상식적으로 도저히 납득할 수 없는 비윤리적인 행위를 서슴지 않는다. 그러나 이들의 행위는 엄밀하게 말해서 '반윤리적이라기보다 윤리의 부재'라고 할 수 있다.

특히 이 작품의 주인공이 벌이는 매음 행각은 윤리적 잣대로 비난할 수 없는 묘한 아이러니를 유발한다. 여기에서 매음은 성적 방종의 결과가 아니라, '먹고사는 일'이 당장의 과제로 등장한 극도로 궁핍한 상황에서 어쩔 수 없이 벌이는 일종의 '경제행위'로 파악된다. 따라서 이 작품에서 김유정이 초점을 맞추는 것은, 성적 방종에 대한 비판보다 인간성을 타락케 하는 경제적 피폐의 극한 상황임을 감지할 수 있다.

생존에 필요한 돈을 마련하기 위해 매춘하는 것이다. 춘호 처는 매춘 자체의 부정성을 모르고, 춘호는 정조가 돈보다 귀한 것이라는 의식이 없다는 게 문제다. 결국 무지에서 비롯된 윤리의 부재가 부각된다. 물질적 가치에 지배당할 수밖에 없으면서도 그와 다른 윤리나 이상을 추구함으로써 겪는 다른 소설들과 차이가 있다. '춘호 처는 왜 이 주사에게 몸을 팔러 갈까'라는 질문은 이 작품에서 커다란 의문이 되지 못한다. 어서 빨리 남편의 폭력에서 벗어나고, 지긋지긋한 가난에서도 벗어나자는 것이다.

제시된 장면을 보면 가난한 상황이 구체적으로 나온다. 그녀가 산을 타며 도라지, 더덕 등을 찾는 장면이다. 그런데 자세히 읽어보면 그녀는 분명 치마와 적삼만 입고 있다. 바위를 탈 때는 적삼마저 벗어버린

다. 그러니 알몸에 치마만 두른 격이다. 제시된 장면에 나오듯이 "알몸
을 두른 치맛자락"이 바람에 날리면 그 모습이 어떻다는 것인데, 마침
산골이라 아무도 보는 사람이 없을 뿐이다.

춘호 처의 옷맵시를 요즈음 식으로 말하면 '노브라'에 '노팬티'다.
그렇다면 그녀가 무슨 '패션 감각'이 있어서, 아니면 섹시한 모습을 가
꾸려고 그런 차림을 했는가. 아니다. 다음 장면을 보면 춘호 처가 왜
노브라에 노팬티인지 정확하게 알 수 있다.

남편의 성화에 못 이겨 쇠돌 엄마에게 가서 돈 2원을 융통해야 하는
춘호 처의 입장은 참으로 난처하다. 쇠돌 엄마는 마을의 부자인 이 주
사의 첩 노릇을 하는 여인인데다, 이 주사가 자신에게 눈독을 들이고
있다는 사실을 그녀가 알지도 모른다는 생각 때문이다.

인용된 부분에서 "새댁, 나는 속곳이 세 개구, 버선이 네 벌이구 행"
하는 쇠돌 엄마의 말을 살펴볼 필요가 있다. 요즈음 말로 옮기면 쇠돌
엄마의 말은 자신은 팬티가 석 장이요, 양말이 네 켤레라는 것이다. 그
런데 단순히 자신이 소유한 물건의 개수를 말하는 것이 아니라 새댁인
춘호 처에게 자랑삼아 하는 말이다. 즉 팬티 석 장과 양말 네 켤레가
자랑이 되는 현실을 나타낸다.

요즈음 성인 여자가 자기 팬티와 양말 혹은 스타킹의 개수를 일일이

기억하고 다닌다면 이는 비정상적인 것이다. 혹 그런 여인이 있다면 일종의 결벽증 환자가 아닐까. 그러나 〈소낙비〉에서 그리는 현실은 분명 팬티 석 장과 양말 네 켤레가 자랑이 되는 상황이다. 그만큼 가난한 현실이다. 가난에서 벗어나고자 하는 욕망이 춘호 처를 이 주사가 있는 쇠돌 엄마네로 가게 만든다.

소설을 읽으며 등장인물의 행위를 사실적으로 판단할 필요가 있다. 그러나 윤리적인 판단을 하기 전에 그 행위를 둘러싼 당대의 사회 현실을 이해하는 것이 필수다. 따라서 김유정 문학에서 윤리의 문제는 당대의 궁핍한 상황과 관련지어 이해해야 하고, 그것이 단순히 성적 쾌락을 추구하는 행동이 아니었음을 인식해야 한다.

어머니의 입술이 어쩌면 그리도 뜨거운지

하루는 밤에 아저씨 방에서 놀다가 졸려서 안방으로 들어오려고 일어서니까 아저씨가 하아얀 봉투를 서랍에서 꺼내어 내게 주었습니다.

"옥희, 이거 갖다가 엄마 드리고 지나간 달 밥값이라구, 응?"

나는 그 봉투를 갖다가 어머니에게 드렸습니다. 어머니는 그 봉투를 받아 들자 갑자기 얼굴이 파랗게 질렸습니다. 그 전날 달밤에 마루에 앉았을 때보 다도 더 새하얗다고 생각되었습니다. 어머니는 그 봉투를 들고 어쩔 줄을 모 르는 듯이 초조한 빛이 나타났습니다. 나는,

"그거 지나간 달 밥값이래."

하고 말을 하니까, 어머니는 갑자기 잠자다 깨나는 사람처럼 "응." 하고 놀 라더니, 또 금시에 백지장같이 새하얗던 얼굴이 발갛게 물들었습니다. 봉투 속으로 들어갔던 어머니의 파들파들 떨리는 손가락이 지전을 몇 장 끌고 나왔 습니다. 어머니는 입술에 약간 웃음을 띠면서 후 하고 한숨을 내쉬었습니다. 그러나, 그것도 잠시 다시 어머니는 무엇에 놀랐는지 흠칫하더니, 금시에 얼굴 이 새하얘지고 입술이 바르르 떨렸습니다. 어머니의 손을 바라다보니 거기에

는 지전 몇 장 외에 네모로 접은 하얀 종이가 한 장 잡혀 있는 것이었습니다.

어머니는 한참을 망설이는 모양이었습니다. 그러나 무슨 결심을 한 듯이 입술을 악물고, 그 종이를 차근차근 펴 들고 그 안에 쓰인 글을 읽었습니다. 나는 그 안에 무슨 글이 씌어 있는지 알 도리가 없었으나, 어머니는 그 글을 읽으면서 금시에 얼굴이 파랬다 발갰다 하고, 그 종이를 든 손은 이제는 바들바들이 아니라 와들와들 떨리어서 그 종이가 부석부석 소리를 내게 되었습니다.

한참 후에 어머니는 그 종이를 아까 모양으로 네모지게 접어서 돈과 함께 봉투에 도로 넣어 반짇고리에 던졌습니다. 그리고는, 정신 나간 사람처럼 멀거니 앉아서 전등만 쳐다보는데 어머니 가슴이 불룩불룩합니다. 나는 혹시 어머니가 병이나 나지 않았나 하고 염려가 되어서 얼른 가서 무릎에 안기면서,

"엄마 잘까?"

하고 말했습니다.

엄마는 내 뺨에 입을 맞추어주었습니다. 그런데 어머니의 입술이 어쩌면 그리도 뜨거운지요. 마치 불에 달군 돌이 볼에 와 닿는 것 같았습니다.

주요섭

〈사랑손님과 어머니〉를 모르는 한국인이 있을까. 1935년《조광》11월호에 발표된 주요섭의 단편소설로, 1961년 신상옥 감독이 영화로 만들기도 했다. 옥희 역을 맡은 전영선과 어머니 역을 맡은 최은희. 아마 영화를 본 사람이라면 기억할 것이다, 소설 속 장면보다 낭만적이었던 두 사람의 연기를.

잘 알고 있듯이 〈사랑손님과 어머니〉는 여섯 살 난 '옥희'의 눈을 통해, 젊어서 과부가 된 어머니와 사랑채에 하숙하는 젊은 교사 사이에

일어난 미묘한 애정의 세계를 섬세하게 포착한 작품이다. 젊은 과부와 남편의 옛 친구인 미혼 교사의 사랑. 조금은 통속적일 수도 있는 내용이 아름답게 승화되어 문단에 남을 만한 작품으로 탄생한 데는 이유가 있다. 바로 화자인 옥희의 순수한 관점과 서술 문체의 독특한 미적 효과 때문이다.

서술자가 옥희가 아니라 옆집 할머니였다면? 소설이 어머니나 사랑손님의 입장에서 쓴 일인칭 주인공 시점이었다면? 달걀 장수가 화자였다면? 말하지 않더라도 그저 그런 사랑 이야기란 우스운 작품이 떠오를 것이다. 사랑의 의미조차 알지 못하는, 두 어른의 표정을 보고 화가 났거나 아픈가 보다고 생각하는, 천진한 옥희의 눈을 통해 성인의 미묘한 사랑의 감정이 묘사되었기 때문에 성인의 심리를 객관화하여 형상화할 수 있는 가능성을 얻은 것이다.

이 작품의 기법은 '분명하게 드러내기'보다 '의미의 감추기'가 핵심이다. 예를 들면 어머니와 사랑손님의 감정을 어느 정도 알 수 있는 장면에서 옥희가 '모르겠다'는 말을 반복한다거나, 지연 효과를 노리는 것 등은 해당 장면이 암시하는 의미를 드러내는 동시에 감추는 고도의 예술적 기법이다.

이 소설은 귀엽고 앙증스러운 소녀의 눈에 여과된 삶의 일면이 독자에게 다가가 동화적 순수와 신비성으로 상황이 전개되고, 이로 인해 한국적 삶의 한 단면이 제대로 구현된다. 한국적 삶의 단면이란 보편적 사랑의 감정을 처리하는 한국적 문화의 특징을 일컫는 말이다. 애욕의 감정을 속으로 감추어 내면적으로 승화시키는 것이 우리 정신의 전통이다. 벌건 대낮에 길거리에서 부둥켜안고 입을 맞추는 요즘 젊은이들에게는 낯선 장면일 것이다.

그러니 옥희를 서술자로 삼은 것은 다분히 의도적이라 할 수 있다. 즉 과부인 어머니와 사랑손님의 사랑을 순수하고도 격조 높은 것으로 드러내려는 의도가 반영된 것이다. 젊은 과부인 어머니에게 아저씨의 등장은 분명 이성에 대한 관심을 불러일으킨다. 교양 있고 정숙한 어머니는 새롭게 생성되는 애정에 갈등하며 흔들리지만, 결국 본연의 자세로 돌아간다. 애욕의 감정보다 도덕의식이나 자식에 대한 사랑이 강했기 때문이다. 이 정신주의는 도덕적 의무감이 아니라 품격과 같은 아름다움의 차원이다.

어머니의 감정의 흐름을 나타내는 객관적 상관물이 또한 신선한 느낌을 주는데, 꽃이나 풍금, 달걀, 흰 봉투, 손수건 등이 그것이다. 꽃에 대해 보이는 어머니의 태도는 어머니의 내면 풍경과 일치한다. 아저씨의 호의에 놀라고, 그 호의 내지는 사랑을 계속 간직하다가 마침내 그 감정을 정리하고 일상으로 돌아오는 것이다.

풍금도 마찬가지다. 한 번도 치지 않던 풍금을 연주하는데, 풍금의 선율이 구슬프다. 남편에 대한 그리움, 새롭게 자라나는 연애 감정이 풍금의 연주를 통해 간접적으로 표현되는 것이다. 사랑손님이 떠나자 어머니는 풍금에 쇠를 채운다. 풍금은 사랑의 감정을 상징하는 사물이기 때문이다.

달걀도 사랑의 감정을 표현하는 데 일조한다. 달걀을 많이 사다가 종국엔 사는 일을 중단한다. 달걀을 먹을 사람이 없다고 달걀 장수를 돌려보내며 쓸쓸해하는 것으로 마무리해서, 한 편의 서정시를 읽는 듯한 느낌을 준다.

봉투와 손수건도 사랑의 가교 역할을 톡톡히 하는 사물이다. 봉투와 손수건은 흰색이라는 점에서 대단히 상징적인데, 어머니와 손님의 직접적 만남은 없이 오가는 것은 옥희와 봉투와 손수건이다. 하나같이 깨끗하고 순결한 이미지를 준다. 지난달 밥값이라며 건네주는 흰 봉투, 제시된 장면에서 우리는 옥희의 눈과 촉각을 통해 어머니의 떨림과 뜨거워짐을 느낄 수 있다. 옥희가 아니라 독자들이 "어머니의 입술이 어쩌면 그리도 뜨거운지요. 마치 불에 달군 돌이 볼에 와 닿는 것 같았습니다"를 느끼는 것이다.

자라 보고 놀란 가슴 솥뚜껑 보고도 놀라지

솟아오르는 아침 햇발을 받아 붉게 물들며 잔뜩 밀린 조수(아침에 밀려들었다가 나가는 바닷물)는 거품을 부걱부걱 토하며 바람결조차 철썩철썩 해안은 부딪친다.

아다다는 그 바구니를 내려놓고 허리춤 속에서 지전 뭉치를 쥐어 들었다. 그리고는 몇 겹이나 쌌는지 알 수 없는 헝겊 조각을 둘둘 풀었다. 헤집으니 1원짜리, 5원짜리, 10원짜리 무수한 관 쓴 영감들이 나를 박대해서는 아니 된다는 듯이, 모두를 마주 바라본다. 그러나 아다다는 너 같은 것을 버리는 데는 아무런 미련도 없다는 듯이, 넘노는 물결 위에다 획 내어 뿌렸다. 세찬 바닷바람에 차인 지전은 바람결 좇아 공중으로 올라가 팔랑팔랑 허공에서 재주를 넘어가며 산산이 헤어져, 멀리, 그리고 가깝게 하나씩 하나씩 물 위에 떨어져서는 넘노는 물결조차 잠겼다 떴다 숫구막질을 한다.

어서 물속으로 가라앉든지, 그렇지 않으면 흘러 내려가든지 했으면 하고아다다는 멀거니 서서 기다리나 너저분하게 물 위를 덮은 지전 조각들은 차마 주인의 품을 떠나기가 싫은 듯이 잠겨버렸는가 하면, 다시 기웃거리며 솟아올라

"

서는 물 위를 빙글빙글 돈다.

하더니 썰물이 잡히자부터 할 수 없는 듯이 슬금슬금 밑이 떨어져 흐르기 시작한다.

아다다는 상쾌하기 그지없었다. 밀려 내려가는 무수한 그 지전 조각들은, 자기의 온갖 불행을 모두 거두어 가지고 다시 돌아올 길이 없는 끝없는 한 바다로 내려갈 것을 생각할 때 아다다는 춤이라도 출 듯이 기꺼웠다.

그러나 그 돈이 완전히 눈앞에 보이지 않게 흘러 내려가기까지에는 아직도 몇 분 동안을 요하여야(있어야) 할 것인데, 뒤에서 허덕거리는 발자국 소리가 들리기에 돌아다보니 뜻밖에도 수롱이가 헐떡이며 달려오는 것이 아닌가.

"야! 야! 아다다야! 너 돈 돈 안 건새핸(가지고 갔냐)? 돈 돈 말이야, 돈……?"

청천의 벽력같은 소리였다.

아다다는 어쩔 줄을 모르고 남편이 이까지 이르기 전에 어서어서 물결은 휩쓸려 돈을 모두 거둬 가지고 흘러버렸으면 하나, 물결은 안타깝게도 그닐그닐 한가히 돈을 이끌고 흐를 뿐, 아다다는 그 돈이 어서 자기의 눈앞에서 자취를 감추어버리는 것을 보기 위하여 그닐거리고 있는 돈 위에 쏘아 박은 눈을 떼지 못하고 쩔쩔매는 사이, 마침내 달려오게 된 수롱이 눈에도 필경 그 돈은 띄고야 말았다.

뜻밖에도 바다 가운데 무수하게 지전 조각이 널려서 앞서거니, 뒤서거니, 둥둥 떠내려가는 것을 본 수롱이는 아다다에게 그 연유를 물을 필요도 없이 미친 듯이 옷을 훨훨 벗고 첨버덩 물속으로 뛰어들었다.

그러나 헤엄을 칠 줄 모르는 수롱이는 돈이 엉키어 도는 한복판으로 들어갈 수가 없었다. 겨우 가슴패기까지 잠기는 깊이에서 더 들어가지 못하고 흘러 내려가는 돈더미를 안타깝게도 바라보며 허우적허우적 달려갔다. 차츰 물결은 휩쓸려 떠내려가는 속력이 빨라진다. 돈들은 수롱이더러 어디 달려와 보라

는 듯이 휙휙 숫구막질을 하며 흐른다. 그러나 물결이 세어질수록 더욱 걸음
발은 자유로 놀릴 수가 없게 된다. 더펙더펙 물과 싸움이나 하듯 엎어졌다가
는 일어서고 일어섰다가는 다시 엎어지며 달려가나 따를 길이 없다. 그대로
덤비다가는 몸조차 물속으로 휩쓸려 들어갈 것 같아, 멀거니 서서 바라보니 벌
써 지전 조각들은 가물가물하고 물거품인지 지전인지도 분간할 수 없으리만
큼 먼 거리에서 흐르고 있다. 그러나 그것도 한순간이었다. 눈앞에는 아무것
도 보이는 것이 없다. 휙휙 하고 밀려 내려가는 거품 진 물결뿐이다.

수룡이는, 마지막으로 돈을 잃고 말았다고 아는 정도의 물결 위에 쏘아진
눈을 돌릴 길이 없이 정신 빠진 사람처럼 그냥그냥 바라보고 섰더니, 쏜살같이
언덕 켠으로 달려오자 아무런 말도 없이, 벌벌 떨고 섰는 아다다의 중동(중간 부
분)을 사정없이 발길로 제겼다.

“훙앗!”

소리가 났다고 아는 순간, 철썩 하고 감탕(진흙)이 사방으로 튀자 보니, 벌써,
아다다는 해안의 감탕판에 등을 지고 쓰러져 있다.

“이-이-이…….”

수룡이는, 무슨 말인지를 하려고는 하나, 너무도 기에 차서 말이 되지를 않
는 듯 입만 너불거리다가 아다다가 움찍하는 것을 보더니, 아직도 살았느냐는
듯이 번개같이 쫓아 내려가 다시 한 번 발길로 제겼다.

“폭!”

하는 소리와 같이 아다다는 가꿉선(경사진) 언덕을 떨어져 덜덜덜 굴러서 물
속으로 잠긴다.

한참 만에 보니 아다다는 복판도 한복판으로 밀려가서 숫구어 오르며 두 팔
을 물 밖으로 허우적거린다. 그러나 그 깊은 파도 속을 어떻게 헤어나랴! 아다
다는 그저 물 위를 둘레둘레 굴며 요동을 칠 뿐, 그러나 그것도 한순간이었다.

어느덧 그 자체는 물속에서 사라지고 만다.

　주먹을 부르쥔 채 우상(나무·돌·쇠붙이·흙 따위로 만든 형상)같이 서서, 굽실거리는 물결만 그저 뚫어져라 쏘아보고 섰는 수룡이는, 그 물속에 영원히 잠들려는 아다다를 못 잊어함인가? 그렇지 않으면 흘러버린 그 돈이 차마 아까워서인가?

　짝을 찾아 도는 갈매기 떼들은 눈물겨운 처참한 인생 비극이 여기에 일어난 줄도 모르고 '끼약끼약' 하며 흥겨운 춤에 훨훨 날아다닌 깃 치는 소리와 같이 해안의 풍경만 도웁고 있다.

　계용묵의 〈백치白痴 아다다〉는 1935년 《조선문단》 5월호에 발표된 단편으로, '인생의 가치를 결정하는 것은 돈이 아니다'라는 주제를 순수와 욕망이라는 전혀 다른 인간형을 통해 보여준다. 즉 백치고 벙어리인 '아다다'가 구박과 천대를 받으며 살지만 정신적 행복을 추구하다가 죽는 비극

계용묵

적인 인생을 사실주의적 기법으로 치밀하게 그리면서, 황금만능주의에 물든 현대인의 모습을 비판하고 있다.

　소설의 제목이 되는 아다다는 주인공의 이름이다. 이름은 인물의 성격을 드러낸다. 이 작품의 주인공 아다다에게는 '확실이'라는 이름이 있는데, 백치고 벙어리인 인물의 실명이 확실이라는 것은 아이러니다. 지지리 복도 없는 여자인데도 '복녀福女'(김동인의 〈감자〉)라 불린다든가, 무일푼인 사람이 '화수분'(재물이 자꾸 생겨 아무리 써도 줄지 않음, 전영택의 〈화수분〉) 혹은 '거부巨富'(이태준의 〈손거부〉)로 불리는 것이 그 예다. 이런 아이러니는 이 작품이 비극임을 암시한다.

본명이 있는데도 벙어리 발음 아다다로 불리는 것은 그녀가 정상적인 인간 대우를 받지 못하는 현실을 나타낸다. 아다다는 육체적으로 불구지만, 완전한 사람보다 인간성이 순수하다는 것을 드러내기 위해 작가가 선택한 이름이다.

'자라 보고 놀란 가슴 솥뚜껑 보고 놀란다'는 말이 있다. 과거의 충격이 그와 비슷한 상황에서 재현됨을 의미한다. 자라를 보고 얼마나 놀랐으면 아무리 비슷하다고 어찌 솥뚜껑을 보고 놀라겠는가. 그만큼 자라를 보고 크게 놀랐다는 의미다.

이 소설에서 아다다의 행동이 그렇다. 아다다의 부모는 평생 먹고 살 만한 지참금(논)을 내놓고 스물여덟 노총각을 사위로 맞는다. 남편은 아다다를 끔찍이 위했고, 아다다는 자신을 버렸다고 생각해서 친정에는 발걸음도 하지 않는다. 그러나 남편은 요행으로 큰돈을 벌자 마음이 달라져 아다다를 구박하고 새 여자를 들인다. 결국 아다다는 쫓겨난다.

아다다의 충격은 뇌리에 깊이 박힌다. '돈'이 자신의 운명을 그렇게 만들었다고 생각한다. 평소에 자신을 흠모하던 수롱과 살게 된 뒤에도 그 생각은 확고부동하다. 수롱이 알뜰하게 모아온 돈을 보고 그것이 자신의 운명을 불행하게 하고, 수롱이에게 또다시 버림 받을 것이라 생각한다. 이를 예방하기 위해 아다다 수준에서 할 수 있는 행동은 그 돈을 없애는 것이다.

'관 쓴 영감들'(돈에 새겨진 인물 그림)이 아무리 쳐다봐도 그녀는 미련 없이 지전(종이돈)을 바다에 버린다. 오히려 상쾌함까지 느낀다. 그런 행동이 자신을 행복하게 해줄 것이라고 믿기 때문이다. 아다다 수준에서는 충분히 가능한 일이다. 자라 보고 놀란 가슴이니 솥뚜껑 보고 놀라지 않겠는가. 놀라지 않으려고 미리 솥뚜껑을 치워버리는 것인지도 모른다.

작가는 아다다를 통해 물질 위주로 돌아가는 세상을 비판한다. 첫 남편이나 수룡은 돈이 행복이라 믿었고, 수룡은 돈이 생활을 안정되게 해주는 도구이기 때문에 소중히 간직한다. 이렇게 그들은 아다다 자체를 사랑하지 않았지만, 아다다는 순수한 마음으로 물질보다 중요한 사랑을 알고 조촐한 행복과 애정을 원한다. 황금만능 세태에서 순수한 가치를 찾는 것이다. 그러나 아다다와 남자들이 추구하는 행복이 다르기에 죽음이라는 비극적 결말이 빚어지는데, 이는 아다다의 순수성 때문에 더 비극적으로 느껴진다.

〈백치 아다다〉는 예술성을 중시한 인생파의 작품으로 평가된다. 인간은 빵만으로 살 수 없다는 것을 표현하지만, 예술성을 강조하기 위해 자료를 제공할 뿐 결정은 보류하고 있다. 육체적으로 불구인 아다다가 행복을 위해 돈을 바다에 던지는 무지할 정도로 순수한 마음에서 삶의 진정한 가치는 무엇이며, 물질 중심과 정신 중심의 가치는 무엇인가 하는 의문이 남는다.

뜨거운 타작마당 위의 지렁이

타작마당 돌가루 바닥같이 딱딱하게 말라붙은 뜰 한가운데, 어디서 기어들었는지 난데없는 지렁이가 한 마리 만신에 흙고물 칠을 해가지고 바둥바둥 굴고 있다. 새까만 개미 떼가 물어 뗄 때마다 지렁이는 한층 더 모질게 발버둥질을 한다. 또 어디선지 죽다 남은 듯한 쥐 한 마리가 튀어나오더니 종종걸음으로 마당 복판을 질러서 돌담 구멍으로 쏙 들어가 버린다.

군데군데 좀 구멍이 나서 썩어가는 기둥이 비뚤어지고, 중풍 든 사람의 입처럼 문조차 돌아가서―북쪽으로 사정없이 넘어가는 오막살이 앞에는, 다행히 키는 낮아도 해묵은 감나무가 한 주 서 있다. 그러나 그게라야, 모를 낸 후 비 같은 비 한 방울 구경 못 한 무서운 가뭄에 시달려 그렇지 않아도 쪼그라졌던 고목 잎이 볼모양 없이 배배 틀려서 잘못하면 돌배나무로 알려질 판이다. 그래도 그것이 구십 도가 넘게 쩌 내리는 팔월의 태양을 가리어, 누더기 같으나마 밑둥치에는 제법 넓은 그늘을 지웠다. 그걸 다행으로 깔아둔 낡은 삿자리 위에는 발가벗은 어린애가 파리똥 앉은 얼굴에 땟물을 조르르 흘리며 울어 댄다. 언제부터 울었는지 벌써 기진맥진해서 울음소리조차 잘 아니 나왔다.

그 곁에 퍼뜨리고 앉은 치삼 노인은, 신경통으로 퉁퉁 부어오른 두 정강이 사이에 깨어진 뚝배기를 끼우고 중얼거려댄다.

"요게 왜 이렇게 안 죽을까? 요리조리 매끈거리기만 하고…… 예끼!"

그는 식칼 자루로 뚝배기 밑바닥을 탁 내려 찧었다. 삑! 하고 미꾸라지는 또 가장자리로 튀어 내뺐다. 신경통에 찧어 바르면 좋다고 해서, 딸애 덕아가 아침 일찍부터 나가서 잡아온 미꾸라지다.

그것이 남의 정성도 모르고!

"요 망할 놈의 짐승!"

치삼 노인은 다시 식칼로 겨누었으나, 갑작스레 새우처럼 몸을 꼽치고는 기침만 연거푸 콩콩한다.

소설에서 배경은 주제를 드러내는 데 아주 유용한 문학적 장치다. 제시된 장면을 보면 작품의 주제가 그대로 드러난다. 비록 상징적인 것이라 해도 독자들은 그 장면을 통해 작가가 그리려는 것이 무엇인지 간파할 수 있다.

타작마당이 어떤 곳인가. 물을 부어도 흘러내릴 만큼 반질반질하고 딱딱한 곳이다. 타작을 위해, 알곡을 걷어내기 위한 곳이니 얼마나 반들반들 딱딱해야 하겠는가. 그런 타작마당에 90도(이는 화씨온도니 섭씨로는 32도쯤 된다)가 넘는 뜨거운 태양이 내리비추고 있다. 딱딱하고 뜨겁다. 그 위에 놓인 지렁이 한 마리의 운명은 뻔하다. 습한 데 사는 지렁이는 뜨겁고 딱딱한 타작마당에서 견디지 못해 말라비틀어질 테고, 결국 죽어갈 것이다. 거기에 개미 떼까지 달라붙어 물어뜯으니 죽음을 재촉한다. 개미 떼뿐인가. 마당을 가로지르는 쥐의 종종걸음에 밟힐 판이다. 딱딱한 타작마당, 뜨거운 태양, 개미 떼의 습격, 쥐의 종종걸음…… 모든 환경이 지렁이에게는 생명을 위협하는 조건이다.

가뭄에 썩어가는 기둥, 넘어가는 오막살이, 말라비틀어진 감나무, 울다 지친 어린애, 그늘을 찾아 신경통 치료에 쓰려고 미꾸라지를 잡는 치삼 노인…… 이런 풍경은 지렁이와 겹쳐지며 소설의 주제를 그대로 드러낸다. 이들의 운명이 얼마나 얄궂고 험할지 암시하는 것이다.

김정한

김정한의 〈사하촌寺下村〉은 1936년 〈조선일보〉에 발표된 단편소설로, 보광사의 논을 소작하며 살아가는 성동리 농민들의 문제를 그린 작품이다. 일제강점기의 모순된 농촌 현실에서 가뭄과 지주의 무자비한 횡포로 고통을 겪는 농민들이 스스로 연대 의식의 필요성을 깨달아가는 과정을 사실적으로 그렸다.

이 소설은 농촌 현실의 모순이 몇몇 영웅적 인물이 아니라 고통 받는 농민 전체에 의해서 해결될 수 있다는 작가 의식 때문에, 특별한 주인공의 삶보다는 치삼 노인, 들깨, 고 서방 등 보광리와 성동리 사람들의 모습을 보여주는 데 치중한다. 또 제목이 암시하듯이 절 밑에서 절 소유의 농토를 부쳐 먹고사는 가난한 농민의 고통스런 삶을 제재로 하여, 수탈과 착취의 사회상을 드러낸다.

악덕 지주나 진배없는 보광사 중들은 자신들의 이해나 따지고, 가난하고 선량한 백성을 우롱하고 착취하는 일에 심혈을 기울인다. 관은 이를 징벌하기는커녕 비호하느라 급급하다. 극단적인 상황에 놓인 농민들은 차압 취소와 소작료 면제를 탄원하기 위해 집단행동을 불사한다. 힘없고 무지한 농민들이 자신의 생존권을 지키기 위해 분연히 일어선 것으로, 보기 드문 민중문학 계열의 농민 소설이다.

288

갈등은 보광리 주민과 성동리 주민, 즉 지주계급과 소작농 계급 사이에 일어난다. 그들의 갈등은 가뭄이 계속되는 상황에서 저수지 물을 방류했을 때 물싸움하는 과정에 겉으로 드러나기 시작한다. 보광사 중들은 일방적인 힘이 있고, 성동리 주민은 일방적으로 당하기만 한다. 극단적인 대조는 대화와 타협으로 해결될 성질이 아니고, 어느 한쪽의 일방적 승리로 귀착되게 마련이다. 작가는 상하 관계로 완전히 단절된 사회구조를 파악하고, 하부 계층이 자각함으로써 상부 계층과 투쟁하는 것으로 그리려 한다. 결말에서 농민들이 보광사에 항의하러 떠나는 것도 이 때문이다. 집단행동에 돌입한 것이다.

> 이윽고 그들은 긴 줄을 지어 가지고 차압 취소와 소작료 면제를 탄원해보려고 묵묵히 마을을 떠났다. 아낙네들은 전장에나 보내는 듯이 돌담 너머로 고개를 내 가지고 남정들을 보냈다. 만약 보광사에서 들어주지 않는다면…… 하고 뒷일을 염려했다.
>
> 그러나 또쭐이, 들깨, 철한이, 봉구―이들 장정을 선두로 빈 짚단을 든 무리들은 어느새 벌써 동네 뒤 산길을 더위잡았다. 철없는 아이들도 행렬의 꽁무니에 붙어서 절 태우러 간다고 부산히 떠들어댔다.

이 작품에서 갈등의 원인은 자연재해(가뭄)가 아니다. 아무리 가뭄이 극심해도 속수무책으로 당한 것은 관에서 저수지의 물길을 막아버렸기 때문이다. 저수지 물이 농민이 아니라 도시민과 보광사 중들을 위한 것임을 통해 물 문제는 구조적 불평등의 문제라는 사실을 알 수 있다. 이 작품은 가뭄이라는 자연재해로 고난스럽게 사는 농민을 그리는 것이 아니라, 가뭄에 의해 부각된 구조적 불평등의 문제를 초점으로 삼은 것이다. 보광리 주민과 성동리 주민, 농촌과 도시의 구조적인 불평등이다.

마지막 장면에서 성동리 주민들이 짚단을 들고 가는 이유는 우선 알곡이 열리지 않은 그것을 있는 그대로 보여줌으로써 어떻게 소작료를 내느냐는 뜻을 표하려는 것이며, 다음으로 그것이 불쏘시개로 쓰일 수 있다는 점이다. 철없는 아이들이 행렬의 꽁무니에 붙어서 "절 태우러 간다"고 부산히 떠드는 것은 그냥 철없는 행동이 아니다. 여의치 않으면 불 지를 수도 있다는 위협의 의미를 담고 있다.

1930년대의 농민문학은 '농민 의식 우위의 성향'과 '계몽 위주의 성향'으로 나눌 수 있으며, 〈사하촌〉은 전자에 속한다. 〈사하촌〉은 1930년대 초의 날을 세운 농민 소설들이 서서히 그 날카로움을 상실해가던 시기에 쓰였다. 농민 의식 우위의 소설을 쓰던 사람들의 작품도 일제의 농업정책에 어느 정도 부합하는 색채를 소설 속에 가미하지 않을 수 없었다. 이 시기에 발표된 〈사하촌〉은 예각화된 농민 소설의 마지막을 장식한다.

소설의 결말이 방화의 조짐을 보이며 끝나는 것은 어찌 보면 프롤레타리아문학과 상당한 연관성이 있는 듯하다. 이는 "궁극적으로 인간 구제를 지표로 삼는 문학의 건전성은 어차피 사회문제와 맞부딪치기 때문에 경향문학이 되지 않을 수 없다"는 것이며, 이는 문학의 정치성은 문학의 본질에 속한다는 의미다.

절름발이 부부의 숙명

— 이상의 〈날개〉 —

나서서 나는 또 문득 생각하여 보았다. 이 발길이 지금 어디로 향하여 가는 것 인가를…… 그때 내 눈앞에는 아내의 모가지가 벼락처럼 내려 떨어졌다. 아스 피린과 아달린.

우리들은 서로 오해하고 있느니라. 설마 아내가 아스피린 대신에 아달린의 정량을 나에게 먹여왔을까? 나는 그것을 믿을 수는 없다. 아내가 대체 그럴 까 닭이 없을 것이니, 그러면 나는 날밤을 새면서 도둑질을 계집질을 하였나? 정 말이지 아니다.

우리 부부는 숙명적으로 발이 맞지 않는 절름발이인 것이다. 내나 아내나 제 거동에 로직을 붙일 필요는 없다. 변해할 필요도 없다. 사실은 사실대로 오 해는 오해대로 그저 끝없이 발을 절뚝거리면서 세상을 걸어가면 되는 것이다. 그렇지 않을까?

그러나 나는 이 발길이 아내에게로 돌아가야 옳은가 이것만은 분간하기가 좀 어려웠다. 가야 하나? 그럼 어디로 가나?

이때 뚜우 하고 정오 사이렌이 울었다. 사람들은 모두 네 활개를 펴고 닭처럼 푸드덕거리는 것 같고 온갖 유리와 강철과 대리석과 지폐와 잉크가 부글부글 끓고 수선을 떨고 하는 것 같은 찰나! 그야말로 현란을 극한 정오다.

나는 불현듯 겨드랑이가 가렵다. 아하, 그것은 내 인공의 날개가 돋았던 자국이다. 오늘은 없는 이 날개. 머릿속에서는 희망과 야심이 말소된 페이지가 딕셔너리 넘어가듯 번뜩였다.

나는 걷던 걸음을 멈추고 그리고 일어나 한번 이렇게 외쳐보고 싶었다.

날개야 다시 돋아라.

날자. 날자. 한 번만 더 날자꾸나.

한 번만 더 날아보자꾸나.

이상

이상의 〈날개〉를 모르는 한국인이 있을까. 정상적인 학교 교육을 받은 한국인이라면 결코 모를 수 없는 소설이 〈날개〉다. 그런데도 이 작품을 진지하게 읽어본 사람은 흔치 않다. '어렵다'는 이유 때문이다.

이상의 〈날개〉는 1936년 《조광》에 발표된 단편 소설이다. 난해한 내용과 파격적인 형식이 특징이며, 1930년대 모더니즘 소설의 으뜸으로 꼽힌다.

'18가구가 살고 있는 33번지 유곽遊廓'에서 매춘부인 아내에게 붙어 사는 무기력한 나를 통해 자아의 분열을 그린 이 작품은, 나와 아내가 여러 관점에서 해석되지만, 대체로 분열된 자아의 두 모습으로 이해한다. 결국 '나'와 '아내'는 한 인물의 분열된 자아다. 그리하여 〈날개〉 하면 떠오르는 마지막 대목의 '비상飛翔'은 분열된 자아를 결합하고, 자기 구제를 꾀하는 실존의 의지로 볼 수 있다.

　이 소설 속 부부 관계는 "숙명적으로 발이 맞지 않는 절름발이"다.
아내에게 예속된 자 혹은 기생하는 존재로서 자신의 인격적인 소유권
과 시민성市民性이 없는 나에 비해, 아내는 나를 지배하고 '사육하는' 위
치에 있다. '외출' '내객' '돈'이란 단어가 알려주듯이 아내의 직업은
창녀다. 쉽게 말해 나는 '꽃'에 매달려 사는 기둥서방이다. 그래서 나
와 아내는 "닭이나 강아지처럼"이란 동물적 비유가 의미하듯 종속적인
관계다.

　이런 종속 관계는 시간과 공간의 소유 관계에서도 마찬가지다. 아내
가 매음하는 현장이 나에게는 금단禁斷의 공간이며, 외출을 통해 아내
의 가학적 감금에서 일단 풀려난 나는 다시 아내가 쳐놓은 시간에 감
금된다. 자정 전에는 절대로 집에 들어갈 수 없기 때문이다. 나의 외출
시간은 아내의 매음과 자신의 자유방임이 묵계된 시간이다.

　이런 자정의 시간과 반대쪽인 정오의 사이렌은 강요된 억압에서 해
방되는 전기轉機다. 즉 대낮의 정점인 정오는 나의 유폐성幽閉性 극복과
도착倒錯된 아내의 관계를 역전시키는 전환점으로, "눈에 보이지 않는
끈적끈적한 줄"에서 해방되는 시간이다. 그러므로 마지막의 날개와 비
상에 대한 소망은 박제剝製와 무력無力과 유폐된 시간에서 "네 활개를 펴
고 닭처럼 푸드덕"거릴 수 있는 탈출의 욕망이며, 아내라는 구속성과
거짓됨에 맞설 수 있게 하는 진정한 자아의 확인이자 건전성健全性에 대
한 향수다.

　이 소설에서 나의 외출은 다섯 번 거듭된다. 바깥세상과 절연한 상
태로 생활하던 나에게 외출은 새로운 세계와 교섭하며, 생활 리듬을
파괴하는 것이라 할 수 있다. 더구나 내가 접하는 사물은 아내의 변두
리를 둘러싸던 것에 한정되다가 외출에서 새로운 사물에 대하여 현기

증을 느끼기도 하고, 경이로운 눈으로 바라보면서 오로지 아내에게 향하던 의식이 바깥쪽으로 열리고 있다. 이것은 정상 의식의 회복이란 의미와 나의 비정상적이던 일상생활이 무너지고 있음을 뜻한다.

첫 외출은 자의적이긴 하지만 어떤 목적이 있었던 것은 아니다. 그러나 그 뒤에 온 변화, 즉 아내 방에서 자게 된 일 때문에 두 번째 외출은 첫 외출에 비해 작은 목적, 아내의 방에서 자고 싶다는 생각에서 비롯된다. 세 번째 외출은 타의성이 강하다. 아내가 돈을 주면서 바깥에 나갔다가 될 수 있으면 늦게 오라고 종용한 것이다. 네 번째 외출은 아내가 감기약으로 준 것이 수면제 아달린이라는 것을 알고 상심해서 외출한 것이다. 이것은 고뇌를 해결하기 위한, 혹은 회의에 찬 외출이다. 마지막 외출은 아내가 준 돈을 전부 버리고 '줄달음질' 쳐서 집에서 빠져나온 일종의 탈출이다. 이것은 외출 중에서 가장 극적이면서 의식적인 행위다.

마지막 외출에서 미스꼬시(신세계백화점) 옥상에서 맞는 정오의 사이렌 소리. "현란을 극한 정오"에 나는 자아를 찾아 지금은 없는 날개의 부활을 부르짖는다. 날개가 돋아났을까? 결코 돋아나지 않았으리라는 것을 독자는 알고 있다. 그래서 독자는 더욱 심란해진다.

알싸한, 그리고 향긋한 그 냄새

— 김유정의 〈동백꽃〉 —

산기슭에 널려 있는 굵은 바윗돌 틈에 노란 동백꽃이 소보록하니 깔리었다. 그 틈에 끼어 앉아서 점순이가 청승맞게시리 호드기를 불고 있는 것이다. 그보다도 더 놀란 것은 고 앞에서 또 푸드득, 푸드득, 하고 들리는 닭의 횃소리다. 필연코 요년이 나의 약을 올리느라고 또 닭을 집어내다가 내가 내려올 길목에다 쌈을 시켜놓고 저는 그 앞에 앉아서 천연스레 호드기를 불고 있음에 틀림없으리라.

나는 약이 오를 대로 올라서 두 눈에서 불과 함께 눈물이 퍽 쏟아졌다. 나뭇지게도 벗어놀 새 없이 그대로 내동댕이치고는 지게막대기를 뻗치고 허둥허둥 달려들었다.

가까이 와보니 과연 나의 짐작대로 우리 수탉이 피를 흘리고 거의 빈사지경에 이르렀다. 닭도 닭이려니와 그러함에도 불구하고 눈 하나 깜짝 없이 고대로 앉아서 호드기만 부는 그 꼴에 더욱 치가 떨린다. 동네에서도 소문이 났거니와 나도 한때는 걱실걱실히 일 잘하고 얼굴 예쁜 계집애인 줄 알았더니 시방 보니까 그 눈깔이 꼭 여우 새끼 같다.

나는 대뜸 달려들어서 나도 모르는 사이에 큰 수탉을 단매로 때려 엎었다. 닭은 푹 엎어진 채 다리 하나 꼼짝 못하고 그대로 죽어버렸다. 그리고 나는 멍하니 섰다가 점순이가 매섭게 눈을 흡뜨고 닥치는 바람에 뒤로 벌렁 나자빠졌다.

"이놈아! 너 왜 남의 닭을 때려죽이니?"

"그럼 어때?"

하고 일어나다가,

"뭐 이 자식아! 누 집 닭인데?"

하고 복장을 떼미는 바람에 다시 벌렁 자빠졌다. 그러고 나서 가만히 생각을 하니 분하기도 하고 무안도스럽고, 또 한편 일을 저질렀으니, 인젠 땅이 떨어지고 집도 내쫓기고 해야 될는지 모른다.

나는 비슬비슬 일어나며 소맷자락으로 눈을 가리고는, 얼김에 엉 하고 울음을 놓았다. 그러나 점순이가 앞으로 다가와서,

"그럼 너 이담부텀 안 그럴 테냐?"

하고 물을 때에야 비로소 살길을 찾은 듯싶었다. 나는 눈물을 우선 씻고 뭘 안 그러는지 명색도 모르건만,

"그래!"

하고 무턱대고 대답하였다.

"요담부터 또 그래 봐라, 내 자꾸 못살게 굴 테니."

"그래 그래 이젠 안 그럴 테야!"

"닭 죽은 건 염려 마라, 내 안 이를 테니."

그리고 뭣에 떠다밀렸는지 나의 어깨를 짚은 채 그대로 픽 쓰러진다. 그 바람에 나의 몸뚱이도 겹쳐서 쓰러지며, 한창 피어 퍼드러진 노란 동백꽃 속으로 폭 파묻혀 버렸다.

알싸한, 그리고 향긋한 그 냄새에 나는 땅이 꺼지는 듯이 온 정신이 고만 아찔하였다.

"너 말 마라!"

"그래!"

조금 있더니 요 아래서,

"점순아! 점순아! 이년이 바느질을 하다 말구 어딜 갔어?"

하고 어딜 갔다 온 듯싶은 그 어머니가 역정이 대단히 났다.

점순이가 겁을 잔뜩 집어먹고 꽃 밑을 살금살금 기어서 산 알로 내려간 다음 나는 바위를 끼고 엉금엉금 기어서 산 위로 치빼지 않을 수 없었다.

김유정의 〈동백꽃〉은 1936년 《조광》 5월호에 발표된 단편소설로, 향토색 짙은 농촌을 배경으로 인생의 봄을 맞는 충동적인 청춘 남녀의 애정을 해학적으로 그린 작품이다. 특히 여러 차례 닭싸움을 통해 두 사람이 갈등하고 화해하는 심리적 전개가 소설적 재미를 더하며, 마름의 딸과 소작인의 아들이라는 신분적·계층적 차이를 넘어서 사춘기의 두 남녀가 사랑에 눈뜨는 과정을 작가 특유의 서정성과 해학성으로 묘사한다.

때는 1930년대의 어느 봄날, 인심이 후하고 소박한 사람들이 농사를 지으며 사는 강원도의 어느 산골 마을에서 벌어지는 이야기다. 등장인물이라야 두 사람이다. '나'는 소작인의 아들로 우직하고 순박한 청년이고, 마름의 딸 '점순이'는 깜찍스럽고 조숙한 처녀다. 사건은 점순이가 나에게 호의를 표시하는데도 그것을 알아차리지 못하고 무안하게 거절함으로써 시작된다. 점순이와 나의 갈등은 오로지 '성격 차이'에서 기인하는 것이다. 애정 표현에 거절당한 뒤 보여주는 점순이의 역설적인 애정 표현은 기괴하게도 닭싸움이라는 형태로 구체화된다.

닭싸움은 나와 점순이의 갈등이 표면화되는 것이면서 애증의 산물이기도 하다. 나는 홧김에 점순이네 수탉을 죽이고 점순이와 화해하며 동백꽃 향기 속에 누워버림으로써 화해의 대단원을 맞는다. 점순이의 역설적 애정 표현과 그것을 전혀 깨닫지 못하는 나의 미성숙성은 작품의 흥미와 긴장을 제공하는 동시에 독특한 개성을 형성한다.

사건의 발단은 과거의 시간에서 비롯된다. 절정을 향해 가는 사건의 진행 과정에서 핵심을 이루는 것은 닭싸움인데, 첫 장면부터 닭싸움이 나온다. 따라서 순행 구성으로 보면 닭싸움은 전개 부분에 와야 할 사건이지만, 이것이 첫머리에 오고 그다음에 닭싸움이 생긴 원인을 보여준다. 며칠 전 감자 사건으로 점순이의 비위를 건드린 것이 발단이 되어 오늘의 닭싸움이 생겼다는 것이다. 사건은 이런 구성 방식으로 과거와 현재를 교묘하게 얽어가며 진행된다. 과거와 현재가 인과관계를 따라 자연스럽게 어울림으로써 인물의 성격과 행위의 동기가 밝혀지고, 사건은 필연성을 획득한다.

제시된 글은 〈동백꽃〉의 마지막 부분으로, 동백꽃이 흐드러지게 핀 산자락에서 몸이 겹친 채로 쓰러지는 장면은 서정적 배경과 어울려 그들의 사랑을 자연 정서와 융합된 것으로 만들고 있다. 그리하여 사랑의 아름다움과 건강성을 부각한다. "알싸한, 그리고 향긋한 그 냄새"는 동백꽃의 냄새이기도 하지만, 그 장면에서 받은 심리적 반응을 감각적으로 드러낸 구절이다. 성적인 세계를 노골적으로 그리면서도 서정적이고 향토적인 분위기를 살린 작품이기 때문에 모두 공감하는 사랑의 세계에 미소 짓게 만든다.

이 작품은 아이러니에 바탕을 둔 해학성이 특징이다. 점순이는 알고, 화자(나)는 모른다는 데서 오는 아이러니다. 아이러니는 언제나 독자는 아는데 작중인물이 모르는 상태다. 독자들은 혼자만 모르는 '나'에게 재미를 느낀다. 이 재미가 김유정 소설의 미학이며, 그것은 바로 해학성이다. 해학은 대상에 대한 따뜻함을 동반한 웃음이다. 그러나 웃음은 상대가 본인보다 열등할 때 생기는 것이다. 그렇기 때문에 심각한 태도는 애초에 배제된다. 그 자리에 여유가 자리를 잡고, 독자는 여유로운 마음으로 인생의 한 단면을 웃음과 함께 즐긴다.

〈동백꽃〉은 향토적이고 해학적인 문체, 비속어와 사투리, 구어 등이 쓰인 토속적 언어, 독백체의 효과적 활용과 간결함으로 산골 마을 남녀의 순박한 사랑을 잘 그려낸 김유정의 수작이다. 많이 알고 있지만 김유정의 〈동백꽃〉에 나오는 '동백꽃'은 늦겨울에 피는 붉은 동백이 아니다. 바로 노란 꽃이 영그는 생강나무의 강원도 이름이다. 국립수목원 이유미 연구원의 설명을 옮겨본다.

김유정이 말하는 동백꽃(산동백, 생강나무)이란?

봄에 숲 속에서 아주 작은 꽃들이 모여 노랗게 피어나는 나무가 있다면 그건 생강나무다. 더운 도시보다 늦게 봄을 맞는 산에서 생강나무는 노란 꽃으로 봄이 시작됐다는 신호를 산속 이웃들에게 보낸다. 꽃이 지고 잎이 달리면 그 모습은 크게 달라지는데, 둥글고 작은 잎들이 아주 정다운 모습이다. 이 잎은 가을이면 노란 단풍이 든다. 노란 단풍이 가장 곱게 드는 나무가 바로 생강나무다. 열매는 또 다른 모습이다. 둥글게 달리지만 보라색이나 붉은색으로 익어가다, 나중에 검붉게 바뀌어 한 나무에서도 여러 빛깔을 보여준다.

생강나무라는 이름은 잎이나 꽃을 비비면 생강 냄새가 나서 붙은 것이다.

생강이 아주 귀하던 시절에는 이 잎을 말려서 가루 낸 것을 생강 대신 쓰기도 했다. 어린잎은 차로 마시기도 하고, 절에선 잎에 찹쌀가루를 묻혀 튀겨 먹기도 한다. 진짜 중요한 쓰임새는 씨앗으로 기름을 짜는 것이다. 추워 동백나무가 자라지 않는 중부 지방에서 생강나무는 예전에 아주 중요한 식물이었다고 한다.

그래서 생강나무라는 공식 이름 말고도 '산동백' '올동백' '동박나무' 등으로 부른다. '정선아리랑'에 나오는 아우라지 나루터의 '동박'도, 김유정의 〈동백꽃〉도 생강나무를 말하는 것이다. 언뜻 보면 산수유와 비슷하다.

우리나라 산이면 어디에나 있는 흔하디흔한 생강나무. 계절마다 다양한 모습으로, 향긋한 향기로, 옛 노래나 소설의 소재 혹은 이러저러한 먹거리로 변화무쌍한 모습을 보여주니 한 나무를 제대로 아는 것이 얼마나 어렵고 뿌듯한 일인지 모른다.

선지피를 철철 흘리는 여자의 환상

또 차가 떠났다. 차창 밖의 그 신사는 뒤로 흘러가고 말았다.

앉으려던 젊은이는 제 얼굴을 쳐다보는 그 여인의 눈과 마주치자 아무런 말도 없이 그 뺨을 후려쳤다. 여인은 머리가 휘청하며 얼굴에 흐트러지는 머리카락을 늘 하던 버릇대로 귓바퀴 위에 거두어 올리었다. 또 한 번 철썩 소리가 났다. 이번에는 여인의 저편 손가락 끝에서 담배가 떨어졌다. 세 번째 또 소리가 났다. 여인은 떨리는 아랫입술을 악물었다. 연기로 흐릿한 불빛에도 분명히 보이리만큼 손자국이 붉게 튀어오르기 시작하는 뺨이 푸들푸들 경련을 일으키는 것이었다. 하얗게 드러난 앞니로 악물은 입 가장자리가 떨리는 것은 복받치는 울음을 참는 모양이었다. 그러나 마주 보는 내 눈과 마주친 그 눈은 분명히 웃고 있었다. 그리고 보면 경련하는 그 뺨이나 악문 입술도 참을 수 없는 웃음을 억제하는 것같이 보이기도 하였다. 나는 나를 잊어버리고 그러한 여인의 얼굴을 바라볼 밖에 없었다. 종시 여인의 눈에는 눈물이 어리기 시작하였다. 한 번만 깜빡하면 쪼르르 쏟아지게 가득 눈물이 괴었다. 나는 그 눈을 더 마주 볼 수는 없어서 얼굴을 돌릴 밖에 없었다.

"어데 가?"

조금 후에 이런 젊은이의 고함 소리가 났다.

"……"

여인은 대답이 없이 눈물에 젖은 얼굴을 수건으로 가리며 턱으로 변소 쪽을 가리켰다. 여인이 가는 곳을 바라보고 변소 문 여닫는 소리를 듣고 또 지금 차가 전속력으로 달리고 있다는 것을 몸으로 짐작한 그는 비로소 안심한 듯이 담배를 꺼내 물고,

"실례합니다."

하고 문턱에 놓인 성냥을 집어갔다. 여인의 성냥이 아까 창으로 내다보던 그 남자의 팔꿈치에 밀려서 내 편으로 치우쳤던 것이다.

"고맙습네다. 참 이젠 너무 실례해서……."

성냥을 도로 갖다놓으며 수작을 붙이려 드는 것이었다.

그 젊은이가 이같이 추근추근 말을 붙이는 데 대꾸할 말도 없었지만 그보다 나는 어쩐지 현기가 나고 몹시 불안하였다. 잠시 다녀올 길이지만 지금까지 퍽 지리한 여행을 한 것 같고 앞으로도 또 그래야 할 길손같이 심신이 퍽 피로한 듯하였다.

그런 신경의 착각일까, 웬 까닭인지 내 머릿속에는 금방 변기 속에 머리를 처박고 입에서 선지피를 철철 흘리는 그 여자의 환상이 선히 떠오르는 것이다. 따져보면 웬 까닭이랄 것도 없이 아까 심상치 않게 잘 놀았다는 그들의 하잘것없는 주정의 암시로 그렇겠지만 또 그리고 나야 남의 일이라 잔인한 호기심으로 즐겨 이런 환상도 꾸미게 되는 것이겠지만, 설마 그 여인이야 제 목숨인데 그만 암시로 혀를 끊을 리가 잇나 하면서도 웬 까닭인지 머리 속에 선한 그 환상이 지워지지가 않는 것이었다. 더욱이나 아까 입술을 악물고도 웃어 보이던 그 눈을 생각하면 역력히 죽을 수 잇는 때진 결심을 보여준 것만 같아

서 더욱 마음이 초조해지고 금시에 뛰어가서 열어보고 안 열리면 문을 깨뜨리고라도 보고 싶은 충동에 몸까지 들먹거리기도 하는 것이었다.

지나간 사정을 알 리 없는 새로 들어온 사람들은 물론이요, 그 젊은이까지도 이런 절박한 사정(?)은 모를 터인데 나까지 이렇게 궁싯거리기만 하는 동안에 사람 하나를 죽이고 마는 것이 아닐까―이렇게까지 초조해하면서도 그런 내 걱정이 어느 정도까지 망상이요 어느 정도까지가 이성적인지 갈피를 잡을 수 없어 더욱더 초조할 밖에만 없었다.

이런 절박한 사태(?)를 짐작도 할 리 없는 사람들은, 단순히 때리고 맞는 그 이유만이 궁금한 모양이었다.

"그 왜들 그럽네까."

궁금한 축 중의 한 사람이 나 대신 말을 받아 묻는 것이었다.

"거어 머 우서운 일이디요."

하고 그 젊은이는 싱글싱글 웃으면서,

"가따나 그 예미나이들 송화에 화가 나는데, 집의 아바지까지 그러니……아바지한테 얻어맞은 억울한 화풀일 그것들한테나 하디 어데다 하갔소. 그래서 거저……."

하고는 히들히들 웃는 것이었다. 묻던 사람도 따라 웃었다.

듣고 보면 더 캐어물을 것도 없이 명백한 대답이었다. 때릴 수 있어 때리고 맞을 처지니 맞는 것뿐이었다.

이런 명백한 현실을 듣고 보는 동안에도 나의 망상은(?) 저대로 그냥 시간적으로까지 진행하여, 지금 아무리 서둘러도 벌써 일은 저지르고 만 것이었다. 싸늘하게 굳어진 여인의 시체가 흔들리는 마룻바닥에서 무슨 짐짝이나 같이 퉁기고 뒹구는 양이 눈감은 내 머릿속에서도 굴러다니는 것이었다.

아아, 그러나 이런 나의 악몽은 요행 짧게 끊어지고 말았다. 그 여인이 내 무룧을 스치며 제자리로 돌아왔다. 무사히 돌아올 뿐 아니라, 어느새 화장을 고쳤던지 그 뺨에는 손가락 자국도 눈물 흔적도 없이 부우옇게 분이 발려 있는 것이었다. 그리고 당장이라도 직업의식적인 추파로 내게 호의를 표할 듯도 한 눈이었다. 어쨌든 나는 그 여인이 그렇게 태연히 살아 돌아온 것이 퍽 반가웠다.

"옥주 년도 잽혔어요?"

내가 비로소 듣는 그 여인의 말소리였다.

"그래, 너이 년들 둘이 트리했던 거로구나."

하는 젊은이의 말도, 지난 일이라 뭐 탄할 것도 없다는 농조였다.

"트리야 뭘 했댔갔소. 해두 이제 가 만나문 더 반갑갔게 말이웨다."

이런 여인의 말에 나는 웬 까닭인지 껄껄 웃어보고 싶은 충동을 겨우 억제하였다.

〈장삼이사張三李四〉는 1941년 4월 《문장》 폐간호에 발표된 최명익의 작품으로, 관찰자인 '나'의 눈과 의식을 통해 사건의 흐름이 서술되는 일인칭 단편소설이다. 일종의 세태소설로 삼등열차에서 벌어진 보통 사람들의 사소한 사건을 그린다. 한 시대의 역사적·사회적 건강성을 지극히 평범한 인물들의 예사로운 사건으로 진단하고 측정한다.

혼잡한 기차 안이 중심 무대. 기차 안에 여러 사람이 앉아 있다. 정체를 알 수 없는 여인과 신사가 사람들의 흥밋거리가 되고, 그들의 신분이 드러나면서 인간의 치부와 소시민성, 시대적 고통이 깊어진다. 이 모든 것이 나에 의해 포착된다.

평범한 등장인물은 소설의 제목(장삼이사 : 성명이나 신분이 뚜렷하지 못한 평범한 사람들)과 그들을 '가죽 재킷' '당꼬바지' '곰방대 영감' 등으로 지칭하는 데서 잘 드러난다. 주목될 사건이나 갈등은 없지만 열차에 타고 내리는 사람들의 모습과 심리를 일인칭 관찰자 시점으로 섬세하게 묘사하는데, 인간의 속물적 근성이 암울하고도 사실적으로 표현된다. 몸과 정신을 잃고 혹은 더럽히면서 생존해야 했던 시대적 고통이 예사로운 사람들의 눈을 통해 고발되는 것이다. 게다가 자기 나라와 역사의 주체가 될 수 없었던 시절의 민족적 슬픔까지 담겨 있다. 독자들은 작가 자신으로 볼 수 있는 서술 주체의 진술에서 현실을 바라보는 작가의 강한 결백성을 발견한다.

'나'가 앉아 있는 주위에 중년 신사, 캡을 쓴 젊은이, 가죽 재킷, 당꼬바지, 곰방대 영감, 촌 마누라, 정체를 알 수 없는 여인 등이 함께 있다. 한 젊은이의 실수로 중년 신사에게 시선이 모아지고, 그의 옆자리에 있는 여자에게도 관심이 집중된다. 드디어 그 중년 신사가 북지에서 갈보 장사를 하는 사람이고, 달아난 여인을 찾아 돌아가는 중이라는 사실이 드러난다. 서로 관심을 보이지만 그들은 아무 관계가 아니다. 화자인 나 역시 그들을 '당꼬바지' '곰방대 노인' 등으로 부를 뿐이다.

이 작품의 묘미는 섬세한 심리 파악에 있다. '여자 장사'라는 비도덕적 행위를 하는 사람들이 기차 안에서 거리낌 없이 자신의 경험담을 떠들어대는 장면, 도망치다 잡혀온 여자에 대한 속물적 호기심으로 그들(인신매매범)의 타락한 언행에 주위 사람들이 동조해가는 과정 등을 정치精緻하게 그린다. 특히 천한 그 '여자'를 은근히 놀리면서 약자에 대한 강자의 정신적 횡포를 즐기는 주위 사람들에게 나는 역겨움을 느끼는데, 그 과정의 리얼리티는 이 소설의 가장 빛나는 대목이다.

이 작품에서 화자인 나는 자의식을 진술하는 것이 아니라, 대상을 관찰하는 데 집중한다. 그리고 현실은 나의 자의식적 판단을 넘어선다. 제시된 장면이 바로 그것이다.

　나는 그 여자가 청년에게 당한 모욕을 견디지 못해서 자살할 거라고 생각한다. 머릿속으로는 "금방 변기 속에 머리를 처박고 입에서 선지피를 철철 흘리는 그 여자의 환상이" 떠오르고, 마음이 초조해 "금시에 뛰어가서 열어보고 안 열리면 문을 깨뜨리고라도 보고 싶은 충동에 몸까지 들먹거리기도" 한다. 그런 심정은 정상적인 사람이라면 충분히 품을 수 있는 것이다. 그러나 여자는 나의 걱정을 비웃기라도 하듯 천연덕스럽게 돌아온다. 자살은커녕 화장까지 고치고 온다. 화장실에 다녀온 여자는 '옥주 년'이 잡혔으니 만나면 즐거울 것이라고 태연히 말한다. 뻔뻔스러우리만치 끈질긴 그 여자의 현실 인식 방법이요, 생명력이다. 나는 껄껄 웃어버리고 싶은 충동마저 억제할 정도다. 그리하여 몸과 정신을 잃고 혹은 더럽히면서도 생존하는 당대 삶의 실상이 나의 주관적 해석과 관계없이 제시된다.

　최명익의 작품은 대부분 일제강점기를 지배하던 사회 분위기의 단면을 증언해주는 기록이자, 현재적 문제의식으로 우리에게 도전하는 소설이라 할 수 있다. 그것은 현실 세계의 폭력적 구조와 지식인의 소외 의식을 심층적으로 겨냥한다. 우리 문학의 암흑기로 묘사되는 시기에 발표된 소설로 그 문학사적 의의가 있다. 암담한 역사적·사회적 환경이 암암리에 이 소설의 분위기에 반사된다.

　척박한 식민지 시대에 살던 강인한 창녀는 어쩌면 우리 민족의 실상이 아닐까. 최명익은 정인택, 이상과 더불어 심리소설을 개척한 작가로 알려져 있다. 그가 삼등열차의 속물들을 통해 단련되고 강인해지는 민족성을 보이고 싶었던 것은 아닐까, 생각해본다.

만세 안 부르기 정말 잘했지

일인의 재산을 조선 사람에게 판다. 이런 소문이 들렸다. 사실이라고 한다면 한 생원은 그는 일곱 마지기를 돈을 내고 사지 않고서는 도로 차지할 수가 없을 판이었다. 물론 한 생원에게는 그런 재력이 없거니와 도대체 전의 임자가 있는데 그것을 아모나에게 판다는 것이 한 생원으로 보기에는 불합리한 처사였다.

한 생원은 분이 나서 두 주먹을 쥐고 구장에게로 쫓아갔다.

"그래 일인들이 죄다 내놓구 가는 것을 백성들더러 돈을 내구 사라구 마련을 했다면서?"

"아직 자세힌 모르겠두 아마 그렇게 되기가 쉬우리라구들 하드군요."

팔일오 후에 새로 난 구장의 대답이었다.

"그런 놈의 법이 어딧단 말인가? 그래 누가 그렇게 마련을 했는구?"

"나라에서 그랬을 테죠."

"나라?"

"우리 조선 나라요."

"나라가 다 무어 말라비틀어진 거야? 나라 명색이 내게 무얼 해준 게 있길래 이번엔 일인이 내놓구 가는 내 땅을 저이가 팔아먹으려구 들어? 그게 나라야?"

"일인의 재산이 우리 조선 나라 재산이 되는 거야 당연한 일이죠."

"당연?"

"그렇죠."

"흥 가만 둬두면 저절루 백성의 것이 될 걸 나라 명색은 가만히 앉았다 어디서 툭 튀어나와 가지구 걸 뺏어서 팔아먹어? 그따위 행사가 어딧다든가?"

"한 생원은 그 논이랑 메같이랑 길천이한테 돈을 받구 파셨으니깐 임자로 말하면 길천이지 한 생원인가요."

"암만 팔았어두 길천이가 내놓구 쫓겨갔은깐 도루 내 것이 돼야 옳지 무슨 말야. 걸 무슨 탁에 나라가 뺏으렁으루 들어?"

"한 생원한테 뺏는 게 아니라 길천이한테 뺏는 거랍니다."

"흥 돌려다 대긴 잘들 허이. 공동묘지 가보게나 핑계 없는 무덤 있던가? 저— 병신년에 원놈[郡守] 김가가 우리 논 열세 마지기 뺏을 제두 핑겐 다 있었드라네."

"좌우간 아직 그렇게 지레 염렬 하실 게 아니라 기대리구 있느라면 나라에서 다 억울치 않두룩 처단을 하겠죠."

"일 없네. 난 오늘버틈 도루 나라 없는 백성이네. 제—길 삼십육 년두 나라 없이 살아왔을려드냐. 아—니 글쎄 나라가 있으면 백성한테 무얼 좀 고마운 노릇을 해주어야 백성두 나라를 믿구 나라에다 마음을 붙이구 살지. 독립이 됐다면서 고작 그래 백성이 차지한 땅 뺏어서 팔아먹는 게 나라 명색야?"

그러고는 털고 일어서면서 혼잣말로

"독립됐다구 했을 제 만세 안 부르기 잘했지."

채만식의 〈논 이야기〉는 1946년 《해방문학선집》에 수록된 단편소설로, 해방 직후 과도기의 사회상을 독특한 풍자적 문체로 구축했다. 그와 함께 동학東學 직후의 부패한 사회상, 일제강점기 일인들이 교묘하게 농토를 수탈하는 모습을 보여준다. 해방이 되었어도 일인들이 차지하던 땅은 본

채만식

래의 땅 임자에게 돌아가지 않고 '나라'가 차지한다. 이에 대해 주인공 한 생원은 '차라리 나라 없는 백성이 낫다'는 인식을 보인다. 이는 결국 나라에 대한 피해 의식으로, 풍자와 냉소의 태도다. 동시에 개인의 이익에 보탬이 없다면 나라도 필요 없다는 소시민의 한계도 드러난다.

이는 많은 것을 생각하게 하는 대목이다. 동학 이후의 조선, 대한제국, 일본 식민지, 해방된 나라…… 그 나라가 한 생원에게는 독이었다. 물론 한 생원의 생각이다. 한 생원은 왜 그렇게 생각했을까. 관리들의 부정부패 탓이다. 백성이 맞닥뜨리는 관원은 나라 그 자체다. 관원이 부패했다면 백성에게는 나라 자체가 부패한 것이다.

주인공 한 생원은 '고을 원'이나 나라에 지독한 반감이 있다. "독립? 신통할 것이 없었다. 독립이 되기로서니 가난뱅이 농투산이가 별안간 주사가 될 리 만무하였다." 50년 전 고을 원이 피땀 어린 논 열세 마지기를 빼앗아갔을 뿐 아니라, 일인들이 쫓겨갔으니까 그들이 차지하던 땅은 본래의 땅 임자에게 돌아가야 마땅하나 나라가 차지하고 말았다. 그러니 한 생원에게 나라는 무용지물이다.

〈논 이야기〉는 한일병합 이전부터 일제강점기를 거쳐 해방 직후까지 농정農政을 풍자한 소설이다. 특히 일인에게 팔아먹은 토지를 해방 덕에 되찾으려다가 뜻을 이루지 못한 한 생원이 차라리 나라 없는 백성

이 낮다고 생각하는 데서 나라에 대한 풍자와 냉소를 보여주며, 동시에 한 생원의 기대가 불합리적이라는 것을 보여줌으로써 주인공까지 풍자의 대상으로 설정한다. 곧 '모자라는 인물'의 행태를 풍자하려는 의도와 모자라는 인물이 비난하는 대상 자체에 대한 비판도 꾀하는 이중적 풍자 작품이다.

이 작품을 한마디로 요약하면, 해방 직후를 기점으로 과거(구한말까지 소급)를 조망하는 시간의 역전으로 구성한 '한국 사회의 농민 수탈사'라고 할 수 있다. 주인공 한 생원은 개인을 돌보지 않는 나라는 아무 소용이 없다고 생각하기 때문에, 구한말이나 일제강점기나 해방이 되어서나 직설적으로 뱉어내는 불만의 목소리가 짙게 깔려 있다. 역사 자체에 대한 전면적 부정이다. 그것은 당대인들이 사회에 보인 불만의 모습이고, 작가 채만식이 포착한 사회의 실상이기도 하다.

주인공 한 생원은 자신에게 불리하면 공동체의 질서나 이상 따위는 아무 소용이 없는 자다. 지극히 소아적小我的이고 이기적인 차원에 머무르는 인물이다. 제 땅을 일인 지주에게 팔아버렸는데, 일인이 물러가자 그것이 고스란히 제 손에 들어와야 한다는 억지 논리를 편다. 이런 자가 나라 운운하는 것도 아이러니다. 작가는 단견으로 역사를 조망하고 현실을 파악하는 저급한 인물의 행태를 비판하고, 그 모습을 보여줌으로써 웃음을 유발한다.

일제 강점 이전에 고을 원에게 강제로 땅을 빼앗기고, 남은 일곱 마지기마저 일인에게 팔아넘길 수밖에 없었던 가난한 소작농 한 생원에게 땅을 찾으리라는 기대는 큰 기쁨이었을 것이다. 그러나 땅을 나라가 관리함으로써 다시 찾을 수 없다는 것을 알았을 때, 한 생원은 허탈에 빠진다. 한 생원은 마침내 자신은 다시 나라 없는 백성이라고 한다.

"독립됐다구 했을 제 만세 안 부르기 잘했지"라는 말이 그의 모습이다.

채만식은 한 생원을 통해 새 정부의 잘못된 농업정책을 비판함은 물론, 일제에 아부하고 치부를 일삼던 친일파가 광복이 되고 새로운 정부가 들어섰어도 개과천선하기는커녕 기득권을 그대로 유지하면서 더욱 기승을 부리는 상황을 날카롭게 꼬집는다. 이와 함께 가난한 농민들은 엉뚱한 모함으로 농토를 빼앗아가던 구한말이나, 일인에게 농토를 수탈당하던 일제강점기나, 독립을 맞아 새로운 정부가 들어선 현재나 조금도 나아진 게 없다는 점을 풍자하는 것이다.

그뿐인가. 개인적인 결함, 특히 한 생원의 게으름과 아둔한 이재理財도 풍자의 대상이다. 개인의 이익에 보탬이 되지 않으면 국가는 별로 쓸모가 없다는 사고방식이야말로 건강치 못한 시민 정신이라는 것을 함께 보여준다. "국가가 당신을 위해 무엇을 할 수 있는가 묻지 말고, 당신이 국가를 위해 무엇을 할 수 있는가 물으라"는 케네디의 말은 한 생원에게 통하지 않는다. 그러니 작가는 나라도 비판하고, 한 생원 같은 사람도 비판한다. 이름 하여 이중의 풍자다.

엉뚱한 기대와 절망의 아이러니를 통해 이기적 개인과 현실을 풍자하면서 농민의 수난사와 해방의 의미를 되새기는 이 작품은 역전적 구성 방식, 생동감 있는 사투리와 요설적 언어, 냉소적이고 풍자적 어조로 맛깔스럽게 표현했다. 채만식 소설이 담고 있는 문체의 맛이다.

살구씨를 심은 아들의 뜻

그 다음날이었다. 바위 아래서 밤을 새고 난 천방골 사람들은 두 갈래 길을 놓고 이론이 분분했다. 한 가닥은 장을 따라 양구로 가는 길이었고 또 한 가닥은 강릉 삼척으로 가는 길이었다. 산을 벗어난 산사람들은 이 붉은 길을 보자 모두 눈을 부라렸다. 이왕 나선 길이니 어서 귀천이 없다는 이북으로 행하니 길을 흘러놓자는 것이었다. 산을 벗어난 일행이 새로운 희망에 양구 쪽으로 한마장이나 가서였다. 가매는 아버지 옆을 따라서며 이런 말을 곧잘 했다.

"아부지, 봄만 옴 살구씨가 또 싹이 트겠지? 웅야."

이 말에 길재는 가슴이 후끈했다. 가매가 심던 건 살구씨였구나! 저 녀석이 하필 그런 걸 심었구나! 역천을 한 건 길재 자기뿐이라고 한참이나 주저하다가,

"여보게 먼저들 가게나! 나는 강물이 낮거든 뒤로 가지 않으리!"

남이야 떠나거나 말거나 길재는 산그늘에 앉아 즌골 쪽으로 머리를 돌리었다. 갈물이 무서워서가 아니었다. 살구씨를 심던 가매의 마음이 다시금 보고 싶어서였다.

1949년 《민성民聲》에 발표된 허윤석의 〈유두流頭〉
는 원고지 15장밖에 안 되지만, 그 작은 분량 속에
작가 특유의 서정적인 소설 미학을 압축한 작품이
다. 분량으로는 콩트라 할 수 있지만 서프라이즈
엔딩을 특징으로 하는 콩트와 달리 완결된 작품으
로, 제한된 소설 공간에도 장편 못지않은 서사적
의미까지 담고 있다. 줄거리는 다음과 같다.

허윤석

자연의 재앙이 끊이지 않는 천방골의 음습한 산그늘에서 길재는 할
머니와 어머니, 아내의 죽음을 맞았고, 그들이 죽을 때마다 푸른 불을
켠 도마뱀의 불길한 조짐을 본다.

아내가 죽은 해 여름, 다시 한 번 홍수가 나서 이랑마다 기름져 흐르
던 논밭이 망가진다. 그래도 물과 얼크러져 싸우나 끝내는 봇둑을 놓
쳐 물이 넘치고, 그날 밤에도 도마뱀이 푸른 불을 켜 들고 있었다. 비
가 좀 가라앉자 다시 밭으로 나와 옥수숫대를 묶지만 비는 다시 퍼붓
는다. 문득 집에 혼자 두고 온 아들 가매를 생각하고 뛰어오니 가매는
무엇을 먹다가 담 모퉁이로 돌아가 그것을 심는다.

비를 피해 바위 밑에서 밤을 새운 마을 사람들은 이 불모의 땅을 버
리고 떠나자고 한다. 그들은 남과 북의 두 갈래 길 앞에서 망설이다 귀
천이 없다는 북쪽으로 발길을 옮긴다. 그들과 함께 마을을 떠나던 길
재는 "봄만 옴 살구씨가 또 싹이 트겠지?"라고 묻는 가매의 말을 듣고
아들의 마음을 보기 위하여 마을 사람들과 헤어져 천방골로 돌아온다.

그날 밤 역시 도마뱀은 푸른 불을 켜고 있었다.

감각이나 분위기가 음습하고 어두운 이 소설은 불길함을 예고하는 전조前兆와 숙명적인 죽음의 연쇄성, 험한 기상과 거듭되는 자연재해 등 인간이 살 수 없는 땅 천방골이 배경이다. 불모의 땅이기에 길재와 동네 사람들은 역천逆天의 땅을 버리고 떠나려 한다.

그런데 길재는 선택의 기로에서 출발의 원점인 천방골로 돌아온다. 제시된 장면이요, 이 소설의 결말이다. 회귀의 결정적인 이유는 아들 가매가 살구씨를 심던 마음을 보기 위해서다. 그러나 그날 밤에도 도마뱀의 푸른 불로 표상된 불길한 조짐 혹은 죽음을 예고하는 자연의 위대한 힘이 나타난다.

천둥과 번개 그리고 산사태…… 그 속에서 길재는 허둥댄다.

……그제야 길재는 가매를 건질 생각으로 집으로 내려왔다. 뜰에는 벌써 두꺼비와 지렁이가 기어났다. 가매는 토방에서 살구를 먹다 말고 아버지를 보자 마주 와 안기었다. 산을 떠나자고 생각하니 길재도 가매도 서로 붙안고 화들화들 떨며 울었다.

이런 순간은 기쁨도 설움도 몰랐다. 장황한 순간에 그저 나오는 눈물이었다. 길재는 황급히 가매를 업으려 했으나 그러나 가매는 아버지의 등을 떠다밀고 담 모퉁이로 돌아갔다. 그리고 무엇을 심느라고 껍신대었다……

그렇게 껍신대던 가매가 한 행동은 살구씨를 심는 것이었다. 불모의 땅이라 생각하고 떠나려 하던 천방골에 아들 가매는 희망을, 살구씨를 심고 있었다. 이 장면이 소설의 핵심이다. 다들 귀천이 없다는 북으로 떠나지만, 길재가 아들 가매를 업고 돌아오는 것은 이 희망을 보기 위함이다.

　불모의 땅인 줄 번연히 알면서도 길재가 천방골을 택한 그 행위의 의미다. 극복할 수 없는 운명적 힘으로 제시되는 자연 앞에서 길재의 선대들이 "산그늘이나 바라다보며" 죽어갔다면, 길재는 선대의 절망적이고 수동적인 순종보다는 거대한 자연과 능동적인 화합을 시도하며 또 다른 재앙이 기다리고 있을지도 모르지만 봄이 되면 돋아날 살구씨에 대한 희망을 품고 천방골로 돌아간다. 즉 절망과 역천의 논리가 아니라 화합적인 순천順天과 싹이 틀 것이라는 희망을 품고, 막연하게 '귀천이 없다'는 논리로 무장된 북을 선택하지 않고 푸른 불 도마뱀의 마을에 남는 것이다. 제목 '유두'는 음력 6월 보름을 나타내는 것으로, 주인공이 여러 비극을 맞이한 것과 관련이 깊다.

　허윤석은 간결하고 압축된 형태미 속에서 서정적 소설을 남긴 작가다. 〈옛 마을〉(1949)에서는 비둘기의 울음, 돋아 오르는 달, 암나귀의 울음 등을 기본 이미지로 하면서 남편과 아내의 갈등을 섬세하게 포착하는데, 소설에 시의 기능을 접목하려 애쓴 작가가 아닐까 한다.

전후 소설이 거둔 비극적 미학의 절정

— 하근찬의 〈수난이대〉 —

개천 둑에 이르렀다. 외나무다리가 놓여 있는 그 시냇물이다. 진수는 슬그머
니 걱정이 되었다. 물은 그렇게 깊은 것 같지 않지만, 밑바닥이 모래흙이어서
지팡이를 짚고 건너가기가 만만할 것 같지 않기 때문이다. 외나무다리는 도저
히 건너갈 재주가 없고…… 진수는 하는 수 없이 둑에 퍼지고 앉아서 바짓가
랑이를 걷어 올리기 시작했다. 만도는 잠시 멀뚱히 서서 아들의 하는 양을 내
려다보고 있다가,

"진수야, 그만두고, 자아 업자." 하는 것이었다.

"업고 건느면 일이 다 되는 거 아니가. 자아, 이거 받아라."

고등어 묶음을 진수 앞으로 내민다.

"……"

진수는 퍽 난처해하면서, 못 이기는 듯이 그것을 받아들었다. 만도는 등허
리를 아들 앞에 갖다대고, 하나밖에 없는 팔을 뒤로 버쩍 내밀며,

"자아, 어서!"

진수는 지팡이와 고등어를 각각 한 손에 쥐고, 아버지의 등허리로 가서 슬

그머니 업혔다. 만도는 팔뚝을 뒤로 돌리면서, 아들의 하나뿐인 다리를 꼭 안았다. 그리고

"팔로 내 목을 감아야 될 끼다."

했다. 진수는 무척 황송한 듯 한쪽 눈을 찍 감으면서, 고등어와 지팡이를 든 두 팔로 아버지의 굵은 목줄기를 부둥켜안았다. 만도는 아랫배에 힘을 주며, '끙!' 하고 일어났다. 아랫도리가 약간 후들거렸으나 걸어갈 만은 했다. 외나무다리 위로 조심조심 발을 내디디며 만도는 속으로, 이제 새파랗게 젊은 놈이 벌써 이게 무슨 꼴이고. 세상을 잘못 만나서 진수 니 신세도 참 똥이다, 똥. 이런 소리를 주워섬겼고, 아버지의 등에 업힌 진수는 곧장 미안스러운 얼굴을 하며, '나꺼정 이렇게 되다니, 아부지도 참 복도 더럽게 없지, 차라리 내가 죽어버렸더라면 나았을 낀데……' 하고 중얼거렸다.

만도는 아직 술기가 약간 있었으나, 용케 몸을 가누며 아들을 업고 외나무다리를 조심조심 건너가는 것이었다. 눈앞에 우뚝 솟은 용머리재가 이 광경을 가만히 내려다보고 있었다.

외팔이 아버지가 외다리 아들을 업고 건너는 외나무다리. 이를 내려다보는 용머리재.

전쟁의 비극을 이보다 상징적으로 표현한 장면이 있을까. 아들을 업은 아버지의 모습은 상징이면서도 간단명료하게 비극을 전달해 읽는 이의 가슴을 저리게 한다. 모든 것을 알고 있으면서도 묵묵부답인 용머리재가 더 가슴 아프다.

하근찬의 〈수난이대受難二代〉는 1957년 〈한국일보〉 신춘문예 당선작이다. 조그마한 시골의 읍에

하근찬

서 일어난 일을 다루지만, 그 이면에는 식민지 말기와 한국전쟁이라는 역사적 배경이 깔려 있다. 즉 일제강점기와 한국전쟁을 거치면서 아버지와 아들이 겪은 가족사적 비극을 통해 우리 민족의 수난사를 고발하는 작품이다. 아버지는 일제강점기에 징용으로 끌려가 팔 하나를 잃었고, 아들 진수는 한국전쟁에 참전해 다리를 잃고 집으로 돌아온다.

시간적 배경은 한국전쟁 직후지만, 구성상 대칭 관계에 있는 사건의 배경은 태평양전쟁이다. 아버지가 겪은 태평양전쟁과 아들이 겪은 한국전쟁이 작품의 시대적 배경이 되고, 이 배경이 작중인물의 삶을 결정한다. 공간적 배경은 경상도의 농촌인데 여기에서 농촌은 농민들의 삶의 현장이지만, 농사와 관련된 배경이 아니라 전쟁의 피해를 감수해야 하는 사람들, 그중에서도 자기 의지와 관계없이 피해를 당한 농민들이 모여 사는 장소라는 의미가 있다. 즉 전쟁을 일으키거나 거기에 관련된 사람들이 아닌, 우직하게 농사만 짓는 사람들이 영문도 모르고 희생당하는 비극적 현실이 존재하는 장소로서 농촌이 공간적 배경이다. 여기에서 이 소설이 조명하려는 민족사적 비극이 잘 드러난다.

이 소설은 아버지가 겪은 과거의 사건과 아들이 겪는 현재의 사건이 병렬적으로 배치된다. '수난이대'란 글자 그대로 아버지와 아들이 겪는, 2대에 걸친 가족의 수난을 의미한다. 아버지는 태평양전쟁으로 한 팔을 잃고, 아들은 한국전쟁에서 한 다리를 잃는다. 아버지와 아들이 겪는 수난은 그 가족의 수난이자 우리 민족의 수난이다. 2대의 가족사적 수난은 민족사적 수난의 하위 개념이자, 대유적代喩的 의미가 있는 사건이다.

이 작품에 나오는 고등어, 국수 등은 불행한 일을 당한 와중에도 서로 따뜻하게 감싸는 인정, 특히 부정父情을 나타내는 것으로, 이들이 현실적인 불행과 갈등을 극복할 수 있으리라는 가능성을 암시하는 배경 역할을 한다. 아버지가 횟술을 마신다거나 투박한 사투리로 욕하는 것은 불행을 삭이려는 과장된 몸짓이지만, 현실적 갈등을 해소할 수 있으리라는 조짐을 보여주는 행위이기도 하다.

한 팔이 없는 아버지가 오줌을 눌 때 아들이 고등어를 받아든다거나, 제시된 장면처럼 외나무다리를 건널 때 한 다리가 없는 아들을 업고 건너는 것은 이들이 억울하고 불행한 현실을 극복해가는 모습을 구체적으로 보여준다. 특히 마지막에 부자가 외나무다리 건너는 장면은 전후 소설이 거둔 비극적 미학의 절정으로 평가받는다. 외나무다리는 '위태로운 두 사람의 삶(=민족의 삶)'을 상징하는 배경으로, 다리 하나를 잃은 진수의 삶을 의미하는 것으로 보아도 좋을 것이다. 아버지가 아들을 업고 황혼이 물드는 외나무다리를 건너는 장면은 실로 장엄한 비극이다. 두 사람이 외나무다리를 건너지 못하고 추락하는 것으로 상황을 설정했다면 그 비극성은 치열해질 것이고, 전쟁이 이들에게 남긴 상처의 고통이 엄청난 충격으로 다가와 독자들이 감당하기 힘들 것이다. 이들이 지금까지 살아온 것만으로도 비극은 충분하고, 그러기에 무사히 외나무다리를 건너게 한 것이 조화로운 결말이라 할 수 있다.

이들에게 이념이나 정치적 견해 같은 것은 없다. 비록 흙이나 파먹는 무지한 농민이지만, 이들은 나름대로 역사의 강풍을 꿋꿋이 이겨내고 삶을 개척해나가는 의지를 보여준다. 고등어를 든 진수를 업고 외나무다리를 건너는 박만도 부자父子의 모습은 역사적 비극을 극복하는 순박한 농민의 의지를 상징적으로 나타낸다. 이 부분을 작가는 다음과 같이 말한다.

　그런데 잠시 망설이게 된 것은 그다음이었다. 그렇게 외나무다리 위에 오른 두 불구 부자가 무사히 다리를 건너가게 하느냐, 아니면 중도에 냇물에 떨어지게 하느냐 하는 문제였다. 즉 결론인 셈이었다.

　무사히 건너가게 하는 것도, 중도에 떨어지게 하는 것도 다 일리가 있는 것 같았다. 중도에 떨어지게 하는 것은 수난을 강조하는 의미가 되어 주제를 더욱 짙게 하는 효과를 이루는 것 같았고, 무사히 건너가게 하는 것은 그런 수난 속에서도 삶에 대한 의지라 할까 집념이라 할까 그런 것을 잃지 않게 하는 것 같았다. 다시 말하면 떨어지게 하는 것은 절망을 상징하는 것이었고, 건너가게 하는 것은 절망의 극복을 상징하는 것이었다.

　그렇다면 문제는 간단했다. 나는 결코 절망에 그치는 쪽을 택하고 싶지는 않았다. 절망을 디디고 넘어서려는 의지, 그 강인한 삶에 대한 집념 쪽을 택하고 싶었다. 이 땅과 이 겨레의 암담한 운명의 극복을 희망하고 싶었다. 또 한편 아무리 허구이기는 하지만, 수난의 불구 부자를 다시 냇물에 밀어넣을 수는 도저히 없는 노릇이었다.

　이 결말 부분에 대해서는 신춘문예 시상식 때 잠시 담소談笑 거리가 되었다. 소설 부문이 아닌 다른 부문의 심사위원 한 분이 웃으면서, "두 부자가 외나무다리에서 떨어지게 했다면 더 재미있었을 텐데……" 이런 말씀을 하셨다. 극적 효과를 앞세우는 말씀인 것 같았다. 그 말씀에 나는 아무 대꾸도 하지 않고 그저 속으로, '모르시는 말씀' 하고 웃기만 했다.

하근찬, 〈상이군인에서 얻은 영감과 외나무다리의 결합〉

(이병렬 엮음, 《소설, 나는 이렇게 썼다》, 평민사)

　따라서 이 작품의 아름다움은, 수난이나 비극을 그리는 데서 그치지 않고 그 절망을 딛고 일어서려는 몸짓을 보여주는 데 있다. 제시된 장

면은 앞으로 이 부자가 살아갈 모습을 미리 보여주는 것이다. 높고 험
난한 용머리재가 버티고 있는 것이, 앞으로 이들의 삶이 결코 쉽지 않
을 거라는 암시 같다. 하지만 두 사람은 분명 힘을 합하여 고난을 개척
해나갈 것이다. 그것이 소설을 읽는 독자들의 다짐이다.

이 작품의 진정한 가치는 이런 주제 의식에 있다. 2대에 걸친 가족의
수난, 앞으로 험난한 길이 버티고 있는 현실, 의지 하나로 헤쳐가야 하
는 처지…… 이런 것들을 모두 극복하고 마침내 수난의 시대를 끝낼
것이다.

소년 소녀의 순수하고도 아름다운 사랑

—— 황순원의 〈소나기〉 ——

갑자기 사면이 소란스러워진 것 같다. 바람이 우수수 소리를 내며 지나간다. 삽시간에 주위가 보랏빛으로 변했다.

산을 내려오는데, 떡갈나무 잎에서 빗방울 듣는 소리가 난다. 굵은 빗방울이었다. 목덜미가 선뜻선뜻했다. 그러자, 대번에 눈앞을 가로막는 빗줄기.

비안개 속에 원두막이 보였다. 그리로 가 비를 그을 수밖에.

그러나, 원두막은 기둥이 기울고 지붕도 갈래갈래 찢어져 있었다. 그런대로 비가 덜 새는 곳을 가려 소녀를 들어서게 했다.

소녀의 입술이 파아랗게 질렸다. 어깨를 자꾸 떨었다.

무명 겹저고리를 벗어 소녀의 어깨를 싸주었다. 소녀는 비에 젖은 눈을 들어 한 번 쳐다보았을 뿐, 소년이 하는 대로 잠자코 있었다. 그리고는, 안고 온 꽃묶음 속에서 가지가 꺾이고 꽃이 일그러진 송이를 골라 발밑에 버린다. 소녀가 들어선 곳도 비가 새기 시작했다. 더 거기서 비를 그을 수 없었다.

밖을 내다보던 소년이 무엇을 생각했는지 수수밭 쪽으로 달려간다. 세워놓은 수숫단 속을 비집어보더니, 옆의 수숫단을 날라다 덧세운다. 다시 속을 비집어본다. 그리고는 이쪽을 향해 손짓을 한다.

수숫단 속은 비는 안 새었다. 그저 어둡고 좁은 게 안 됐다. 앞에 나앉은 소년은 그냥 비를 맞아야만 했다. 그런 소년의 어깨에서 김이 올랐다.

소녀가 속삭이듯이, 이리 들어와 앉으라고 했다. 괜찮다고 했다. 소녀가 다시, 들어와 앉으라고 했다. 할 수 없이 뒷걸음질을 쳤다. 그 바람에, 소녀가 안고 있는 꽃묶음이 망그러졌다. 그러나, 소녀는 상관없다고 생각했다. 비에 젖은 소년의 몸 내음새가 확 코에 끼얹혀졌다. 그러나, 고개를 돌리지 않았다. 도리어 소년의 몸기운으로 해서 떨리던 몸이 적이 누그러지는 느낌이었다.

소란하던 수숫잎 소리가 뚝 그쳤다. 밖이 말개졌다.

수숫단 속을 벗어 나왔다. 멀지 않은 앞쪽에 햇빛이 눈부시게 내리붓고 있었다. 도랑 있는 곳까지 와보니, 엄청나게 물이 불어 있었다. 빛마저 제법 붉은 흙탕물이었다. 뛰어 건널 수가 없었다.

소년이 등을 돌려 댔다. 소녀가 순순히 업히었다. 걷어 올린 소년의 잠방이까지 물이 올라왔다.

소녀는 '어머나' 소리를 지르며 소년의 목을 끌어안았다.

개울가에 다다르기 전에, 가을 하늘이 언제 그랬는가 싶게 구름 한 점 없이 쪽빛으로 개어 있었다.

황순원의 〈소나기〉를 모르는 한국인이 있을까. 정상적인 중학교 교육만 받은 사람이라면 국어 교과서에 실린 이 소설을 읽었을 테니 말이다. 어디 교과서뿐이겠는가. 어느 영화에선가 '그놈 함께 묻어줘'라는 패러디가 나올 정도로 〈소나기〉는 우리에게 익숙한 작품이다.

1953년 《신문학》 5월호에 발표된 단편소설 〈소나기〉는 소년 소녀의 순수하고 아름다운 사랑을 목가적 배경 속에 그린 작품이다. 소나기,

황순원

여름날 한바탕 푸닥거리라도 하듯 잠시 퍼붓고 사라지는 비. 이 제목은 작품 속 배경이 되기도 하면서 가슴 저린 사랑의 일회성을 잘 나타낸다.

소년은 징검다리에 앉아 물장난하는 소녀를 만난다. 소녀는 세수하다 말고 물속에서 조약돌 하나를 집어 "이 바보!" 하며 소년에게 던지고 가을 햇빛 아래 갈밭 속으로 사라진다. 관심의 표현도 여러 가지다. 요즈음 소년 소녀들은 이성에 대한 관심을 어떻게 표현할까. 소설 속 소녀는 '바보'라고 외치는 것으로 관심을 유도한다. 다들 알겠지만, 정말 바보라서가 아니다. 그런 소녀의 행동에 소년의 마음이 움직인다. 아니 벌써 움직이던 마음이 과감성을 띤다. 다음 날 개울가로 나왔으나 소녀는 보이지 않는다. 결국 소년은 소녀에 대한 애틋한 그리움에 사로잡힌다.

어느 토요일, 소년과 소녀가 개울가에서 만났을 때 소녀가 비단조개를 소년에게 보이면서 말을 건넨다. 그들은 황금빛으로 물든 가을 들판을 달려 산 밑까지 갔다. 가을꽃을 꺾으며 송아지를 타고 놀다가 소나기를 만난다. 앞에 제시된 장면이다. 일단 원두막으로 피하지만, 그곳은 비를 피하기에 너무 허술하다. 들이치는 비를 막지 못하자 소년은 수숫단 속을 생각해낸다. 들어갈 수 있는 공간을 마련하고 소녀를 청한 소년은 수숫단을 더해 소녀를 보호한다.

소녀가 수숫단 속에서 혼자 비를 피하겠는가. 소년에게 들어오라 하고, 둘은 좁은 수숫단 속에 들어가 한 몸으로 비를 피한다. 땀과 비에 젖은 소년의 몸에서 역한 냄새가 났을 게다. 그러나 소녀는 그것이 싫지 않다. 마음을 건넨 사이 아닌가. 비가 그치고 돌아오는 길에 소년은

324

소녀를 업고 물이 불어난 도랑을 건넌다. 이때 소녀의 분홍 스웨터 앞자락에 풀물 자국이 든다. 그 후 소년은 소녀를 오랫동안 보지 못한다. 그리고 결말은 다들 알고 있으리라. 풀물이 든 옷을 그대로 입힌 채 묻어달라는 소녀의 깜찍한 유언…….

소년과 소녀가 등장하는 황순원의 다른 작품과 마찬가지로 이 작품 역시 성숙한 세계로 입문하는 통과제의通過祭儀의 시련이 포함된다. 소녀와 만남, 조약돌과 호두알로 은유되는 감정의 교류, 소나기를 만나는 장면, 소녀의 병세 악화, 소녀의 죽음…… 이런 스토리에서 사랑이 움트는 소년과 소녀의 미묘한 감정을 표면적으로 드러내면서, 한 소년이 소녀와 만나고 이별하는 과정에 유년기를 벗어나는 내면적인 아픔을 보여준다. 즉 소녀의 죽음은 소년에게 고통을 남기고, 유년기에서 성년에 이르는 성숙의 어려움을 깨닫게 한다.

모든 사람에게 유년 시절이 있다. 사람은 유년 시절의 추억을 간직하고 성장한다. 어른이 되어서도 내용에 관계없이 어린 시절의 추억을 아름다움으로 간직하고자 한다. 그러기에 모두 이 작품을 읽으며 자신의 유년 시절을 떠올리고, 그(혹은 그녀)가 지금은 어디에서 무엇을 할지 생각한다. 이 짤막한 소설은 성숙의 징검다리를 건너갈 때 정서적 경험을 재확인시키면서 보편적인 정감의 세계로 독자를 안내한다.

그러나 작가는 사랑의 순수함을 강조하거나 비극적인 결말에 애석함을 드러내지 않는다. 아름다운 감정과 소녀의 죽음이 불러일으키는 애잔함은 모두 독자의 몫이다. 이 소설의 결말은 판단 대신 여운으로 남는다.

〈소나기〉는 유의상이 번역해 1959년 영국 《인카운터Encounter》의 단편 콩쿠르에 입상, 게재되기도 했다.

역사의 소용돌이 속에서

이런 사회. 그런 사회로 가기도 싫다. 그러나 둘 중에서 하나를 골라야만 한다. 박헌영 동지가 체포되었다 하오. 전해 듣게 된 그 흉한 소식. 아버지. 그는 막다른 골목에 몰린 짐승이었다. 그때, 중립국에 보내기가 서로 사이에 말이 맞았다. 막다른 골목에서 얼이 빠져 주저앉을 참에 난데없이 밧줄이 내려온 것이었다. 그때의 기쁨을 그는 아직도 간직한다. 판문점. 설득 자들 앞에서처럼 시원하던 일이란, 그의 지난날에서 두 번도 없다.

방 안 생김새는, 통로보다 조금 높게 설득 자들이 앉아 있고, 포로는 왼편에서 들어와서 바른편으로 빠지게 돼 있다. 네 사람의 공산군 장교와, 국민복을 입은 중공 대표가 한 사람, 합쳐서 다섯 명. 그들 앞에 가서, 걸음을 멈춘다. 앞에 앉은 장교가, 부드럽게 웃으면서 말한다.

"동무, 앉으시오."

명준은 움직이지 않았다.

"동무는 어느 쪽으로 가겠소?"

"중립국."

그들은 서로 쳐다본다. 앉으라고 하던 장교가, 윗몸을 테이블 위로 바싹 내밀면서, 말한다.

"동무, 중립국도, 마찬가지 자본주의 나라요. 굶주림과 범죄가 우글대는 낯선 곳에 가서 어쩌자는 거요?"

"중립국."

"다시 한 번 생각하시오. 돌이킬 수 없는 중대한 결정이란 말요. 자랑스러운 권리를 왜 포기하는 거요?"

"중립국."

이번에는, 그 옆에 앉은 장교가 나섰는다.

"동무, 지금 인민공화국에서는, 참전 용사들을 위한 연금 법령을 냈소. 동무는 누구보다도 먼저 일터를 가지게 될 것이며, 인민의 영웅으로 존경받을 것이오. 전체 인민은 동무가 돌아오기를 기다리고 있소. 고향의 초목도 동무의 개선을 반길 거요."

"중립국."

그들은 머리를 모으고 소곤소곤 상의를 한다.

처음에 말하던 장교가, 다시 입을 연다.

"동무의 심정도 잘 알겠소. 오랜 포로 생활에서, 제국주의자들의 간사한 꾀임수에 유혹을 받지 않을 수 없었다는 것도 용서할 수 있소. 그런 염려는 하지 마시오. 공화국은 동무의 하찮은 잘못을 탓하기보다도, 동무가 조국과 인민에게 바친 충성을 더 높이 평가하오. 일체의 보복 행위는 없을 것을 약속하오. 동무는……"

"중립국."

중공 대표가, 날카롭게 무어라 외쳤다. 설득하던 장교는, 증오에 찬 눈초리로 명준을 노려보면서, 내뱉었다.

“좋아.”

눈길을, 방금 도어를 열고 들어서는 다음 포로에게 옮겨버렸다.

아까부터 그는 설득 자들에게 간단한 한마디만을 되풀이 대꾸하면서, 지금 다른 천막에서 동시에 진행되고 있을 광경을 그려보고 있었다. 그리고 그 자리에도 자기를 세워보고 있었다.

“자넨 어디 출신인가?”

“……”

“음, 서울이군.”

설득 자는, 앞에 놓인 서류를 뒤적이면서,

“중립국이라지만 막연한 얘기요. 제 나라보다 나은 데가 어디 있겠어요. 외국에 가본 사람들이 한결같이 하는 얘기지만, 밖에 나가봐야 조국이 소중하다는 걸 안다구 하잖아요? 당신이 지금 가슴에 품은 울분은 나도 압니다. 대한민국이 과도기적인 여러 가지 모순을 가지고 있는 걸 누가 부인합니까? 그러나 대한민국엔 자유가 있습니다. 인간은 무엇보다도 자유가 소중한 것입니다. 당신은 북한 생활과 포로 생활을 통해서 이중으로 그걸 느꼈을 겁니다. 인간은……”

“중립국.”

“허허허, 강요하는 것이 아닙니다. 다만 내 나라 내 민족의 한 사람이, 타향 만리 이국땅에 가겠다고 나서서, 동족으로서 어찌 한마디 참고되는 이야길 안 할 수 있겠습니까. 우리는 이곳에 남한 2천만 동포의 부탁을 받고 온 것입니다. 한 사람이라도 더 건져서, 조국의 품으로 데려오라는……”

“중립국.”

“당신은 고등교육까지 받은 지식인입니다. 조국은 지금 당신을 요구하고 있습니다. 당신은 위기에 처한 조국을 버리고 떠나버리렵니까?”

"중립국."

"지식인일수록 불만이 많은 법입니다. 그러나, 그렇다고 제 몸을 없애버리 겠습니까? 종기가 났다고 말이지요. 당신 한 사람을 잃는 건, 무식한 사람 열을 잃은 것보다 더 큰 민족의 손실입니다. 당신은 아직 젊습니다. 우리 사회에는 할 일이 태산 같습니다. 나는 당신보다 나이를 약간 더 먹었다는 의미에서, 친 구로서 충고하고 싶습니다. 조국의 품으로 돌아와서, 조국을 재건하는 일꾼이 돼주십시오. 낯선 땅에 가서 고생하느니, 그쪽이 당신 개인으로서도 행복이라 는 걸 믿어 의심치 않습니다. 나는 당신을 처음 보았을 때, 대단히 인상이 마음 에 들었습니다. 뭐 어떻게 생각지 마십시오. 나는 동생처럼 여겨졌다는 말입 니다. 만일 남한에 오는 경우에, 개인적인 조력을 제공할 용의가 있습니다. 어 떻습니까?"

명준은 고개를 쳐들고, 반듯하게 된 천막 천장을 올려다본다. 한층 가락을 낮춘 목소리로 혼잣말 외듯 나직이 말할 것이다.

"중립국."

설득 자는, 손에 들었던 연필 꼭지로, 테이블을 툭 치면서, 곁에 앉은 미군을 돌아볼 것이다. 미군은, 어깨를 추스르며, 눈을 찡긋하고 웃겠지.

나오는 문 앞에서, 서기의 책상 위에 놓인 명부에 이름을 적고 천막을 나서 자, 그는 마치 재채기를 참았던 사람처럼 몸을 벌떡 뒤로 젖히면서, 마음껏 웃 음을 터뜨렸다. 눈물이 찔끔찔끔 번지고, 침이 걸려서 캑캑거리면서도 그의 웃음은 멎지 않았다.

최인훈의 〈광장〉은 1960년 《새벽》 10월호부터 연재한 것으로, 발표 후 최근까지 여섯 차례 개작했기 때문에 판본에 따라 내용과 문체상 차이가 많다. 분단 문제가 현존하는 상태에서 남북 분단의 문제를 이

최인훈

데올로기적 차원에서 접근했다는 점, 가장 예민한 현실 문제를 관념적이고 주관적인 서술문의 양상으로 전개하여 현대적 삶의 근원 문제를 밝히는 데 한몫하고 있다는 점에서 이 작품의 의의가 있다.

〈광장〉이 발표된 이후 지금까지 100쇄가 출판되는 동안 지식 청년을 자처하는 사람치고 이 작품을 읽지 않은 사람이 있을까. 매년 대학생 필독서로 꼽혔고, 대입 논술 시험에 출제되는 것은 물론 고등학교 문학 교과서에도 꾸준히 수록되었다. 그만큼 1960년대를 대표하는, 아니 남북 분단 소설의 대표작이다. 〈광장〉이 주목받는 이유는 분단과 이데올로기를 문제 삼는 것이 금기시되던 1960년대 상황에서, 남북 분단이라는 이데올로기를 인간의 근원적인 삶의 문제와 결부해 작가의 역사의식이 나타난 작품으로서 가치가 있기 때문이다.

작가는 '광장'이라는 사회적 삶의 공간과 '밀실'이라는 개인의 내면적 삶의 공간을 등장시킨다. 주인공은 남한의 광장에서 부패와 개인주의가 판치는 가운데 설 자리를 찾지 못하고 월북하지만, 북한의 광장에서도 혁명의 허상과 부자유를 느끼고 자신이 설 광장을 찾지 못한다. 이렇게 하여 찾아간 곳이 남한에서는 윤애였으나 자신의 욕망을 충족할 수 없었고, 북에서는 은혜였으나 자신과 함께하겠다는 약속을 어기고 모스크바로 떠난다.

이런 상황에서 명준은 인민군으로 종군하고, 은혜마저 전쟁으로 잃고 포로가 된다. 포로 송환 시 자신이 숨을 밀실조차 없는 명준은 제삼국으로 갈 것을 원하지만, 결국 자신이 설 광장을 발견하지 못하고 자살한다. 제시된 장면은 포로 석방에 앞서 포로들의 의사를 묻는 대목이다. 소설에서 명준은 이런 생각을 한다.

> 싸움이 멎었다는 소식을 들었을 때, 명준은 깊은 구렁에 빠졌다. 북으로 돌아갈 생각은 아예 없었다. 아버지가 전쟁 중에 어떻게 되었는지 소식을 알 수는 없었으나, 설령 살아 있다 하더라도 그 한 가지만으로 북을 택하기에는 너무 약했다. 아버지는 아버지대로 살 테지. 효도 같은 걸 하기엔, 현실이 너무나 무거웠다. 그리고 북녘 같은 데서 살붙이란 무엇이던가. 그러고 보면, 이제 그가 북으로 가야 할 아무 까닭도 없었다. 거기엔 아무도 없었다. 은혜도 없었다. 어떤 사람이 어떤 사회에 들어 있다는 것을 풀어서 말하면, 그 사회 속의 어떤 사람과 맺어져 있다는 말이라면, 맺어질 아무도 없는 사회의, 어디다 뿌리를 박을 것인가. 더구나 그 사회 자체에 대한 믿음조차 잃어버린 지금에. 믿음 없이 절하는 것이 괴롭듯이, 믿음 없이 정치의 광장에 서는 것도 두렵다. 코뮤니스트란, 월북할 때 그러려니 그려본, 그런 인종들이 아니었다. 한때 그들의 존재를, 믿음이 없어진 현대에서, 한 가지 기적으로 생각했다.

그렇다고 그가 남쪽을 택하는 것도 아니다. 중립국, 즉 제삼국을 택하는 명준의 입장은 단호하다. 남과 북의 장교들이 논리적으로 혹은 감성적으로 접근하며 자신들 쪽으로 그를 붙들려고 해도 그는 명쾌하게, 아주 간단하게 '중립국'을 외친다. 그 어떤 논리나 감언이설에도 흔들리지 않겠다는 의지의 표명이다.

그리고 제삼국으로 가는 배 위. 주인공 이명준의 무의식의 공간을 끌고 가는 것으로 갈매기가 등장한다. 갈매기는 은혜와 그의 딸을 상징하는 것(5차 개정본 기준)으로, 남한과 북한에서 자신의 광장을 찾지 못한 명준이 제삼국이라는 밀실로 들어가는 데 새로운 밀실을 제공하는 역할을 하고, 이로써 명준을 자살로 이끈다.

남과 북 어디에서도 자신이 설 곳을 찾지 못한 분단 조국의 청년 이명준. 그가 제삼국에 갔다고 해서 행복했을까. 자살하지 않고 중립국에 도착했다면 과연 그는 행복한 삶, 자신이 설 곳을 찾았을까.

작가 최인훈이 철학을 공부해서일까. 그는 다분히 철학적이고 관념적이며, 대상을 통해 자기의 마음을 표현하는 시적 문체의 특징을 보인다. 따라서 사색적인 성향과 추상적인 문체의 특성이 다분하다.

〈광장〉은 현실의 모순에 대한 작가의 비판 의식이 실존주의 입장에서 잘 표현된 작품이지만, 이데올로기의 대립 속에서 다른 해결 방안을 찾지 못한다. 조국을 등지고 자살이라는 극단적인 상황으로 도피적이고 감상적인 결론을 내림으로써 작가로서 보다 발전적인 시각을 제시하지 못한 채 고발에 머무른다는 한계를 보인다.

그러나 명준의 행위를 반드시 허무주의적인 죽음으로 볼 필요는 없다. 자살은 새로운 탄생을 갈망하는 것이기도 하다. 이명준이 뛰어든 침묵의 바다는 새로운 생명의 탄생지로서 '광장'과 '밀실'이 조화롭게 구성된 이상 사회에 대한 인간의 희망이 내포된 공간일 수도 있기 때문이다.

작가는 이 부분에 대해 "현실에서 구하고자 했으나 불가능하던 것을 환상으로나마 현실화하려는 분명한 의도가 있었다"고 말했다. 이는 이데올로기를 넘어서 보다 근원적인 생명에 대한 투신이며, 따라서 죽음이 아니라 생명이라는 역설로 볼 수도 있다. 아울러 이 작품의 주인공을 '이명준'으로 볼지, '이데올로기'로 볼지는 각자의 몫이다. 특히 갈매기가 등장하는 장면에서 어슴푸레하나마 명준의 마음을 읽을 수 있다.

자기 방에 들어섰을 때였다. 자기를 따라오던 그림자가 문간에 멈춰 섰다는 환각이 또 스쳤다.

박의 침대 머리맡에 놓인 양주병이 언뜻 보였다. 그는 팔을 뻗쳐 병을 잡으면서 돌아섰다. 흰 그림자가 쏜살같이 저만치 날아가는 것이 보인다. 따라가면서 힘껏 병을 던졌다. 그림자는 멀리 사라지고 병은 문지방에 부딪혀서 박살이 되어, 깨어진 조각이 사방으로 튀었다. 더 따라가지 않고 우두커니 서서 움직이지 않았다. 어쩔 줄 모르고 선 박을 남겨놓고, 자리에 기어 올라가서 번듯 누웠다. 가슴이 활랑거린다. 손을 가슴에 얹었다. 풀무처럼 헐떡거린다. 망막에서는 포알처럼 튀어들던 바다새의 흰 부피가, 페인트를 쏟아부은 듯, 아직도 끈적거렸다. 벌떡 일어났다. 도로 누웠다. 다시 일어났다. 아무리 해도 편치 않았다. 누워서 쉬려던 생각을 버리고 방바닥에 내려섰다. 아직도 거기 서 있는 박을 흘끗 쳐다보았다. 무슨 말을 할 듯이 다가섰으나 못 본 체해버리고 방을 나섰다. 좌우 문간에서 서성거리던 얼굴들이 한결같이 쑥 들어갔다. 곧장 선장실로 올라왔다. 선장은 아직도 보이지 않았다. 벽장 거울에 비치는 자기 모양이 보기 싫어서 저쪽을 보고 돌아앉았다. 무엇을 할 것인가. 어제저녁 그를 덮친 당돌한 물음이 언뜻 살아났다. 뒤를 이어 배꼬리 쪽에서 쏜살같이 날아오던 흰 새의 모습이 또 떠올랐다. 그들이라? 그는 주먹을 들어 이마에 댔다. 머릿속은 오히려 말짱했다.

또 속이 올라왔다. 이를 악물고 쓴 침을 삼켰다. 갈갈. 갈매기 우는 소리가 났다. 날 듯이 창가로 달려가, 윗몸을 밖으로 내밀며 고개를 치켰다.

그들은 잠시 쉬려는 듯, 마스트에 매달려 있었다. 저것들 때문이지. 어처구니없는 일이 아닌가. 갈갈, 께륵, 께륵. 울음소리는 비웃는 듯 떨어져 온다. 그는 목이 아파서 고개를 돌렸다. 섬뜩한 짓을 한 이 불길한 새들. 허공을 한참 쳐다보던 눈이 찬장에 달린 거울에 멎었다. 눈에 살기가 있다. 찬장 문을 연다.

오른편에 사냥총이 세워져 있다. 약실을 살펴봤다. 총알이 없다. 총알은 서랍 속에 있었다. 총알을 잰 다음, 잠글쇠를 풀었다. 사냥할 때에 지척에 있는 짐승에게 다가가는 포수처럼, 살금살금 걸어서 창에 이르렀다. 갈매기들은 아직 거기 있었다. 창틀에 등을 대고, 몸을 밖으로 젖히고, 총을 들어 어깨에 댔다. 하늘에 구름은 없었다. 창대처럼 꼿꼿한 마스트에 앉은 흰 새들은 움직이지 않았다. 두 마리 가운데 아래쪽, 가까운 데에 앉은 갈매기가 총구멍에 사뿐히 얹혀졌다. 이제 방아쇠만 당기면 그 흰 바다새는 진짜 총구 쪽을 향하여 떨어져올 것이다. 그때 이상한 일이 눈에 띄었다. 그의 총구멍에 똑바로 겨눠져 얹혀진 새는 다른 한 마리의 반쯤 한 작은 새였다.

마지막으로 만났을 때 은혜가 한 말. 총공격이 다가선 줄 알면서도 두 사람은 다 여느 때하고 다르지 않았다. 사랑의 일이 끝나고, 그들은 나란히 누워 있었다.

"저—"

깊은 우물 속에 내려가서 부르는 사람의 목소리처럼, 누구의 목소리 같지도 않은 깊은 울림이 있는 소리로 그녀가 불렀다.

"응?"

"저—"

명준은 그 목소리의 깊이에 몸이 굳어졌다.

"뭔데, 응?"

"저—"

그녀는 돌아누우면서 남자의 목을 끌어당겨 그 목소리처럼 깊숙이 남자의 입을 맞췄다. 그러고는, 남자의 귀에 대고 그 말을 속삭였다.

"정말?"

"아마."

명준은 일어나 앉아 여자의 배를 내려다봤다. 깊이 파인 배꼽 가득 땀이 괴어 있었다. 입술을 가져간다. 짭사한 바닷물 맛이다.

"나 딸을 낳아요."

은혜는 징그럽게 기름진 배를 가진 여자였다. 날씬하고 탄탄하게 죄어진 무대 위의 모습을 보는 눈에는, 그녀의 벗은 몸은 늘 숨이 막혔다. 그 기름진 두께 밑에 이 짭사한 물의 바다가 있고, 거기서, 그들의 딸이라고 불릴 물고기 한 마리가 뿌리를 내렸다고 한다. 여자는, 남자의 어깨를 붙들어 자기 가슴으로 넘어뜨리면서, 남자의 뿌리를 잡아 자기의 하얀 기름진 기둥 사이의 배게 우거진 수풀 밑에 숨겨진, 깊은, 바다로 통하는 굴속으로 밀어넣었다.

"딸을 낳을 거예요. 어머니가 나는 딸이 첫애기래요."

총구멍에 똑바로 겨눠져 얹혀진 새가 다른 한 마리의 반쯤 한 작은 새인 것을 알아보자 이명준은 그 새가 누구라는 것을 알아보았다. 그러자 작은 새하고 눈이 마주쳤다. 새는 빤히 내려다보고 있었다. 이 눈이었다. 뱃길 내내 숨바꼭질해온 그 얼굴 없던 눈은. 그때 어미 새의 목소리가 날아왔다. 우리 애를 쏘지 마세요? 밤에 댄 총몸이 부르르 떨었다. 총구에는 솜구름처럼 뭉실한 덩어리가 얹혔을 뿐. 마스트 언저리에 구름이 옮아왔다.

망가진 기계가 헐떡이듯, 밖으로 나갔던 몸을 간신히 창 안으로 끌어들이면서, 총을 내린다. 거울 속에 비친 얼굴에는 굵다란 진땀이 이마에 솟고, 볼따귀가 민망스럽게 푸들푸들 떨린다.

남한과 북한을 오가면서 남한의 나태와 방종, 북한의 부자연스러운 이념적 구속에 환멸을 느끼고 제삼국을 선택하지만, 결국 삶의 참된 가치를 실현하는 데 의문을 느끼고 바다로 투신하는 이명준. 무엇이 그를 어디에도 발붙이지 못하고 죽음을 택하게 했는가.

대학생 품으로 파고드는 작부

"너 가서 대학생 데리고 온."

"어머, 대학생!"

"아까 버스에서 나허구 나란히 앉아 있던 양반 말야. 창밖만 내다보구 있었지만 속은 엉큼허다. 옆집에 있는데 지금쯤 늘어지게 한숨 잤겠지. 가서 깨워도 싫어하지 않을 거다. 오늘 밤 밤샘 한번 해보자."

여자는 주의 깊게 듣는다. 박씨도 듣고만 있다. 박씨는 눈꺼풀이 무겁다. 여자가 살며시 일어서자 기대고 있던 이씨는 비스듬히 모로 쓰러져서 방바닥에 녹아떨어진다. 여자가 조용히 방문을 여닫고 밖으로 나간다. 남폿불이 펄럭인다.

밖으로 나온 여자는 놀란다. 그녀는 신발을 끌고 마당 가운데로 나선다. 눈이 하얗게 쌓였고 또 소리 없이 내리고 있다. 고개를 뒤로 젖히고 하늘을 쳐다본다. 점점이 검게 눈송이들이 하늘에 꽉 차 있다. 얼굴 위에 와서 닿는 그것들의 감촉은 상쾌하다. 그녀는 입을 떡 벌린다.

"아, 신부는 좋겠네. 첫날밤에 눈이 쌓이면 부자가 된다는데. 복두 많지."

그녀는 두 눈을 껌벅인다. 수많은 눈송이들이 눈앞에서 명멸한다. 그녀는 신부의 얼굴을 모른다. 그러나 모든 신부들은 똑같은 하나의 얼굴을 가지고 있을 것 같다. 그것은 행복, 기대, 불안. 또는 그 전부…… 그녀는 고개를 떨어뜨린다. 무릎을 굽히지 않고 다리를 쭉 편 채 신발을 질질 끌어서 쌓인 눈 위에 두 갈래 길을 낸다. 그녀는 그렇게 마당을 빙빙 돈다. 눈송이가 금세금세 머리 위에 얹힌다. 그녀는 문득 신발 끄는 일을 그만둔다. 문간으로 간다. 그리고 고양이처럼 소리 없이 대문을 비집고 밖으로 나간다.

눈은 길 위에도 쌓이고 있다. 쌓인 눈 위에 떨어지는 제 발끝을 내려다보면서 마치 백리라도 걸을 듯이 그녀는 걷는다. 방금 쌓인 눈은 밟혀도 소리를 내지 않는다. 세상은 참으로 조용하다. 그녀는 옆집 여인숙의 샛문께로 간다. 비사리 사이로 손을 비집어 넣어 손쉽게 사립문을 연다. 솜 같은 눈덩이들이 부실부실 떨어진다. 그녀는 집 안으로 들어선다. 손님을 받는 방은 둘인데 그중의 하나에 불이 켜져 있다. 그녀는 잠시 망설이다가 그리로 간다. 마루 위로 기어 올라가서 뚫어진 창호지 틈으로 방 안을 들여다본다. 한 사내가 희미한 불 밑에 웅크리고 누워 있다. 그녀는 흠칠 뒤로 물러난다. 그리고 불이 꺼진 그 옆방 앞으로 간다. 문에다가 입을 댄다.

"꼬마야, 꼬마야."

아무 대답이 없다. 문을 흔들어본다. 역시 반응이 없다. 그녀는 다시 불 커진 방 앞으로 간다. 그리고 방문을 연다.

김씨는 네 다리를 이불 밑에 쑤셔넣은 채 새우처럼 등을 굽히고 옆으로 누워 곤히 자고 있다. 여자는 그 얼굴을 들여다본다. 낮에 본 사람이 분명하다. 대학생! 그녀는 살풋이 김씨의 어깨를 밀어서 바로 눕힌다. 넥타이가 목에 켕기는지 턱을 좌우로 흔든다. 츳, 츳, 옷두 벗지 않구. 가엾어라. 그녀는 누나가 되고 어머니가 된다. 넥타이를 풀고, 이불을 젖혀서 바지를 벗기고 와이셔츠를 벗기고 요를 바로 펴고 김씨가 꿈틀하더니 일어날 듯하다가 다시 요 밑으로 파고든다. 여자는 화가 난다. 그의 팔다리를 요 밑에서 빼어내고 그를 안아서 간신히 요 위에 눕힌다. 그리고 이불을 끌어다가 덮어준다. 베개를 바로 베주고 그대로 엎드려서 그 얼굴을 들여다본다. 대학생!

남폿불이 피시식 소리를 낸다. 그녀는 일어나서 방바닥에 널려 있는 옷들을 주섬주섬 벽에다 건다. 남포는 호야가 시커멓다. 그녀는 고개를 숙이고 위에서부터 남포 호야 속으로 살며시 바람을 불어넣는다.

밖에서는 눈이 소복소복 쌓이고 있다. 그녀가 남겨논 발자국을 하얗게 지우면서.

서정인

1968년 《창작과 비평》에 발표된 서정인의 단편 소설 〈강〉은 1960년대 시골 '군하리'의 눈 내리는 날을 배경으로 소시민의 이야기를 잔잔하게 그린 작품이다. 이 소설은 인생 역정이 각기 다른 인물들이 혼삿집에 동행하는 과정을 통해 인물들이 느끼는 다양한 감정의 진폭을 보여준다.

늙은 대학생 김씨는 '가난'이라는 굴레 때문에 꿈을 잃어가는 인물이다. 인간은 성장하면서 처음에 자신이 꿈꾸던 삶을 잃어버리고 소시민이 되어갈 수밖에 없다는 것을 알고 있다. 이런 깨달음은 그의 경험에서 우러나온 것이다. 어린 시절 천재 소리를 듣던 그가 사회의 낙오자로 전락한 것은 가난 때문이고, 가난은 그가 어찌해볼 수 없는 거대한 괴물과도 같다. 이런 상황은 그를 끊임없이 폐쇄적인 인간으로 변하게 만든다. 김씨는 여인숙에서 만난 공부 잘하는 소년에게 아무런 말을 해줄 수가 없다. 그는 어른들이 일상적으로 내뱉는 말이—공부만 잘하면 모든 문제가 해결될 수 있으리라는—사실은 허구에 지나지 않음을 알기 때문이다.

박씨는 초등학교 교사를 그만둔 사람이다. 그는 군대 기피자라는 신분에서 한시도 자유로울 수 없다. 이런 상황은 자신감 있는 태도와 달리 그 역시 삶의 굴레에서 자유로울 수 없음을 보여준다. 세무서 주사 이씨는 일상을 유쾌하게 대하지만, 그가 드러내는 속물근성 역시 소시민적 페이소스를 심화할 따름이다.

서로 다른 환경에 살지만 근본적으로는 현실의 중심에서 멀어진 사람들의 동행은 술집 여자가 가세하며 한층 고조된다. 그녀는 버스에서 세 사람과 우연히 만난다. 그리고 혼삿집에 갔다 온 박씨, 이씨와 어울려 술을 마신다. 그러다 김씨가 대학생이라는 말에 이끌려 옆집 여인숙에 투숙한 김씨의 방으로 들어간다. 소설의 마지막 부분이다.

대학생이 잠든 방으로 들어가는 작부. 그 이유를 작가는 해명하지 않는다. 하지만 다른 사건들과 연관성을 살펴보면 그녀의 행위는 충분히 이해할 수 있다.

작부 생활을 하는 그녀의 꿈은 오늘 시집갔다는 여자의 삶—즉 평범한 여인들처럼 소박하게 가정을 꾸리고 사는—일 것이다. 그런 꿈은 그녀에게는 이루어질 수 없는, 그야말로 꿈에 불과하다. 하지만 그녀는 꿈을 버리지 않는다. 그것은 그녀가 시집간 처녀를 계속 부러워하는 데서도 확인할 수 있다. 그녀가 늙은 대학생의 방으로 들어가는 것은 이루어질 수 없는 꿈을 대학생을 통해 대리 보상받고자 하는 심리에서 기인한다.

대학생은 세상모르고 잠들었지만, 술집 여자는 연인이 아니라 "누나가 되고 어머니가 된" 보호자의 입장에서 대학생과 한방에 든다. 방금

전 그녀가 꿈꾸던 눈 오는 밤의 신부가 될 수는 없더라도, 그 신부와 같은 첫날밤을 대학생과 함께하려는 것이다. 김씨는 대학생이란 신분만으로 그녀에게 충분히 환상적이다. 술집 여자에 비해서 너무 높은 세계에 있는 사람이기 때문이다.

인간과 인간 사이, 특히 대학생과 작부의 만남은 그녀에게 우연 이상의 의미가 있다. "밖에서는 눈이 소복소복 쌓이고 있다. 그녀가 남겨 논 발자국을 하얗게 지우면서"라는 아름다운 문장은 그녀가 겪은 고단한 삶을 껴안는 하나의 장치로, 커다란 울림이 있다.

이 작품은 크게 두 부분으로 나뉘는데 앞부분은 버스 안에서 벌어지는 일이고, 뒷부분은 군하리에서 일어나는 일이다. 세 남자가 시골의 혼삿집을 찾아갔다가 주막에서 술을 마신다는 줄거리는 단순하지만, 작가는 잔잔한 어조로 우리 사회의 모순을 날카롭게 그려낸다.

소설에서 첫 장면과 마지막 장면의 수법은 작품의 주제를 드러내는 데 효과적인 역할을 한다. 처음 버스가 출발하기 전의 장면에서는 인물들이 익명으로 나타나고 뚜렷한 사건 전개도 없는데, 이는 삶의 허구성과 무상이라는 작품의 주제를 암시한다. 또 마지막 장면에서 눈의 이미지는 작부가 대학생 김씨의 이불을 덮어주는 데서 잘 나타나듯이 인간 본래의 순수성을 상징한다. 이는 작가가 삶의 무상을 다루면서도 그것을 순수한 인간성의 회복을 통해 극복하려 했음을 의미한다.

문학은 꼭 문학작품 속에 있는 것이 아니다. 넓은 의미에서 문학은 우리 생활 곳곳에 자리 잡고 있다. 그러니 우리는 문학 속에 살아간다고 해도 과언이 아니다. 우리가 지금 쓰는 말도 문학이요, 우리가 부르는 노래 역시 문학이다.

그래서 우리 가요를 들으면 그 안에서 이야기를 듣는다. 마치 판소리가 문자로 정착하면서 소설이 된 것처럼, 가요 속에서 시를 발견할 수 있고 한 편의 이야기, 소설을 읽는다.

우리가 쓰는 말도 마찬가지다. 문학은 언어예술이다. 그러기에 모든 문학작품은 언어로 되어 있다. 당연히 우리 문학작품은 우리말로 되어 있다. 그런데 시인과 소설가들이 아무리 아름다운 우리말을 살려 작품에 반영하더라도 그 말들이 실제 생활에서 쓰이지 않으면 죽은 말이 된다. 아름다운 우리말, 실생활에서 잘 살려 쓰는 것 역시 문학을 사랑하는 길이다.

작품이 아니라 가요와 실생활 언어로 만나는 문학. 그래서 '문학, 변두리 이야기'라 했다.

파도야, 파도야!
박진광의 '파도'

문밖에 울고 서 있는 여인아
박강성의 '문밖에 있는 그대'

헤어지며 알게 되는 사랑의 의미
장철웅의 '이룰 수 없는 사랑'

가신 임을 위한 참회의 노래
임희숙의 '내 하나의 사람은 가고'

일어나! 한 번 더 부딪쳐보는 거야
윤태규의 'My Way'

왜 이제야 내게 온 거니?
김도향의 '목이 멘다'

신세대의 이별법
소녀시대의 '훗Hoot'

너무 많이 쓰는 '너무'
우리말 교육의 필요성

'동무'와 '친구'의 차이점
정서적 해금이 필요한 우리말

주지도 않으면서 받으라 소리 하지 마라
잘못 쓰는 새해 인사, "새해 복 많이 받으세요"

장모는 장모다
구분해 써야 할 호칭

파도야, 파도야!

박진광은 널리 알려진 가수가 아니다. 그러나 그의 매력을 아는 사람이라면, 그의 노래를 한 번이라도 들어본 사람이라면, 특히 나이를 좀 먹은 사람이라면 틀림없이 그를 좋아할 것이다.

박진광을 가리켜 가선歌仙이라 한다. 노래하는 신선…….

우리는 흔히 노래를 아주 잘하는 사람의 이름 앞에 가인歌人이란 말을 붙인다. 그런데 노래하는 신선이라는 박진광은 가인과 거리가 좀 멀게 느껴진다. 오히려 깊은 산속에 은둔하던 도인이 홀로 세상을 음미하듯 노래하는 신선이 된 모습에 가깝다고 할 수 있다. 그가 걸어온 길 자체가 그렇게 말해준다. 쇼 비즈니스 혹은 엔터테인먼트의 차원을 넘어 순수하게 삶으로서 음악을 대해왔고, 슬프고 고독한 무명의 세월을 한 잔의 술과 너털웃음으로, 기타 현의 떨림으로, 이마에 땀이 흠뻑 젖어 노래하는 모습으로 털어버리는…… 그의 모습은 진정 가선이라 불러도 좋을 듯하다.

박진광

가선 박진광. 그는 라이브 카페 '쉘부르'에서 한국 모던 포크의 대명사인 'DJ 이종환 사단'의 일원으로 출발한다. 그 시절 가수가 다 그렇듯 그도 쪽방과 쓴 소주와 기타 하나로 노래를 시작했다고 한다. 또 다들 그렇듯이 실패한 앨범 두어 장을 내고는 가요계에 점 하나 찍지 못하고 무명 가수의 한을 남기며 사라졌다.

여기에서 주목해야 할 것이 있다. 'DJ 이종환 사단은 다 떴다. 그런데 그는 왜 뜨지 못했을까?' 충분히 제기할 수 있는 의문이다.

그 시절 그가 부른 번안 가요 서너 곡과 포크송 가운데 대중의 인기를 끌 만한 노래가 없었다. 박진광의 초창기 노래는 당시 가요와 전혀 다른 레너드 코언 류의 읊조리는 스타일이었기 때문이다. 그러니 속된 말로 '뜰' 수 없었다.

박진광은 이종환이 아끼는 사람이었다. 그런데 이종환은 방송국의 좋은 위치에 있으면서도 그를 밀어주지 않았다. 그래서일까. 술자리에서는 예나 지금이나 초창기에 도와주지 못한 회한이 있는 듯 이런 말을 자주 되뇐다고 한다.

"대한민국에 박진광처럼 노래 잘하는 가수, 아니 혼魂으로 노래하는 가수 있으면 나와보라고 해!"

세월은 흘러 미사리. 그는 미사리 허허벌판 자투리땅에 최초로 라이브 카페를 만든다. 긴 시간이 지나지 않아 카페는 난리가 난다. 그의 라이브 실력을 알아본 손님이 카페에 차고 넘쳤다. 한때는 번호표를 받고 기다렸다는 풍문도 들린다.

세상은 참으로 대단하다. 그의 카페를 시작으로 허허벌판이던 미사리 전체가 라이브 카페촌으로 바뀌니 말이다. 그가 미사리 라이브 카페촌 건설의 산파인 것은 아무도 부정하지 않는다. 하지만 세상사 다 그렇듯이 요즈음 미사리를 찾는 사람들 중에 그가 미사리의 전설이라는 것을 아는 이는 많지 않다. 그러던 그가 재즈를 한다고 미사리에서 사라졌다.

라이브와 통기타와 재즈…… 의문스러울 수밖에 없다.

그러나 박진광이 들고 온 노래를 들으면 그가 왜 긴 시간 동안 외롭고 어려운 길을 걸어왔는지 알 수 있다. 그는 칼을 차고 전장에 나서는 무사와 같이, 사랑마저 인스턴트커피처럼 쉽게 마시고 버리는 세상에 무사도武士道와 같은 사랑을 '파도'에 담았다.

목숨이 다해야만 주군主君을 떠나는 무사와 같이 사랑하는 이를 지킨다는 약속. 그의 무사도와 같은 사랑 이야기가 바로 '파도'다.

읊조리던 것에서 벗어나 이제는 열변을 토하듯 노래하는 바리톤! 어찌 들으면 그것은 노래가 아니라 웅변이다. 피를 토하듯 외치는 절규다. 그러니 소름이 끼칠 수밖에 없다. 소름만 끼치는 것이 아니라 온몸이 떨려오며 깊은 감동으로 치닫는다.

사랑하는 이가 떠나지 말라고 말한다. 그러면 죽을 때까지 떠나지

않겠다고 약속한다. 잊지 말라고 말하면 그 약속을 꼭 지킬 것이라고
말한다. 무사도와 같은 사랑, 주군과 신하의 맹세와 같은 사랑이다.

그렇게 말하던 임이 죽어간다. 죽기 전에 어떤 징조인지 바람이 분
다. 그냥 바람이 아니라 '바람, 바람, 바람, 바람'이 불어온다. 구태여
폭풍이 불어온다고 말하지 않아도 된다. '바람, 바람, 바람, 바람'이 그
것을 충분히 나타내고도 남는다. 불길한 징조다. 그리고 임이 죽는다.
그냥 임이 아니다. '누가, 누가, 누가' 나를 떠나가는 것이다.

풀어서 말하면 아주 간단한데, 노랫말은 한 편의 시가 된다. 웅변이
되고 절규가 된다.

죽는 임은 이제는 못 볼 사람이다. 다시는 못 볼 사람이요, 죽어서도
볼 수 없는 사람이다. 그러니 그 임을 향한, 주군을 향한 무사의 심정
은 오로지 충성, 즉 파도가 되고 싶을 뿐이다. 언제나 그렇듯이 일정한

간격을 두고 육지로 몰아치는 바다의 물결, 육지가 뭐라고 하건 말건
묵묵히 육지를 향하는 물결, 그것이 파도다. 바로 임을 향한 마음이다.
2절을 보면 더욱 구체적이고 간절하다.

　무엇을 어떻게 해달라는 것일까. 그것은 중요하지 않다. 임이 해달
라는 것이면 무엇이든 분명히 그렇게 할 것이오. 인륜이나 도덕에 위
배된다 해도, 지켜서는 안 될 것이라 해도 임이 원한다면 울면서라도
지킬 것을 맹세한다. 비극이다. 그러나 그 안에는 분명한 다짐이 있다.
임을 향한 사랑이다. 그러기에 무사도와 같은 사랑이라 하는 것이다.

박진광의 '파도'를 듣는 순간 나는 온몸에 소름이 돋았다. 눈물마저 글썽였다. 내가 사랑하던 임이 죽은 적 없고, 내가 죽은 것도 아니다. 그런데 마치 내 임이 죽고, 임이 원하는 것을 내가 맹세하는 것과 같이 주먹이 쥐어졌다. 박진광이 그렇게 만들기 때문이다. 그렇게 해야 한다고 열변을 토하듯, 절규하듯 부르기 때문이다.

문밖에 울고 서 있는 여인아

음악을 듣다 보면 그 음률이 가슴속까지 파고들어 문득문득 전율을 느끼는 때가 있다. 더구나 그 음악이 가요일 경우, 노랫말이 가슴에 닿을 경우 멜로디와 어우러져 온몸이 전율에 휩싸인다.

그런 전율은 노래를 처음 들었을 때가 아니라 어느 순간 느닷없이 다가온다. 내가 전율을 느끼고 좋아하는 노래를 보면 오래전에 유행하여 한물갔다는 소리를 듣는 노래가 많다. 처음 듣는 순간 전율을 느끼는 경우도 있겠지만, 나는 분명 처음 듣는 것은 아닐 텐데 이상하게 마음이 움직이는 순간이 있다.

박강성이 부른 '문밖에 있는 그대'가 바로 그런 노래다. 작사자나 작곡자가 누구인지 전혀 알지 못한다. 얼마 전 노래방에 갔다가 한 친구가 부르는 그 노래를 들으며 온몸에 소름이 끼치는 것 같은 전율을 느꼈다. 그리고 인터넷을 뒤져 가사를 찾아보고, 음악 파일로 다시 들었다. 처음 전율을

박강성

느낄 때보다 진한 느낌을 받은 것은 물론이다.

내가 소설을 쓰는 사람이어서 그랬는지 모르지만, 노래를 들으며 머릿속에서는 한 편의 이야기가 자연스럽게 그려졌다. 그 이야기와 어우러져 노랫말이 새롭게 다가오고, 늘어지거나 높이 올라가는 멜로디까지 겹쳐지면서 눈물이 핑 돌았다.

두 남녀가 사랑을 했다. "노을처럼 피어나 가슴 태우던 사랑"을 했으니 둘의 사랑은 아주 뜨거웠던 모양이다. 그런데 오래전의 이야기란다. 그렇다면 지금은 사랑하지 않는다는 이야기다. 왜 그렇게 되었을까. 다음 소절을 보면 알 수 있다.

아, 여자가 떠나갔구나. 남자 가수가 부르는 노래니 떠난 사람이 여자라고 연상이 되었다. "모두 잊으라시며" 떠난 여자다. "마지막 눈길마저 외면하"며 떠났다. 독한 여자라는 생각이 든다. 말없이 떠났거나 미안하다는 말을 남긴 것이 아니라 모두 잊으라며 눈길마저 외면했으니 독한 여자라고 생각할 수 있다.

그렇게 떠나간 여자는 새로운 사람과 행복했을까. 전혀 아니다. 행복했다면 이야기가 안 된다. 불행했으니 이야기가 되고 노랫말이 되었을 것이다. 떠나간 여자는 남자에게 돌아온다. 그리고 다시 사랑하자고 말했을 것이다. 아니면 자기의 사랑을 받아줄 수 있겠느냐고 물었을 것이다.

초라한 모습으로 다시 돌아와

오늘은 거기서 울지만

그렇게 버려둔 내 마음속에

어떻게 사랑이 남아요

한번 떠난 사랑은 내 마음엔 없어요

추억도 내겐 없어요

남자의 절규가 시작된다. 눈길마저 외면하고 떠날 때는 언제고, "초라한 모습으로 돌아와" 문밖에서 울고 서 있는 것은 무엇인가. 눈길마저 외면한 여자라면 당당하게 멋지게 나타나야 할 것이 아닌가. 그런데 초라한 모습으로 다시 찾아온 것이다. 마음 약한 남자라면 초라한 모습에 그냥 안아주고 싶을 것이다. 그러나 노래 속의 남자는 단호하다. 나를 그렇게 버려두고 떠났으니 내 마음속에 사랑이 남아 있을 수 있겠느냐고 되묻는다.

그리고 이번에는 남자가 외면한다. "한번 떠난 사랑은 내 마음엔 없"다고 말이다. 어디 사랑뿐인가, '추억'조차 없다고 말한다. 지난 사랑이 얼마나 가슴 아렸으면 돌아온 여자에게 이토록 매몰차게 말할 수 있을까. 떠나간 사랑이 얼마나 미웠으면 이런 절규를 할까. 그러나 절규만으로 끝나지 않는다.

사랑을 다시 받아달라고 남자를 찾아와 문밖에 서 있는 여자. 그러나 문 안에 들이지 않는 남자. 그러니 '문밖에 있는 그대'라고 부른다. '당신'이나 '임'이라는 호칭이 아니다. 누군지 알 필요도 없다는 투로 그저 '문밖에 있는 그대' 다. 남자는 여자에게 "눈물을 거"두라고 한다. 그리고 나직이 덧붙인다. "가슴 아픈 사랑을 이제는 잊"으라고.

"그렇게 버려둔" 채 떠났으니 내 마음속에 "어떻게 사랑이 남아" 있겠느냐며, "한번 떠난 사랑은 내 마음엔 없"다고 한 남자. 사랑은 물론 추억조차 없다고 말하는 남자. 그러니 "이제는 잊어요"라고 할 수 있는 것이다. 매몰차게 사랑은 없다고 말했지만, 다른 한편으로 눈물을 거두고 잊으라고 속삭이는 것이다. 더욱 눈물 나게 만드는 대목이다.

불행한 것인지 몰라도 지금까지 살면서 한 여자를 사랑하다 그 여자가 나를 떠나버린 경험이 없다. 뒤집어서 내가 여자를 떠난 경험도 없다. 있다면 짝사랑뿐이었다. 그런데 이 노래를 듣는 순간, 나는 사랑을 버리고 떠났다가 불행해져서 돌아온 여자가 되고, 나를 버리고 떠난 여자가 다시 찾는 남자가 된다. 그리고 남자 혹은 여자의 입장에서 이 노래를 부르고 듣는다. 눈물이 나지 않을 수가 없다. 마치 내가 그랬던 것처럼 말이다. 절규하고 속삭이고, "그렇게 버려둔 내 마음속에 어떻게 사랑이 남아요"라며 따지듯이 묻는다. 사랑은커녕 추억조차 없다고 매몰차게 말한다. 그렇게 말하는 남자의 심정은 편했을까. 전혀 아닐 것이다. 오히려 피눈물이 나왔을 것이다. 그러기에 전율이 스며든다.

그 전율이 좋고, 그래서 박강성의 '문밖에 있는 그대'가 좋다.

헤어지며 알게 되는 사랑의 의미

이 세상에 사랑을 해보지 않은 사람이 있겠는가. 대부분 이별의 아픔
도 경험한다. 그러니 외국 노래뿐만 아니라 우리 가요에도 사랑 노래,
이별 노래가 참 많다. 당장 노래방에 가서 곡목 중 '사랑'이나 '이별'을
찾아보라. 한 페이지 혹은 그 이상 쭈~욱 사랑 노래와 이별 노래를 볼
수 있을 것이다. 사실 그 목록이라는 것이 가나다순으로 배열되다 보
니 앞부분이 사랑 혹은 이별로 시작하는 제목일 뿐이다. 제목 중간이
나 뒤에 사랑 혹은 이별이 붙은 노래까지 찾으면 노래방에 비치된 목
록집의 절반 이상을 차지할 것이다.

장철웅

대다수 사랑 노래는 아름답고 이별 노래는 슬
픈데, 간혹 사랑 노래가 슬프기도 하고 이별 노래
가 빠른 템포인 경우도 있다. 어디 그뿐인가. 사
랑과 이별이 혼합되어 사랑을 말하는지, 이별을
말하는지 모호한 노래도 있다.

각설하고, 근래에 참 좋은 노래를 들었다. 처음

354

듣는 순간 좋았다. 그냥 좋았다기보다 누가 내 마음을, 아니 내 삶을 이렇게 잘 알고 노래로 만들었을까 하는 착각이 들었다. 장철웅이 부른 '이룰 수 없는 사랑'이다.

> 텅 빈 세상인 것 같아, 그대가
> 나를 떠나던 날엔 눈물만 흘러
> 아무 말 없이 그냥 멍하니
> 시린 눈을 감아버렸어.
> 아픈 기억 서로 가슴에 안고
> 돌아서면 남이 되는 걸
> 우리 사랑이 이렇게 끝이 나는 걸

첫 소절부터 문학을 전공한 내 머리를 뒤흔든다. "텅 빈 세상인 것 같아, 그대가 / 나를 떠나던 날엔 눈물만 흘러 / 아무 말 없이 그냥 멍하니 / 시린 눈을 감아버렸어"라는 노랫말은 시에서 쓰이는 행갈이, 도치법을 유효적절하게 활용한 수작이다. 내용을 사실 그대로 옮기면 "그대가 나를 떠나던 날엔, 텅 빈 세상인 것 같아, 아무 말 없이 그냥 멍하니 눈물만 흘러 시린 눈을 감아버렸어"가 되어야 한다. 얼마나 밋밋하고 재미없는가. 문득 황진이의 시조가 생각난다.

> 어져 내 일이야 그릴 줄을 모르던가.
> 이시라 하더면 가랴마는, 제 구태여
> 보내고 그리는 정을 나도 몰라 하노라.

　중장의 '제 구태여'는 종장에 붙어야 할 내용이다. "있으라(혹은 떠나지 말라) 말했다면 (임이) 갔겠는가만은 내가 구태여 보내놓고 그리워하는 정을 나도 모르겠다"고 해야 할 것을 앞부분 '제 구태여'를 떼어 중장에 붙여놓았다. 마치 이 시조를 보는 것 같은 매력이 '이룰 수 없는 사랑'의 첫 소절에서 느껴졌다.

　사랑하는 사람과 헤어질 때 누군들 텅 빈 세상을 느끼지 않겠는가. 사랑하다 어떤 이유로 이별하는 경우나, 같이 살다가 헤어지는 경우도 마찬가지일 것이다. 그 사랑이 깊었다면 더더욱 그럴 것이다. 사랑하는 상대가 차지하던 비중이 크기에 그가 없는 세상은 '텅 빈' 세상이다. "아내가 없는 방은 넓어 보인다"는 시 구절이 생각나기도 한다.

　"아픈 기억 서로 가슴에 안고 / 돌아서면 남이 되는 걸 / 우리 사랑이 이렇게 끝이 나는 걸"에서 사랑이 끝나는 이유가 무엇인지 궁금하지만, '아픈 기억'이란 '헤어짐'일 것이다. 서로 사랑하다 혹은 결혼하여 살다가 원수가 되어 헤어진다면 이런 노래가 나올 수 없다. 두 사람이 함께하지 못할 불가항력인 이유가 있을 것이다. 그 이유는 다음 소절을 들으면 짐작할 수 있다.

　　　우리 만나지 말걸 그랬지
　　　그냥 모르는 채로 어디에선가
　　　너는 너대로 나는 나대로
　　　마음 편히 살걸 그랬지
　　　이름 석 자 서로 가슴에 안고
　　　미워하며 살아간다면
　　　우리 차라리 만나지 말걸 그랬어

"우리 만나지 말걸 그랬지"가 그 이유다. 사랑하지만 사랑하면 안 되는 이유, 함께 살 수 없는 이유가 바로 그것이다. 함께 사랑한다면, 함께 산다면 그렇게 할수록 점점 미워하고 결국 원수가 될 이유, 그러니 "차라리 만나지 말걸 그랬어"라고 하는 것이다.

하기야 우리는 운명적인 이유로 헤어져야 하는 경우를 종종 볼 수 있다. 만나지 않았다면 서로 마음에 상처를 주지도, 받지도 않았을 운명. 그러니 "너는 너대로 나는 나대로 마음 편히 살걸 그랬지"가 되는 것이다. 이제 헤어진 뒤 어떻게 하자는 말이 나온다. 그래서 둘의 사랑이, 이별이 더욱 아름다워진다.

> 우리 돌아보지 말고 살아요
> 서로 보고파질 땐 눈을 감아요
> 나의 가슴엔 당신 사랑이
> 눈물처럼 빛날 거예요
> 이룰 수 없는 사랑이라고
> 아픔만은 아닐 거예요
> 우리 서로를 기도하며 살기로 해요
> 기도하며 살기로 해요

돌아보지 말고 살자는 말은 서로 만나 사랑하던 추억을 잊자는 말이지, 사랑 그 자체를 잊자는 것은 아니다. 이별한 이유를 자꾸 반추하다 보면 미워질 것이 아닌가. 그러니 사랑하던 것까지 잊고 서로 행복하기를 빌면서 살자는 것이다.

사랑하기에 헤어진다는 말이 있다. 그 말이 바로 여기에 해당한다.

헤어질 수밖에 없는 운명, 서로 만나 사랑했지만 결국 이별해야 하는 운명…… 그러나 그 사랑이 아픔만은 아닐 것이다. 비록 이루지는 못했지만, 결코 아픔만은 아닐 것이다. 그러니 "나의 가슴엔 당신의 사랑이 눈물처럼 빛날 거예요"라고 노래한다.

'이룰 수 없는 사랑'이 있을까. 나는 1999년에 발표한 장편소설 《흐르는 강물처럼》에서 이런 물음을 제기했다. "성공한 사랑은 무엇이고 실패한 사랑은 무엇인가. 그 성공과 실패의 기준이 무엇인가. 흔히 결혼했을 경우 성공했다고 하는데, 그렇게 결혼해서 이혼하는 것은 무엇인가. 사랑에 성공과 실패란 있을 수 없다. 혼자 한 짝사랑이건 둘이 함께한 사랑이건 일단 사랑을 했다면 그 자체로 사랑은 아름다운 것이고 성공한 것이 된다."

이렇게 말했으면서도 이 노래가 가슴에 와 닿는 것은 무엇일까. 무엇을 이루고 무엇을 이루지 못했다는 데는 관심이 없다. 사랑을 이룬다는 것은 결국 둘이 꾸준히 사랑을 이어가는 것이 아닐까. 사랑에 완성이 있겠는가만, 함께 꾸준히 사랑하며 산다면 그것이 바로 '이룰 수' 있는 사랑이 아닐까.

사실 이 노래 '이룰 수 없는 사랑'은 다른 제목이 있다. '이연離緣'이다. 요즘 세대의 흔한 'one-night stand'와 같은 사랑이 아니다. 결코 단순한 헤어짐이 아니다. 영어로 표현하면 'the dissolution of marriage', 즉 이혼離婚을 의미한다. 결혼하여 함께 살던 여자, 헤어지는 아내를 향한 노래. 그러니 더욱 애절할 수밖에 없다. 사유야 어떻든, 이혼하고 싶지 않지만 이혼할 수밖에 없는 운명인 두 사람, 그리고 그 여자를 향한 남자의 노래다.

358

하기야 결혼이건, 결혼을 앞둔 상태건, 사랑하다 헤어지는 것은 아
프다. 이 세상에 태어나 세 여자를 진심으로 사랑했다. 첫 여자에게는
사랑한다는 고백조차 못 한 짝사랑이었고, 그 후에 만난 두 여자는 함
께한 기간이 길고 짧은 차이가 있지만 결국 헤어졌다. 더구나 내가 원
했거나 그녀가 미워져서가 아니라 그녀가 원해서 헤어졌다.

글로는 편하게 쓰면서도 헤어진 사랑을 생각하면 눈물이 난다. 언제
쯤 완전히 잊을 수 있을까. 노랫말처럼 나는 언제쯤 돌아보지 않고, 언
제쯤 편안한 마음으로 기도하며 살 수 있을까. 이런 푸념을 하는 것을
보면 나는 아직도 그 사랑에서 헤어나지 못하고 있는지 모른다. 그런
아픔이 있기에 이 노래가 더 가슴에 와 닿는다.

가신 임을 위한 참회의 노래

어느 문학비평가가 문학작품의 형식과 내용이 잘 맞을 경우 '잘 빚어진 항아리'라 했다. 물론 형식적 완성도를 나타낸 말이다. 잘 빚어진 항아리, 눈앞에 그 형식적 완성미가 그려지는 아주 적절한 표현이다. 문학을 강의하다가 내용과 형식의 관계를 설명할 때 즐겨 인용하는 표현이다.

이 표현을 설명하고 학생들에게 가요 두 곡을 들려준다. 두 곡 중에서 내용과 형식이 잘 어우러진 것을 말해보라는 것이다. 가요에서 내용은 노랫말에 나타나고, 형식은 멜로디에 나타난다. 임희숙의 '내 하나의 사람은 가고'는 내용과 형식이 잘 어우러진 대표적인 곡이다.

가수 임희숙. 1970년 '진정 난 몰랐네'로 최고 가수의 반열에 올랐고, 라디오드라마 주제곡을 많이 불러 한창 인기를 누렸지만, 이혼과 대마초 파동, 자살 시도 등 그녀의 삶에는 우여곡절이 많았다. 인기 절정이던 1970년대 초, 임희숙은 가요계 정화 운동이라는 이름 아래 '대

360

마초 가수'라는 낙인이 찍혔다. 거기에 디스크
수술까지 겹치며 잠시 가요계를 떠나야 했다.

1980년대 신군부에 의해 해금되기는 했지
만, 재기에 성공한 것은 1985년이다. 그때 들
고 나온 노래가 '내 하나의 사람은 가고'다. 평
소 임희숙과 친분이 있던 작사자 지명길이 곡

임희숙

을 들고 그녀를 찾아갔다. 이 곡을 작사·작곡한 사람은 시인이자 노래
운동가로, '제2의 김민기'라 불리는 백창우. 임희숙은 노랫말 중에 "삶
의 무게여"라는 부분이 마음에 와 닿았다고 한다. 자신의 인생 역정을
나타낸 단어라서 그랬을까.

서적 외판원으로 고단하게 살던 27세 청년 백창우. 시인의 고단한
삶과 가수 임희숙의 아픈 과거가 호소력 짙은 그녀의 목소리와 어우러
지면서 '한국의 티나 터너'로 거듭나는 계기가 되었다. 임희숙이 인생
의 길고 어두운 터널을 비로소 빠져나온 것이다. 노랫말을 보면 한 편
의 시라고 해도 손색이 없다. 아니 한 편의 시다.

> 너를 보내는 들판엔 마른 바람이 슬프고
> 내가 돌아선 하늘엔 살빛 낮달이 슬퍼라

남자와 여자가 사랑을 했다. 어떤 과정이 있었는지 모르나 남자가
먼저 죽은 모양이다(부른 사람이 여자니 남자가 죽은 것으로 들린다). 죽은
이를 보내는 들판에 "마른 바람이 슬프"단다. 마른 바람이라…… 바람
이 말랐다니, 노래하는 이의 마음이 그랬을 것이다. 그러니 시다.

두 행은 대구를 이룬다. "너를 보내는 들판"과 "내가 돌아선 하늘"이

그렇다. "마른 바람"이 슬픈데 하늘의 "살빛 낮달"도 슬프다. 살빛 낮
달, 이런 표현을 어찌 시라고 하지 않겠는가. 낮달의 색깔을 어떻게 살
빛이라 했을까. 시인의 감수성이 아니고는 얻지 못할 표현이다.

오래토록 잊었던 눈물이 솟고
등이 휠 것 같은 삶의 무게여

그동안 눈물을 보이지 않은 모양이다. 그러니 "오래토록 잊었던 눈
물"이고, 가신 임 앞에 마구 솟았을 것이다. 눈물만 솟았겠는가. 이제
혼자 어찌 사나, 아니면 그대 없이 어찌 견디나 하는 "등이 휠 것 같은
삶의 무게"를 느꼈을 테고, 어렵게 살아온 임의 삶의 무게까지 느낄 것
이다. "등이 휠 것 같은 삶"도 좋지만, "삶의 무게"라는 표현에서는 그
만 아~! 하는 탄성이 나온다. 시이기에 그렇다.

가거라 사람아 세월을 따라
모두가 걸어가는 쓸쓸한 그 길로

멜로디는 절정으로 치닫는다. 그래 가버린 사람, 가거라, 하고 외친
다. 보내고 싶었겠는가. 결코 그렇지 않았을 것이다. 그러나 가버린 사
람, 그냥 털어내듯이 아니면 자책하듯이 외친다. 가거라, 세월을 따라
가거라. 임이 가는 길은 "모두가 걸어가는 (언젠가는 가야 할) 쓸쓸한"
길이다. 이 대목에서 참았던 눈물이 난다. 마치 내가 사랑하던 임이 먼
저 가버린 양 뭉클해진다. 2절에서 구체적인 모습이 떠오른다.

이젠 그 누가 있어 이 외로움 견디며 살까
이젠 그 누가 있어 이 가슴 지키며 살까

반복되지만 결국 같은 말이다. 임이 가버리고 말았으니 이제는 혼자다. 그러니 무슨 즐거움이 있겠는가. 임이 없으니 외로울 것이요, 임이 없으니 지킬 가슴도 없다. 이제 어떻게 살아야 하나. 그 해답은 다음 소절에 나온다.

아 저 하늘에 구름이나 될까
너 있는 그 먼 땅을 찾아 나설까

흘러가는 구름이 될까, 아니면 임이 가신 그 먼 땅에 같이 갈까. 부부의 연을 맺어 오래 함께 살다가 한쪽이 먼저 죽었을 때 곧바로 뒤따라가는 부부 이야기를 들어본 적이 있을 것이다. 그러나 그게 어디 쉬운 일인가. 쉬운 일이 아니기에 노랫말로 들어도 전율이 온다. 얼마나 사랑했으면, 얼마나 그리웠으면 죽음의 길로 따라가겠는가.

사람아 사람아 내 하나의 사람아
이 늦은 참회를 너는 아는지

이 부분이 참 마음에 든다. 쉽게 하자면 그저 '사랑아, 사랑아, 내 하나의 사랑아'라고 했을 텐데, 여기에서는 사랑이 아니라 사람이다. 그만큼 구체적이다. 구체적으로 사람을 부르며 사실은 사랑을 목 놓아 부르는 것이다.

살아 있을 때, 함께 있을 때 잘해줄 것을…… 그러지 못했기에 '참회'라 하지 않았을까. 아니면 여자가 큰 잘못을 해서 그것이 빌미가 되어 이러저러한 사연이 겹치며 임이 죽은 것은 아닐까. 참회의 구체적 내용은 작사자만 알겠지만, 노랫말 전체적인 분위기로 느끼기에는 그리 커다란 잘못도 아닐 것이다. 그러나 사랑했기에, 참으로 사랑했기에 함께 가지 못하고 먼저 보내는 마음을 그저 '잘못'이나 '후회'라는 일반적인 표현 대신 참회라 하지 않았을까.

앞에서 내용과 형식의 조화를 이야기했는데, '내 하나의 사람은 가고'는 그런 면에서 잘 빚어진 항아리다. 멜로디를 들어보라. 노랫말과 어우러져 가슴 아픈 이야기를 만들어내고 있다. 노랫말이 그렇고, 그것을 받쳐주는 멜로디 또한 그렇다.

먼저 간 임이 없으면서도 내가 마치 임을 떠나 보낸 양, 참회하는 자세로 임을 그리는 양 나는 이 노래에 감정이입이 되어 전율을 느낀다. 노래를 만든 백창우의 힘이요, 노래를 부른 임희숙의 목소리 덕이다.

우리 가요, 그래서 참 좋다.

일어나! 한 번 더 부딪쳐보는 거야

직업이 직업인지라, 그리고 전공이 전공인지라 영어로 된 가수 이름이나 우리 가요를 보면 짜증이 난다. 아무리 생각해도 우리나라 사람이 만들고, 우리나라 가수가 부르고, 우리나라 사람 들으라고 부르는 노래가 영어로 되어 있다는 것이 이해가 안 된다. 글로벌 시대라지만 우리 것은 우리가 지켜야 하지 않겠는가. 요즘은 가수 이름부터 가요 제목, 게다가 노랫말까지 영어투성이다. 정말 어쩌자고 이러는지 알다가도 모를 일이다. 행여 영어로 노래를 부르면서 우리의 혼까지 영어 식으로 바뀌는 것은 아닌지 걱정이 된다.

얼마 전에 노래방에서 참 좋은 노래를 만났다. 그런데 제목이 영어로 된 노래다. 나이 50이 넘은 우리 또래는 영어로 제목이 붙은 가요를 즐겨 부르지 않는다. 제목이 영어로 되어 있거나 노랫말에 영어가 나오는 가요는 대부분 10대 취향이기 때문이다.

윤태규

다른 사람이 부르는 것을 듣다가 노랫말이 귀에 들어왔고, 멜로디까지 흥겨우니 참 좋다는 느낌을 받았는데 알고 보니 제목이 영어로 되어 있었다. 사실 좀 실망했다. 이렇게 좋은 노래에 왜 영어로 제목을 붙였을까, 심술이 났다.

윤태규가 부른 'My Way'다. 우리 세대 사람들은 'My Way'라면 프랭크 시나트라를 떠올릴 것이다. 나 역시 그랬다. 제목이 잘못된 것 아닌가, 프랭크 시나트라 곡을 번안한 것인가 생각했다. 그런데 프랭크 시나트라 곡과는 딴판이다. 전혀 다른 멜로디에 노랫말까지 가슴에 와 닿았다.

'My Way'를 듣기 전에 윤태규라는 가수가 있는지조차 몰랐고, 그가 누구인지, 이 노래의 작사자와 작곡자는 누구인지 아무것도 몰랐다. 하기야 그런 것을 모르기는 지금도 마찬가지다. 그런 것을 알아야 노래를 감상하고 따라 부르고 즐기는 것은 아니기에 아직도 나는 그저 이 노래가 좋을 뿐, 가수가 누구인지, 작사자와 작곡자가 누구인지, 언제 나온 노래인지도 모른다.

윤태규의 'My Way'. 제목이 영어로 되어 있다는 것 말고는 그냥 좋다. 마치 나 자신의 이야기를 하는 것 같은 느낌이어서 그랬을까. 처음 듣는 순간 노랫말이 전해주는 내용이 가슴에 와 닿았다고 할까.

아주 멀리 왔다고 생각했는데 돌아다볼 곳 없어
정말 높이 올랐다 느꼈었는데 내려다볼 곳 없네
처음에는 나에게도 두려움 없었지만
어느새 겁 많은 놈으로 변해 있었어

40~50대는 아마 비슷한 생각을 할 것이다. 현재 자신의 위치, 가정적이건 사회적이건, 정신적이건 물질적이건 아주 열심히 살아왔다고 자부하는데, 어느 순간 돌아보면 왠지 초라하고 허전하기 그지없다. 내가 이룬 것은 무엇이고, 그동안 열심히 일해서 무엇을 쌓았는지 허전할 때가 있다.

남들은 부러워한다지만, 자신을 돌아볼 때 마음 뿌듯한 사람이 얼마나 있을까. 누구나 한번쯤 이런 생각을 할 것이다. 멀리 온 것 같은데 그저 주변에 맴돌고 있었거나, 높이 올랐다고 생각했지만 아직 올라가야 할 높은 곳이 눈앞에 있다.

누구나 한번쯤은 넘어질 수 있어
이제 와 주저앉아 있을 수는 없어
내가 가야 하는 이 길에 지쳐 쓰러지는 날까지
일어나 한 번 더 부딪쳐보는 거야

그러다 한번쯤 주저앉은 경우도 있을 것이다. 인생살이가 순탄치만은 않으니까. 오르막이 있으면 내리막도 있는 것이 우리네 삶이 아닌가. 그렇다고 주저앉아 있을 수는 없다. 힘들다고 주저앉아 있을 게 아니라 나 자신을 위하여, 아내를 위하여, 자식들을 위하여 또다시 일어나야 한다.

그래, 주저앉아 있을 수만은 없다. 다시 일어나 도전하는 것이 우리가 가야 할 길이다. 아주 단순하면서도 간단한 노랫말 속에 나 자신의 이야기가 숨어 있고, 해석하기에 따라 우리네 인생을 그대로 표현한 것이 마음에 든다.

　1997년 IMF 영향이었을까. 이 노래가 나온 때를 정확하게 모르지만 듣자 하니 2000년대에 많이 불렸고, 우리 같은 중년층에게 많은 사랑을 받는단다. 이제 2절이다.

　눈앞에 커다란 장벽을 맞닥뜨렸을 때 누구나 그런 생각을 할 것이다. '포기해?' '그만둘까?' '그냥 확 사표 쓰고 나가?' 그런다고 일이 달라지는 것은 아니다. 주어진 나의 몫이니 어찌 되었건 나 스스로 넘어야 할 장애물이요, 산이다.

　젊은 시절, 정말 겁 없이 달려들지 않았는가. 그러나 결혼하여 애 낳고, 자식들 커가면서 어깨가 무거워질 때, 그저 무겁다고 내려놓을 수는 없지 않은가. 그러니 젊은 시절의 도전 정신은 사라지고, 눈치나 보면서 조심조심 살아가려 한다. 우리네 인생이다. 그러니 "어느새 겁 많은 놈으로 변해 있"다고 하지 않는가.

반복되는 노랫말이지만, 몇 번을 들어도 당연한 말이다. 40 혹은 50을 넘기면서 한번쯤 넘어지지 않은 사람이 있겠는가. 순탄하게 승승장구한 것처럼 보일지 몰라도 본인들은 그만큼 가슴앓이하며 지냈을 것이다. 나름대로 힘겨웠을 것이다. 그러니 모두 마찬가지다.

그렇다고 주저앉아서는 안 된다. 아내가, 아이들이 쳐다보고 있다. 다시 일어나 또 부딪쳐야 한다. 부딪치고 헤쳐나가야 한다. 2절이 끝났지만 노래는 다시 반복된다.

처음에는 나에게도 두려움 없었지만
어느새 겁 많은 놈으로 변해 있었어
누구나 한번쯤은 넘어질 수 있어
이제 와 주저앉아 있을 수는 없어
내가 가야 하는 이 길에 지쳐 쓰러지는 날까지
일어나 한 번 더 부딪쳐보는 거야

아주 단순한 노랫말인데 그 안에 진실이 담겨 있다. 나의 삶이 담겨 있다. 그러니 어찌 좋아하지 않겠는가. 부르기도 아주 쉽다. 멜로디도 흥겹다. 의미심장한 노랫말이지만, 멜로디는 발을 구르고 몸을 흔들며 따라 부르기 쉽다. 그래서 이 노래가 나오면 진지해져야 하는데, 오히려 어깨를 들썩이며 손뼉을 치고 따라 부른다.

그렇게 따라 부르면서도 불만이다. 직업병이다. 왜 'My Way'라고 했을까. 꼭 영어로 해야 했을까. '일어나' '내가 가야 하는 길' 정도로 제목을 붙였으면 어땠을까. 게다가 이 노래는 10대가 부르는 것이 아니란다. 중년을 위한 노래에 왜 영어로 제목을 붙였을까. 노래를 좋아하면서도, 즐겁게 부르면서도 불만이다.

노랫말의 반복은 계속된다. 그러니 노래방에서 이 노래를 부를 때는 적당한 곳에서 취소를 누르는 것이 좋다. 술 한 잔 걸치고 부르면 후렴구 반주가 계속되어 끝까지 따라 하지 못하는 경우도 있다.

윤태규의 'My Way'. 제목이 마음에 들지는 않지만, 노래방에 가면 한번쯤 번호를 찾아본다. 그리고 생각한다. 그래, 일어나! 한 번 더 부딪쳐보는 거야!

왜 이제야 내게 온 거니?

늦었다고 생각될 때가 가장 이른 시간이라는 말이 있다. 미국의 대통령 존 F. 케네디의 연설에 나온 문구로 유명한데, 늦었다는 핑계로 일을 포기하지 말고 지금이라도 시도하는 것이 최선임을 강조한 말이다. 어떤 일에 도전하는 데 빠르고 늦은 것을 생각지 말고 우선 시도해야 한다는 뜻을 잘 표현한 말이다.

그러나 이 말이 어느 경우에나 적용되는 것은 아니다. 특히 남녀의 사랑이라면 늦었다고 생각되는 순간, 이미 늦은 것이다. 사랑하는 마음이야 늦으면 어떻고 빠르면 어떻겠는가. 사랑하는 마음 그 자체로 사랑이 아닌가. 그러나 세속적인, 아니 통상적인 사랑을 말할 때 남의 여자(혹은 남자)가 된 다음에는 큰 의미가 없다. 둘이 결혼하여 임자가 정해진 뒤 상대에게 마음을 건네봐야 돌아올 것이 뻔하기 때문이다.

그래서일까. 이루지 못할 사랑이 여러 가지

김도향

있겠지만, 그중에서도 임자가 정해진 뒤 사랑하는 경우는 참으로 안타깝다. 사랑하는 마음이 생겼는데, 그 사랑을 표현했는데, 알고 보니 기혼자다. 그런 이야기를 들으면 뭐라 위로해야 할지 망설여진다.

근래 들은 김도향의 '목이 멘다'가 딱 그런 기분이다. 그러면서도 애절한 사랑의 마음이 가슴에 와 닿는다. 김도향이 1945년생이니 환갑을 훌쩍 넘긴 나이다. 그런 그가, 한동안 명상 음악가로 활동한 그가, 통속적인 사랑 노래를 불렀다. 그것도 이룰 수 없는 사랑, 남의 여자가 된 여인에 대한 사랑 노래다. 제목도 '목이 멘다'이다.

> 밀어내고 싶은데 버려내고 싶은데
> 너를 바라보면 너만 생각하면 목이 멘다

이루지 못할 사랑인 것을 알고 있으니 떨쳐버리고 싶었을 게다. 그러니 밀어내고 싶다, 버려내고 싶다 하겠지. 버려내고 싶다고? 참 오랜만에 듣는 아름다운 우리말이다. 버려내다, 쉽게 말하면 칼로 싹 오려내고 싶다는 말이다. "예 섰던 그 큰 소나무 버혀지고 없구료"란 노랫말이 생각난다. '버히다'를 요즘은 '(칼로) 베다'라고 한다.

가슴속에서 혹은 머릿속에서 밀어내고 칼로 오려내고 싶다. 사랑해서는 안 될 사람, 자꾸 만나자고 채근해서는 안 될 사람이기 때문이다. 결혼하여 남의 여자가 된 여자를 사랑하니 어찌 그렇지 않겠는가. 그러니 너만 바라보면, 너만 생각하면 목이 멜 수밖에 없다.

> 우린 연이 아닌데 우린 여기까진데
> 너무 잘 알면서 쉽지가 않아서 가슴 무너진다

인연이 아니라는 것을 잘 안다. 그것을 알면서도 사랑한 모양이다. 그러나 여기까지다. 더 나아가서는 안 된다. 더 나아갔다가는 불륜이요, 남의 손가락질은 둘째치고 한 가정이 파괴된다. 그것을 잘 알기에 가슴이 무너진다. 그러면서도 포기하기가, 잊기가 쉽지 않다. 그러니 더욱 가슴이 무너진다.

여자도 사랑한 모양이다. 하기야 결혼한 여자라고 다른 남자를 사랑하지 말란 법이 없다. 세태가 변해서 그런지 결혼한 사람들도 "요즘 애인 하나 없는 사람이 어디 있니?"라고 한다. 그러나 대다수 사람들이 가정을 깨고 싶지는 않다. 한때 남편을 속이고, 아내를 속이고 다른 사람을 사랑했다고 하더라도 그것은 연애 감정이지 현실이 아님을 잘 안다. 그러니 사랑은 하되 가정을 깨지는 않겠다고 말하는 것이다.

그것을 잘 아는 사람들이니 인연이 아니라고, 여기까지라고 하지 않겠는가. 그러나 사랑하는 마음이 어디 마음먹은 대로 쉽게 되는가. 잊어야 한다고, 더는 안 된다고 생각하면서도 그리운 것이 사랑 아닌가. 그런 것을 알고 있으니, 잊기가 쉽지 않으니 정말 가슴이 무너질 게다.

자꾸 화내게 된다 안 되는 걸 알면서

네 모습 속에서 그의 흔적 지우고 싶다

사랑하면 관심이 있다는 것이고, 그것이 지나치다 보면 짜증을 내고 화내기도 한다. 왜 전화 안 받아? 뭐가 그렇게 바빠? 그거 내일 하면 안 돼? 어디 갔다 왔어? 짜증이 나중에는 화를 불러일으키고, 급기야 싸움이 된다. 임자 있는 여자(혹은 남자)를 몰래 사랑한다면 상대를 배려해야 할 것이다. 남편(혹은 아내)과 관련된, 즉 가정 문제는 최우선적으로 배려해야 한다. 그런데 그것이 어디 말처럼 쉬운가.

사랑하면 눈이 멀고, 눈이 멀면 상대가 기혼자라는 것을 잊는다. 나만 생각해주기를 바란다. 상대가 그러지 못하니 짜증이 나고 화가 난다. 화내서는 안 되는 줄 알면서, 상대를 배려해야 한다는 것을 알면서도 화를 낸다.

이유가 분명하다. 그 여자의 모습에서 남편의 흔적을 지우고 싶기 때문이다. 반대의 경우도 마찬가지다. 그 남자의 모습에서 아내의 흔적을 지우고 싶다. 온전히 자기 것으로 만들고 싶다. 그것이 쉽지 않기에 목이 멘다. 기타 연주와 함께 시작한 노래는 잔잔하게 이어지다가 절규마냥 소리를 지른다.

사랑한다고 외치고 싶지만 그 말을 못 한다. 사랑해서는 안 될 사람이기에 그렇다. 그러니 숨 넘기듯 혼잣말로 삼킬 수밖에. 너를 갖고 싶다고 말하고 싶지만 그렇게 하면 안 된다. 안 되는 것을 알기에 또 혼자 소리칠 수밖에 없다.

'사랑한다'가 두 번 반복된다. 그만큼 간절한 것이다. 그러나 그 말을 하지 못하고 삼켜버렸다. 그러니 끝내, 영원히 말을 못 한다. 널 갖고 싶다는 말을 입 밖에 내지 못하고 혼잣말로 소리치는 것이다. 2절로 넘어가면 더 구체적인 안타까움이 나타난다.

인연이 아니라는 것을 알기에 가슴 무너지지만, 안 되는 줄 알면서도 자꾸 안고 싶어진다. 사랑하면 손을 잡고 품는 것이 순서가 아닌가. 그런데 그 이상 나아가지 못한다. 자꾸 안고 싶지만 그것은 안 되는 일이다. 안 되는 줄 알면서도 자꾸 안고 싶고, 한걸음에 달려가 꼭 안고 싶다. 그만큼 간절하다. 그러나 어쩌랴, 인연이 아니라는 것을 서로 알고 있음에야.

'안고 싶다'는 것은 포옹하고 싶다는 것을 의미하기도 하지만, 남녀 간의 성적 결합을 의미하기도 한다. 그렇게 생각하면 노랫말 속 남녀는 심각한 관계다. 여기에서 심각하다는 것은 흔히 말하는 불륜을 넘어 둘의 관계가 진지한 사랑이라는 것을 의미한다. 인연이 아니라는 것을 알면서, 여기까지라는 것을 알면서, 그런데도 가슴 무너지고 안고 싶고 그것도 한걸음에 달려가 안고 싶다니 보통 심각한 관계가 아니다. 아, 어쩌랴. 두 사람의 사랑을……

후렴구마냥 반복되는 말은 사랑한다는 말 못 하고, 널 갖고 싶다는
말 못 하고 혼잣말로 소리치며 끙끙 앓는 모습이다. 이제 구체적인 바
람이 나온다.

마음속에서 머릿속에서 밀어내고 칼로 오려내어 그녀(혹은 그)를 남
편(혹은 아내)에게 돌려보내고 싶지만, 둘이 행복하기를 바라지만, 나
는 둘이 행복하기를 바라는 사람이지만, 한편으로는 그 옆자리에 내가
서 있다면 얼마나 좋을까 생각하는 것이다. 그러니 땅을 치고 한탄한
다. 내가 네 남편보다 먼저 너를 만났어야 했는데…… 혹은 내가 네 아
내보다 먼저 당신을 만났어야 했는데…… 그런 한탄이 원망으로 바뀐
다. 왜 이제야 내 앞에 나타난 거니? 결혼하기 전에, 그 남자(혹은 그 여
자)를 만나기 전에 나를 먼저 만났어야지.

결혼한 여자(혹은 남자), 그녀가 결혼하기 전에 나를 만났다면 내가
지금 옆자리에 있을 텐데, 내가 먼저 만났다면 내가 너의 남편(혹은 아
내)이 되어 둘이 알콩달콩 살 텐데…… 왜 이렇게 늦게 나를 만난 거
니? 그런 한탄이요 원망이다. 그러나 노랫말 속의 남자는 행동으로 옮
기지 않고 머릿속으로 생각할 뿐이다.

376

사랑한다는 말 못 하고, 널 갖고 싶다는 말도 못 하고, 그저 혼자 생각으로 욕심내는 것이다. 내 여자이기를, 내 사랑이 되기를……. 그러니 목이 멜 수밖에 없다. 결혼한 여자를 사랑하는 남자, 결혼한 남자를 사랑하는 여자. 그 마음을 이해할 것 같다.

연전에 소설을 쓰면서 사랑한다고 꼭 결혼해서 살아야 하는가, 라는 의문을 품은 적이 있다. 사랑에 성공과 실패란 있을 수 없으며, 사랑했다면 그 마음이 생긴 것으로 이미 성공한 사랑이라고 썼다. 그러나 글은 글이요, 현실은 현실이다. 사랑했으니 손잡고 싶고, 입 맞추고 싶고, 안고 싶은 것이 아닌가.

사랑하면서도 그렇게 할 수 없으니 미치고 환장할 노릇이 아닌가. 그렇게 해서는 안 된다는 것을 잘 알 때 더 안타까울 것이다. "내 여자이기를- 우우- 내 사랑이 되기를-" 욕심내는 사람. 그것도 상대가 어찌 생각하건 혼자서, 머릿속으로, 마음속으로 그런 욕심을 내보는 사람. 정말 안타깝기 그지없다.

김도향의 목소리 때문이기도 하지만, 그런 안타까움을 느낄 수 있어서 '목이 멘다'가 좋다.

신세대의 이별법

흔히 1990년대 이후 가수가 사라졌다고 한다. 노래하는 것이 본업인 가수가 사라졌다는 말은 그만큼 대중가요에서 노래보다 율동과 그에 따른 '콘셉트', 즉 이미지 전달이 강조된다는 뜻이다. 그러니 가요계를 휩쓸고 한류 열풍을 불러온 '아이돌 스타'들에게 가수로서 요건을 요구한다는 것은 터무니없는 일이다. 그들은 가수가 아니라 '엔터테이너'이기 때문이다.

그러다 보니 그들이 부르는 노래에 내용이 없고 율동과 이미지만 있다고 말한다. 그럴까. 꼭 그렇지는 않다. 비록 노랫말보다 의상과 율동, 이미지가 강조된다고 해도 그들이 부르는 노래에 전하고자 하는 메시지(그들의 정신세계와 의식 수준을 보여주는 내용)가 멜로디와 멋들어지게 어우러지기 때문이다.

대중가요의 원천이라 할 사랑과 이별을 노래하는 그들의 목소리는 이전 세대의 그것과 전혀 다르다. 사랑의 고백도 단도직입이지만 이별 또한 울고 짜는 서러운 것이 아니다. 아주 산뜻하게, 어쩌면 매몰차게 이별을 고한다. 이별의 슬픔을 노래하는 것이 아니라 뒷정리를 깔끔하게 한다는 내용이다.

소녀시대의 '훗Hoot'을 들어보자. 아홉 명이나 되는 소녀들이 섹시한 의상을 입고 율동과 함께 부르는 노래는 (듣는 이보다) 보는 이들의 말초신경을 자극하며 뇌리에 파고든다. 자신도 모르게 흥얼거리고 그들의 율동을 따라 하게 만드는 것이 아이돌 스타의 매력이다. 노랫말 속 상황은 명백하다. 남녀가 사랑했을 것이다. 그런데 남자가 다른 여자를 바라본다. 온갖 변명을 하지만 여자는 이제 속지 않는다. 두 번 기회를 줬는데도 남자가 계속 다른 여자를 쳐다보니 헤어지는 것이다.

눈 깜빡할 사이 넌 또 Check it Out!
지나가는 여자들 그만 좀 봐
아닌 척 못 들은 척 가시 박힌 코웃음. 이상해 다 다 다

우리나라 가수가 부르고 우리나라 사람들이 듣는 노래인데 영어가 섞여 있다. 문제는 이런 외국어 남용이 자라나는 세대에게 국어에 대한 의식을 흐리게 할 수 있다는 것이다. 그나마 다행인 것은 영어로 된 부분이 후렴구 정도에 지나지 않는다는 사실이다.

여기에서 'Check it Out!'이란 '저기 좀 봐' '이것 좀 봐!'라는 말이다. 흥미롭거나 멋진 뭔가를 발견하고는 상대방에게 한번 보라고, 확인해보라는 의미로 하는 말이다. 그렇다고 해도 꼭 영어를 써야 하느냐, 하는 것은 이 글에서 논외로 한다.

풀어보면 이렇다. "지나가는 여자들 그만 좀 보라고 내가 그렇게 말했는데 너는 아닌 척 못 들은 척한다. 그리고는 가시 박힌 코웃음까지

친다. 아무튼 너는 이상한 남자다. 주의를 줬는데도 눈 깜빡할 사이에
지나가는 여자를 또 쳐다보고…… 봐, 지금 쳐다보고 있잖아!"

이런 일이 반복되면 여자는 상처를 받는다. 게다가 남자가 여자를
대하는 것이 불친절하고 말투까지 무뚝뚝하니 너무 아프다고 말할 수
밖에 없다. 그런 상황에 익숙해지는 것이 싫다. 속상하다. 그리고 다시
소리친다. 난 여기 있는데 어딜 쳐다보냐고.

사랑하는 사이에 남자가 한눈을 판다면, 게다가 그런 일이 반복된다
면 당연히 여자는 마음의 문을 닫고 만다. 마음이 갑옷을 입는 것이다.
그리고 맞서주겠다고 다짐한다. 남자의 마음을 어떻게든 돌려보겠다
는 것이 아니다. '나를 버리고 어디로 가니, 나를 버리고 가면 발병 난
다'는 게 아니다. '갈 테면 가라, 나도 맞서줄게'라고 다짐하는 것이다.
그러니 남자가 쏜 큐피드의 화살은 여자를 노렸지만, 남자는 열심히
쏘지만 여자는 잘도 피한다. 아니 마음에 갑옷을 입었으니 화살을 맞
아도 마음을 뚫지 못한다. 남자를 향한 여자의 열정은 식었다.

380

문제는 이번이 처음이 아니라는 사실이다. 여자는 한눈파는 남자에게 기회를 줬다. 남자가 독이 밴 말을 하여 상처를 받았지만, 그래도 여자에게 돌아와 사랑할 기회를 주었다. 그러나 남자는 그저 때를 노리고 다른 여자를 쳐다본다. 그러니 남자가 아무리 큐피드의 화살을 쏘아도 여자는 냉담하다. "나는 홋! 홋! 홋!"이 상황을 잘 말해준다.

남자의 변명이 시작된다. "다른 여자를 쳐다본 게 아니라 그 여자의 함정에 빠진 거다"라는 말이다. 그러나 여자의 마음은 갑옷을 입은 상태다. 어떤 변명도 귀에 들어오지 않는다. 그리고 남자에게 충고한다. 그런 태도로는 영원히 좋은 여자를 못 만난다고. 너는 큐피드가 아니라고 일깨우고 한 번 더 강조한다. 바로 너 말야. 착각하지 말라고.

독이 배인 네 말에 나 상처 입고도 다시 준 두 번째 Chance

넌 역시 Trouble! Trouble! Trouble! 때를 노렸어

너는 Shoot! Shoot! Shoot! 나는 훗! 훗! 훗!

다시 한 번 앞 소절이 반복되고 남자의 잘못이 열거된다.

물속에서 뜨려면 가라앉게

내가 만든 Circle 너는 각지게

묻지 않은 말에 대답만 또 해

그래도 난 너처럼 화살은 안 쏠게

남자의 잘못은 다른 여자를 쳐다보는 데서 그치지 않는다. 여자가
물속에서 뜨려고 하면 가라앉게 만들고, 여자가 원을 그리면 남자는
네모나게 만든다. 게다가 묻지도 않았는데 말이 많다. 그때 왜 전화를
못 받았냐 하면…… 네가 본 그 여자가…… 오는데 차가 너무 막히는
거 있지…… 끊임없이 변명한다. 그렇다고 여자가 남자처럼 다른 남자
를 찾아가겠다는 것은 아니다. 다른 남자에게 큐피드의 화살을 쏘지
않겠다는 얘기다.

앞부분의 두 소절이 세 번째로 반복되며 노래를 끝맺는다.

너 때문에 내 마음은 갑옷 입고 이젠 내가 맞서줄게

네 화살은 Trouble! Trouble! Trouble! 나를 노렸어

너는 Shoot! Shoot! Shoot! 나는 훗! 훗! 훗!

신세대의 이별 모습이라 할 소녀시대의 '훗'에는 그들의 사고방식, 사랑과 이별에 관한 자세가 보인다. 어쩌면 너무 쉽게 만나고 헤어진다고 말할지 모른다. 그러나 신세대는 그들만의 사랑법이 있다. 당연히 그들만의 이별법도 있다.

우리에게는 오랫동안 남존여비 사상이 배어 있었다. 연애 관계에서도 언제나 남자가 우월하다는 의식이 있었다. 남자에게 손만 잡혀도 마치 몸을 허락한 것처럼 생각했고, 몸을 허락했으면 결혼해야 하는 것으로 알았으며, 남자의 처분만 바라던 때가 있었다. 그러나 이제는 아니다. 적어도 사랑, 연애에서는 완전한 평등이다. '내가 싫다고? 그럼 가!' 정도는 아니라 해도 분명 연애의 평등 시대가 되었다.

남자가 다른 여자를 쳐다본다. 여자가 타이른다. 경고한다. 그러나 그런 일이 반복되면 가차 없이 마음을 닫고 이별을 고한다. 남자에게 충고하는 것 또한 잊지 않는다. 소녀시대의 '훗'이 말하는 신세대 여자의 이별법이다. '훗'을 들으면 그 노랫말을 통해 신세대의 이별 이야기 한 편이 만들어진다.

너무 많이 쓰는 '너무'

TV 대담 프로그램에 멋진 여배우가 초대되었다. 사회자가 그녀를 맞으며, 그녀의 아름다움 혹은 맵시를 칭찬하면서 "너무 아름다우십니다"라고 말했다. 여배우는 "예, 너무 고맙습니다"라고 답한다.

TV에서 흔히 볼 수 있는 광경이다. 그러나 조금만 따지고 보면 참 웃기는 풍경이다. 왜 그럴까?

사회자가 한 말 '너무 아름다우십니다'와 여배우의 '너무 고맙습니다'가 말도 안 되는 소리이기 때문이다. 이들이 쓴 '너무'라는 단어는 동사와 형용사를 꾸며주는 부사副詞로, '정도에 지나치게'라는 의미다. '과유불급過猶不及'이란 말에서도 알 수 있듯이 무엇이든 넘치는 것은 모자람만 못하다. 그러니 '정도에 지나치게'는 부정적인 뜻이다.

우리말의 어법에서는 '너무'라는 단어가 들어가면 그 뒤에는 반드시 부정적인 뜻이 따라온다. '너무 어렵다'는 것은 내 수준보다 (정도에 지나치게) 어렵기 때문에 할 수 없다는 것이고, '너무 많이 먹었다'는 것은 자신의 양을 (정도에 지나치게) 초과해서 먹었기 때문에 속이 더부룩

하다거나 탈이 나겠다는 뜻이다. 그러니 '너무 아름답다'는 아름다움의 도가 지나쳐서, 즉 웬만큼 아름다워야 봐주겠는데 정도에 지나치게 아름다워 인간으로서는 도저히 못 봐주겠다는 뜻이고, '너무 고맙습니다'는 (정도에 지나치게) 고맙기 때문에 오히려 비굴하게 느껴진다는 뜻이다.

너무 좋다, 너무 맛있다, 너무 예쁘다, 너무 잘생겼다, 너무 잘됐다, 너무 괜찮다…… 이 무슨 망발인가! 하기야 욕으로 쓴 것이라면 아주 적절한 표현이 된다.

왜 이런 현상이 일어났을까. 바로 영어가 우리나라에 들어오면서 생겨난 일이다. 영어를 직역하여 쓰는 일이 잦아지다 보니 자연스럽게 우리말처럼 쓰이게 된 것이다.

so many, so much, so beautiful에서 보듯이 so는 뒤에 오는 형용사를 꾸민다. 어떤 문장에 놓이느냐에 따라 그 의미가 달라지지만, 대략 '그렇게 많이' '정말 많이' 혹은 '그렇게 아름답게' '매우 아름다워' 등으로 풀이할 수 있다. 이것이 우리말로 옮겨지며 국적 불명의 '너무'가 붙었다.

이는 영어 교사들이 영어의 과거와 과거완료형을 설명하면서 과거 시제는 '었'으로, 과거완료 시제는 우리말에 없는 '었었'을 붙여 가르친 것과 같은 이치다. 잘 알다시피 우리말의 시제는 '과거, 현재, 미래' 뿐이다. 진행형이나 완료형은 없다. 따라서 '~하고 있는 중이다'나 '~했었었다'는 우리말의 시제에 맞지 않는 말이다.

각설하고, '너무'는 분명히 부정적일 때만 써야 한다.

누군가 그대에게 "너무 아름답습니다"라고 말한다면 '아름다움이 지나쳐 보기에 역겹다'는 뜻으로 알고 그 사람의 뺨을 후려쳐라! "내가 그렇게 역겹냐?"고 쏘아붙이면서 말이다.

참 아름답습니다. 정말 아름답군요. 정말 고맙습니다.

이 얼마나 아름다운 말인가. 그런데 왜 이치에도 맞지 않는 '너무'를 쓰는지……. 너무를 '너무' 많이 써서 탈이다.

'동무'와 '친구'의 차이점

동무 동무 내 동무
이야기 길로 가자
옛날 옛날 옛적에
간 날 간 날 간 적에
아기자기 재미나는
이야기 길로 가자.

어린 시절 많이 부르던 노래다. 그런데 지금은 마음 놓고 큰 소리로 부르지 못한다. 그놈의 '동무' 때문이다.

나는 전후戰後 세대인데도 아직 기억이 생생하다. 어린 시절 또래와 놀다가 어머니께서 누구냐고 물으시면 "내 동무예요"라고 대답했다. 누가 억지로 못 하게 한 것도 아니요, 그 말을 쓰면 징역 몇 년을 선고받는 것도 아닌데 슬그머니 사라진 말, 바로 '동무'다.

왜 쓰지 않게 되었을까. 아마 5·16군사정변 이후로 기억한다. '반공'을 국시로 내건 혁명 세력은 북에서 쓰는 말을 청소(?)하기 시작했다. 그 와중에 모두 평등하다는 뜻으로 북한 사회에서 남녀노소에게 쓰던 '동무'도 우리말에서 사라졌다. '국방군'이 '국군'으로 바뀐 것도 그때였을 것이다.

말이라는 게 참 묘하다. 1960년대, 아니 1970년대 초만 해도 파출소나 경찰서마다 '민중의 지팡이'라는 글귀가 커다랗게 붙어 있었다. 경찰 스스로 자신을 '민중'의 지팡이라고 했다. 그런데 유신 시절부터인가, 5공 때부터인가 재야 민주화 세력 혹은 학생운동권에서 '민중' '해방'이란 단어를 쓰기 시작했다. 그 단어는 운동권을 상징하는 것으로 바뀌었고, 그 단어를 쓰면 빨갱이 보듯 대했다. 파출소에 걸려 있던 '민중의 지팡이'가 슬그머니 사라진 것은 물론이다. 얼마 전만 해도 경찰 스스로 자신을 민중의 지팡이라 해놓고, 민중이란 단어를 쓰면 운동권 혹은 북의 사주를 받은 것으로 간주하는 분위기가 되었다.

'동무'도 그렇다. 어린 시절 우리는 분명히 동무라 했다. 1950~1960년대 소설에는 '길동무' '말동무' '글동무'가 자주 나온다. '어깨동무'는 아직까지 쓰는 말이다. 동무를 왜 마음껏 부르지 못하게 되었을까. 왜 못 쓰게 했을까. 왜 동무 대신 친구란 단어를 쓰게 되었을까. 도대체 동무와 친구가 뭐길래 바꿔 써야 했을까. 국어사전에 보면 다음과 같이 나와 있다.

동무 : 명 ① 늘 친하게 함께 어울려 노는 사람. ② 어떤 일을 하는 데 서로 짝
　　　이 되거나 함께 일하는 사람.
친구 : 명 ① 가깝게 사귀는 벗. ② (나이가 비슷한 아랫사람에 대하여) 가깝
　　　게 이를 때에 이르는 말. *당신도 알고 보니 형편없는 친구로군.

어느 국어사전을 찾아봐도 동무라는 단어에서 이데올로기의 냄새를 맡을 수 없다. 단짝 혹은 친하게 어울리는 사람을 뜻하며, 주로 유년기나 청소년기에 많이 쓰는 단어다. 뜻이 비슷한 한자어 친구는 어른이 되어 쓰는 단어다. '목숨을 주고받는 사이' '진정한 친구 하나만 있어도 그 사람의 인생은 행복하다'고 할 때 쓰는 것이 친구다. 그런 것을 우리는 남녀노소 누구나 친구라는 단어를 쓰게 되었다. 우리가 흔히 쓰는 '친구 따라 강남 간다'는 말도 본래는 '동무 따라 강남 간다'인데 말이다.

도대체 동무가 뭐길래 친구로 바꿔 써야 했을까. 1992년 조선민주주의인민공화국의 사회과학출판사에서 펴낸 조선말대사전을 보면 동무와 친구를 다음과 같이 풀이한다.

동무 : 몡 ① '로동계급의 혁명 위업을 이룩하기 위하여 혁명 대오에서 함께 싸우는 사람'을 친근하게 이르는 말(동무들의 사업을 도와주다) ② 혁명 동지를 부르거나 가리키는 말(이 동무, 김 동무) ③ 일반적으로 남을 무관하게 부를 때에 쓰는 말(이 책이 동무의 것 아닙니까? 글동무, 말동무, 길동무, 어깨동무, 소꿉동무)

친구 : 몡 ① 친하게 사귀는 벗(오랜 친구, 반가운 친구) ② 상대편을 스스럼없게 여기며 무관하게 부를 때 이르는 말(야, 이 친구 참 오래간만이로구만.)

친구는 우리의 풀이와 비슷하지만, 동무의 ①과 ②는 생소하다. 바로 '혁명 과업'과 관련이 있다. 프롤레타리아혁명 때문에 한국전쟁을 거치면서 동무라는 단어에 '혁명'의 냄새가 짙게 배었고, 전쟁이 끝나고

스스럼없이 부르는 동무 소리에도 마치 무슨 이데올로기를 담은 듯 느
낀 것이다. 그들이 풀이한 '동무' ③은 우리와 같지 않은가. 그런데도
우리는 동무 하면 그들이 풀이한 ①과 ②를 생각하지, 우리가 쓰던 의
미는 생각하지 않았다.

　내가 배울 때는 분명 '인민의, 인민에 의한, 인민을 위한' 것이었다.
영어 단어 people을 우리말로 번역할 때 비록 한자어지만 '인민'이란
단어가 가장 정확한 뜻이다. 이것이 요즘에는 '국민의, 국민에 의한,
국민을 위한' 이라고 바뀌었다. 인민과 국민은 분명 큰 차이가 있다. 정
확하게 하면 인민이 맞는데도 북에서 쓰는 용어라고 우리는 국민을 썼
다. 황국신민皇國臣民의 냄새가 짙게 배어 있는데도 말이다. 20년 전에는
국민학교를 초등학교로 바꾸지 않았는가.

　동무도 마찬가지다. 북에서 쓰는 의미만 생각하고 우리 고유의 말을
구태여 한자어 친구로 바꿔 썼으니 말이다. 물론 친구라는 단어를 써
야 할 때가 있다. 앞에서 지적했듯이 '목숨을 주고받을 정도로 신의가
두터운 사람'을 지칭하거나, 어른들이 쓸 경우다. 그러나 어린이 혹은
청소년은 동무가 맞고, 청장년이라 해도 어감으로 볼 때 동무를 써야
더 어울리는 경우가 많다.

　내가 유년기에 쓰던, 나보다 나이 많은 사람들이 유년기와 청소년기
에 썼을 아름다운 우리말 '동무'를 본래 의미대로 다시 쓰고 싶다.

주지도 않으면서 받으라 소리 하지 마라

연말연시다. 예전 같으면 크리스마스를 앞두고 카드나 연하장으로 인사했지만, 요즘은 인터넷을 통해 카드를 보내고 휴대전화 문자메시지나 SNS로 인사를 전한다. 인터넷에 접속하면 메일함에 가득한 사이버 카드와 수시로 울리는 문자메시지 인사가 요즘의 풍경이다. 그런데 해마다 이맘때면 우리가 흔히 쓰는 잘못된 말이 있다. "새해 복 많이 받으세요"가 그것이다.

우리는 1월 1일이나 설이 되면 "새해 복 많이 받으세요"라고 외친다. 유치원생부터 70~80대 할아버지까지 한결같이 "새해 복 많이 받으세요"라고 인사한다. 그런데 복을 받으라고 할 뿐, 복은 하나도 안 준다. 받으라고 했으면 던지거나, 손으로 건네거나, 퀵 서비스 혹은 택배로 부치거나, 무엇인가 줘야 할 게 아닌가. 그런데 주지도 않으면서 받으란다. 차라리 연전에 나온 광고 문구처럼 "부자 되세요"라는 바람만 표현해도 괜찮겠는데, 분명 '받으라'면서 주는 것은 전혀 없다.

왜 그럴까. 처음부터 잘못된 말이기에 그렇다. "새해 복 많이 받으세요"란 말은 고문서를 아무리 뒤져봐도 없다. 그런 말을 쓰지 않았기 때문이다. '받으세요'에 나타나듯이 이 말은 아랫사람이 윗사람에게 하는 높임말이다. 그런데 우리의 풍속에 아랫사람이 윗사람에게 이렇게 말하는 예가 없다.

설이 되면 어른께 세배를 한다. 드리는 것이 아니라 하는 것이다. 어른은 세배를 받는다. 이때 세배하면서 아랫사람은 아무 말도 하지 않는 것이 예의다. 요즘 젊은이나 무지몽매한 어린것들처럼 어른에게 절하면서 "절 받으세요" "건강하세요" "새해 복 많이 받으세요"라고 말하지 않는다. 절하면서 말하는 것은 예가 아니다. 넙죽 엎드려 절하면 그만이다. 절하는 것 자체가 예이기 때문이다.

어른은 절을 받고 나서 한마디 한다. 절한 사람의 새해 소망과 관련하여, 마치 그 소망이 이루어진 것처럼 말해준다. 과년한 처녀에게는 "오냐, 올해에는 시집간다며?", 졸업을 앞둔 대학생에게는 "어, 너 졸업했으니 취직한다며?", 학생에게는 "공부를 그렇게 잘한다며?"라고 말해준다. 이는 시집가기를, 졸업한 뒤 취직하기를, 학교에서 공부 잘하기를 바라는 마음이다. 그런 바람이 마치 이루어진 듯 말해주는 것이 덕담德談이다. 그러니 말의 내용은 사실 여부를 떠나 그야말로 덕담이다.

이런 말 중에 세배한 아이에게 어른이 마치 복을 많이 받을 것처럼 소망을 담아 건네는 말이 "복 많이 받아라"는 덕담이다. 그러니 우리의 고유 풍속에 "복 많이 받으세요"라는 높임말은 가당치도 않다. 이는 동년배도 쓰지 않는 말이다. 세배를 받은 어른이 아이에게 하는 덕담이기 때문이다.

물론 사회가 변했다. 언어의 사회성이니 가역성을 들먹이지 않더라도 시대가 변하면 언어도 변한다. 그렇다 해도 잘못된 방향으로 변한다면 바로잡아야 한다. 구태여 지하철의 막말녀를 들먹이지 않더라도 요즘 젊은이들은 어른에 대한 인사법을 너무 모른다.

요약해보자. 어른들께 결코 "새해 복 많이 받으세요"라고 말하지 말 것! 친구나 동년배에게도 하지 말 것! 세배를 하면서는 아무런 말도 하지 말 것! 말하는 것은 세배를 받는 사람의 몫이니 절하면서 절대 입을 열지 말 것!

그렇다면 동년배나 어른들께 새해 인사는 어떻게 하는가? 간단하다. "안녕하십니까"면 족하다. 새해가 되었으니 "안녕하십니까", 날이 밝았으니 "안녕하십니까"라고 한다. 새해 인사니 "새해 안녕하십니까" 하면 그 이상 좋은 것이 없다. 연배에 따라 "새해 안녕" "새해 안녕하신가" "새해 안녕하십니까"면 충분하다.

복 많이 받으라는 말을 하고 싶다면 그 역시 우리의 고유 풍속에 있는 말을 찾아 쓰면 된다. 바로 "복 많이 지으세요"다. 복은 누가 주는 것이 아니라 스스로 짓는 것이기에 그렇다. 그러니 연배에 따라 "복 많이 지으세요" "복 많이 짓게" "복 많이 지으시게" 하면 된다.

장모는 장모다

신문을 보니 요즈음 젊은 사람들 중 일부가 마음에 드는 여자가 있으면 대뜸 그 여자의 어머니를 찾아가 "어머님!" 하며 무릎을 꿇는다고 한다. 당사자인 여자를 공략(?)하는 것이 아니라 결정권을 쥔, 상대방의 부모를 찾는다는 이야기다. 문제는 사내 녀석이 여자 친구 혹은 애인의 어머니를 '어머님'이라고 부르는 데 있다. 뿐만 아니다. 드라마를 보면 '장모'를 '어머님'이라 부르는 사위가 종종 있다. 실제로도 장모를 어머니라 부르는 남자들이 많다. 그런데 이는 큰일 날 일이다.

　엄마, 어머니, 어머님.
　엄마는 어머니의 유아어다. 그러니 아흔 노모를 일흔 아들이 '엄마'라 부른다고 흉이 아니다. 아무리 늙었어도 어미 눈에 자식은 어린애이기 때문이다. 다만 공적인 자리에서 일흔 노인이 '우리 엄마가 어쩌고저쩌고……' 하면 좀 어색할 것이다.
　어찌 보면 어려서는 엄마, 커서는 어머니, 좀더 크면 어머님이라고 부르는 게 맞을 듯싶지만 전혀 그렇지 않다. 어머니는 표준어일 뿐이지 크다고 해서 모두 어머니라고 부르는 것은 아니다.

어머니가 표준어다 보니 사전에 올라 있지만, 실생활에서는 별로 쓰이지 않는다. 지역이나 집안에 따라 어머니를 엄니, 어무니, 어무이, 오마니 등 다르게 부른다. 엄니, 어무니, 어무이, 오마니 등은 결코 잘못된 말이 아니다. 표준어 어머니의 각 지역 실생활 언어다.

그렇다면 어머니가 누구인가.

어머니는 ① 나를 낳아준 사람 ② 나를 키워준 사람 ③ 나의 아버지의 부인이다. 정상적인 가정이라면 세 사람은 동일인이다. 세상이 워낙 복잡해지다 보니 부모의 이혼과 재혼, 사망 등 여러 사유로 어머니가 둘 이상인 경우도 있을 수 있다. 그러나 위 세 가지 경우를 제외하고는 결코 어머니라 해서는 안 된다. 위 세 가지 경우 외에는 어느 누구도 나의 어머니가 될 수 없다.

어머님은 누구인가.

흔히 어머님을 어머니의 높임말로 알고 있는데, 이는 망발이다. 어머니는 아무리 높여도 그냥 어머니이기 때문이다.

그렇다면 어머님은 누구인가. 시어머니를 줄여 어머님이라 한다. 출가한 여성이 친정에 가서는 "엄마, 나 왔어!"라고 하지만, 친정에 다녀온 며느리는 "어머님, 다녀왔습니다"라고 말한다. 그러니 나이 든 여인과 젊은 여인이 걸어갈 때 두 사람의 호칭을 들어보면 두 사람이 모녀인지, 고부인지 알 수 있다. 엄마라고 부른다면 친정어머니나 혼인하지 않은 딸이고, 어머님이라고 부르면 고부가 나들이 나온 것이다.

　여기에서 어머님이라 할 때 '님'은 존칭이 아니라 시어머니가 줄어
든 것으로 본다. 어머니나 아버지는 존칭이 없다. 어머님이나 아버님
에 '님'자가 붙었으니 존칭으로 아는데 그렇지 않다.
　이 설명은 '아빠, 아버지, 아버님'에도 그대로 해당한다. 아버지는
나를 낳아준 사람, 나를 키워준 사람, 나의 어머니의 남편이다. 물론
대부분 동일인이다. 당연히 아빠는 아버지의 유아어고, 아버님은 시아
버지를 줄여서 부르는 말이다.

　이에 대하여 여성주의자들이 반론을 펼친다. 왜 장인과 장모는 아버
님, 어머님이라 하지 않고 남자 쪽만 그렇게 부르냐는 얘기다. 그러나
이는 잘못된 반론이다. 다른 사람은 떡을 한 개만 주고 자신에게는 두
개를 주었는데 왜 두 개를 주느냐고, 두 개가 한 개보다 적은 줄 알고
따지는 것이나 마찬가지다.
　장인丈人과 장모丈母는 한자어로 높임말이며, 부르는 말(호칭)이 아니
다. 아내의 아버지와 어머니를 사위가 부를 일이 없기 때문이다. 감히
부르지 말라는 것이다.
　장인과 장모가 없는 자리에서 "우리 장모는……" "우리 장인께서
는……" 이렇게 가리키는 말(지칭어)이지, 장인 장모를 면전에서 부르
는 것이 아니다. 이것이 우리의 전통이요 미풍양속이다. 그만큼 처가
혹은 여성을 배려한 예법이다.

　장인과 장모, 함부로 부르지 마라. 불러야 할 일이 있다고? 언제? 전
화할 때? 전화할 때 왜 장모를 불러야 할까?
　그냥 장모께 전화 걸어라. 장모가 받으면 당신은 장모의 목소리를

알고, 장모 역시 사위인 당신의 목소리를 알 것이다. 그러니 장모가 전화를 받으면 "예, 저 ㅇ 서방입니다"라고 하면 된다. 구태여 "장모님, 저 ㅇ 서방입니다"라고 할 필요가 없다.

장모는 어머니와 다르고 장인은 아버지와 다르다. 그러니 장모를 어머니라 부르면 당신 아내의 어머니가 당신을 낳아주었거나, 키워주었거나, 당신 아버지의 부인이 된다. 그러면 당신은 이복 남매가 결혼한 셈이다. 장모를 어머니라 부르면 장모가 당신의 아버지와 붙어먹었다는 사실을 스스로 밝히는 꼴이다.

방송에 보면 장모들이 한 술 더 뜬다. "자네는 왜 내게 어머니 소리를 못 하는가?"라며 사위를 나무란다. "자네는 내가 자네 아버지하고 붙어먹었다는 사실을 왜 인정하지 않는 겐가?" 하고 따지니 웃지 않을 수 없다.

당신은 어떤가. 당신이 장모를 어머니라 부르면 장모가 당신을 낳아주었거나, 키워주었거나, 당신 아버지의 아내임을 인정하는 것이다. 그것을 숨기기 싫다면, 당신의 집안이 천륜과 인륜을 거역한 집안이라는 것을 숨기기 싫다면 장모를 어머니라고 불러라. 그렇지 않다면 장모를 어머니라고 부르지 마라.

몰랐다고? 주변에서, TV 드라마에서 그렇게 쓰니 몰랐을 수도 있다. 그러나 이제 알았으니 그렇게 부르지 마라!

명심할 것! 장모는 어머니보다 높임말이다.

행여 사위에게 어머니라고 불리고 싶은 여자는 꼭 명심할 것. 당신이 사위를 낳았거나, 사위를 어려서부터 키웠거나, 바깥사돈과 은밀한 관계가 아니라면 결코 어머니라 불릴 생각하지 마라! 사위가 어머니라

고 불러주니 더 정겹다고? 당연하다. 바깥사돈과 그렇고 그런 사이인
데 왜 정겹지 않겠는가.

아무리 우리 예법을 들이대며 옳은 말을 알려줘도 현실적으로 대다
수 언중言衆이 그렇게 쓰고 있으니 문제다. 장모를 어머님이라 부르는
사람이 장모가 자신을 낳아주었거나, 키워주었거나, 자신의 아버지와
그렇고 그런 사이라서 어머님이라고 부르는 것은 결코 아니다. 단순히
장인·장모보다는 아버님·어머님이라 부르는 것이 정겹고 가깝게 생
각되기에 그렇게 부르는 것이다.
여자가 시댁에 하듯이 남자가 처가에 그렇게 하는 것이 무슨 문제겠
는가, 남녀평등을 들이대며 오히려 더 권장해야 하지 않겠느냐고 반문
한다. 그리고 현재 대다수 언중이 그렇게 쓰고 있다. 그래서 더욱 안타
깝다.

장모는 장모다. 세월이 흘렀고 시대가 변했다. 부를 일이 생길 수도
있을 것이다. 지칭어인 장모를 호칭으로 사용할 때 '님'자를 붙여 장모
님이라 부른들 누가 뭐라 하겠는가. 그러나 분명한 것은 우리 호칭 예
법에 장모는 결코 사위의 어머니가 될 수 없다. 장모는 죽었다 깨어나
도 장모다!

강의실 밖 문학 수업

초판 1쇄 인쇄 2012년 3월 5일
초판 1쇄 발행 2012년 3월 12일

지은이 이병렬
펴낸이 우좌명
펴낸곳 출판회사 유리창
출판등록 제406-2011-000075호(2011.3.16)
주소 413-756 경기도 파주시 교하읍 문발리 파주출판도시 535-7
　　　　 세종출판타운 402호
전화 031)955-1621
팩스 0505)925-1621
이메일 yurichangpub@gmail.com

ISBN 978-89-966804-4-4 13810

ⓒ 이병렬 2012